D1828716

Alice Hoffman · Märzkinder

ALICE HOFFMAN

MÄRZKINDER

Roman

Deutsch von Sibylle Schmidt

Goldmann Verlag

Die amerikanische Originalausgabe erschien 2003 unter dem Titel
»The Probable Future« bei Doubleday, New York.

Umwelthinweis:
Dieses Buch und der Schutzumschlag
wurden auf chlorfrei gebleichtem Papier gedruckt.
Die Einschrumpffolie (zum Schutz vor Verschmutzung)
ist aus umweltfreundicher und recyclingfähiger PE-Folie.

1. Auflage
Copyright © der Originalausgabe 2003 by Alice Hoffman
Copyright © der deutschsprachigen Erstausgabe 2005
by Wilhelm Goldmann Verlag, München,
in der Verlagsgruppe Random House GmbH
Satz: Uhl + Massopust, Aalen
Druck und Bindung: GGP Media GmbH, Pößneck
Printed in Germany
ISBN 3-442-30987-5
www.goldmann-verlag.de

Für Tom

Im Gedenken an
meine Mutter, Sherry Hoffman, die nicht an Grenzen glaubte,
und meine liebe Freundin Maclin Bocock Guerard,
eine wunderbare Autorin und wunderbare Seele.

Erster Teil

Die Vision

I.

Wer in Massachusetts geboren und aufgewachsen ist, hat von klein auf gelernt, das Ende des Winters zu erkennen. Babys, die noch nicht einmal krabbeln können, zeigen in ihrer Wiege zum Himmel, wenn das Licht heller wird. Gelassene Männer weinen beim ersten Ruf der Grasmücken. Ernsthafte Frauen reißen sich die Kleider vom Leib und springen in Bäche und Teiche, obwohl das Eis noch nicht geschmolzen ist, und scheren sich nicht darum, ob ihre Finger und Zehen blau anlaufen. Das Frühlingsfieber befällt Jung und Alt, niemand bleibt verschont, und es zeigt sich dann, wenn Glück schier unmöglich scheint, wenn Freude nur als weit entfernte Erinnerung vorkommt, wenn der Himmel wolkenverhangen und die Erde hart und gefroren und unter einer Schneedecke verschwunden ist.

Und wer könnte den Bewohnern von Massachusetts ihre Freude über das Nahen des Frühlings übel nehmen? Der Winter in Neuengland ist grausam und unerbittlich, eine Jahreszeit, in der die Menschen zur Schwermut neigen und zu einem Trübsinn, der sich nicht vertreiben lässt. In den kleinen Städten im Umkreis von Boston verursachen der bleigraue Himmel und die Schneemassen zeitweilig eine Farbenblindheit, die nur durch erste grüne Sprösslinge des Frühlings geheilt werden kann. Es kommt auch vor, dass alle Bewohner einer Stadt im März Tränen in den Augen haben, und manche behaupten, dass sie zum ersten Mal klar sehen können.

Andere dagegen begrüßen die Vorboten des Frühlings weniger überschwänglich. Sie misstrauen dem März und halten ihn für die gefahrvollste Zeit des Jahres. Diese starrköpfigen Gestalten tragen auch an den strahlendsten Tagen Wollmäntel und behaupten, selbst mit bestem Sehvermögen könne man in dieser wankelmütigen Jahreszeit ein Schneeglöckchenfeld nicht von einer Eisfläche unterscheiden. Solche Menschen kann man nicht davon überzeugen, dass Löwen sich jemals in Lämmer verwandeln. Sie sind der Meinung, alle März-Geborenen seien geprägt von der Unbeständigkeit jener launischen Jahreszeit, in der es gerade eben noch heiß und im nächsten Moment eiskalt sein kann. Gewiss ist der März ein wetterwendischer Monat, das kann niemand leugnen. Und seine Kinder gelten als ebenso unberechenbar.

In manchen Fällen trifft dies auch wirklich zu. Bei den Sparrows kamen, so weit man die Geschichte der Familie zurückverfolgen kann, immer nur Mädchen zur Welt, und jede einzelne dieser Töchter behielt den Familiennamen bei und feierte ihren Geburtstag im März. Selbst die Kinder, bei denen man sicher davon ausgehen konnte, dass sie in den schneereichen letzten Tagen des Februar oder im kargen Licht des April geboren würden, schafften es, im März zur Welt zu kommen. Wann das Kind auch erwartet wurde, sobald in Neuengland die ersten Schneeglöckchen aufblühten, wurden die Sparrow-Babys unruhig. Und wenn sich erst die Blätter entfalteten und die Sternhyazinthen aufblühten, hielt es keines dieser Kinder mehr im Bauch, denn das Frühlingsfieber nahte.

Dennoch waren die Sparrow-Mädchen so unterschiedlich wie die Tage des März. Manche waren still und großäugig und wurden mit offenen Händchen geboren, Zeichen ihrer künftigen Großmütigkeit, während andere aufgebracht und schreiend zur Welt kamen und so zornig waren, dass man sie rasch in eine blaue Decke wickelte, um Nervenkrankheiten und einer Neigung zu Schlaganfällen vorzubeugen. Manche Babys in der Sparrow-Familie kamen zur Welt, während draußen dicke weiße Schneeflocken vom Himmel fielen und der Hafen von Boston zugefroren war, andere wurden an sonnigen warmen Tagen geboren und taten ihren ersten Atemzug, während die Rotkehlchen aus Gräsern und Zweigen Nester bauten und der Rotahorn seine erste Blütenpracht zur Schau trug.

Doch ob das Wetter wüst oder sonnig war, in all den Jahren kam nur ein einziges Kind mit den Füßen zuerst auf die Welt, Zeichen eines Heilers, und dieses Kind war Stella Sparrow Avery. Seit dreizehn Generationen hatten die Sparrow-Mädchen bei ihrer Geburt blauschwarzes Haar und dunkle rätselhafte Augen, aber Stella war hell, und die Hebammen nahmen an, dass sie ihr aschblondes Haar und ihre hellbraunen Augen von ihrem gut aussehenden Vater geerbt hatte. Ihre Geburt war so schwierig, dass Mutter und Tochter in Lebensgefahr schwebten. Alle Versuche, das Baby im Mutterleib zu drehen, waren gescheitert, und die Ärzte fürchteten sich vor dem Ende des Tages. Die Mutter, Jenny Avery, eine selbstständige, nüchterne Frau, die mit siebzehn von zu Hause weggelaufen und so verstandesbetont wie unabhängig war, hörte sich zu ihrem eigenen Erstaunen nach ihrer Mutter rufen. Dass sie nach ihrer Mutter rief, die so kalt und distanziert gewesen war und mit der sie seit über zehn Jahren kein Wort mehr gewechselt hatte, überraschte Jenny mehr als die Qualen der Geburt. Es war verwunderlich, dass ihre Mutter sie nicht hörte, denn obwohl Elinor Sparrow fünfzig Meilen von Boston entfernt lebte, waren Jennys Schreie so schrill und verzweifelt, dass sie sogar verschlossenen und hartherzigen Menschen durch Mark und Bein gingen. Andere Frauen auf der Station, deren Wehen gerade eingesetzt hatten, steckten sich die Finger in die Ohren, wandten ihre Atemtechniken an und beteten, es möge ihnen besser ergehen. Pflegerinnen wünschten sich inständig, zu Hause unter ihrer Bettdecke zu liegen. Patienten auf der Herzstation spürten, wie ihr Puls zu rasen begann, und in der Cafeteria gerann der Zitronenpudding in allen Schalen und musste in den Müll geworfen werden.

Schließlich kam das Kind zur Welt, nach siebzehnstündigen brutalen Wehen. Der Dienst habende Geburtshelfer brach dem Baby ein Schulterblatt bei dem Versuch, die Geburt zu beschleunigen, denn der Puls der Mutter fiel rasch. In diesem Augenblick, als der Kopf des Babys sich befreite und Jenny Avery glaubte, sie würde ohnmächtig, klarte der wolkenverhangene Himmel auf und gab den Blick frei auf die silbrig leuchtende Milchstraße, das Herz des Universums. Jenny blinzelte in das helle Licht, das durchs Fenster drang, und die Schönheit der Welt lag vor ihr, als sähe sie alles zum ersten Mal. Das Sternengewölbe, der schwarze Nachthimmel, das Leben ihres Kindes, alles verwob sich zu einem einzigen Band aus Licht.

Weder hatte Jenny unbedingt ein Kind gewollt, noch wie manch andere Frauen sehnsüchtig darauf gewartet und verträumt Schaukelpferde und Wiegen beäugt. Ihre schwierige Beziehung zu ihrer eigenen Mutter hatte sie misstrauisch gemacht gegenüber Familienbindungen, und ihre

Ehe mit Will Avery, gewiss einem der unzuverlässigsten Männer von ganz Neuengland, schien ihr nicht der richtige Hintergrund, um ein Kind großzuziehen. Und dennoch kam dieses Baby in einer Nacht im März zur Welt, in der zahllose Sterne am Himmel standen, im Monat der Sparrows, jener Zeit, in der Schnee und Frühling zugleich eintrafen, der Zeit der Löwen und Lämmer, des Abschieds und des Anfangs, in jenem Monat, der grün war und weiß war, der tiefen Schmerz brachte und großes Glück.

Das kleine Mädchen schrie nicht, bis man es in eine Flanelldecke wickelte; dann kamen kleine Quietscher aus dem winzigen Mund, wie von einem Kätzchen, das in eine Pfütze gefallen war. Sie ließ sich leicht beruhigen, der Arzt tätschelte der Kleinen nur ein-, zweimal den Rücken, doch da war es schon geschehen: Ihre Laute waren Jenny in die Seele gedrungen wie ein Haken, der durch Fleisch und Blut fährt. Jenny Sparrow Avery nahm ihren Mann nicht mehr wahr und auch nicht die Krankenschwestern, mit denen er flirtete. Die Blutflecken auf dem Boden, ihre zitternden Beine und sogar die Milchstraße dort oben am Himmel waren ihr einerlei. Blendende Lichtkreise funkelten in ihren Augen, helle Lichtpunkte, die unter ihren Lidern glimmerten. Nicht das Licht der Sterne war es, sondern etwas ganz anderes. Etwas, das sie erst begreifen konnte, als der Arzt ihr das Kind reichte, dessen schiefe linke Schulter wie ein gebrochener Flügel mit weißem Pflaster angeklebt war. Jenny blickte in das stille Gesicht ihres kleinen Mädchens. In diesem Moment empfand sie absolute Hingabe. Dort, im fünften Stock des Brigham and Women's Hospital, in jenem Augenblick spürte sie, was es heißt, von Liebe geblendet zu sein.

Die Hebammen drängten sich bald um sie, hätschelten

und priesen das Baby. Sie hatten schon so viele Geburten erlebt, doch dieses Kind war außergewöhnlich. Nicht ihr helles Haar und ihre schimmernde Haut unterschieden sie von anderen, sondern ihre innere Ruhe. Was für ein Herzblatt, murmelten die Hebammen beeindruckt, so lieb und sanft. Selbst den stumpfesten Menschen musste auffallen, dass dieses Kind etwas Besonderes war. Vielleicht lag ihr Charakter im Zeitpunkt ihrer Geburt begründet, denn Jennys Tochter hatte am zwanzigsten März das Licht der Welt erblickt, der Tagundnachtgleiche, jenem einzigen Zeitpunkt des Jahres, an dem Tag und Nacht gleich lang sind. Und wahrhaftig schienen sich in diesem winzigen schwachen Körper alle Eigenschaften des März zu vereinen, das Gerade und das Ungerade, die Dunkelheit und das Licht, ein Wesen, das stets mit Löwen ebenso gut auskam wie mit Lämmern.

Jenny gab der Kleinen den Namen Stella, natürlich mit Wills Zustimmung. Denn trotz ihrer mannigfachen Eheprobleme waren sie sich in diesem einen Punkt einig: Dieses Kind war ihr strahlender und wunderbarer Stern. Es gab nichts, das Jenny nicht für ihre Tochter getan hätte. Sie, die seit Jahren mit ihrer Mutter kein Wort gewechselt hatte, die nicht einmal eine Postkarte nach Hause geschrieben hatte, seit sie mit Will durchgebrannt war, fühlte sich nun außerstande, sich ihrer mütterlichen Instinkte zu erwehren. Sie war diesem kleinen Wesen verfallen; der Rest der Welt verschwand im Nu, zurück blieb nur ihre Stella. Jennys Mädchen sollte keine Nacht von ihrer Mutter getrennt sein. Sogar in der Klinik behielt Jenny sie bei sich und ließ sie nicht auf die Kinderstation bringen. Jenny Sparrow Avery wusste genau, was geschehen konnte, wenn man nicht zur Stelle war und über sein Kind wachte. Sie war sich nur allzu deutlich bewusst, was zwischen Müttern und Töchtern alles schief laufen konnte.

Doch nicht jeder war dazu verurteilt, die Geschichte zu wiederholen. Fehler und Kummer in der Vergangenheit mussten nicht das weitere Leben bestimmen, das sagte sich Jenny jedenfalls jeden Abend, wenn sie nach ihrer schlafenden Tochter sah. Was war die Vergangenheit schon außer einer bleiernen Kette, die man sprengen und abschütteln musste? Es war möglich, sich ihrer zu entledigen, so alt oder rostig diese Kette auch sein mochte, davon war Jenny überzeugt. Es war möglich, ein ganz neues Leben zu schmieden. Doch Ketten, die aus Blut und Erinnerungen bestanden, waren tausendmal schwieriger zu zerstören als jene aus Eisen, und man konnte von der Vergangenheit eingeholt werden, wenn man sich nicht vorsah. Eine Frau musste wachsam sein, sonst beging sie womöglich dieselben Fehler wie die eigene Mutter und schuf denselben Zorn.

Jenny hatte nicht die Absicht, sich zu entspannen oder auch nur das winzigste Fetzchen Glück für selbstverständlich zu halten. Sie war tagtäglich auf der Hut. Sollten andere Mütter am Telefon plaudern oder Babysitter bestellen; sollten sie an sonnigen Tagen im Boston Common sitzen und an Wintertagen Schneeengel machen. Jenny hatte keine Zeit für solchen Unsinn. Ihr blieben nur dreizehn Jahre, um das Vermächtnis ihrer Familie abzuwehren, und genau das wollte sie tun, welchen Preis auch immer sie dafür bezahlen musste.

Im Handumdrehen wurde sie zu der Sorte von Mutter, die stets darauf achtete, dass nirgendwo ein Luftzug herrschte, die dafür sorgte, dass die Kleine nie zu spät ins Bett ging oder an Regentagen im Park spielte, wo man sich Bronchitis und Brustfellentzündung zuziehen konnte. Katzen hatten keinen Zutritt zum Haus, zu viele Haare; Hunde wurden gemieden, weil sie unberechenbar waren, Flöhe hatten und Allergien auslösen konnten. Jenny war es einerlei, dass sie einen Job in der Bank an der Charles Street annehmen musste, der ihr zuwider war, und dass sie keinerlei Privatleben mehr hatte. Freunde meldeten sich nicht mehr, Bekanntschaften gingen ihr aus dem Weg, sie langweilte sich fast zu Tode bei der Durchsicht der Hypothekanträge, doch Jenny schenkte diesen unwichtigen Dingen kaum Beachtung. Wichtig war nur Stella. Jenny verbrachte ganze Samstage damit, Brokkoli und Grünkohl für nährstoffreiche Suppen zu häckseln; nächtelang saß sie wach, wenn die Kleine Ohrenschmerzen, Bauchschmerzen, Windpocken oder Grippe hatte. Sie band Schnürsenkel und sah die Schulaufgaben durch, und sie beklagte sich nicht ein einziges Mal. Enttäuschungen, wankelmütige Freunde, Mathehausaufgaben, Krankheiten aller Art wurden in Angriff genommen und bewältigt. Und wenn Stella nun zu einem argwöhnischen, ziemlich mürrischen Mädchen herangewachsen war, nun, dann war das immerhin besser, als wäre sie so wild gewesen wie Jenny, nicht wahr? Lieber auf Nummer Sicher gehen, oder? Selbstsüchtige Freuden verflüchtigten sich so rasch wie Träume, damit kannte sich Jenny aus; nur ein Abdruck auf dem Kopfkissen blieb zurück, ein Loch im Herzen, eine Liste von Dingen, die man bereute, so lang, dass man sich darin einwickeln konnte wie in einen Quilt mit einem besonders komplizierten Muster, *Liebesknoten* oder *Taube im Fenster* oder *Krähenfuß*.

Bald ging Jennys Ehe mit Will Avery in die Brüche, zerstört durch Misstrauen und Unehrlichkeit und Betrug. Eine ganze Weile schon hielt diese beiden nichts mehr zusammen außer ihrer gemeinsamen Geschichte, der Tatsache, dass sie zusammen aufgewachsen und als Kinder befreundet gewesen waren. Sie wahrten noch eine Weile den Schein für Stella, ihren Stern. Doch Kinder spüren genau, wo die Liebe verschwunden ist, sie wissen, wann Stille Friedlichkeit bedeutet und wann sie auf Verzweiflung hinweist. Jenny versuchte nicht daran zu denken, was ihre Mutter sagen würde, wenn sie erfuhr, wie übel ihre Ehe zu Ende gegangen war. Wie selbstgerecht Elinor Sparrow sein würde, wenn sie hörte, dass Will, für den Jenny so vieles geopfert hatte, nun in seiner eigenen Wohnung am anderen Ende der Marlborough Street wohnte, wo er wenigstens tun und lassen konnte, wonach ihm der Sinn stand, auch wenn er das sowieso schon lange zuvor getan hatte.

Dass Will untreu war, ließ sich leicht erkennen: wenn er log, erschienen weiße Flecken auf seinen Fingernägeln, und jedes Mal wenn er mit einer anderen Frau zusammen gewesen war, bekam er etwas, das Jennys Mutter »Lügnerhusten« nannte, ein ständiges Hüsteln, das ihn daran erinnerte, dass er die Wahrheit in einem Stück verschluckt hatte. Wenn Will zu Jenny zurückkehrte, schwor er, dass er ein anderer geworden sei, doch er war genau derselbe wie mit sechzehn Jahren, als Jenny aus ihrem Fenster geblickt und ihn unten auf dem Rasen entdeckt hatte. Der Junge, der stets nach Scherereien Ausschau gehalten hatte, musste nach einer Weile nicht mehr nach ihnen suchen: Sie fanden ihn von selbst, wo immer er steckte, des Tags oder in der Nacht. Sie folgten ihm nach Hause, glitten unter der Tür hindurch und legten sich zu ihm. Allerdings hatte Will Avery niemals behauptet, zuverlässiger zu sein, als er tatsächlich war. Er hatte nie vorgegeben, ein Gewissen zu haben. Er hatte überhaupt nie etwas vorgegeben.

Jenny selbst hatte darauf bestanden, dass sie ohne ihn nicht mehr leben könne. Jenny hatte ihm immer wieder verziehen, war süchtig gewesen nach einem seiner Träume, der sie daran erinnern konnte, warum sie sich damals in ihn verliebt hatte.

Elinor Sparrow wäre tatsächlich nicht erstaunt gewesen, hätte sie von der Trennung gewusst. Sie hatte Will Avery auf den ersten Blick als Lügner entlarvt. Sie durchschaute ihn im ersten Moment. Das war schließlich ihre Gabe. Ein Satz, und sie wusste Bescheid. Ein Achselzucken. Eine falsche Ausrede. Sie hatte Will Avery schnurstracks zur Tür gebracht, als sie ihn im Salon entdeckte, und sie ließ ihn nie wieder über die Schwelle des Hauses, obwohl Jenny sie inständig bat, ein Einsehen zu haben. Elinor weigerte sich, ihre Meinung zu ändern. Sie nannte ihn immer nur »den Lügner«, auch noch an jenem strahlenden Nachmittag, an dem Jenny von zu Hause weglief. Das war in Jennys letztem Jahr auf der Highschool, im Frühling, jener unsteten Jahreszeit, in der die Menschen oft vorschnelle Entscheidungen treffen. Als Jenny Sparrows Klassenkameraden schließlich ihren Abschlussball feierten, arbeitete Jenny in Baileys Eisdiele in Cambridge, um Will finanziell zu unterstützen, dem es indessen mühelos gelang, seine akademische Laufbahn zu ruinieren. Jenny dagegen hatte nur ihren eisernen Willen, der sie durchhalten ließ. Am Ende ihres Arbeitstags spülte sie das Geschirr, samstags schleppte sie die Wäsche in den Waschsalon. Ohne Schulabschluss und mit ihren achtzehn Jahren gab sie die perfekte Ehefrau ab, die sogar zu erschöpft und überarbeitet war, um etwas zu bereuen. Nach einer Weile erschien ihr früheres Leben in Unity ihr wie ein Traum: der Park gegenüber vom Gemeindehaus und den Kriegsdenkmälern, die Linden, der würzige Duft der Lorbeersträucher, bevor sich die Blüten öffneten, das plötzliche Aufblühen der Natur, als sei der Winter selbst nur eine Einbildung, ein flüchtiger Albtraum aus Eis, Unbarmherzigkeit und Trauer.

Der März war in dem kleinen Ort Unity immer besonders unberechenbar gewesen; das Wetter konnte im Handumdrehen umschlagen, von dreißig Grad im Schatten am Mittag zu nächtlichen Schneestürmen. Das Ortszentrum, nur vierzig Minuten nördlich von Boston zwischen der Autobahn und den Sümpfen gelegen, befand sich auf der Flugroute der alljährlichen Vogelzüge. An einem Tag des Jahres verdeckten immer riesige Schwärme von Kuhstaren, Amseln und Sperlingen den Blick auf die Sonne und verdüsterten den fahlen unzuverlässigen Himmel. Die Einwohner von Unity hatten sich seit jeher für Cake House, das Heim der Sparrows, interessiert; während des Vogelzugs kamen viele, um am Wegrand ein Picknick zu machen. Die meisten Menschen im Ort waren sogar ein wenig stolz auf das Haus, das als eines der ältesten im County galt. Man führte Freunde und Verwandte gerne zu einer Anhöhe, von der man eine gute Aussicht auf Cake House hatte, sofern die Besucher nichts dagegen einzuwenden hatten, durch Lorbeersträucher zu spähen oder auf allen vieren durch die Buchsbaumhecken zu linsen, in die Kaninchen und Waschbären Löcher gefressen hatten.

Früher einmal war das Haus nur eine schlichte Hütte mit unbefestigtem Boden gewesen, das Blockhaus einer Wäscherin. Die Fugen zwischen den Balken waren mit Lehm und Gräsern verstopft, das Dach war strohgedeckt. Doch jede Generation hatte diesem Gebäude etwas hinzugefügt, hatte Veranden und Mansardenfenster angebaut, Erker und Rundöfen, als verziere man eine Hochzeitstorte mit

Glasur. So war ein sonderbares Gebilde aus Mörtel und Ziegeln, grünem Glas und Tünche herangewachsen, als führe es ein Eigenleben. Die Einheimischen erklärten gerne, dass Cake House außer der Bäckerei, in der jetzt Hulls Teestube untergebracht war, als einziges Gebäude das Feuer von 1785 überstanden habe, in jenem Jahr, als der März so entsetzlich heiß war, dass alle Hölzer strohtrocken waren und ein einziger Funke von einer Laterne ausreichte, um die ganze Main Street in Brand zu setzen.

Geschichtskundige wiesen stets auf die drei schiefen Schornsteine von Cake House hin, von denen einer aus roten, einer aus grauen Ziegeln und einer aus Feldsteinen bestand und die jeweils in einem anderen Jahrhundert entstanden waren. Diese Experten achteten darauf, sich trotz der baulichen Attraktionen des Gebäudes nicht zu nahe an das Heim der Sparrows heranzuwagen, auch nicht bei einem Picknick. Und es war nicht das »Betreten verboten«-Schild oder das Dornengestrüpp im Wald, die sie fern hielten. In der Nähe von Cake House geriet das Verlockende schnell zur Gefahr. Jeden Schritt konnte man bitter bereuen. Trat man einen Stein beiseite, stieß man womöglich auf eine Schlange oder ein Wespennest. Gäste von auswärts wurden ausdrücklich angewiesen, keine Blumen zu pflücken; die Dornen der Rosen waren scharf wie Glassplitter und die Lorbeerhecken mit ihren hübschen rosa Knospen so giftig, dass Honig aus ihren Blüten einen Mann binnen Stunden vom Leben zum Tode befördern konnte.

Und vom Hourglass Lake, auf dessem reglosen grünen Wasser gelbe Seerosen trieben, wurde berichtet, die Welse, die dort in den Untiefen zu Hause waren, seien so bösartig, dass sie wahrhaftig aufs Gras hinaussprangen, um Kaninchen zu verschlingen, die sich zu nahe ans Ufer gewagt hatten. Nicht einmal die Einwohner von Unity, die sich sehr für die Vergangenheit des Orts interessierten – die Mitglieder des Vereins für Stadtgeschichte, die Stadträte, die Bibliotheksangestellten, die Akten und historische Objekte der Stadt betreuten –, wollten den unbefestigten Weg entlangfahren, denn in den schlammigen Furchen dösten Schnappschildkröten, und es gab Hornissen, die ohne jeden Grund zustachen. Selbst die ungebärdigsten Jungen der Stadt, die vom Anlegesteg in den Sumpf sprangen oder sich gegenseitig aufstachelten, durch Brennnesseln zu laufen, wagten es nicht, an heißen Sommertagen durchs Schilf zu streifen oder in jenem See zu schwimmen, in dem Rebecca Sparrow vor so vielen Jahren ertränkt wurde, mit hundert schwarzen Steinen im Saum ihrer Kleider.

Am Morgen ihres dreizehnten Geburtstags war Jenny Sparrow am Piepsen der Zirpfrösche erwacht, die an den flachen Ufern des Sees hockten. Damals trug sie für nichts Verantwortung. Sie wartete eher darauf, dass ihr Leben endlich begann. Sie wusste sofort, schon in den ersten Stunden ihres Geburtstags, dass sich etwas Unwiderrufliches ereignet hatte, und das war ihr mehr als recht. Jenny hatte keinerlei Hemmungen, ihre Kindheit zu beenden, in der sie schrecklich einsam gewesen war. Sie hatte unzählige Stunden mit ihren Wasserfarben und ihren Büchern in ihrem Zimmer verbracht, die Uhr beobachtet und Zeit vertrödelt. Auf diesen Morgen hatte sie ihr Leben lang gewartet, sie hatte die Tage auf dem Kalender abgestrichen und beim Einschlafen die Minuten gezählt. Die Kinder aus der Stadt beneideten Jenny Sparrow darum, dass sie in Cake House leben konnte; sie behaupteten, ihr Schlafzimmer sei größer als ein Klassenraum in der Schule. Sie besaß als Einzige ein Boot, mit dem sie an heißen Sommertagen auf dem Hourglass Lake rudern konnte, jenem Gewässer, in dem die Schildkröten jedem anderen Finger und Zehen abgebissen hätten. Ihr Vater nannte sie »Perle«, erzählten sich die Kinder, weil sie sein Kleinod war. Ihre Mutter, so raunte man, ließ sie tun und lassen, was sie wollte, vor allem seit der Vater bei einem Unfall ums Leben gekommen war, was Elinor Sparrow wohl völlig aus der Bahn geworfen hatte.

Niemand kümmerte sich darum, wo Jenny steckte, das stand fest; im alten Drugstore an der Main Street war sie oft die Letzte, die am Tresen saß. Wenn die Kinder abends aus dem Fenster spähten, sahen sie Jenny häufig im Dunkeln nach Hause gehen, vorbei an der alten Eiche an der Ecke der Lockhart Avenue. Niemand beaufsichtigte sie, und sie schien sich nicht zu fürchten, obwohl sie zu einer Tageszeit unterwegs war, zu der andere Kinder in Schlafanzüge gesteckt und von ihren fürsorglichen Eltern ins Bett gebracht wurden, die nicht einmal im Traum auf die Idee gekommen wären, ein Kind um diese Uhrzeit draußen herumlaufen zu lassen.

Diese Jungen und Mädchen, die Jenny mit Neid betrachteten, hatten keine Ahnung, dass Jenny im Winter Eiskristalle vor ihrem Mund sah, wenn sie ausatmete, weil es in Cake House so kalt war. Die Rohre in den Wänden klapperten und versagten manchmal gänzlich, sodass man den Nachtstuhl nur spülen konnte, indem man eimerweise Wasser aus dem See hineinschüttete. In den Säulen auf der Veranda hausten Bienen, in den Schornsteinen nisteten Vögel, und Holzameisen machten sich an den Balken und am Fundament zu schaffen. Das Haus war nachlässig vernäht worden und begann sich nun aufzulösen wie eine

Patchwork-Decke, die fadenscheinig und fransig geworden ist. Ständig ging etwas kaputt, und der äußere Anschein trog. Jenny, dieses freie und ungebundene Wesen, das die Kinder aus dem Ort an ihren Fenstern vorbeilaufen sahen, fürchtete sich entsetzlich vor der Dunkelheit. Sie litt an Asthmaanfällen, Magenschmerzen und Migräne und kaute Fingernägel. Sie wurde regelmäßig von Albträumen geplagt, und wenn sie in der Nacht laut schrie, war niemand da, der sich um sie kümmerte, wie bei anderen Kindern. Niemand kam den Flur entlanggelaufen und brachte ihr eine Tasse Tee oder hielt ihr die Hand, bis sie wieder einschlafen konnte. Es gab nicht einmal jemanden, der ihre Schreie hörte.

Jennys Vater war in dem Jahr ums Leben gekommen, als sie zehn wurde, und danach hatte ihre Mutter sich immer weiter von ihr entfernt, hatte sich hinter ihrer Schlafzimmertür verschanzt, dem Tor zu ihrem Garten, ihrer Rüstung aus Distanz und Unzufriedenheit. Elinor Sparrows Trauer über den Verlust ihres Gatten – der ein schlimmer Verlust war, ein übler Verlust mit unvorsehbaren Folgen – machte sich zunächst als Verstörung und dann als Rückzug bemerkbar. Binnen kurzem hatte sie sich allem entfremdet, das sie an diese Welt band, auch von ihrer Tochter Jenny. Vor allem von Jenny, der am ehesten geholfen war, wenn sie es lernte, auf eigenen Füßen zu stehen und für sich selbst zu sorgen und sich nicht in Gefühlen zu verlieren, denn so kam man gewiss besser durchs Leben.

In Wahrheit war Cake House ein kalter Ort, er strahlte Kälte aus, und kalt war es in jedem einzelnen Raum. Durch die Ritzen unter den Fenstern und den Türen zog es ständig, ein feindseliger Luftstrom, der den Wunsch weckte, doch morgens lieber unter einem Stapel Decken im Bett zu bleiben, statt sich dem Tag zu stellen. Fern von anderen Menschen könnte man sich so wenigstens in seinen Träumen verlieren, wenn das Leben zu schwierig aussah, was, offen gestanden, tagtäglich der Fall war. Doch am Morgen von Jennys dreizehntem Geburtstag war das anders. An diesem Tag schien die Sonne, und es hatte fast zwanzig Grad. An diesem Tag setzte sich Jenny kerzengerade im Bett auf, in Erwartung ihres Lebens.

Ihr Haar war lang und schwarz und nun zerzaust vom unruhigen Schlaf und ihre Haut olivfarben wie die ihrer Mutter und Großmutter und aller Sparrow-Frauen vor ihr. Wie sie erwachte auch Jenny am Morgen ihres dreizehnten Geburtstags mit einer ganz besonderen Fähigkeit, die nur ihr zu eigen war. So geschah es seit damals, als Rebecca Sparrow am Morgen ihres dreizehnten Geburtstags feststellte, dass sie keinen Schmerz mehr empfand, ob sie nun durch ein Dornengestrüpp streifte, die Hand über eine Flamme hielt oder barfuß über Glassplitter ging.

Seit damals kamen in jeder Generation andere Gaben vor. Jennys Mutter erkannte jede Lüge, ihre Großmutter Amelia linderte die Schmerzen der Geburtswehen mit einem einzigen Handauflegen. Von Jennys Urgroßmutter Elisabeth hieß es, sie habe alles in etwas Essbares verwandeln können: Felsbrocken und Steine, Kartoffeln und Asche, in Elisabeths kundigen Händen wurde alles zu einer Mahlzeit. Elisabeths Mutter Coral hatte das Wetter vorhersagen können. Hannah, die Mutter von Coral, fand alles wieder, was verloren ging, ob es sich nun um einen Ring, einen irregeleiteten Verlobten oder ein überfälliges Buch aus der Leihbücherei handelte. Sophie Sparrow konnte im Dunkeln sehen. Constance Sparrow blieb so lange unter Wasser, ohne zu atmen, dass jeder andere blau angelaufen und ertrunken wäre. Leonie Sparrow konnte durch Flammen gehen und ihre Mutter Rosemary schneller rennen als jeder Mann in Neuengland. Rebecca Sparrows Tochter Sarah kam mit wenigen Minuten Schlaf aus; nach einem kurzen Nickerchen habe sie Kräfte gehabt wie zehn starke Männer, so hieß es, und sei so unerschrocken gewesen wie der wildeste Löwe des März.

Jenny jedoch erwachte an ihrem Geburtstagsmorgen und hatte einen Traum im Kopf, einen Traum von einem Engel mit schwarzem Haar, von einer Frau, die sich nicht vor Wasser fürchtete, und einem Mann, der eine Biene in der Hand halten konnte, ohne ihren Stich zu spüren. Der Traum war so sonderbar und angenehm, dass sie am liebsten zugleich geweint und laut gelacht hätte. Doch als Jenny die Augen aufschlug, wusste sie sofort, dass dieser Traum nicht von ihr stammte. Diese Dinge hatte ein anderer ersonnen; die Frau und die Biene, das stille Wasser und den Engel. Diese Bilder gehörten zu einem anderen Menschen. Und dieser Mensch, wer immer es sein mochte, interessierte Jenny.

Sie begriff, dass dies ihre Gabe war, die Fähigkeit, die Träume anderer zu träumen. Es war keine sinnvolle Gabe, wie das Wetter vorhersagen oder Lügen erkennen zu können. Sie war auch nicht nützlich, wie keine Schmerzen zu empfinden, im Dunkeln zu sehen oder so schnell zu laufen wie ein Hirsch. Was konnte man mit einem Traum anfangen, noch dazu, wenn er von jemand anderem stammte? Regen und Schnee, Babys und Lügner, das fügte sich ins unverwüstliche Dasein der alltäglichen Welt ein. Aber mit dem Traum eines Fremden im Kopf zu erwachen war, als ginge man auf einer Wolke spazieren. Ein Schritt, und sie konnte einbrechen. Bald würde sie sich nach Dingen sehnen, die ihr nicht zugänglich waren; sinnlose Träume würden ihr den Weg zu immer neuen Begehrlichkeiten weisen.

An diesem Morgen, mitten im unberechenbarsten Monat des Jahres, hörte Jenny zu ihrem Erstaunen Stimmen auf dem Weg vor dem Haus. Die Einheimischen mieden diesen Weg, der von den Kindern Dead Horse Lane genannt wurde. Höchstens zur Zeit der Vogelzüge im Frühling ließen sie sich dort einmal für ein Picknick nieder, aber an allen anderen Tagen des Jahres setzten sie keinen Fuß in den Wald, gingen Lorbeersträuchern und Schnappschildkröten aus dem Weg, machten einen weiten Bogen um das Hochzeitstortenhaus, auch wenn sie deshalb einen Umweg über die Lockhart Avenue in Kauf nehmen mussten. Schilder mit der Aufschrift »Betreten verboten« waren an die Bäume genagelt, und die Nachbarn von den angrenzenden Grundstücken, die Stewarts, Elliots und Fosters, achteten darauf, die Grenzen nicht zu überschreiten, da Elinor sonst die Polizei rufen oder sie wegen Hausfriedensbruch anzeigen würde.

Dennoch waren von dort unten Stimmen zu hören, und eine davon gehörte zu Jennys Träumer, der jenen Traum geträumt hatte, mit dem sie in ihrem neuen Leben erwacht war, jenem Träumer, nach dem sie verlangte. Schlaftrunken und erschöpft trat Jenny ans Fenster, um zu erkunden, in wessen Traum sie da geraten war. Die Luft war mild und roch nach Minze. Alles war grün und üppig, und Jenny wurde beinahe schwindlig von all dem Blütenstaub, der durch die Luft wehte. Die Bienen waren fleißig an der Arbeit, schwirrten über den Knospen der Lorbeersträucher, doch Jenny beachtete ihr Summen nicht. Denn dort am Wegrand stand Will Avery, ein sechzehnjähriger Junge aus dem Ort, der so früh am Morgen schon nach Scherereien Ausschau hielt. Sein jüngerer Bruder Matt, der so bedächtig war wie Will hemmungslos, wanderte hinter ihm her. Die beiden hatten als Mutprobe auf der anderen Seeseite übernachtet; Sieger sollte der sein, der es zwölf Stunden dort aushielt, auch wenn das tote Pferd aus dem Wasser auftauchte. Sie hatten es beide bis zum frühen Morgen geschafft, trotz der Frösche und des Schlamms und der ersten Stechmücken des Jahres, und nun wehte ihr Lachen durch die Luft.

Jenny starrte zu Will Avery hinunter, der in der moosgrünen dunstigen Frühlingsluft auf dem Rasen stand, und sie wusste, warum ihr schwindlig war. Sie hatte Will schon immer bewundert, war aber zu schüchtern gewesen, ihn anzusprechen. Er war begehrenswert, ein Junge mit goldener Haut und tollkühnem Auftreten; ein Junge, der viel zu versessen darauf war, sich zu amüsieren, als dass er Regeln einhalten oder an irgendwen außer sich selbst denken konnte. Wenn es etwas Gefährliches zu erleben oder einen halsbrecherischen Streich auszuhecken galt, war Will Avery zur Stelle. In der Schule brachte er gute Leistungen, ohne sich anstrengen zu müssen, obwohl er liebend gern auf Partys herumhing; er lebte für den Augenblick. Wenn es etwas zu feiern, kaputtzumachen oder abzufackeln gab, war Will mit von der Partie. Menschen, die Will kannten, machten sich Sorgen um ihn, doch diejenigen, die ihn gut kannten, machten sich eher Sorgen um die Menschen, mit denen er zu tun hatte.

Weil Jenny sich in seinem Traum aufgehalten hatte, fühlte sie sich mutig. Es schien ihr, als sei Will Avery schon ihr Eigen, als hätten ihrer beider Träume und ihr alltägliches Leben sich verflochten, seien ineinander versponnen, ein und dasselbe Gewebe. Jenny schüttelte ihr wirres Haar glatt und verschränkte die Finger, um sich Glück zu wünschen. Sie wollte die furchtlose Frau aus seinem Traum sein, die für den Menschen, den sie liebte, durchs Wasser gehen konnte, das Mädchen mit dem dunklen Haar, das keine Scheu hatte, ihren Herzenswunsch zu verlangen.

Komm her, sagte Jenny leise. Es waren die ersten Worte, die sie an diesem Morgen ihres dreizehnten Geburtstags sprach.

Ihr schwirrte der Kopf vom Piepsen der Zirpfrösche. Das Frühlingsfieber pulsierte in ihren Adern. Andere Mädchen in ihrem Alter wussten schon lange vor ihrem Geburtstag, was sie sich wünschten: Silberarmbänder, Goldringe, weiße Rosen, mit Seidenband umwickelte Geschenke. Für all das interessierte sich Jenny Sparrow nicht. Sie hatte keine Vorstellung davon, was sie sich am meisten wünschte, bis ihr Blick auf Will Avery fiel. Da wusste sie es: Er sollte es sein.

Dreh dich um, sagte sie, und da schaute Will zum Haus hinauf.

Jenny zog sich in Windeseile an. Barfuß lief sie nach unten, hinaus in die weiche grüne Luft. Ihr war, als fliege sie, als verschwinde Cake House hinter ihr, zerfalle zu Asche mit seinen feuchten einsamen Räumen. Wenn dies Verlangen war – das kalte Gras unter ihren Füßen, der Duft der Minze, den sie mit der Luft einsog, das Toben ihres Herzens –, dann wollte sie mehr davon. Und sie wollte es immer.

Vor ein paar Tagen erst hatten die Frühjahrsvögelzüge begonnen, und zahllose Vögel flatterten am Himmel umher. Kuhstare, Vögel, die zu faul waren, ihren Nachwuchs selbst großzuziehen, hockten schon neben den Nestern von Spatzen und Eichelhähern, um die blauen und gefleckten Eier hinauszubugsieren, die dort ihren angestammten Platz hatten, und durch ihre eigenen Nachkommen zu ersetzen, die früher schlüpfen würden. Die Sonne war erstaunlich kraftvoll und heiß für März; ihre Strahlen drangen durch die Kleider direkt ins Blut. Vor diesem Morgen war Jenny still und grüblerisch gewesen, hatte sich gefürchtet vor der Dunkelheit und ihrem eigenen Schatten. Jetzt war sie eine andere geworden: ein Mädchen, das ins glimmernde Licht blinzelte, eine Person, die fliegen konnte, wenn sie wollte, die so beherzt war, dass sie nicht einen Augenblick zögerte, als Will Avery fragte, ob er sich Cake House einmal von innen anschauen dürfte. Sie nahm seine Hand und führte ihn zur Tür.

Wills Bruder, der arme Junge, bekam Gänsehaut an den Armen und versteckte sich hinter der Forsythie. Will rief ihm zu, er solle doch mitkommen, aber Matt, der immer vorsichtig und besonnen war, blieb zurück. Ihm war zu Ohren gekommen, was Leuten zustoßen konnte, die es wagten, Cake House widerrechtlich zu betreten. Und Matt Avery achtete das Gesetz, obwohl er erst zwölf Jahre alt war. Ihn interessierte das Haus der Sparrows natürlich ebenso brennend, doch er kannte sich mit Geschichte aus und wusste, was vor über dreihundert Jahren mit Rebecca Sparrow geschehen war. Beim Gedanken an ihr Schicksal wurde ihm übel, und seine Kehle war wie ausgedörrt. Er hatte auch nicht vergessen, dass die Jungen aus dem Ort den Weg schon seit Jahrhunderten Dead Horse Lane nannten und dass die meisten Einwohner diese Gegend mieden; sogar die alten Männer im Ort schworen, unter den Seerosen und dem Schilf dümple ein Skelett. Matt rührte sich nicht von der Stelle, erbost und beschämt, weil es ihm nicht gelingen wollte, auch nur eine Regel zu missachten.

Will Avery dagegen würde sich weder von einem toten Pferd noch von einem alten Aberglauben daran hindern lassen, seinen Spaß zu haben. Er war sogar einmal im See geschwommen, als Henry Elliot zwanzig Dollar gewettet hatte, dass er es nicht schaffen würde, und es war nichts passiert, außer dass er sich eine Mittelohrentzündung zugezogen hatte. Jetzt marschierte er mit einem hübschen Mädchen über den Rasen, und er hatte nicht die Absicht, einen Rückzieher zu machen, was man in der Stadt auch munkelte. Er ging weiter, obwohl Matt hinter ihm schrie, er solle zurückkommen, ihre Mutter würde bald merken, dass sie nicht in ihren Betten geschlafen hatten. Sollte der gute alte Matt doch im Gebüsch hocken bleiben. Sollte er sich doch vor irgendeiner Hexe fürchten, die seit über dreihundert Jahren tot war. Am Montag würde Will seinen Freunden verkünden können, dass er im Haus der Sparrows gewesen war und das Abenteuer überlebt hatte. Unterwegs würde er vielleicht noch einen Kuss ergattern, mit dem er sich brüsten konnte, oder womöglich sogar ein Andenken mopsen, bei dessen Anblick sich die anderen stumm vor Staunen auf dem Schulhof um ihn scharen würden.

Allein der Gedanke an das bewundernde Staunen begeisterte Will. Er stand schon damals gerne im Mittelpunkt des Geschehens. Er lächelte Jenny an, als sie auf die Haustür zugingen, und sein Lächeln war ein wunderbarer Anblick. Jenny blinzelte, verblüfft über so viel Zuwendung, doch dann erwiderte sie das Lächeln. Diese Reaktion war Will vertraut. Er wusste bereits, dass es Mädchen nicht kalt ließ, wenn er sich für sie zu interessieren schien, und er drückte ihre Hand fester, nur ein klein wenig, um ihr zu zeigen, dass sie ihm gefiel. Die meisten Mädchen waren sehr angetan, wenn sie sein Interesse spürten, ob es nun echt war oder vorgetäuscht.

Habt ihr etwas, das Rebecca gehört hat?, fragte Will, als sie den Korridor entlanggingen, denn das wollten alle sehen: irgendetwas, das früher einmal der Hexe des Nordens gehört hatte.

Jenny nickte, obwohl ihr zumute war, als würde ihr Herz zerspringen. Wenn Will in diesem Augenblick von ihr verlangt hätte, das Haus in Brand zu stecken, so hätte sie es getan. Wenn er um einen Kuss gebeten hätte, wäre sie seinem Wunsch nur zu gerne nachgekommen. *Das muss Liebe sein*, dachte sie. *Es kann nichts anderes bedeuten.* Sie konnte nicht glauben, dass der Junge neben ihr wirklich Will Avery war. Sie, die keinerlei Freunde hatte, die einsamer war als Liza Hull, das unscheinbarste Mädchen der Schule, hatte Will ganz für sich alleine. Sie würde ihm nichts abschlagen. Sie brachte ihn in den Salon, obwohl sie wusste, dass niemand diesen Raum betreten durfte. In Cake House gab es keine Gäste, auch nicht an Feiertagen oder Geburtstagen. Und falls es irgendeinem Lieferanten oder Vertreter gelang, das Haus zu betreten, so würde man ihm niemals Zutritt zu jenem Salon mit den fadenscheinigen Läufern und alten Samtsofas gewähren, auf denen sich niemand mehr niederließ und aus deren Kissen Staubwolken aufstiegen, sobald man sie berührte. Sogar der Zeitungsbote warf den *Unity Herald* vom Weg aus vor die Haustür und bekam seinen Lohnscheck per Post, damit Elinor nichts mit ihm zu schaffen hatte. Manchmal kam Eddie Baldwin, der Klempner, ins Haus, doch er musste immer seine schmutzigen Stiefel ausziehen, und dann blieb Elinor hinter ihm stehen, während er Frösche aus der Toilette angelte oder Algen und Teeblätter aus der Spüle saugte.

Doch vor allem bekam kein Fremder jemals die Gegenstände zu Gesicht, die einst Rebecca Sparrow gehört hatten. Die aufdringlichen Gestalten von der Bibliothek, die ständig um ein Schmuckstück oder einen Stofffetzen für ihre Schaukästen über die Geschichte von Unity bettelten, hatten nie auch nur einen Fuß über die Schwelle gesetzt. Doch dieser Tag war anders alle anderen, und dieser Besucher war ein besonderer. War Jenny in den Bann von Will Averys Traum geraten? Brachte sie ihn deshalb zu jener Ecke im Salon, in der Rebeccas Dinge aufbewahrt wurden? War es Liebe, die sie dazu veranlasste, die kostbarsten Besitztümer ihrer Familie zu offenbaren, oder nur das Frühlingsfieber, dieses mit Blütenstaub getränkte verschwommene grüne Licht, die Zirpfrösche, deren verträumte Gesänge an den schlammigen Ufern des Sees sich anhörten, als beginne und ende die Welt in ein und demselben Moment?

Will Avery war wie alle Bewohner des Orts begierig darauf, das zu sehen, was Jenny gerne vergessen wollte: Sie nannte es das heimliche Kummermuseum der Familie Sparrow. Welche Familie war so verrückt, die Dinge aufzubewahren, die ihr am meisten Leid gebracht hatten? Die Sparrows, genau, obwohl Elinor und Jenny sich nach Kräften bemühten, dieses Leid zu vergessen. Die Ecke, in der das Schränkchen stand, war staubig und ungepflegt. An der Wand standen Eichenregale, doch die ledergebundenen Bücher hatte seit Jahrzehnten niemand mehr in die Hand genommen, die Muscheln, die einmal rosa geschimmert hatten, waren im Lauf der Zeit grau geworden, und über die handgeschnitzten Modelle von Bienen und Wespen waren Holzameisen hergefallen, sodass sie zerbröselten, sobald man sie berührte. Nur der Glaskasten war vor allem Unheil bewahrt geblieben.

Jenny zog die bestickte Decke herunter, mit der die Erbstücke ihrer Familie vor Sonne und Verfall geschützt werden sollten. Als Will sah, was da vor ihm lag, keuchte er, und es verschlug ihm zum ersten Mal in seinem Leben die Sprache. Was er immer für ein Gerücht gehalten hatte, entsprach der Wahrheit. Nun hatte er wahrhaftig etwas zu erzählen, und ein Grinsen trat auf sein Gesicht. Am Montag würden alle an seinen Lippen hängen, und wenn sie ihm nicht glauben wollten, was er von Rebecca Sparrow berichtete, dann wusste doch zumindest er selbst, dass es Wirklichkeit war.

Er beugte sich vor, fühlte sich auf eine Weise berührt, die er selbst nicht verstand, fast als hätte er tatsächlich ein Herz. Dort in dem Kasten vor ihm lagen die zehn Pfeilspitzen, von denen man immer hörte, weitergereicht von Generation zu Generation und unter Glas aufbewahrt, wie andere Familien es vielleicht mit Fotografien oder Zeitungsanzeigen von Hochzeiten und Geburten taten, um ihre Geschichte zu dokumentieren. Auf einem verblichenen einstmals roten Satintuch lagen, sorgfältig angeordnet, drei weitere Gegenstände aus den Archiven der Sparrows: ein silberner Kompass, eine angelaufene Glocke und etwas, das Will auf den ersten Blick für eine eingerollte Schlange hielt, das aber tatsächlich ein schwarzer Zopf war.

Doch die Pfeilspitzen zogen Will am meisten in Bann; sie waren von Hand gefeilt, aus dem Stein, den man hier in der Gegend fand. Jede einzelne war vorne blutbefleckt. Ob diese Andenken aufbewahrt wurden, um an menschliche Grausamkeit oder an menschliche Verletzlichkeit zu erinnern, ließ sich schwer sagen. Man wusste nur, was ein Farmer namens Hathaway in sein Tagebuch geschrieben hatte, das man im Archiv der Bibliothek an der Main Street einsehen konnte. Hathaway war zu den Docks gegangen, um einen Spiegel abzuholen, ein kostbares Geschenk für seine Frau, zu einer Zeit, als es anstelle der aus Schlamm und Schwemmsand bestehenden Sümpfe noch einen Hafen gegeben hatte. Doch als er das Kleinod in Empfang genommen hatte, das ein Jahr über die Meere geschippert war, bevor es zu ihm gelangte, stolperte er über die Wurzeln einer knorrigen Wasseresche und verlor das Gleichgewicht; der Spiegel fiel zu Boden und zersprang in tausend glitzernde Teile. Hathaway stand reglos da und sann darüber nach, was er seiner Frau nun sagen sollte; so lange blieb er dort stehen, dass er Zeuge wurde, wie Rebecca Sparrow, den Arm voller Wäsche, barfuß über die Scherben schritt und keinen Schmerzenslaut von sich gab, als Blut von ihren Sohlen tropfte.

Als die Jungen von den Farmen in der Gegend erfuhren, dass Rebecca Sparrow keinen Schmerz empfand, schossen sie zum Zeitvertreib mit Pfeilen auf sie. Sie lauerten ihr auf, als sei sie ein Fasan oder ein Hirsch, herzlos und ohne einen Funken Erbarmen. Munter legten sie auf sie an, wenn sie ihr auf der anderen Seite des Hourglass Lake begegneten, wo sie die Wäsche der Frauen aus dem Ort wusch, die es sich leisten konnten, schmutziges Köper und Linnen von einer Person säubern zu lassen, deren Hände schon wund von Lauge waren. Einige dieser Jungen hinterließen schuldbewusste Briefe, die in der Bibliothek archiviert waren, aus denen hervorging, dass ihr Opfer nicht einmal zuckte, wenn es getroffen wurde. Rebecca schlug nur nach den Wunden, als seien sie Stechmücken, und setzte ihre Arbeit fort, wusch die dicken Wollsachen mit der stärksten Seife, die aus Asche und Fett hergestellt wurde, und weichte zarte Seidenstoffe behutsam in grünem Tee ein. Sie merkte nicht, dass sie verletzt war, bis sie zu Hause ihre Kleider ablegte. Erst da sah sie, dass einer der Pfeile sie getroffen hatte, erst wenn sie mit dem Finger die Spur des Blutes nachzog, das aus der Wunde rann.

War es da ein Wunder, dass Jenny voller Unruhe den dreizehnten Geburtstag ihrer Tochter erwartete? Sie fürchtete sich so sehr vor diesem Tag, dass sie sich die Fingernägel bis aufs Fleisch abkaute, eine Angewohnheit aus Kindertagen, in die sie in schwierigen Zeiten wieder zurück verfiel. Andere mochten ihre Vergangenheit vergessen, doch Jenny hatte sie nur allzu genau vor Augen. Sie erinnerte sich so deutlich daran, wie sie über das kühle taubedeckte Gras gelaufen war, als seien seither nur wenige Stunden vergangen. Sie hörte noch das Piepsen der Zirpfrösche und wusste, wie ihr Herz in ihrer Brust pochte, als sie mit Will im Salon vor dem Glaskasten stand. Dieser Erinnerung war es zu verdanken, dass Jenny in der Nacht vor Stellas dreizehntem Geburtstag kein Auge zutat, sondern auf einem Stuhl am Bett ihrer Tochter saß. *Lass sie so aufwachen, wie sie eingeschlafen ist,* lautete Jennys sehnlichster Wunsch. Nur darum flehte sie in dieser Nacht, die genau gleich lang war wie der Tag, einer Nacht, wie sie nur einmal vorkommt im Jahr. *Lass sie dasselbe liebe Mädchen sein, frei von Sorgen und besonderen Gaben.*

Da waren sie, Beschützte und Beschützerin, doch die Zeit lässt sich nicht abweisen, so vorsichtig und wachsam ein Aufpasser auch sein mag. Jenny wusste, dass es soweit war, als sie den Verkehr von der Commonwealth Avenue und dem Storrow Drive hörte. Man blinzelt einmal, und die Jahre ziehen vorüber. Man dreht sich zweimal um und findet sich im Land der Zukunft wieder. Es dämmerte über der Marlborough Street, und der Tag brach an, auch wenn Jenny die Vorhänge nicht öffnete und die Tür verschlossen hielt. Zeitungen wurden ausgetragen, der Müll wurde abgeholt, auf Fenstersimsen und Telefonleitungen gurrten die Tauben. Der Tag hatte begonnen, kühl und klar und unaufhaltsam.

Stella schlug die Augen auf und sah ihre Mutter, die sie beobachtete. Wenn die Mutter einen schon frühmorgens anstarrt, mit zerrauften Haaren und wachsam wie eine Bulldogge, kann man sicher sein, dass es Stress gibt. Dann fängt der Tag schlecht an, ob es nun ein gewöhnlicher Tag ist oder der Geburtstag. Stella richtete sich verschlafen auf. Sie hatte ihre Zöpfe am Abend vorher nicht ausgekämmt, und nun standen die kürzeren Haare wirr vom Kopf ab. Sie hatte die ganze Nacht von dunklen Gewässern geträumt und blinzelte jetzt im hellen Morgenlicht.

»Was machst du hier?« Stellas Stimme kam von weit her, und Jenny war sogleich klar, dass sie kurz weggedöst war und einen Teil des Traums ihrer Tochter aufgeschnappt hatte, eine wenig tröstliche Angelegenheit. Jenny Sparrow wusste sehr genau, wo das Wasser am dunkelsten war, wo es endlos schien, und deshalb trank sie Kaffee und Cola und blieb wachsam. »Was schaust du so?«, fragte Stella mit gereiztem Unterton, als ihre Mutter nicht antwortete.

Wie sollte Jenny erklären, was sie selbst nicht wusste? Sie hielt Ausschau nach etwas, das in ihrem kleinen Stern aufloderte, das war alles. Nach einer Fähigkeit, die sie zu etwas Besonderem machte, als wäre sie eine Riesin, oder ein Mädchen, das Feuer schluckte, oder eine Frau, die über Glasscherben gehen konnte, ohne Schmerz zu empfinden.

»Ich wollte nur wissen, was du als Geburtstagsfrühstück haben möchtest. Toast? Waffeln? Spiegeleier? Es gibt auch Rosinenbrot. Mit Walnüssen.«

Wenn es schon geschehen muss, dann lass es etwas Einfaches, Nützliches sein, die Fähigkeit, Kleider mit einem einzigen Stich zu nähen vielleicht, oder ein Talent für Trigonometrie. Große Sprachbegabung, Offenherzigkeit oder Belastbarkeit. Wenn es ganz schlimm kam, dann wäre auch die Fähigkeit, im Dunkeln zu sehen, noch annehmbar, oder die Gabe, wild gewordene Hunde mit einer einzigen Geste zu beruhigen.

»Ich frühstücke schon lange nicht mehr. Zu deiner Information. Und ich darf nicht zu spät kommen. Wir schreiben eine Mathearbeit, und Miss Hewitt schert sich nicht um Geburtstage. Nur um Mathematik.« Stella hatte sich aus dem Bett gehangelt und wühlte nun in einem Berg zerknüllter Kleider am Boden.

»Soll ich sie dir bügeln?«, fragte Jenny, als Stella zwischen Jeans und Unterwäsche ihre Schuluniform hervorzerrte.

Stella betrachtete den blauen Rock und die blaue Jacke, schüttelte dann beides aus. »So«, sagte sie mit diesem bockigen Unterton, den sie sich seit der neunten Klasse angewöhnt hatte. Stella hatte ein Schuljahr übersprungen. Sie hatte so leicht gelernt und so schnell gelesen, dass Jenny natürlich stolz auf ihre Leistungen gewesen war. Doch nun fragte sie sich, ob diese Entscheidung nicht ein Fehler gewesen war, ob Stella nicht in etwas hineingedrängt wurde, für das sie noch nicht reif war.

»Schon wieder glatt,« fügte Stella hinzu. Als sie sich umdrehte, starrte ihre Mutter sie schon wieder an. Diesmal mit einem unzufriedenen Gesichtsausdruck, als habe sie bei der prüfenden Betrachtung ihrer Tochter Flöhe oder Läuse entdeckt. »Stimmt irgendwas nicht mit mir? Schaust du mich deshalb ständig so an?«

»Nein, nein.« Wenigstens gab es hier nirgendwo grünes

Licht, piepsende Frösche oder Weggabelungen, die zu Unheil führen mochten. »Aber die Haare könntest du dir bürsten.«

Stella beäugte sich im Spiegel. Zu groß, zu dünn, Zähne, die nicht schief genug waren für eine Spange, und Haare, die aussahen wie Stroh, das zu lange im Regen gelegen hat. Sie warf ihrem Spiegelbild einen finsteren Blick zu, dann wandte sie sich zu ihrer Mutter um, immer noch trotzig. »Meine Haare sehen gut aus, danke sehr.«

Nachts hatte Jenny die Jahre bis zu Rebecca Sparrow zurückgerechnet, dem unglückseligen Mädchen, das als ihre erste überlieferte Verwandte galt. Stella war die dreizehnte Generation in der Geschichte der Sparrows, hatte sie dabei bemerkt. Dreizehn, die Ungückszahl. Manche Menschen trugen immer dreizehn Dollar in der Tasche herum, manche Architekten ließen den dreizehnten Stock aus, damit an diesem Unheil bringenden Ort niemand aussteigen musste. Und nun war Stella ein ganzes Jahr mit dieser Zahl behaftet, gefangen in ihrem Schicksal. Dreizehn, wie man auch zählte. Dreizehn, bis die nächsten zwölf Monate vergangen waren.

»Wie wär's mit einem Geschenk?« Jenny brachte eine Geschenkschachtel zum Vorschein. Sie hatte lange hin und her überlegt, um etwas zu finden, das Stella gefallen würde, doch das war vergebliche Liebesmüh. Jenny war über Stellas enttäuschtes Gesicht nicht erstaunt, als sie den Kaschmirpullover auspackte.

»Rosa?«, sagte Stella.

Jenny konnte nichts richtig machen; das war das Einzige, worüber sie sich in letzter Zeit einig waren.

»Hast du überhaupt eine Ahnung, wer ich bin?« Stella legte den Pullover sorgfältig in die Schachtel zurück. Tatsächlich hatte Stella nur schwarze, dunkelblaue oder weiße Sachen im Schrank.

Etwas lief zwischen Mutter und Tochter entsetzlich schief, seit dem letzten Sommer, als Will ausgezogen war, oder vielleicht auch schon seit jenen letzten Monaten ihrer Ehe, als Will und Jenny sich nur noch gestritten hatten. Es war so schlimm geworden, dass Jenny ein Glas Milch nach Will warf, als sie die Telefonnummer einer anderen Frau in seiner Jackentasche fand. Er hatte daraufhin ihre Lieblingsporzellanplatte zerschmettert. Dann hielten sie beide inne, keuchend, umgeben von Scherben und Milchpfützen. In diesem Moment hatten sie begriffen, dass ihre Ehe am Ende war.

Will hatte noch am selben Abend gepackt. Er hatte sie verlassen, trotz Stellas Bemühungen, ihn zurückzuhalten. Sie hatte ihn angefleht zu bleiben, und als er sich nicht überreden ließ, lief sie zum Fenster und sah ihm zu, wie er auf ein Taxi wartete.

»Er geht bestimmt nicht«, flüsterte Stella, doch als das Taxi vorfuhr, gab sie die Hoffnung auf. Als es keinen Zweifel mehr daran gab, dass Will sie verließ, was schon seit Jahren überfällig war, wandte sich Stella zu Jenny um. »Hol ihn zurück.« Ihre Stimme klang bedrohlich schrill. »Er darf nicht weggehen!«

Doch Will war verschwunden, und zwar schon seit Ewigkeiten. Jenny dachte an den Tag, als sie ihn auf dem Rasen gesehen hatte; sein Traum war ihre erste Kostprobe des Verlangens gewesen. Seither hatten sie so viele Nächte zusammen verbracht, doch es war ihr nie wieder vergönnt gewesen, Zugang zu seinen Träumen zu finden. Sie schnappte die Träume ihrer Vermieterin auf und die Träume ihrer Nachbarn, die ihre eigenen Traumbilder überdeckten. Der junge Mann im ersten Stock hatte so hitzige Sexträume, dass es Jenny schwer fiel, ihm in die Augen zu sehen, wenn sie sich am Müllschlucker trafen. Die alte Frau am Ende des Gangs träumte Bilder von Landschaften vor fünfzig Jahren, blau wie die Wasser des Nil, die Jenny immer erfrischten, auch wenn sie bei der Arbeit den ganzen Tag auf den Beinen gewesen war. Wenn sie durch den Boston Common ging, nahm sie Fetzen aus den Träumen der obdachlosen Männer wahr, die dort auf den Bänken dösten, Träume von warmen Wollmänteln und gebratenem Truthahn, Träume von allem, was diese Männer verloren, was man ihnen genommen oder was sie fortgeworfen hatten.

Doch bei ihrem eigenen Mann herrschte nur Leere, die Ödnis eines Menschen, der ohne jegliche Gedanken und Vorhaben einschläft. Träume, so leer wie die Marlborough Street, nachdem Will an jenem Abend in das Taxi gestiegen war, so dunkel wie die braune Dämmerung von Boston, die immer so schnell hereinbrach, als ziehe man einen Vorhang vor ein Fenster.

»Ich hasse dich«, hatte Stella an jenem Abend gesagt. Sie war in ihr Zimmer gegangen und hatte die Tür zugemacht, und so war es seither, den verschlossenen Türen aus Jennys Kindheit nicht unähnlich, nur umgekehrt. Damals hatte die Mutter die Türen geschlossen, nun war es die Tochter. Nicht einmal heute an ihrem Geburtstag zeigte Stella Interesse an Jennys Anwesenheit.

»Hast du was dagegen, dass ich mich anziehe, oder musst du mir dabei auch zuschauen?« Stella hatte die Hände in die Hüften gestemmt, als spräche sie mit einem aufdringlichen Hausmädchen, das sich nicht an die Anweisungen hielt, einer bedauernswert dummen Person, mit der sie sich herumschlagen musste, bis sie selbst endlich erwachsen und ungebunden war.

Jenny ging in die Küche und machte sich eine Tasse Kaffee, toastete dann einen Maismuffin für Stella. Jenny hielt Frühstück für die wichtigste Mahlzeit des Tages, auch wenn Stella anderer Meinung war.

»Ich mach dir nur rasch einen Bissen zurecht«, rief Jenny, als sie Stella im Flur hörte. »Damit du was im Magen hast.«

Jenny nahm den Muffin und ein großes Glas Orangensaft und wollte ins Wohnzimmer gehen, doch in der Tür hielt sie abrupt inne. Stella hatte in dem Schrank im Flur nach ihren schwarzen Stiefeln gesucht, aber stattdessen etwas ganz anderes gefunden. Nun saß sie im Schneidersitz auf dem Fußboden und nahm den Karton in Augenschein, der aus Unity eingetroffen war. Der miserable Anfang eines wenig verheißungsvollen Tages.

Jenny hatte geglaubt, das große Geschenkpaket hinter all den Jacken und Mänteln gut versteckt zu haben. Sie war nicht auf die Idee gekommen, dass Stella dort etwas suchen würde, bevor sie dieses Paket ebenso verschwinden lassen konnte wie all die anderen in den vergangenen dreizehn Jahren. Jedes Mal wenn ein Geschenk von Elinor Sparrow eingetroffen war, hatte Jenny es entsorgt, bevor Stella es entdeckte und sich davon in Bann ziehen ließ. Es war einerlei, ob das Päckchen eine Puppe oder einen Pullover, eine Spieluhr oder ein Buch enthielt; alles, was aus Unity kam, landete im Müllschlucker. Doch jetzt holte die Vergangenheit sie ein, zog sie mit Macht zurück zu allem, was Jenny hinter sich gelassen hatte. An diesem Morgen hätte es sie nicht erstaunt, eine Schnappschildkröte in ihrem Waschbecken vorzufinden oder eine schlammige Pfütze unter dem Teppichboden im Flur, womöglich sogar ein Erinnerungsstück aus dem Kummermuseum, fein säuberlich in Seidenpapier verpackt und mit einem Stück Schnur umwickelt, das ihrer Tochter in die Hände fiel. Es gab kein Zurück mehr: Stella hatte bereits das Paketband abgerissen. Styroporstücke rieselten auf den Boden.

»Sieh an, sieh an«, sagte Stella, und sie hörte sich entzückt und wütend zugleich an.

Der Karton enthielt das Modell von Cake House, das Jennys Vater seiner Tochter zum Spielen gebaut hatte, eine Miniaturversion des Hauses mit allen drei Schornsteinen. Wie in Wirklichkeit war das Gartentor grün gesprenkelt, und die Vogelnester, aus Stöckchen und Schnur angefertigt, thronten auf dem Dach der Veranda. Nicht einmal Forsythie und Lorbeerhecke fehlten; die winzigen Filzblätter waren mit hauchdünnen Blüten beklebt, auf denen Bienen aus Satin und Kirschkernen saßen.

»Wann wolltest du mir das zeigen?« Das Verpackungsmaterial haftete in weißen Klumpen an Stellas Uniform. »Nie?«

Jennys Vater Saul hatte ein ganzes Jahr an diesem Haus gearbeitet, doch nach seinem Tod hatte Jenny nie wieder damit gespielt. Das kleine Haus war von einem Regal in ihrem Zimmer in eine Ecke des Salons und von dort aus in einen Lagerraum im Keller befördert worden, wo es jahrelang vor sich hin gemodert hatte. Nun hatte jemand mit einer Zahnbürste die Böden geschrubbt. Die Teppiche waren gewaschen worden, der Küchentisch, aus einheimischem Kiefernholz geschnitzt, war mit Möbelpolitur behandelt worden und glänzte. Nach Zitronenöl roch er, bemerkte Jenny, und dieser Geruch erinnerte sie an ihren Vater und brachte sie häufig zum Weinen.

Stella hob das Modell aus dem Karton und stellte es auf den Tisch im Flur.

»Wolltest du es kaputtmachen, wie alles, was meine Großmutter mir geschickt hat?«

Jenny trat einen Schritt zurück, als habe man sie geschlagen. Das Zitronenöl hatte ihr Tränen in die Augen getrieben. Sie öffnete den Mund, um sich zu rechtfertigen, doch es gab keine Entschuldigung. Genau wie Stella vermutet hatte. Keinen anderen Grund außer selbstsüchtigem Stolz.

»Sag mir nicht, du hättest es nicht gewusst.« Rote Flecken erschienen auf Stellas Wangen. War sie über Nacht größer geworden? Hatte sie schon immer so erwachsen ausgesehen? So selbstgerecht? »Für wie dumm hältst du mich eigentlich? Ich weiß das schon seit meinem siebten Geburtstag. Ich bin dir nachgegangen und habe zugesehen, wie du mein Geschenk in den Müllschlucker geworfen hast.«

»Ich halte dich überhaupt nicht für dumm«, sagte Jenny. »Ich wollte nur…«

»Mich beschützen? Sichergehen, dass ich nicht infiziert werde? Von was? Einem Teddybären? Einem Puppenhaus? Oder dachtest du, sie vergiftet meine Geschenke? Vielleicht würde Arsen in mein Blut gelangen, wenn ich eines anfassen würde. War es das? Oder vielleicht hätte ich auch einfach gemerkt, dass es jemanden gibt, der mich gern hat.«

»Stella, du begreifst meine Mutter nicht. Du weißt nicht, wie manipulativ sie ist, jetzt, wo sie etwas will. Sie will dich. Sie glaubt, sie kann ihre Fehler wieder gutmachen. Aber für mich war sie nie da. Sie hat immer nur an sich selbst gedacht.«

Stella lachte, doch es klang bitter. Sie hatte vor dem Spiegel geübt, ein höhnisches Gesicht zu ziehen, und das tat sie jetzt. »Das kann nicht dein Ernst sein.« Stella griff nach ihren Stiefeln und zog sie an. Ihr Mund war verkniffen, ihre Haut weiß wie Eis. »*Sie* hat immer nur an sich selbst gedacht? Aber du bist natürlich makellos. Genau das würde passieren, hat sie gesagt. Sie hat mir gesagt, du würdest versuchen, mich gegen sie aufzubringen. Sie sagte, du würdest ihr die Schuld an allem geben.«

»Was meinst du mit, ›sie hat gesagt‹?« Alles, was Jenny sich für ihre Tochter gewünscht hatte, schien sich in diesem Augenblick, an diesem Tag zu verflüchtigen. Alles, was sie mit so viel Mühe richtig machen wollte, schien völlig misslungen zu sein. »Hast du mit deiner Großmutter gesprochen?«

»Ich spreche seit Jahren mit ihr. Jawohl! Wir telefonieren, wenn du nicht da bist. Wenn du dich nicht einmischen und zwischen uns auch noch alles kaputtmachen kannst, wie sonst überall.«

Stella wand sich einen Schal um den Hals. Ihre Augen waren kalt, gelb gesprenkelt. Die Augen ihres Vaters. Sie hatte mehr von ihm, als sie immer geglaubt hatte. Das wurde ihr in diesem Moment bewusst, als sie merkte, dass sie ihre Mutter verletzt hatte. Sie musste nicht das brave Mädchen sein, gute Manieren haben, tun, was man ihr gesagt hatte. Stella spürte, dass sich das Gleichgewicht der Macht verschoben hatte, und das fühlte sich gut an. Irgendwie war es ihr gelungen, die Oberhand zu gewinnen, als ihre Mutter nur einen Augenblick unachtsam war.

»Also, ich finde dieses Geschenk von meiner Großmutter wunderbar, und es ist mir egal, was du denkst. Wenn es nicht mehr da ist, wenn ich aus der Schule komme, ziehe ich aus. Das meine ich ernst. Ich ziehe zu meinem Vater.«

»Ach, Stella, sei doch nicht albern.« Will war viel zu ichbezogen, um sich um irgendjemanden zu kümmern; Stella hatte noch nicht ein einziges Mal bei ihm übernachtet. Denn dafür hätte er aufräumen, zum Supermarkt gehen und Milch und Brot kaufen, seinen Wecker stellen und einen Gedanken an jemanden außer sich selbst verschwenden müssen.

Dennoch spürte Jenny, wie ihr ein angstvoller Schauer über den Rücken lief. Menschen gingen unentwegt verloren, nicht wahr? Sie verschwanden einfach aus dem Leben anderer.

Halt den Mund, warnte Jenny sich selbst. *Steh diesen Tag durch und sei umsichtig. Dreizehn,* sagte sie sich. *Das ist alles. Eine Zahl, aber auch eine Krankheit, und wie jede Grippe wird sie vorübergehen.*

»Ich meine es ernst«, sagte Stella, als sie zur Schule aufbrach. Sie war spät dran, aber sie ließ sich Zeit, im Rausch ihrer neuen Macht. »Ich ziehe aus, und ich komme nie mehr wieder.«

Diese Worte hatte Jenny auch zu ihrer Mutter gesagt, und bald darauf hatte sie ihre Drohung wahr gemacht. Sie war nun klug genug, Stella ohne Widerrede gehen zu lassen. Als sie die Haustür ins Schloss fallen hörte, zwang sich Jenny, das kleine Haus anzusehen, das aus Unity gekommen war, auch wenn schon ein einziger Blick darauf sie verstörte. Sie hatte ganz vergessen, wie sehr es einer Hochzeitstorte ähnelte, rund und weiß. Sie hatte vergessen, wie hübsch es aus der Entfernung aussah, wenn man es nicht kannte, wenn man nicht das Innere betreten hatte. Auf der Rückseite befand sich ihr Zimmer mit den zarten Vorhängen in den Fenstern, der Raum, in dem sie so viele einsame Stunden verbracht und gewartet hatte, bis sie endlich erwachsen wurde. Da war die Haustür, die sie nach diesem letzten Streit mit ihrer Mutter zugeknallt hatte, als sie loslief, um sich mit Will zu treffen und Unity den Rücken zu kehren. Und dort, in der Ecke des Salons, hinter den Sofas aus Samtresten, neben Bücherregalen, die liebevoll bekleckst worden waren, damit sie nach Färbereiche aussahen, stand ein kleiner Glaskasten. Zehn winzige Pfeilspitzen mit scharlachroten Flecken vorne lagen darin, fein säuberlich in zwei Reihen angeordnet.

Das Haus war umgeben von Lorbeersträuchern aus Draht und Filz, in Gips gepflanzt, die bis in alle Ewigkeit blühten. Die wirkliche Hecke in Unity galt als eine der größten in Neuengland; sie war unverwüstlich und beständig und wurde von Jahr zu Jahr höher. Jenny strich über die winzigen Bienen, die auf den Blüten klebten, und spürte ein Pochen in ihren Fingerspitzen. Der Geruch von Haselwurz und Seewasser stieg ihr in die Nase, der so feucht und durchdringend war, dass er an Kleidern und Haaren haftete und sich nicht mehr entfernen ließ, als sei er mit schlammigem Zwirn fest angenäht.

Als sie all dem wieder begegnete, den Hecken und ausgefransten Teppichen, dem Glaskasten mit den Pfeilspitzen und dem Gartentor, wurde Jenny klar, dass alles wiederkehrt. Eine Bewegung bewirkte eine Gegenbewegung; Salz, das man durchs Fenster warf, flog zurück ins Auge. Mit jedem Jahr brannte es stärker; wenn man nicht Acht gab, konnte man erblinden. Die Zeit verging, ob es einem gefiel oder nicht. Wovor Jenny sich am meisten gefürchtet hatte, war bereits geschehen, und sie konnte es nicht verhindern, nicht übersehen, nicht ableugnen.

Stella war dreizehn geworden.

II.

Auf dem Weg zur Schule zog Stella ihren blauen Uniformrock höher und löste ihre Zöpfe, sodass ihr fast hüftlanges Haar locker über ihren Rücken fallen konnte. Ihre einzige Freundin, Juliet Aronson, hatte sie darüber aufgeklärt, dass ihr aschblondes Haar das Beste an ihr war. Stellas Ansicht nach war es das einzig Gute an ihr, und deshalb konnte es nicht schaden, damit zu protzen. Außerdem hatte nur die Sorte von Mädchen Zöpfe, die ihre Mutter so nett fand, Mädchen, die auch rosa Pullover trugen, Klassensprecherin waren und sich in Arbeitsgruppen nach der Schule hervortaten, angefangen von der Theater-AG bis zum Club für Mathe-Asse. Und zu dieser Sorte von Mädchen gehörte Stella ohnehin nicht.

Als sie von der Marlborough Street abgebogen war, blieb sie an der Ecke stehen und kramte einen Lippenstift aus ihrem Rucksack. Die Farbe hieß *Cheap,* ein Scharlachrot, mit dem sie leicht verlottert und übernächtigt aussah. Es war großartig. Juliet Aronson hatte ihr gesagt, sie wirke zehn Jahre älter mit diesem Lippenstift, und Juliet war Expertin, was Rebellion, Make-up und das Schicksal betraf.

Stella rieb sich die Schläfen, als sie auf die Rabbit School für Mädchen zuging, die sie schon seit dem Kindergarten verabscheute. Was sie vermutlich auch getan hätte, wenn sie nicht zu den Almosenempfängern gehört hätte, eine von den wenigen Stipendiatinnen und damit schon seit ihrem fünften Lebensjahr eine Außenseiterin gewesen wäre. Sie drängte sich widerwillig durch die Schülermassen vor den schweren Eichentüren der Schule und ging zu den Schließfächern, um ihren Mantel aufzuhängen. Im Neonlicht der

Garderobe merkte Stella, dass sie eigentlich keine Kopfschmerzen hatte, sondern eher eine Art sonderbares Kribbeln im Hirn. Sie fühlte sich wie zerschlagen, erschöpft vielleicht von dem Streit mit ihrer Mutter, die sich in alles einmischte, die Stella nicht die kleinste Heimlichkeit erlaubte, nicht einmal in ihren Träumen.

Es war Stella nie gelungen, etwas vor ihrer Mutter zu verbergen oder auch nur ein bisschen Privatsphäre zu haben. Wenn Stella nachts im Traum auf dem Sims eines hohen Gebäudes balancierte, kam Jenny am nächsten Morgen über einem Teller Waffeln, die Stella aufessen musste, auf eine Studie zu sprechen, der zufolge jeder Mensch unbegründete Ängste hatte. Wenn sie nach einer Party von einem der Jungen von der Cabot School träumte, einem dieser Jungen, die sie ohnehin ständig übersahen, dann verkündete Jenny am nächsten Morgen, dass Stella sich erst nach ihrem sechzehnten Geburtstag mit Jungen treffen dürfe, als hätte sie tatsächlich einer gefragt, als hätte sie ein solches Angebot abgelehnt.

»Schlafwandelst du?«, rief Juliet Aronson, als Stella den Flur entlangwanderte. »Warte gefälligst!«

Weil Stella ein Schuljahr übersprungen hatte, war Juliet Aronson ein Jahr älter als sie, obwohl sie in dieselbe Klasse gingen. Juliet hatte kurzes braunes Haar und stahlblaue Augen und verfügte über Dreistigkeit für zwei; sie hatte ein Talent dafür, ihren Willen durchzusetzen. In einer kaputten Kindheit muss man viel lernen, und Juliet hatte keine Lektion ausgelassen. Sie hatte beispielsweise die Direktorin davon überzeugt, dass sie hochhackige Schuhe tragen musste, weil eine Physiotherapeutin einen Schaden an ihrer Wirbelsäule entdeckt und es ihr empfohlen hatte. Der dunkelrote Lippenstift, den Juliet trug? War nötig, weil sie eine abscheuliche Sonnenallergie an ihren empfindsamen Lippen bekam, wenn sie nicht durch den dunklen Farbton geschützt waren. Jetzt stöckelte Juliet auf ihren hohen Absätzen hinter Stella her; als sie die Freundin an der Treppe einholte, war sie außer Atem. »Ich rufe dich schon die ganze Zeit, Geburtstagskind.«

»Wär ich doch nur schon dreißig geworden«, sagte Stella. »Dann könnte ich mein eigenes Leben führen.«

»So was wünscht man sich nicht. Da hättest du schon Falten. Du würdest dir den Kopf zerbrechen, warum du noch nicht verheiratet bist und deine Zeit in einem bescheuerten Job vertust oder mit irgendeinem Idioten, der schon verheiratet ist und dich ausnutzt. Genieß das Leben, Süße. Hör auf mich, vierzehn wirst du schneller, als du glaubst. Und ich kann dir sagen, es nervt. Hier. Das hilft.« Juliet reichte ihr eine Plastiktüte. »Viel Spaß beim Dreizehnsein.«

Stella lächelte trotz ihres schmerzenden Kopfs. In der Rabbit School, einer der wenigen verbliebenen privaten Mädchenschulen in Boston, herrschte harte Konkurrenz, und in ihrer Klassenstufe war Juliet Aronson die einzige andere Stipendiatin. Gleich und gleich gesellt sich gern, an dieser Redensart war etwas dran. Gemeinsam gelang es ihnen, die anderen auflaufen zu lassen, bevor sie selbst verletzt wurden. Beide konnten es sich nicht leisten, in der Newbury Street einzukaufen oder ins Sommerlager nach Maine zu fahren. Stellas Mutter hatte zwar ein regelmäßiges, aber niedriges Einkommen, und ihr Vater verdiente nicht viel an der Musikschule, an der er gelegentlich Unterricht gab. Die anderen Mädchen hatten sich tagelang die Mäuler zerrissen, als Will Avery sichtlich betrunken beim Herbstfest auftauchte und mit Senorita Smith flirtete, die auf jeden Mann hereinfiel, der auch nur entfernt ihrer Vorstellung von Don Quixote entsprach.

Zeig denen niemals, was du fühlst, hatte Juliet erst letzte Woche zu Stella gesagt, als sie beide keine Einladung zu Hillary Endicotts Geburtstagsparty im Museum of Fine Arts bekommen hatten. *Ich glaube, ihr passt da nicht hin,* hatte Hillary ihnen nach dem Herbstfest in freundlichem Tonfall mitgeteilt, als sei es noch gnädig von ihr, sie auf ihre Mängel hinzuweisen, worauf Juliet ihr auf die teuren Lederstiefel spuckte. Um sich für Hillarys Party zu entschädigen, klauten sie stattdessen bei Saks Seidentücher. *Tu, als sei dir alles egal,* riet Juliet Stella, als sie sich in die Boston Public Library verzogen, wo sie im Lesesaal in Ruhe ihre Beute sichten konnten. *Nach einer Weile spürst du nichts mehr.*

Darin war Juliet Expertin. Vor zehn Jahren hatte Juliets Mutter ihren Vater vergiftet und war in einem Aufsehen erregenden Prozess verurteilt worden. Nachdem Juliet einige Jahre bei Pflegeeltern verbracht hatte, lebte sie nun bei der jüngsten Schwester ihrer Mutter, die am Emerson College studierte, in einer kleinen Wohnung in Charlestown. Ihrer Tante war es mit irgendeinem Trick gelungen, ein Stipendium für Juliet an der Rabbit School zu ergattern, sodass sie dort in der sechsten Klasse aufgenommen wurde, doch Juliet war das völlig einerlei. Aufgenommen oder nicht, sie war meilenweit entfernt von jeglicher Art von Hoffnungsschimmer.

»Na los, mach schon auf«, sagte Juliet zu Stella. »Es wird dir gefallen.«

Die Tüte enthielt ein schwarzes Kleid, das Juliet in der zweiten Etage von Saks gestohlen hatte, ein hinreißendes kurzes Etwas aus hauchzartem Stoff, das zu tragen Stellas Mutter ihr niemals erlauben würde. Dieses zauberhafte

Kleid stammte aus einer anderen Welt, war Lichtjahre entfernt von dem rosafarbenen Kaschmirpullover, der, wenn es nach Stella ging, den Rest seines Daseins in dem Geschenkkarton in einer Schublade fristen würde.

Stella fiel ihrer Freundin um den Hals. »Es ist wunderbar!«

»Gute Idee von mir, dir was zum Anziehen zu schenken.«

Stella blickte Juliet fragend an. Das Pochen in ihrem Kopf war absolut unerträglich.

»Erde an Stella. Was ist bloß los mit dir? Hast du noch nie von der roten Flut gehört? Du tropfst.«

Sie rannten auf die Toilette, obwohl sie wussten, dass sie zu spät kommen würden zum Matheunterricht bei Miss Hewitt und der Arbeit, vor der ihnen beiden angst und bange war.

»Oh, Scheiße.« Stella hatte zum ersten Mal ihre Periode bekommen, und sie war den Tränen nahe. »Warum ausgerechnet heute? Ich bin echt vom Pech verfolgt.«

»Ich dachte immer, das sei meine Rolle.«

Juliet besuchte jeden zweiten Sonntag das Grab ihres Vaters und hätte deshalb sowieso keine Zeit für Geburtstagspartys gehabt, selbst mit Einladung. Die Briefe ihrer Mutter aus dem Framingham State Prison zerriss sie ungeöffnet. Sie wusste, was darin stand: die üblichen Entschuldigungen und Erklärungen. Die waren Juliet Aronson egal. Sie unterschrieb ihre Zeugnisse selbst, machte sich ihr Pausenbrot alleine und bewahrte eine Strickleiter unter ihrem Bett auf, für den Fall, dass in ihrer Wohnung ein Feuer ausbrach, denn ihre Tante rauchte, während sie ihren Stoff büffelte, und schlief dabei häufig mit einer brennenden Zigarette im Aschenbecher im Bett ein. Juliet war an Katastrophen gewöhnt und deshalb stets auf alles gefasst. Nun zog sie zum Beispiel ein sauberes Höschen aus ihrem Rucksack. Immer gut vorbereitet sein, war ihr Motto. Immer mit dem Schlimmsten rechnen.

»Das hältst du für schlimm? Ich hab meine Periode zum ersten Mal gekriegt, als ich mit dem Zug nach Cambridge fuhr, und ich musste sitzen bleiben und vor mich hinbluten, bis der Zug am Harvard Square hielt. Da bin ich in den Supermarkt marschiert und hab gesagt, ich geh erst wieder, wenn sie mir eine Jogginghose geben.«

Juliet lehnte sich ans Waschbecken und steckte sich eine Zigarette an; sie hatte den Besitzer des Ladens an der Ecke kürzlich mithilfe des geklauten Ausweises ihrer Tante davon überzeugen können, dass sie eine dreiundzwanzigjährige Studentin war. »Ich glaube, ich müsste dich hauen oder so. Dich in der Welt der Frauen willkommen heißen. Meine Tante hat mich gehauen, aber das hat sie vielleicht gemacht, weil ich ihre weiße Jeans anhatte, und die konnte sie hinterher wegschmeißen.«

»Na, ist ja toll. Gehauen werden. Großartig.« Kein Wunder hatte sie ein komisches Gefühl im Kopf und Bauchschmerzen. »Willkommen in der Welt der Schmerzen.«

Stella hatte sich umgezogen und den blutbefleckten Rock und das Höschen in ihrem Rucksack verstaut, und nun trug sie den blauen Blazer über dem neuen schwarzen Kleid. Sie stellte fest, dass der Stoff fast durchsichtig war. Man musste ziemlich mutig sein, um so ein Kleid zu tragen, selbst wenn es zur Hälfte verdeckt war. Man musste überzeugt davon sein, dass man nicht albern darin aussah. Stella strich den Rock glatt und knöpfte den Blazer zu, dann wusch sie sich die Hände. Bislang war es nur anstrengend, Frau zu sein.

»Ich hasse meine Mutter«, sagte Stella beiläufig, als sie

sich die Hände abtrocknete und ihren Lippenstift nachzog. In dem flackernden Licht in der Toilette sah sie ohne Lippenstift besonders blass und mit Lippenstift besonders aufgetakelt aus. »Sie beobachtet mich unentwegt, als sei ich eine welkende Blume oder so was.«

»Du findest deine Mutter ätzend? Sie hat wenigstens keinen umgebracht.«

»Nur gefühlsmäßig.«

Sie lachten und liefen los zum Unterricht.

»Wenn jemand dich wegen deiner unvollständigen Uniform anmacht«, raunte Juliet, »sag ihnen, du bist fast am Verbluten. Dann halten sie den Mund.«

»Okay.« Stella fühlte sich in dem schwarzen Kleid unsicher. Sie fragte sich auch, ob sie zu viel Lippenstift aufgelegt hatte.

»Und überlass die Autoritätsperson mir. Du wirst sehen, wie aufrichtig ich wirken kann.«

Im Klassenzimmer eilte Stella zu ihrer Bank, während Juliet sich bei Miss Hewitt für ihr Zuspätkommen entschuldigte. Juliet erklärte, sie hätten mit einem typisch weiblichen Problem zu kämpfen gehabt, auf das ihre Mutter sie nie hatte vorbereiten können, da Mrs. Aronson ja, wie Miss Hewitt doch wusste, in Framingham im Staatsgefängnis saß und eine gemeine Mörderin war, die Juliet mutterseelenallein in der grausamen Welt zurückgelassen hatte. Wie konnte Miss Hewitt dagegen etwas einwenden? Wie konnte sie ihnen da einen Eintrag wegen Zuspätkommens verpassen? Stella war wieder einmal von Juliet beeindruckt. Eine treue Freundin war ungemein tröstlich, sogar an einem grässlichen Tag wie diesem. Rasch wandte sich Stella der Mathearbeit zu. Sie hatte sich wirklich vorbereitet, weil sie ihre schlechte Mathenote verbessern wollte, und es wäre ihr vielleicht auch gelungen, wenn sie nicht aufgeschaut hätte, nachdem sie ihren Namen geschrieben hatte. Ihr Blick fiel auf Miss Hewitt, und dann konnte sie nicht mehr wegschauen. Denn dort, unübersehbar, mitten im Hals der Mathematiklehrerin, steckte eine Fischgräte.

Stella blinzelte. Ihr war schon den ganzen Tag schwindlig; wahrscheinlich bildete sie sich das ein. Doch als sie noch einmal hinsah, steckte die Gräte unverändert an derselben Stelle. Sie war schmal und weiß, eine Forellengräte vielleicht. An der Form ließ sich deutlich erkennen, dass man eine solche Gräte nicht mehr auswürgen konnte, wenn sie einmal in die Luftröhre geraten war.

Stellas Herz hämmerte, und ihr Mund fühlte sich völlig ausgetrocknet an. Sie hatte sofort begriffen, dass es ihr aus irgendeinem Grund gelungen war, in Miss Hewitts Zukunft zu blicken, den Verlauf ihres weiteren Lebens zu sehen. Stella saß in ihrer Bank vor der Arbeit, für die sie so fleißig gelernt hatte, ihrer Bestimmung hilflos ausgeliefert, und ihr Gesicht wurde aschfahl. Ihr Herz hämmerte, und ihr Kopf drehte sich. Als sie ohnmächtig wurde, sprangen die anderen Mädchen erschrocken auf und drängten sich um ihre Bank. Eine zog Stellas durchsichtiges Kleid herunter, damit sie nicht entblößt war; eine andere rollte ihren Blazer auf, damit ihr Kopf nicht auf den harten Steinplatten lag.

Alle waren voller Verständnis, als Juliet verkündete, Stella habe zum ersten Mal ihre Periode bekommen, und zwar mit schrecklichen Krämpfen. Die Schulschwester wurde gerufen und behandelte Stella mit Riechsalzen und einem kalten Umschlag. Als Stella wieder zu sich kam und sich langsam aufrichtete, hielt sie sich den schmerzenden Kopf. Sie wusste einen Moment lang nicht, wo sie war, bis sie in Juliet Aronsons besorgtes Gesicht blickte.

»Herzlichen Glückwunsch zum Geburtstag«, sagte Juliet.

Juliet überredete die Mathelehrerin, Stella früher gehen zu lassen. Die arme Miss Hewitt, die nichts von ihrer düsteren Zukunft ahnte und sich der taktischen Manöver von Juliet Aronson nicht erwehren konnte, versprach Stella, dass sie die Arbeit nach dem Wochenende schreiben könne. Man rief ein Taxi für Stella und holte ihren Mantel aus der Garderobe, und damit hätte sich der Tag eigentlich zum Besseren wenden können. Doch auf der Heimfahrt entdeckte Stella ein erbsenförmiges Gebilde im Gehirn des Taxifahrers. Sie wurde beinahe wieder ohnmächtig, wehrte sich jedoch mit eisernem Willen dagegen. Sie würde sich nicht aufführen wie ein Baby. Sie würde sich von dieser Sache nicht kleinkriegen lassen, was es auch war, ein Fluch oder ein Omen oder irgendeine falsche Verkabelung in ihrem Kopf. Sie öffnete das Fenster und zwang sich, tief einzuatmen; für den Fall, dass ihr noch mehr Schocks drohten, hielt sie für den Rest der Fahrt die Augen geschlossen.

In ihrem Haus rannte Stella in den dritten Stock hoch, und als sie in der Wohnung war, drehte sie von innen zweimal den Schlüssel herum. Sie holte sich ein Glas Wasser aus der Küche, ging in den Flur, zog sich einen Stuhl zu dem Modellhaus, das sie von ihrer Großmutter bekommen hatte, und versuchte die Ereignisse des Tages zu vergessen. Es war beruhigend, sich auf dieses kleine Haus zu konzentrieren, alle Einzelheiten genau zu betrachten, die winzigen Teppiche, das braunweiße Spode-Porzellan, die Miniaturkamine – einer aus roten Ziegeln, einer aus grauen, einer aus Feldsteinen –, den Glaskasten in der Ecke des Salons, der mit einem bestickten Tuch bedeckt war.

Stella wanderte im Geiste durch die Räume von Cake

House, einem Ort, zu dem sie noch nie Zutritt gehabt hatte, und bemühte sich nach Kräften, diesen grauenhaften Geburtstag zu vergessen. Als sie gestern mit Elinor Sparrow gesprochen hatte, riet ihr die Großmutter, sich auf Überraschungen gefasst zu machen. Vielleicht hatte sie das damit gemeint. Dieses Flirren in ihrem Kopf, die Visionen, die Fischgräte, das schwarze Kleid, das viel zu erwachsen für sie war, ihre Ohnmacht, als sie, fassungslos und verstört, angesichts des Todes im Klassenzimmer zu Boden sank.

Wenigstens war ihre Mutter noch bei der Arbeit, und sie konnte ein Weilchen alleine sein. Stella ging in ihr Zimmer und versteckte das schwarze Kleid unter dem Bett, dann zog sie eine alte Jeans und eine weiße Bluse an, die sie liebte. Ihr Geburtstag begann morgens häufig mit strahlendem Sonnenschein und endete abends mit Schneegestöber, oder es war morgens stürmisch, und dann wurde es plötzlich mild und lau. An der Tagundnachtgleiche wusste man nie, woran man war. Auch jetzt schlug das Wetter um. Als Stella das Fenster öffnete, drang feuchte Luft herein, die nach Seewasser roch, dunkel und schlammig und süßlich. Stella dachte an Haken und Gräten, an Tumore in Erbsenform, an Geburtstage und Blut. Sie dachte über all das gründlich nach, und dann ging sie wieder in den Flur und rief ihren Vater in der Musikschule an.

»Daddy«, sagte sie erleichtert, als sie seine Stimme hörte. So war die Liebe, sie gewährte einem Trost und Zuspruch, wenn man bedürftig war. Sie verhieß Hoffnung, wenn man es aufgegeben hatte, an sie zu glauben. »Komm und hol mich ab.«

III.

Will Avery kam vierzig Minuten zu spät, was bei ihm beinahe pünktlich war. Als er um die Ecke auf die Marlborough Street einbog und seine Tochter auf der Treppe sitzen und auf ihn warten sah, spürte er eine Aufwallung von Freude in sich. Stella erwartete immer noch etwas von ihm, obwohl er sich für alle anderen als Enttäuschung erwiesen hatte. Zumindest Stella glaubte an ihn, und deshalb bemühte er sich, für sie da zu sein – so oft er konnte jedenfalls, was nicht so häufig war, wie er gerne gewollt hätte. Will wusste besser als jeder andere, dass er verantwortungslos und egomanisch war und dass diese Charakterzüge ebenso zu ihm gehörten wie sein attraktives Äußeres.

Er hatte sich bislang mit diesen charakterlichen Mängeln nicht ausführlicher beschäftigt als mit seiner Blutgruppe oder der Beschaffenheit seiner Knochen, aber in letzter Zeit veränderte sich etwas in ihm. In den vergangenen Monaten war er immer wieder von Gefühlen überwältigt worden, die er nicht verstand. Ohne ersichtlichen Grund war ihm plötzlich nach Weinen zumute. Sobald er alleine war, was jetzt sehr häufig vorkam, spürte er den schwarzen Abgrund der Reue. Wenn er sich nicht vorsah, würde er bald eine dieser erbarmungswürdigen Gestalten sein, die nach zwei starken Drinks losheulten und jedem Fremden, der ihnen unterkam, die Geschichte ihres verpfuschten Lebens erzählten.

»Hey, Schatz«, rief er, als Stella auf ihn zugerannt kam.

Stella hatte ihr Haar zurückgebunden; sie trug einen alten blauen Mantel, Jeans und eine weiße Bluse. Keine sonderlich festliche Aufmachung. Und sie sah besorgt und angespannt aus.

»Geht's dir gut? Lass dich anschauen.« Will betrachtete seine Tochter prüfend. Er wusste, wie man Frauen aufmunterte. Das war das Einzige, was er gut beherrschte, außer der Musik. »Bezaubernd schön wie immer.«

»Ja, ja, von wegen.« Stella musste wider Willen lächeln.

»Wo steckt deine Mutter? Wollten wir an deinem Geburtstag nicht alle zusammen essen gehen?«

Stella griff nach der Hand ihres Vaters. »Ich möchte lieber schon los, bevor Mam nach Hause kommt. Ich will meinen Geburtstag mit dir feiern. Das würde sie nicht verstehen.«

»Aha. Du willst Mama entwischen.« Gegen solche Manöver hatte Will nie etwas einzuwenden. Er hatte sogar volles Verständnis dafür. Jedes Mal wenn er sich herumgetrieben, zu viel getrunken oder Jenny anderweitig enttäuscht hatte, war er in derselben Stimmung gewesen. Und verdiente Jenny Sparrow es nicht irgendwie sogar, enttäuscht zu werden, wenn man es sich recht überlegte? Sie war ständig so furchtbar gekränkt. Sie weigerte sich einfach, aus Erfahrung klug zu werden. Trug Will die Schuld daran, dass sie naiv war? Musste er die Verantwortung dafür übernehmen? Vielleicht hatte er ihr sogar einen Gefallen erwiesen, indem er sie aus ihrer Traumwelt aufweckte und ihr zeigte, dass es in der wirklichen Welt nur so von Lügnern und Betrügern wimmelte – Menschen wie ihm, die genau dasselbe Recht hatten, auf der Erde herumzuspazieren wie Jenny.

Will und Stella verdrückten sich zur Beacon Street, bevor Jenny etwas davon mitbekam, und rannten lachend durch die Straßen zu ihrem Lieblingsrestaurant, The Hornet's Nest, das für seine starken Drinks und seinen himmlischen Boston Cream Pie, eine Süßspeise aus Eiercreme und Schokolade, berühmt war. Es war ein fröhlicher Anlass, der gefeiert werden musste, und Will hatte ausnahmsweise einmal daran gedacht, ein Geschenk zu besorgen – natürlich nach einem Hinweis von Jenny auf seinem Anrufbeantworter. Er hatte ein Armband mit einem goldenen Glöckchen für Stella ausgesucht, das ihr sehr zu gefallen schien. Doch binnen kurzem fühlte Will sich unwohl. Stella plapperte ohne Unterlass, was sonst gar nicht ihre Art war, und ihr fröhliches Getue wirkte angestrengt. Sie sah ihm seit jeher ähnlich mit ihren feinen Gesichtszügen und dem goldenen Haar. Will hoffte nun inständig, dass sie nicht auch Teile seines Charakters geerbt hatte. Er war zum Lügner geboren. Unehrlichkeit fiel ihm so leicht wie der Umgang mit der Musik; er schien für beides ein Talent zu haben. Was praktisch war, denn er bemühte sich nie um irgendetwas. Der Gedanke kam ihm gar nicht. Er hielt einfach die Hände auf, und das Glück fiel ihm zu, oder wenigstens war es bisher in seinem Leben so gewesen.

Nur ein einziger Mensch hatte ihn von Anfang an durchschaut. Nicht Jenny. Sie hatte dreißig Jahre gebraucht, um zu merken, dass man ihm nicht trauen konnte. Nein, Jennys Mutter hatte ihn sofort als das erkannt, was er war. Elinor Sparrow wusste, dass er ein Lügner war, im selben Augenblick, in dem sie ihn im Salon ihres Hauses zum ersten Mal erblickte. Will war dreist gewesen damals, er hatte sich in den staubigen Räumen von Cake House nicht gefürchtet, aber natürlich auch nicht damit gerechnet, dass Elinor Sparrow über sie herfallen würde, als sie sich die Sachen von Rebecca Sparrow ansahen, die im Salon hinter Schloss und Riegel gehalten wurden.

Rühr dich nicht von der Stelle, hatte Jenny damals geflüstert, als sie ihre Mutter im Korridor hörte. Er hatte nicht auf sie gehört. Will konnte nicht gehorchen. Sobald Jenny hinausgelaufen war, um ihre Mutter abzulenken, griff Will nach dem Schlüssel, der an einem Haken an der Wand hing. Ohne zu zögern, schloss er den Glaskasten auf, um die Dinge genauer in Augenschein zu nehmen. Doch leider ließ Elinor Sparrow sich nicht ablenken, denn sie hatte das Knarren vernommen, als der Glaskasten aufgeschlossen und geöffnet wurde. Und ein süßlicher klebriger Geruch war ihr in die Nase gestiegen, unzweifelhaft die Ausdünstung eines Lügners und Diebs. Und da war er: ein dummer Junge in ihrem Salon, und er beäugte die Andenken der Familie, als sei er ein Gast, der ein Recht darauf habe, in diesem alten blutbefleckten Kasten des Kummers herumzustöbern.

Elinor Sparrow war einsachtzig groß und kräftig; als sie Will an der Schulter packte, spürte er, wie ihre Fingernägel sich in sein Fleisch gruben.

Was hast du da herausgenommen? Sie schüttelte ihn, als würde die Wahrheit aus ihm herausfallen. Sie behandelte ihn, als sei er ein Maulwurf im Garten, eine Ratte im Keller, Ungeziefer in einer Falle. *Was hast du gestohlen?*

Nichts. Das war die hitzige Antwort eines Lügners, süß wie Sirup und viel zu schnell. *Sie irren sich. Ich wollte nur mal schauen.*

Elinor hatte höhnisch gelacht. Ihr war nicht entgangen, wie er sich die Lippen leckte, wie flackernd sein Blick war; sie ließ sich nicht täuschen vom samtigen Klang seiner Stimme. Er verströmte den ledrigen beißenden Geruch seiner Lügen. Elinor hätte ihn auch gefunden, wenn er sich in einem Strohballen versteckt hätte. So stank dieser Junge, wie alte Schuhe, wie vernichtete Hoffnungen, wie jemand, der einem die Tochter stahl, wenn man sich nicht vorsah.

Elinor schüttelte Will noch heftiger; sie hätte ihm womöglich die Schulter ausgerenkt, wenn Matt Avery den Radau nicht gehört hätte und herbeigelaufen wäre. Matt stieß die Verandatür auf, wobei einige Scheiben zu Bruch gingen, und schwenkte eine Schaufel, die er neben der Veranda entdeckt hatte. Matt war ausgesprochen schüchtern und gab meist nicht einmal Antwort, wenn man ihn ansprach, doch nun stand er entschlossen mit seiner Schaufel in der Hand vor Elinor Sparrow.

Lassen Sie ihn los! Sofort!

Elinor lachte nur über den beherzten Eindringling. Er konnte kaum älter als elf sein, bestenfalls zwölf.

Und wie willst du das erreichen?, sagte sie zornig. Als Matt innehielt, um nachzudenken, lachte Elinor wieder. *Ich werde dir sagen, was du tun wirst. Gar nichts.*

Matt hätte die Schaufel höchstens als Schutzschild zum Einsatz gebracht, doch als Elinor ihn auslachte, als sie Will aufs Neue schüttelte, sprang Matt mutig nach vorne. Da ihm nichts anderes einfiel, wie er seinen Bruder befreien konnte, trat er Elinor Sparrow mit voller Kraft auf den Fuß. Sie heulte auf und ließ Will los.

Ich will das wiederhaben, was er gestohlen hat, schrie sie.

Aber Matt packte seinen Bruder am Ärmel und wedelte mit der Schaufel, um Elinor abzuwehren. *Mein Bruder stiehlt nicht. Er will gar nichts haben, das Ihnen gehört.*

Obwohl Elinors Fuß anzuschwellen begann, hatte Matts Sicherheit sie einen Moment in Zweifel gebracht. Für einen kurzen Augenblick fragte sie sich tatsächlich, ob ihr Unrecht geschehen war. Die Brüder warteten nicht ab, bis Elinor wieder klar denken konnte. Sie rannten so schnell zur Verandatür hinaus, dass sie glaubten, ihre Lunge würde platzen. Sie rasten an der Forsythie und der Lorbeerhecke vorbei und hielten erst inne, als sie das Ende der Zufahrt erreicht hatten. Sie bekamen kaum mehr Luft, und Matt zitterte am ganzen Leib. Doch Will ließ sich ins Gras fallen und lachte so heftig, dass er beinahe erstickte.

Was ist denn so komisch?

Matt hatte vergessen, die Schaufel fallen zu lassen, als sie losrannten, und er umklammerte den Stil immer noch so fest, dass er Blasen an der Hand bekam. Matt Avery konnte kaum glauben, dass er es gewagt hatte, Elinor Sparrow entgegenzutreten. Er hoffte, dass er abends keine durchstochene Zwiebel unter seinem Kopfkissen finden würde. Er wusste, dass es hier Leute gab, die steif und fest behaupteten, das würde jedem widerfahren, der sich mit Elinor anlegte: eine Gabe, die einem sieben Jahre Pech eintrug.

Matt ließ die Schaufel fallen und setzte sich neben seinen Bruder, der immer noch vor sich hinlachte und äußerst angetan von sich selbst zu sein schien.

Komm schon. Matt erfuhr immer alles zuletzt. *Sag's mir. Was ist so komisch?*

Will öffnete die Hand. Dort, in seiner schweißnassen Handfläche, lag eine von Rebecca Sparrows blutbefleckten Pfeilspitzen.

Matt sprang wütend auf. *Du Mistkerl.* Will konnte sich nicht entsinnen, dass sein Bruder jemals zuvor geflucht hatte. *Du hast mich zum Lügner gemacht.*

Matt stapfte über ein von Unkraut überwachsenes Rasenstück davon und hörte nicht auf seinen Bruder, der ihm zurief, er solle doch endlich aufwachen und nicht so ein Schwachkopf sein. Warum sollte man nicht lügen, wenn man damit sein Ziel erreichte? Will war bereit, die Pfeilspitze mit Matt zu teilen, wenn ihm so viel daran lag. Er ließ mit sich reden, wenn Matt gerne so dastehen wollte, als habe er das verdammte Ding mit ihm gemeinsam gestohlen, wenn er einen Teil des Ruhms für sich beanspruchen wollte. Doch Matt wandte sich nicht mehr um. Er holte seinen Schlafsack und seine Laterne vom Seeufer, und als Jenny herausgelaufen kam, um Will zu suchen, war Matt längst verschwunden.

Sie war barfuß, als sie ihn fand, erhitzt von dem Streit mit ihrer Mutter. Ihre Auseinandersetzungen waren stets heftig und gnadenlos, und die Vorwürfe fielen wie ein Bombenhagel. Als Will Jenny kommen hörte, ließ er die Pfeilspitze rasch in seiner Hosentasche verschwinden. Sie sollte eine gute Meinung von ihm haben. Als sie sich an diesem grünen Märztag neben ihn setzte, mit erhitztem Gesicht und zerzaustem Haar, sah Will, dass sie auf eine Art schön war, die er bislang nicht bemerkt hatte.

Wenn meine Mutter dich verletzt hat, wird sie's noch bereuen, sagte Jenny.

Das würde sie gar nicht schaffen, prahlte Will, obwohl seine Schulter schmerzte. Dennoch gefiel ihm Jennys Fürsorge; er wollte mehr davon. Er fand Jenny interessant, auf eine Art, die er bei den anderen Mädchen aus dem Ort, denen er nachstellte, noch nicht erlebt hatte.

Hast du letzte Nacht von einem Engel mit dunklen Haaren geträumt? Und einer Biene und einer Frau, die sich vor nichts fürchtete, nicht einmal vor tiefem Wasser? Will war fasziniert. Er hörte das Trällern der Walddrosseln, das Piepsen der Zirpfrösche im Schlamm. Jenny sah für einen Ort wie Unity außergewöhnlich aus, mit ihrem langen schwarzen Haar, das über ihren Rücken flutete wie Seewasser, und den bodenlos dunklen Augen. Nicht einmal Will Avery war gefeit gegen das Frühlingsfieber. Er spürte, wie es ihn umfing, seinen Verstand vernebelte. Alles sah so schillernd und neu aus in dem hellen Sonnenlicht.

Das war mein Traum, sagte er.

Ich wusste es. Jenny war entzückt. *Ich wusste, dass er zu dir gehörte.*

Jenny warf ihr schwarzes Haar zurück. Sie roch nach Eisenkraut und Schlaf. Will begriff, dass sie ihm vertraute, an ihn glaubte, und diese Vorstellung zog ihn in Bann. Als er da neben ihr saß, vergaß er für eine Weile, wer er war und wozu er imstande war.

Und nun, so viele Jahre später, fragte er sich immer häufiger, ob er nicht diesen Engel, von dem Jenny damals gesprochen hatte, im Dunkeln an Straßenecken oder über seinem Bett sah. Das bildete er sich ein, natürlich, aber die Einbildung schien ihm überallhin zu folgen. Allabendlich erschien sie ihm an der Bar vom Hornet's Nest. Deshalb trank er auch an Stellas Geburtstag zu viel; er war schon bei seinem zweiten Johnnie Walker, als der Salat kam.

Es war einer dieser Abende, die er bestimmt mit Tränen in den Augen beschließen würde. Die Zeit blieb nicht stehen, und seine kleine Tochter war nun ein Teenager, der seinen Vater in Kürze mit nüchternem Blick betrachten würde.

Stella spielte mit dem Glöckchen an ihrem Armband; sie wirkte unausgeglichen, gar nicht wie sonst, wenngleich das Will Gelegenheit gab, mit der Kellnerin zu flirten, einem hübschen Mädchen, das eindeutig viel zu jung für ihn war. Wahrscheinlich eine Studentin, die lange Gespräche mit ihm führen wollte über Dinge, die ihr wichtig waren, ihre Zukunft zum Beispiel, oder ihre Meinung zu diesem und jenem. Seit einiger Zeit fand Will, dass der Akt des Verführens anstrengende Arbeit war. Wie viel einfacher war es, wenn man jemanden bereits kannte und sich nicht verstellen musste.

»Erkundigt sich deine Mutter häufig nach mir?«, fragte er Stella.

Sie schüttelte ihr Handgelenk. Das Glöckchen an ihrem neuen Armband hatte einen kühlen metallischen Klang. »Eher nicht.«

»Nein?«

Das schien ihren Vater zu verletzen, weshalb Stella rasch einen Rückzieher machte. »Na ja, manchmal schon. Aber wir reden nicht richtig miteinander. Ich versteh mich nicht so gut mit ihr wie mit dir.«

Will lächelte erfreut. Wenigstens ein Mensch schenkte ihm noch Vertrauen.

Stella beugte sich vor. »Und ich muss auch über etwas mit dir reden. Etwas, das sie nie verstehen würde.«

Deshalb war das Mädchen schon die ganze Zeit so rastlos. Will hoffte, dass es nicht um irgendwelche Drogen- oder Sexgeschichten ging. Er war für niemanden eine moralische Stütze, wie sollte er da seiner Tochter einen Rat geben? Stella sah ihn an, als bräuchte sie ihn wirklich, und schon das war beunruhigend. Sie hatte dieselben goldenen Sprenkel in den Augen wie er; dieselbe Gewohnheit, die Stimme zu senken, wenn sie etwas Wichtiges besprechen wollte.

»Ich weiß von manchen Menschen, was ihnen zustoßen wird«, gestand Stella ihrem Vater.

Will lachte lauthals. Er konnte es nicht verhindern, denn er musste an den ganzen Unsinn denken, den er in ihrem Alter angestellt hatte. Die Sorgen, die er seiner armen Mutter bereitet hatte, die Nächte, in denen er nicht nach Hause gekommen war, die ganzen Regeln, gegen die er vorsätzlich verstoßen hatte, Haschisch in seinem Schrank, Tütchen mit Marihuana in seiner Schreibtischschublade, die Brände, die er gelegt hatte, wenn ihm der Sinn nach Ablenkung stand, die unzähligen Gelegenheiten, zu denen er sich schrecklich benommen hatte, und der arme Matt war für ihn eingestanden und hatte die Schuld auf sich genommen.

»Entschuldige«, sagte Will, als er Stellas verletzten Gesichtsausdruck sah. »Ich lache dich nicht aus. Ich bin nur erleichtert. Ich dachte, du würdest mir irgendwas Schlimmes erzählen.«

»Aber das *ist* etwas Schlimmes.«

»Hör zu, mein Schatz, ich kann auch voraussagen, was den Leuten zustoßen wird.« Er nickte zu einem Tisch am Rand hinüber, an dem ein Pärchen saß, das sich schon die ganze Zeit zankte. »Siehst du die beiden da? Die werden Ende des Jahres geschieden sein. Da gehe ich jede Wette ein. Oh, und dann noch was: Ich kann voraussagen, dass deine Mutter stinksauer sein wird, weil wir ohne sie essen gegangen sind. Da bin ich mir auch ganz sicher.«

»Solche Sachen meine ich nicht.« Stella beugte sich noch weiter vor. Das Glöckchen an ihrem Armband klirrte. »Ich sehe, wie sie sterben werden.«

»Aha.« Will steckte sich eine Zigarette an und dachte nach. Draußen senkte sich das braune Zwielicht auf die Beacon Street. Ein paar Tauben saßen auf dem Gehweg, und ihr Gefieder schimmerte fahl im schwindenden Licht.

»Ich finde, du solltest diese Zigarette ausmachen«, sagte Stella.

Sie hörte sich plötzlich so sicher, so erwachsen an, dass Will unheimlich zumute war. Er spürte einen kalten Hauch auf seiner Haut. Seine Zukunft vielleicht? Das Schicksal, das er verdient hatte? Er hatte in letzter Zeit häufiger als sonst gehustet und wachte oft mit einem rauen Hals auf.

»Warum? Weil ich daran sterben werde?«

Ein Lächeln spielte um Stellas Lippen. »Nein. Weil wir im Nichtraucherbereich sitzen.«

Will lachte und drückte seine Zigarette im Rest eines Brötchens aus. Tatsächlich stand auf einem Schild an der Wand: *keine Pfeifen, keine Zigaretten, keine Zigarren.* »Ich werde also nicht in Kürze an Lungenkrebs sterben?«

»Bei dir sehe ich nichts. Es kommt nur bei manchen Menschen vor, und ich weiß nicht vorher, bei wem. Ich habe keine Kontrolle darüber. Es passiert, oder es passiert nicht.«

Will leerte sein Glas und bestellte sich noch einen Drink. Er entspannte sich. Das hörte sich nicht allzu schrecklich an. Vorahnungen, Ängste, solche Sachen: Das ging vorüber. Wahrscheinlich hatte sie irgendwelchen Unsinn mit einem Oiuja-Brett oder Tarot-Karten getrieben. Das war gar nichts im Vergleich mit den Problemen, die andere Leute mit ihren Kindern hatten: Schizophrenie, Anorexie, Kleptomanie. Was waren da schon ein paar Visionen? Will ging davon aus, dass Stella eine Entwicklungsphase durchmachte, dass sich eine natürliche Angst vor dem Tod mit Ängsten mischte, die durch die Trennung ihrer Eltern ausgelöst worden waren. Er hatte ein Buch über die Reaktionen von Kindern auf Scheidungen gelesen – oder wenigstens die Hälfte des Buchs, da die philosophischen Passagen ihn fast zu Tode gelangweilt hatten. Doch jetzt fragte er sich, ob er nicht besser bis zum Ende drangeblieben wäre. Er fragte sich, ob Jenny nicht Recht gehabt hatte mit dem Vorschlag einer Familientherapie, aber Will hatte sich natürlich geweigert. Es kam ihm sinnlos vor, viel Geld für eine Stunde

Fragen und Antworten zu bezahlen, wenn er doch nur unverfroren Lügen erzählen würde.

»Siehst du es bei irgendjemandem hier?« Will hatte beschlossen, Stellas Problem anzugehen wie ein Gesellschaftsspiel. *Sag mir, wie viele Asse ich auf der Hand habe, wie viele Trümpfe, wie viel Zeit mir noch bleibt auf Erden.* »Zum Beispiel bei den beiden da in der Ecke?«

Es lag nahe, dass seine Wahl auf die beiden jungen attraktiven Frauen fiel, die sichtlich viel Spaß an ihrem gemeinsamen Abend hatten. Eine der Frauen hatte honigblondes streng zurückgekämmtes Haar und blasse Haut; die andere trug ein schwarzes Kleid, das Ähnlichkeit hatte mit Juliets Geschenk, und mehrere Silberarmbänder.

Stella schaute zu den beiden hinüber und dann schnell wieder zu ihrem Vater. Sie war kreidebleich geworden. Ein Blick hatte genügt. In einer Sekunde hatte sie alles gesehen. Sie nahm den Geruch wahr, den ihr Vater verströmte, Whisky und Tabak. Neben ihnen wurde der Tisch abgeräumt, und das Geschirr klapperte.

»Die mit dem schwarzen Kleid wird als alte Frau im Bett sterben. Ihr Herz wird aussetzen.«

»Okay. Das ist doch gut.« Will war erleichtert und zusehends betrunkener. »Das ist eine gute Art zu sterben, Stella, wenn du's genau wissen willst. Verdammt, ich würd mir wünschen, dass ich auch so abtrete. Wenn man das sieht, schadet das nichts.«

Will war wieder guter Dinge. *Sprechen Sie mit Ihren Teenagern,* hatte in dem Buch gestanden, das er zur Hälfte gelesen hatte. *Nehmen Sie ihre Vorstellungen ernst.*

»Und ich glaube übrigens, dass diese Sache mit den Visionen so was ist wie die Grippe. Nimm zwei Aspirin, und schlaf dich mal ordentlich aus, Stella, mein Stern, dann bist du am nächsten Morgen wieder topfit. Hast einen völlig klaren Kopf.«

Stella hoffte darauf, denn sie wollte mit diesen Visionen nichts zu tun haben. Sie waren einem dreizehnjährigen Mädchen wahrlich keine Hilfe. Stella zwang sich, tief und regelmäßig zu atmen; sie hatte ihrem Vater noch nicht alles gesagt. Sie achtete nicht darauf, dass die Kellnerin die Rechnung brachte und dabei Will ihre Telefonnummer zusteckte, die er in seiner Brieftasche verstaute. Stella bemühte sich, nicht zu der zweiten Frau an dem Ecktisch hinüberzusehen, der Frau mit dem honigblonden Haar, der man die Kehle durchgeschnitten hatte.

Als die Kellnerin gegangen war, setzte sich Stella zu Wills Erstaunen auf seinen Schoß, was sie seit Ewigkeiten nicht mehr getan hatte. »Hey«, sagte Will erfreut. Vielleicht bekam er ja doch noch eine Chance, sich als besserer Vater und überhaupt als besserer Mensch zu erweisen. »Da ist ja mein kleines Mädchen.«

Es dauerte eine Weile, bis er bemerkte, dass Stella weinte und ihr Gesicht an seiner Brust barg. Er spürte ihre Tränen durch sein Hemd. Und er spürte ganz deutlich seine Liebe für sie, so nutzlos sie auch sein mochte.

»Du hast heute Geburtstag, Stell. Wein doch nicht.«

»Dann versprich mir, dass du mir glauben wirst.« Stellas Stimme war erstaunlich drängend. »Im Ernst. Hand aufs Herz.«

Sie ging auf ihren Platz zurück und beobachtete Will dabei, wie er die Hand aufs Herz legte oder wenigstens an die Stelle, an der man normalerweise ein Herz hatte. Er hörte sich an, wie seine Tochter vom grauenvollen Tod der Frau in der Ecke berichtete, die in ihrem Bett ermordet wurde, die merkte, dass sich die Dunkelheit um sie schloss, als sie die Augen aufschlug, die keine Chance zum Überleben haben würde, wenn man sie nicht warnte.

»Du musst etwas tun«, drängte Stella ihren Vater. »Du musst. Auch wenn es nur eine Vorahnung ist.«

Ihr Vertrauen in ihn stärkte Will und machte ihn für einen kurzen Augenblick zu einem besseren Menschen. Es blieb ihm nichts anderes übrig, als sich seiner Rolle als Stellas Vater würdig zu erweisen.

»Na gut. Ich werde ihr sagen, dass sie ihre Fenster verriegeln und sich vor Fremden in Acht nehmen soll, aber wenn sie mich in die Irrenanstalt schleppen, musst du sagen, dass das deine Idee war.«

Will Avery ging zum Tisch der beiden Frauen hinüber und stellte sich vor. Er wies auf seine Tochter, das hübsche Mädchen, das zu ihnen herüberstarrte. Beide Frauen lachten, als Will verlegen Stellas Vision erklärte. Sie erinnerten sich noch daran, dass sie als Dreizehnjährige auch eine lebhafte Fantasie hatten, dass sie an Geister und Liebe auf den ersten Blick glaubten, und was war nun aus ihnen geworden – sie waren erwachsen und zweifelten an allem, oder vielleicht doch nicht, denn die Blonde gab Will ihre Telefonnummer, die er zu dem zerknitterten Zettel von der Kellnerin in seine Brieftasche steckte.

»Ich hatte nicht den Eindruck, dass sie mir geglaubt haben«, sagte er zu Stella, als sie das Restaurant verließen.

»Dann müssen wir es noch jemand anderem sagen. Wir können das doch nicht für uns behalten, oder? Es ist unsere Pflicht, sie zu warnen.«

Pflicht – an solchen Gedanken merkte man den Einfluss von Jenny. Die immer die nächste gesunde Mahlzeit plante, die nächste Lektion bei den Hausaufgaben, die nächste Aufgabe, die erledigt werden musste. Und worin machte sich Wills Einfluss bemerkbar? Was hatte er seiner Tochter beigebracht? Dass man sich von seinen Begierden beherrschen lassen sollte? Dass man tun sollte, wonach einem zumute war, auch wenn andere dabei Schaden nahmen?

Sie bogen in die Marlborough Street ein. Die Luft war mild und feucht, sumpfig, wie häufig im März, sie haftete an den Kleidern und brachte die Knospen der Magnolien zum Erblühen. Will ging nie mehr hinauf in seine alte Wohnung. Er brachte Stella immer nach Hause und ging seiner Wege, doch wie sahen die aus? Sich drei Drinks einzupfeifen, damit er schlafen konnte? Tagelang mit niemandem zu sprechen, geschweige denn einen Gedanken an einen anderen Menschen zu verschwenden?

»Wir müssen noch mehr tun«, sagte Stella beharrlich. »Du musst es machen.«

»Mehr«, wiederholte Will.

Es kam ihm vor, als sei ihm dieser Gedanke völlig unbekannt. Will stand vor dem Haus, in dem er so lange gewohnt hatte, und ertappte sich dabei an jemand anderen zu denken, und nicht an sich selbst. Er fragte sich, ob selbstlose Menschen sich immer so fühlten, so leicht innerlich, so schwerelos.

»Versprich mir, dass du was unternimmst, Daddy.«

Stella sah zerbrechlich aus, wie ein Stück Glas, und dennoch war sie unnachgiebig. Er konnte so froh sein, dass er sie hatte. Was für ein Glück für ihn, dass sie ihn durch ihre Augen betrachtete.

Will Avery legte die Hand aufs Herz und gelobte, etwas zu schaffen, das er nie zuvor versucht oder gar versprochen hatte. Er würde wahrhaftig noch mehr tun. Er gab seiner Tochter einen Gutenachtkuss und sah ihr nach, wie sie die Treppe hinaufrannte, dann ging er im Dunkeln die Marlborough Street entlang. Es kam ihm vor, als schwimme er, als habe sich die feuchte Luft in Wasser verwandelt. Er war ein Fisch, der stromaufwärts schwamm. Er war ein Pfeil, der, von Vertrauen und Liebe gelenkt, seinem Ziel entgegenflog. Am Himmel glimmerten Sternbilder, die Jenny immer »Traumlichter« nannte, weil sie glaubte, dass sie den Schlafenden mehr Träume brachten. Diesen Teil seiner Ehe vermisste Will besonders: Er hatte gerne zugehört, wenn Jenny ihm die Träume von anderen erzählte. Er selbst träumte kaum. Im Schlaf fand er immer seltener Ruhe, denn er war flach geworden, ein Reich der Reue, die leere innere Landschaft eines Mannes, der so lange gelogen hat, dass er die Wahrheit nicht mehr erkennen kann.

Will wünschte, dieser Traum wäre tatsächlich seiner gewesen, an jenem Morgen, als Jenny ihn suchte und fand. Er wünschte sich, wirklich von dunklen Engeln träumen zu können, von furchtlosen Frauen, von Bienen, die niemals stachen. Dennoch gab es noch einen Engel auf Erden, der an ihn glaubte, und ihm hatte er ein Versprechen gegeben, das er auch halten würde. So etwas tat er zum ersten Mal, es war eine Handlung, die er sich selbst nicht zugetraut hätte. Verblüffend, was die Liebe aus einem Menschen machen kann. Verblüffend, welche Veränderungen sie bewirken konnte. Sie konnte die Geschichte verändern, konnte Kriege verhindern und beginnen; und sie konnte sogar Will Avery zu einem ehrlichen Mann machen. Als Will am Polizeirevier eintraf, pfiff er vor sich hin, was nur Männer mit gutem Gewissen tun. Sicher, er war ein Lügner vom Scheitel bis zur Sohle, doch auch Lügner haben ein Herz, selbst wenn manche Leute das leugnen. Auch ein Lügner konnte sich einreden, dass er jetzt genau das Richtige tat.

IV.

Die Nachricht kam, als Jenny sich im Supermarkt an der Charles Street ihr Mittagessen abholte, das sie telefonisch bestellt hatte, einen Salat und einen starken schwarzen Tee. Dass Will Avery sie als nächste Verwandte angab, nachdem sie im letzten halben Jahr kaum ein Wort gewechselt hatten, war lächerlich, doch offenbar verhielt es sich so, denn auf ihrem Schreibtisch lag eine Mitteilung, er sei wegen Mordverdachts verhaftet worden. Wer die Nachricht notiert hatte, schien sie auch gleich weiterverbreitet zu haben, von der Kreditabteilung bis zu den Immobilien, denn als Jenny zu ihrem Schreibtisch ging, wurde sie von allen beobachtet. Die Kollegen wussten, wie die Mitteilung sie schockieren würde, die an ihrem Kalender haftete.

Jenny warf ihren Salat in den Abfalleimer; sie würde keinen Bissen hinunterbringen. Ihr Magen fühlte sich flau an, und ihre Finger und Zehen kribbelten, was immer passierte, bevor Unheil geschah. Sogar vor ihrer Hochzeit, auf der Treppe des Rathauses in Cambridge, hatten sich ihre Zehen so sonderbar angefühlt, dass sie kaum einen Fuß vor den anderen setzen konnte. Jeder normale Mensch hätte bemerkt, dass er drauf und dran war, sich ins Unglück zu stürzen; sie hätte es ahnen müssen, weil sie sich auf dem Weg zum Standesamt fühlte, als solle sie in eine Löwengrube geworfen werden, und nicht, als wolle sie in den glückseligen Stand der Ehe eintreten. Jede andere Frau hätte kehrtgemacht und wäre davongelaufen, humpelnd oder nicht. Doch das kam für Jenny nicht in Frage, sie musste weitergehen, um jeden Preis. Sie konnte einen Fehler nicht zugeben – eine Charakterschwäche, die ihre

Mutter ihr stets vorgehalten hatte. *Du wirst niemals nachgeben*, hatte Elinor gesagt. *Nicht für Liebe und nicht für Geld. Nicht einmal, wenn du alle Fehler der Welt begangen hast.*

Jenny schaffte es zumindest, ein paar Schlucke heißen Tee zu trinken, während sie bei der Polizei anrief und wartete, bis man sie mit einem zuständigen Detective verband. Man sagte ihr, dass ihr Mann in Zusammenhang mit einem Mord in Untersuchungshaft genommen worden war, der sich in der Woche nach Stellas Geburtstag ereignet hatte. Jemand war in Brighton durch ein offenes Fenster gestiegen und hatte einer Frau die Kehle durchgeschnitten. Es gab keine Zeugen und kein greifbares Motiv. Jenny hatte in den Sechs-Uhr-Nachrichten davon erfahren und war schockiert gewesen. Eine dreiunddreißigjährige Lehrerin, gut beleumundet, eine hübsche Frau war auf diese grauenvolle Weise zu Tode gekommen. Jenny hatte sich vorgenommen, einen Schlosser kommen zu lassen, der ihre Haustür überprüfen sollte.

Doch was hatte das alles mit ihnen zu tun? Offenbar eine ganze Menge. Ihr Mann, erfuhr Jenny nun, war vor dem Mord mit einschlägigen Informationen bei der Polizei erschienen und befand sich nun zwecks weiterer Befragung in Untersuchungshaft. Von besonderem Interesse für die Polizei war die Tatsache, dass man die Telefonnummer der toten Frau bei Will gefunden hatte.

»Ex«, korrigierte Jenny.

»Wie bitte?«

»Mein Ex-Mann. Wir leben seit letztem Sommer offiziell getrennt und werden in Kürze geschieden. Friedliche Einigung.«

»Fühlten sie sich von Ihrem Ex-Mann bedroht, als Sie sich trennten?«

»Nein. Selbstverständlich nicht.« Ihr Wohlbefinden mochte bedroht gewesen sein und gewiss ihr Selbstwertgefühl.

»Und nach der offiziellen Trennung? Haben Sie eine einstweilige Verfügung beantragt?«

In diese Richtung dachten sie also.

»Will Avery ist außerstande, eine Gewalttat zu begehen. Ich kenne ihn besser als jeder andere, und ich kann Ihnen sagen, dass er fast ohnmächtig wird, sobald er Blut sieht. Vor allem sein eigenes. Wenn er sich beim Rasieren schneidet, muss er in eine Papiertüte atmen.«

Und genau damit war Will beschäftigt, als Jenny zum Untersuchungsgefängnis an der Charles Street kam. Will saß in einer Zelle und schnaufte in eine Tüte, die vorher Kaffee und Backwaren für die Detectives enthalten hatte. Er hatte ihnen Leid getan, als er keine Luft mehr bekam, und Will Avery hatte Mitleid wahrlich nötig. Er war am Abend vorher festgenommen worden, und nach einer einzigen Nacht ohne Schlaf sah man ihm an, dass er regelmäßig zu viel trank. Seine Haut sah im grellen Neonlicht gelb aus statt golden; er war unrasiert, seine Hände zitterten. Will, der immer so sorgfältig auf sein Aussehen geachtet hatte, wirkte nun wie ein gewöhnlicher Krimineller. Wenn Jenny auf der Straße an ihm vorbeigegangen wäre, hätte sie ihn für einen dieser traurigen, einsamen Männer gehalten, die im Park auf der Bank schliefen, die von einer warmen Dusche und Apfelkuchen träumten und einer Welt, in der jedem Menschen das zustand, was er wahrhaft verdient hatte.

Als Will munter pfeifend in der Woche zuvor ins Polizeirevier spaziert war und seine unglaubliche Geschichte jedem erzählt hatte, der bereit war zuzuhören, hatte man ihn ausgelacht. Die Polizisten rochen den Alkohol und wiesen ihn an, nicht mit dem Auto nach Hause zu fahren. Kein Auto, hatte er ihnen versichert; er würde zu Fuß gehen, torkeln, genauer gesagt. Er ereiferte sich, weil sie ihn für so dumm hielten, dass er betrunken Autofahren würde. Um ihn zu beruhigen, nahm der Dienst habende Sergeant Wills Aussage über den bevorstehenden Mord zu Protokoll. Hinterher hatten sie sich im Revier mächtig über ihn amüsiert.

Doch nach dem Mord in Brighton hatte sich einer der Officer, die an diesem Abend Dienst taten, an das Protokoll erinnert und Wills Akte herausgesucht. In der er eine genaue Beschreibung des Opfers und des Tathergangs fand, sechs Tage, bevor der Mord geschehen war.

»Du Vollidiot«, sagte Jenny, als sie in die Zelle trat. Sie setzte sich Will gegenüber, und ihre Knie berührten sich.

»Zweifellos.« Will sah seine Ex-Frau an und brachte ein Grinsen zustande. Ein Hauch von ihren alten Gefühlen lag in der Luft. Doch wirklich nur ein Hauch, mehr nicht. Sie saßen einander nun eher gegenüber wie Menschen, die zusammen im Krieg waren, Kameraden, die wenig gemeinsam hatten außer der Erinnerung an den Kampf.

»Ich hab meinen Bruder angerufen. Er besorgt mir einen Anwalt. Erinnerst du dich noch an Henry Elliot, der mit uns zur Schule ging? Er hat jetzt eine Kanzlei in Boston. Und ist offenbar einer der besten Anwälte der Stadt.«

»Du hast Matt angerufen?«

Sie fand es selbst albern, dass sie gekränkt war, weil er nicht zuerst sie angerufen hatte. Aber ausgerechnet Matt. In all den Jahren hatten sie Wills Bruder selten zu Gesicht bekommen. Er hatte sie besucht, als sie nach Cambridge zogen, und sie waren ihm natürlich bei Catherine Averys Begräbnis begegnet. Aber Will und Jenny wollten so wenig wie möglich mit ihrer Heimatstadt zu tun haben, und nachdem Catherine gestorben war, verband die Brüder nicht mehr viel. Matt Avery war in Unity geblieben und verließ den kleinen Ort nur selten. Er hatte in den letzten Jahren ihres Lebens für seine Mutter gesorgt und Gelegenheitsjobs für die Gemeinde angenommen, hatte Schnee geräumt und in den Parks gearbeitet. Die beiden Brüder hatten wenig gemein, und dann war da auch dieser schreckliche Streit gewesen, in dem Jahr nach Stellas Geburt, als Matt Silvester bei ihnen verbracht hatte. Während der Party bei Jenny und Will zu Hause kam es zu einer Auseinandersetzung, und am Ende prügelten sich die beiden Brüder auf der Straße, als ginge es um Leben und Tod. Als man sie schließlich getrennt und die aufgebrachte Vermieterin und die Nachbarn beruhigt hatte, denen Wills Eskapaden schon lange reichten, verschwand Matt. Und nun war er bereit, seinem Bruder einen teuren Strafverteidiger zu finanzieren.

»Blut ist dicker als Wasser«, sagte Will hoffnungsvoll. Er sehnte sich nach einer Zigarette, aber man hatte ihm alles abgenommen, auch das silberne Feuerzeug, das Stella ihm zum letzten Vatertag geschenkt hatte, mit der Gravur *Für den besten Dad der Welt. Armes Ding,* hatte Will schon damals gedacht. *Die Enttäuschung wird ihr nicht erspart bleiben.* »Vielleicht hat der gute alte Matt ein schlechtes Gewissen, weil Mutter ihm das Haus hinterlassen hat. Glaubst du, er war ihr Lieblingssohn?« Das Grinsen huschte wieder über sein Gesicht, aber nur für einen kurzen Moment.

»Na klar. Du hast sie ja kaum besucht. Ich bin nur froh, dass Matt sich einen guten Anwalt leisten kann. Ich kann's nämlich nicht.«

»Tja, sieht so aus. Hat wahrscheinlich 'ne Menge Schnee geräumt.«

Sie lachten bei der Vorstellung, wie Matt mit dem Pflug in ihrem Heimatort unterwegs war, in dem so oft hoher Schnee lag, dann verstummten sie. Jenny sprach aus, was ihnen beiden Sorgen machte. »Wir werden es Stella verheimlichen. Sie muss es nicht wissen.«

»Sinnlos. Das klappt nicht. Es wird in der Zeitung stehen. Kannst du wahrscheinlich jetzt schon im *Herald* und im *Globe* nachlesen. Du kannst es nicht vor ihr geheim halten, Jen.«

»Dann sag es mir jetzt. Sag mir einmal in deinem Leben die Wahrheit.«

Lügenbold, Lügenbold. Was wirst du wieder mit Engelszungen erzählen? Wem willst du das dumme Herz brechen? Welche Ausrede wirst du beschämt ersinnen?

»Ich hab es nicht getan. Ich schwöre es dir.«

Jenny betrachtete ihn prüfend, denn er konnte wirklich überzeugend lügen. Er konnte ihr versichern, dass es regnete, obwohl der Himmel blau war, und sie glaubte, dass sie bald bis auf die Haut durchnässt sein würde. Nach all diesen Jahren hatte sie immer noch keine Ahnung, wann ihm zu trauen war und wann nicht.

»Ich habe diese Aussage gemacht, das ist wahr«, gab Will zu. »Aber doch nur, weil ich es Stella versprochen hatte.«

»Oh, jetzt ist Stella also daran schuld.«

Er berichtete Jenny, was an jenem Abend passiert war, dass Stella sich ihm an ihrem Geburtstag anvertraut hatte, dass sie ihn inständig gebeten hatte, auf den Mord hinzuweisen, den sie in ihrer Vision gesehen hatte. Jenny begriff, dass dies die Gabe war, die Stella an ihrem dreizehnten Geburtstag bekommen hatte. Dies war ihr Talent. Eine Ahnung vom Tode, die Fähigkeit, das Schicksal eines Menschen vorherzusehen; eine albtraumartige Gabe. Und sie hatte sich ihrem Vater anvertraut, nicht Jenny. Sie hatte Will vertraut.

Jenny musste unwillkürlich an Rebecca Sparrow und ihr hartes Leben denken. Sie hatte einmal ein Porträt von Rebecca gefunden, eine Miniatur, eine Studie vielleicht für das große Gemälde in der Bibliothek. Das kleine Bild war in ein Stück Seide mit Wasserflecken gewickelt und vergessen worden. Jenny hätte es niemals entdeckt, wenn sie nicht in einem voll gestopften Schrank nach einer Sauciere gesucht hätte. Sie nahm ihren Schatz mit sich in den Schuppen, und als sie das Tuch aufschlug, blickte sie auf das Gesicht einer jungen Frau mit langem schwarzen Haar, die aussah, als hätte sie geweint. Ihre Ähnlichkeit mit Jenny war fast erschreckend. Jenny kam es vor, als hätte jemand dreihundert Jahre vor ihrer Geburt ihr eigenes Gesicht gemalt.

Rebecca Sparrow war von der Waschfrau aufgenommen worden, die am See lebte, hatte von ihr gelernt, wie man gefrorene Kartoffeln schneidet, um damit Krägen und Manschetten zu stärken, hatte hart gearbeitet, bis ihre Hände bluteten. Sie hatte erfahren, dass ein Frosch im Waschwasser Glück bringt, und bald gemerkt, dass die Hände einer Wäscherin immer zehn Jahre älter aussehen, als sie tatsächlich ist. Jede Blase kündet von ihrem Leben. Jedes Brandmal ist Zeichen ihrer Tapferkeit.

Als Rebecca dreizehn war, starb die alte Frau plötzlich, und Rebecca selbst wurde die Waschfrau. Es war ihr Schicksal und ihre Verpflichtung; etwas anderes kannte sie nicht. Sie errichtete einen zweiten Schuppen im Wald, denn aus Asche und Fett Seife herzustellen, war eine schmutzige Angelegenheit, und sie wollte das nicht neben der Behausung tun, in der sie schlief. Rebeccas Füße wurden grün, als sie den Pfad entlangging, der inzwischen verödet war, auf dem jedoch damals Haselwurz und Blutkraut und zahllose

Waldveilchen wuchsen. Jenny hatte sich immer gefragt, ob die Miniatur – die Rebecca wohl als Gegenwert für ihre Dienste als Wäscherin erhalten hatte –, vor oder nach Rebeccas dreizehntem Geburtstag entstanden war. Rebecca war zu schön, um sie in einer Schublade verschwinden zu lassen, verborgen in einem Seidentuch und gefangen in einem Bilderrahmen aus Eschenholz. Heutzutage gab es keine Eschen mehr in Unity; sie waren im ganzen County verschwunden, weil die ersten Siedler sie im Übermaß gefällt hatten. Jenny beschloss, das Bild im Schuppen aufzubewahren; sie hatte das Gefühl, dass es dort hingehörte, dass es dort auch vor so vielen Jahren an der Wand hing. Jenny, die selbst gerne zeichnete, begann nun auch, Miniaturen auf Holz oder Leinwand zu malen, mit einem Pinsel aus einem einzigen Pferdehaar und einer Lupe, die sie im Schreibtisch ihres Vaters entdeckt hatte.

Im Seifenschuppen verabredeten sich auch Jenny und Will, nachdem Elinor ihnen verboten hatte, sich zu treffen. Ihr Verlangen nacheinander war bald untrennbar vom strengen Geruch der Seife, der dort noch immer in der Luft lag. Die Fenster hatten keine Scheiben, was schon immer so gewesen war; Rebecca hatte sich auch nicht die Mühe gemacht, sie mit in Öl getränktem Papier zu verkleben, sie hatte die frische Luft gebraucht. Dennoch wurde der Schuppen schnell warm, wenn Will in dem riesigen Herd Feuer machte, auf dem einst Rebeccas Wäsche in Töpfen gebrodelt hatte, die an einer Eisenstange an der Wand befestigt waren. Eines dieser Feuer hatte den Schuppen auch beinahe zerstört, als Jenny und Will noch jung waren. Sie hatten die ganze Nacht dort verbracht, und Will war noch dort geblieben, als Jenny sich zurück ins Haus schlich, um sich anzuziehen. Später am Vormittag hatte

Jenny durchs Fenster ihres Klassenzimmers in der Unity Highschool geblickt und eine Rauchsäule gesehen. Sie hatte sofort geahnt, was geschehen war. Die Feuerwehr aus drei Nachbarorten wurde gerufen, um die Einheit von Unity zu unterstützen, die, so sagten manche Leute, von Leonie Sparrow gegründet worden war, der Frau, die mit bloßen Händen Brot aus dem Ofen holen und durchs Feuer gehen konnte, ohne sich zu verbrennen.

Der Schuppen war verkohlt und stand voller Wasser, als die Männer das Feuer gelöscht hatten, doch er war nicht niedergebrannt. Jenny hatte sich gefragt, wie Will so nachlässig sein konnte, doch als sie dann gemeinsam dort standen und in die Asche blickten, hatte Will behauptet, er habe nichts mit dem Brand zu tun. Er stand da und mampfte einen Apfel, während er Jenny berichtete, wie er das Feuer im Herd sorgfältig gelöscht hatte, bevor er morgens aufbrach. Als er den Apfel aufgegessen hatte, warf er den Rest in die Glut im Herd. Es heißt, wenn Apfelkerne laut knallen in einem Feuer, ist die große Liebe ganz nah. Doch an diesem Tag war nur das Zischen und Schwelen der verkohlten Überreste des Schuppens zu hören und das Krächzen der Krähen, die durch die Luft segelten.

Elinor Sparrow erhob gegen Will Anzeige wegen Brandstiftung. Ihre Lippen zuckten, wie immer, wenn sich ein Lügner in der Nähe befand, doch die Anklage wurde bald fallen gelassen. Es gab keine Zeugen und keine Beweise, und der Richter war Catherine Averys Cousin Maurice. Erst fünfzehn Jahre später, als Stella schon auf der Welt war und sie in der Wohnung in der Marlborough Street wohnten, kam noch einmal die Sprache auf den Brand. Will und Jenny hatten im Fernsehen einen Bericht über Feuersbrünste in den kalifornischen Canyons gesehen; ein Haus nach dem anderen war bis auf die Grundmauern niedergebrannt, und Jenny hatte gesagt, diese Brände seien wirklich übel.

Der Schuppen ist schneller abgefackelt, hatte Will gesagt.

Da begriff Jenny, dass ihre Mutter Recht gehabt hatte. Will hatte zugesehen, wie Rebeccas Schuppen niederbrannte, und dann hatte er Jenny angelogen, ohne mit der Wimper zu zucken. Sie hatte dieses kleine Porträt verloren, das sie sehr geliebt hatte, und er hatte es nicht einmal geschafft, ihr die Wahrheit zu sagen. Warum sollte sie also jetzt, als sie ihm in einer Gefängniszelle gegenübersaß und er seine Unschuld beteuerte, nicht auch davon ausgehen, dass die Wahrheit nur verdreht und entstellt aus seinem Mund kam?

»Es tut mir Leid, weißt du«, sagte Will, als Jenny hastig aufbrach, denn sie wollte an der Rabbit School sein, bevor die Nachricht von Wills Verhaftung Stella erreichte.

Es konnte so viele Gründe für eine Entschuldigung geben, dass Jenny nicht wusste, was er meinte.

»Was tut dir Leid?«

»Dass ich dir wehgetan habe.«

Es war ein Funken Wahrheit, der einen Moment aufleuchtete wie ein Glühwürmchen und dann rasch wieder erlosch. Doch Jenny fand, dass sie selbst an allem Schuld trug, was schief gelaufen war. Sie war ein starrköpfiges Mädchen gewesen, das auf niemanden hören wollte, eine Närrin, berauscht vom Frühlingsfieber und ihrem irrgeleiteten Glauben an die Liebe.

»Es ist nun mal passiert. Willst du mir noch irgendwas gestehen, wo wir gerade dabei sind?«

»Nichts«, sagte Will so rasch, dass nicht einmal Jenny ihm dieses Mal Glauben schenkte. Dennoch küsste sie ihn zum

Abschied. Und sie musste sich eingestehen, dass es ihr auch Leid tat.

Jenny legte den ganzen Weg zur Rabbit School im Laufschritt zurück, beachtete nicht einmal rote Ampeln, sodass sie beinahe überfahren wurde. Doch ihr Einsatz war vergebens. Um neun Uhr morgens debattierten bereits mehrere Mädchen in der neunten Klasse über den Artikel im *Herald*, in dem Will Avery namentlich erwähnt wurde. Um zehn Uhr erschienen zwei Detectives, um Stella zu vernehmen. Als Jenny eintraf, hatte Stella inzwischen Migräne bekommen und sich ins Büro der Direktorin geflüchtet. Ihr blondes Haar fiel ihr offen über den Rücken, ihr Lippenstift war verwischt, und sie sah verstört aus. Sie saß in einem großen Sessel mit hölzernen Löwenpranken. Scharen von Schülerinnen hatten in diesem Sessel gewartet, bis ihre Eltern hereinkamen, um sich anzuhören, dass ihre Töchter schlechte Leistungen brachten, sich den Finger in den Hals steckten, um Kalorien loszuwerden, in Mathematik versagten oder sich mit Rasierklingen in den Arm schnitten. Und nun saß Stella hier, ihr vollkommener Stern. Stella, die nicht aufsah, sondern mit ihrem Armband spielte, was ein helles Klirren von sich gab.

In dieser Angelegenheit hatte die Direktorin, Marguerite Flann, wenig zu sagen. Sie ließ sie alleine, damit Jenny ihrer Tochter erklären konnte, was passiert war.

»Nicht nötig«, fiel Stella ihr ins Wort. »Ich weiß, warum du hier bist. Die Polizei hat mich schon vernommen. Ich weiß, was sie mit Daddy gemacht haben.«

»Sie hatten kein Recht, dich ohne Anwesenheit eines Elternteils zu verhören.« Jenny war empört, aber sie nahm ihre Tochter dennoch genauer in Augenschein. »Trägst du etwa roten Lippenstift?«

»Es war nur ein inoffizielles Verhör. Sie meinten, ich müsste nichts aussagen. Aber ich hab ihnen die Wahrheit gesagt. Scharlachrot ist das übrigens.«

Jenny sank in den Ledersessel der Direktorin. *Scharlachrot.*

»Und was ist die Wahrheit?«, fragte sie Stella.

»Ich habe ihnen gesagt, dass ich sehen konnte, wie die Frau sterben würde, und dass ich es nur bei manchen Leuten sehen kann, aber bei ihr so sicher war, dass Daddy mir versprechen musste, er würde es der Polizei sagen. Sie haben mir nicht geglaubt. Sie dachten, ich wollte ihn schützen.«

Es war spürbar, wie sehr Stella ihren Vater liebte, und warum auch nicht? Hier im Büro der Direktorin roch es nach Möbelpolitur, ein Geruch, der Jenny immer an ihren Vater erinnerte, der Professor für Wirtschaftswissenschaften und Hobbytischler gewesen war. Ihr Vater, der ein Jahr lang in seiner Freizeit an Jennys Modellhaus gearbeitet hatte, der sie seine »Perle« genannt hatte, der eines Abends im Frühjahr von der Uni in Boston aufbrach und auf der Straße ins Schleudern kam. Eine plötzliche Kaltfront hatte den Asphalt mit einer schwarzen Eisschicht überzogen. Es passierte im März, in jenem unberechenbaren Monat, und er hätte es besser wissen müssen, er hätte nicht so schnell fahren dürfen. Er war nie mehr zurückgekehrt, doch er hinterließ das Modell von Cake House auf seiner Werkbank, das gerade fertig geworden war, die Holzteile im Inneren waren schon eingeölt, und es verströmte einen süßen Geruch, als Jenny hineinschaute. Bis zum heutigen Tag brach Jenny manchmal ohne ersichtlichen Grund in Tränen aus, wenn sie in eine fremde Wohnung kam, und stellte dann später fest, dass der Esstisch aus Eiche oder der Schreibtisch aus Kirschbaumholz frisch poliert worden war und nach Zitronenöl roch, das ihr Vater gerne verwendet hatte.

Statistiken, hatte Jenny schon früh im Leben erfahren, waren nutzlos, wenn man die eine Person unter tausend war, die vom Blitz getroffen wurde oder einen Vater hatte, der nicht mehr nach Hause kam, ob er nun auf einer vereisten Straße verunglückt war oder in einer Gefängniszelle saß. Jenny konnte nicht anders, sie beneidete die anderen Mädchen an der Rabbit School darum, dass sie nach der Schule heimgehen und sich den Kopf über Noten und Kleider und ihr Liebesleben zerbrechen konnten, während ihre eigene Tochter sich damit beschäftigen musste, auf welch vielfache Weise man Menschen verlieren konnte.

»Ich habe wirklich gesehen, was passieren würde – ich habe es bei Miss Hewitt gesehen und bei dem Taxifahrer und dann bei dieser Frau im Restaurant. Die Polizisten glauben mir nicht«, sagte Stella, »aber er hatte nichts damit zu tun, ich schwör's.«

Die dreizehnte von ihnen, mit den Füßen zuerst geboren an der Tagundnachtgleiche. Was hatte Jenny erwartet? Hatte sie wirklich geglaubt, Stella könnte ein ganz normales durchschnittliches Mädchen werden, das nur glücklich sein und kein Leid erleben würde?

»Ich glaube dir.« Jenny war sich wohl bewusst, dass ihre Tochter mit jenem Tag im März verbunden war, an dem die Vögel zogen, an dem die Erde sich verschob und die Frühlingssternbilder am Himmel erschienen, der Löwe und das Lamm sich den Himmel teilten, Seite an Seite, wenigstens für eine kurze Zeit.

Die beiden nahmen an, dass niemand von ihren Sorgen

wusste, doch das Unheil ist anders beschaffen, es steigt in die Luft, es schwärmt aus und wird lang und breit erörtert. Jenny und Stella hatten keine Ahnung, wie viele Menschen schon über Wills Lage im Bilde waren, bis sie das Schulgebäude verlassen wollten. Juliet Aronson, die Jennys Meinung nach einen verheerenden Einfluss auf Stella hatte, hielt sie atemlos an der Tür auf, um ihnen gute Ratschläge zu erteilen.

»Da solltet ihr lieber nicht rausgehen«, verkündete Juliet.

Sie hatte sich schon einen Plan zurechtgelegt; sie würde rausgehen, sich als Stella Sparrow Avery ausgeben und so die Reporter ablenken, die sich auf dem Gehweg versammelt hatten. Juliet hatte seit dem Prozess ihrer Mutter mit diesen Aasfressern zu tun gehabt. Es war ihr ein Vergnügen, es ihnen nun heimzuzahlen.

»Ich glaube, Juliet hat Recht. Sie sollten lieber hinten rausgehen«, bekräftigte die Direktorin, denn draußen lauerte bereits ein Team von Channel 4. Mrs. Flann brachte sie zum Hinterausgang, der in einen Hof führte. »Ich glaube, Stella sollte den Rest der Woche zu Hause bleiben. Bis die Aufregung sich gelegt hat.«

Sie traten hinaus in den Hof, in dem nur ein paar Katzen herumstrichen, und sahen sich an. Die Luft schien unheilschwanger. Es roch nach Abfällen, aber auch nach Angst.

»Eine Woche keine Schule. Du solltest dich freuen«, sagte Jenny.

»Ganz recht.« Stella knöpfte ihren Blazer zu, obwohl es mild war. »Ich bin begeistert.«

Sie tappten durch den Hof, an überquellenden Mülltonnen und Containern vorbei. Der Schulbus, der für Ausflüge benutzt wurde, und einige Autos von Lehrern waren hier geparkt.

»Wenn wir auf der Straße sind, müssen wir vielleicht rennen«, sagte Jenny.

»Rennen?« Stella sah noch bleicher aus als gewöhnlich, und ihre Strümpfe waren heruntergerutscht. Sie wirkte jünger als morgens, trotz des scharlachroten Lippenstifts.

Als sie auf die Straße traten, liefen sie los. Sie hörten einen Schrei und wussten, dass man sie entdeckt hatte. Sie sprinteten die Commonwealth hinunter und hofften, die Verfolger abhängen zu können. Doch zwei Reporter blieben ihnen auf den Fersen, und einer von ihnen war dreist genug, ihnen in die Drogerie zu folgen, in die sie sich geflüchtet hatten.

Der Reporter, der ihnen gefolgt war, ließ sich nicht abhängen. Er stöberte sie bei den Haarpflegeprodukten auf. »Ich will nur mit Ihnen reden.«

»Nein, das wollen Sie nicht.« Jenny trat vor Stella. »Sie wollen uns belästigen.«

Der Besitzer der Drogerie, ein älterer Herr, den Stella von ihrem Diebstahl wiedererkannte, kam herbei und verscheuchte den Mann.

»Aasgeier«, sagte er.

Und davon gab es noch mehr. Als sie schließlich nach einem großen Umweg durch den Public Garden und die Charles Street zu Hause ankamen, fanden sie auf dem Anrufbeantworter diverse Mitteilungen von Nachrichtensendern vor, darunter auch von zwei Talkshows in New York, die sich auf menschliche Tragödien spezialisiert hatten.

»Das Telefon klingelt schon wieder«, sagte Stella ängstlich, als sie sich zu einem kärglichen Abendessen aus Dosensuppe und angebranntem Toast niederließen.

Das Telefon hatte ununterbrochen geklingelt, seit sie

nach Hause kamen, und die Anrufer waren durchweg sensationslüsterne Gestalten. Zuletzt hatte sich Marguerite Flann gemeldet und angesichts der Lage vorgeschlagen, dass Stella der Rabbit School für den Rest des Schuljahrs fernbleiben sollte. Zu ihrem eigenen Wohl, wenngleich auch Mrs. Flann selbst telefonisch von Presseleuten belagert wurde und fand, dass diese Art von Publicity für ihre Schule alles andere als wünschenswert war.

Sie konnten keinen weiteren unangenehmen Anruf ertragen, weshalb Jenny aufstand und den Stecker aus der Wand zog. »So. Jetzt klingelt es nicht mehr.«

Sie lachten, doch dann blickte Stella wieder bedrückt. »Jetzt werd ich in Mathe durchrasseln. Und wenn sie mich an der Rabbit nicht wollen, wo soll ich dann zur Schule gehen?«

»Uns wird schon was einfallen«, versicherte ihr Jenny. Doch tatsächlich hatte sie keine Ahnung, was sie tun konnten. Es gab keine Schule in Boston, privat oder öffentlich, an der Stella vor Klatsch und Spekulationen sicher sein würde. Von allen Lokalsendern war in den Sechs-Uhr-Nachrichten schon über den Fall berichtet worden. Um elf Uhr brachte Channel 12 Bilder von Jenny und Stella, wie sie über den Hof der Rabbit School schlichen und davonrannten, als seien sie selbst Verbrecher.

An diesem Abend schlief Jenny in einem Sessel am Fenster ein. Sie hatte an das Modell von Cake House gedacht, das ihr Vater für sie gebaut hatte. Sie hatte sich an die Geschichten erinnert, die er ihr erzählt hatte; dass die Kirschbäume in den Wäldern um Unity alle aus Kirschkernen entstanden seien, die Vögel ausgeschieden hatten, und dass die Pfirsichbäume, die überall in der kleinen Stadt wuchsen, nach einem Schiffsunglück an Land geschwemmt worden waren. Nun träumte Jenny von einem Seil, das zwischen zwei hohen Bäumen gespannt war, einem Kirschbaum und einem Pfirsichbaum, in deren Geäst unzählige weiße Blüten saßen wie Sterne. Sie träumte, dass sie wie in einer Spirale nach unten stürzte und nicht innehalten konnte. Sie erwachte kurz bevor sie aufschlug, keuchend vor Angst und mit heftig pochendem Herzen. Das war ihr eigener Traum gewesen, kein fremder, und sie wusste genau, wie sie ihn zu deuten hatte. Sie wusste, wo er hinführte.

Draußen war es stockfinster, bis auf die bernsteingelben Lichtpfützen von den Straßenlaternen auf dem Asphalt. Als sie das Telefon wieder einsteckte, klingelte es sofort. Jenny nahm ab und hörte den Reporter, der sie in die Drogerie verfolgt hatte. Er war von einer dieser grauenhaften Zeitungen, die nur Schund schrieben, aber er hielt sich wohl für sehr eloquent, denn er versuchte, Jenny zu einem Interview zu überreden, und wollte wissen, wie ihre Tochter auf die Mitteilung reagiert hatte, dass ihr Vater ein brutaler Mörder war. Jenny legte auf. Er rief wieder an. Diesmal sagte Jenny nichts, als sie abnahm. Was ihn leider nicht davon abhielt zu reden.

»Ich werd Ihre Kleine schon noch dazu kriegen, mit mir zu reden. Da können Sie Gift drauf nehmen.«

Jenny legte auf, dann tippte sie schnell eine Nummer ein, bevor er wieder anrief. Sie brauchten eine Geheimnummer. Sie brauchten ein neues Türschloss. Doch für derlei blieb jetzt keine Zeit. Jenny hatte bereits entschieden, was als Erstes geschehen musste. Es war schon spät in der Nacht, der Mond stand hoch am Himmel, die Tauben waren verstummt, und der Tag schien ein fremdes weit entferntes Land zu sein. Die Straße draußen war menschenleer, als Jenny die Nummer von Cake House wählte, die sie noch immer im Kopf hatte. Es war verblüffend, dass sie nach so vielen Jahren noch immer vor sich sah, wie in dieser Woche die Forsythie erblühte, wie Ast um Ast gelb zu leuchten begann. Es war erstaunlich, dass sie sich noch an den Fahrplan für die Züge nach Unity erinnerte, und noch erstaunlicher, dass sie die Stimme ihrer Mutter sofort erkannte, als Elinor den Hörer abnahm, als hätten sie erst gestern miteinander gesprochen, als hätten sie niemals aufgehört, sich zu unterhalten.

Das Orakel

I.

Was war eine Rose, wenn nicht Gestalt gewordenes Verlangen, die treffendste Verkörperung menschlicher Sehnsucht und irdischer Hingabe. Doch Verlangen konnte auch in verzerrter Form auftreten, und so trug eine Rose, die gut in trockenem Boden gedieh, den Namen *Eifersucht. Roter Teufel* wuchs an Stellen, wo keine andere Rose überlebte, am Rand der Gärten, im Schatten. In mancherlei Hinsicht glichen Rosen dem menschlichen Herzen; manche waren wild, andere bedurften ständiger Zuwendung. Obwohl viele Arten verändert und gezähmt worden waren, gab es keine zwei, die genau gleich waren. Es gab Rosen mit Kirscharoma und andere, die nach Zitrone dufteten. Einige waren zäh, andere vergingen in einem einzigen Tag. Manche wuchsen im Sumpf, andere brauchten viel Dünger. Man hatte Versteinerungen von Rosen gefunden, die dreieinhalb Milliarden Jahre alt waren, doch niemals hatte es eine blaue Rose gegeben, denn der Familie der Rosengewächse ist dieses Pigment nicht zu eigen. Gärtner müssen sich mit Fälschungen begnügen: der *Blue Moon* mit ihren malvenfarbenen Blüten, oder der *Blue Magenta*, einer bösartigen Kletterrose, die tatsächlich violett war und brutal zurückgeschnitten werden musste, damit sie nicht alles andere überwucherte.

In Elinor Sparrows Garten kamen diese Fälschungen

nicht vor. Sie legte Wert auf ein wahrhaftiges Blau, das Blau eines Rotkehlcheneis, das Blau des Rittersporns und des endlosen Himmels. Sie gehörte zu der Sorte von Frauen, für die das Unmögliche eine Herausforderung darstellt. Andere Gärtner hätten sich den Gesetzen der Vererbung gebeugt, doch nicht Elinor. Sie ließ sich durch negative Voraussagen ebenso wenig von etwas abhalten wie durch die Schwärme von Stechmücken, die um diese Zeit des Jahres, wenn die letzten Schneereste geschmolzen waren und die Erde sich erwärmte, in der Dämmerung tanzten.

Gärten hatten Elinor Sparrow bis zum Tod ihres Mannes nichts bedeutet. Der Garten von Cake House, Jahrhunderte zuvor angelegt, war damals völlig verwahrlost. Doch ein paar der alten Rosen, die noch Rebecca Sparrow gepflanzt hatte, war es gelungen, zwischen Seidenpflanzen und Brennnesseln zu überleben. Die von Sarah Sparrow sorgfältig aus Feldsteinen erbauten Mauern standen noch, und das schmiedeeiserne Tor, das Elinors Urgroßmutter Coral eingebaut hatte, war nur stellenweise rostig und ließ sich mit Borsäure und Lauge leicht reinigen.

Elinor hätte Jenny zum Mittelpunkt ihrer Welt machen sollen, als Saul auf dieser Straße bei Boston ums Leben kam, doch stattdessen ging sie in den Garten und kehrte nicht mehr zurück. Gewiss, sie machte Einkäufe und begegnete auf dem Weg zur Drogerie auf der Main Street ihren Nachbarn, doch im Grunde wollte sie nur alleine sein. Nur das Gefühl von Erde zwischen ihren Fingern konnte sie ertragen, die immer gleichen Handreichungen. Wenigstens hier gelang es ihr, etwas zum Wachsen zu bringen. Mit der richtigen Menge Sonne, Dünger und Regen erstand hier zu neuem Leben, was man zuvor begraben hatte.

Elinor Sparrow hatte in den vergangenen Jahren in ihrem Garten rekordverdächtige Blüten hervorgebracht: Duftende Damaszenerrosen gediehen dort, groß wie Pferdehufe, rosafarbene Wildrosen, die bis in den Januar blühten, Teehybriden, die so prachtvoll waren, dass nicht selten Diebe versuchten, Blüten zu stehlen, bis der Wolfshund Argus, der nur noch abgenutzte Zahnstummel im Maul hatte, die Eindringlinge mit ein paar tiefen Wuffs davonjagte. Angesichts all dieses Grüns hinter der Mauer, das sich auch im März schon dort zeigte, wenn die meisten Knospen noch geschlossen waren, konnte man sich kaum vorstellen, wie viele Schwierigkeiten Elinor mit der Kultivierung des Gartens gehabt hatte. Denn trotz ihrer Bemühungen wollte auch zwei Jahre nach Sauls Tod dort noch immer nichts gedeihen. Vielleicht lag es am Salz auf Elinors Haut, der Bitterkeit in ihrem Herzen. Alles welkte, sogar die Rosen von Rebecca Sparrow. Elinor ließ Landschaftsgärtner kommen, doch auch sie konnten ihr nicht helfen und empfahlen nur DDT und Schwefel. Sie schickte Erdproben an das beste Labor im Land und bekam zur Antwort, ihrer Erde fehle nichts, was man nicht mit ein wenig Knochenmehl und liebevoller Pflege ausgleichen könne.

Eines Tages, als Elinor im Garten arbeitete, inzwischen beinahe bereit, endgültig aufzugeben, kam Brock Stewart vorbei, der ortsansässige Arzt. Damals machte Dr. Stewart noch Hausbesuche; ins Cake House kam er, weil Jenny, die damals erst zwölf war, ihn angerufen und gebeten hatte, nach ihr zu schauen. Sie hatte eine Grippe, die nicht mehr weichen wollte, rasselnden Husten und Kopfschmerzen, die so schlimm waren, dass sie im dunklen Zimmer lag. Sie war erst in der sechsten Klasse, konnte sich aber schon alleine versorgen.

»Wo ist deine Mutter?«, hatte Dr. Stewart gefragt, nachdem er Jenny untersucht und ein Rezept für Penicillin ausgeschrieben hatte. Das Mädchen hatte Fieber, und er sah weder ein Glas Wasser noch einen kalten Waschlappen für ihre Stirn auf dem Nachttisch.

»Im Garten.« Jenny war eine ernsthafte Person, auch damals schon. »Der Garten ist das Einzige, was ihr wichtig ist, deshalb habe ich ihn mit einem Fluch belegt.«

»Ach ja?« Dr. Stewart war ein guter Arzt, der stets Wert auf die Meinung eines Kindes legte. »Was für ein Fluch ist das denn?«

Jenny setzte sich auf. Sie hatte den Fluch geheim halten wollen, doch Dr. Stewart Interesse schmeichelte ihr so, dass sie den Arzt einweihte.

Kommt nicht mehr hierher, nicht am Tage, nicht am Abend, nicht bei Regen, nicht bei Sonnenschein.

Jenny lächelte den Doktor an, höchst erfreut, weil er ihren Spruch so ausführlich zu überdenken schien. »Ich habe das in einem Buch in unserem Salon gefunden. Es ist ein Spruch, der die Bienen fern hält. Und ohne Bienen wächst im Garten nichts.«

»Das wusste ich nicht.«

Brock Stewart war der einzige Arzt am Ort, und er fand es immer wieder aufs Neue erstaunlich, auf welch unterschiedliche Weise Menschen einander Verletzungen zufügten, manchmal ganz ohne Anstrengung, wie es schien. Es verblüffte ihn, wie angreifbar und doch wundersam zäh Menschen waren; wie es ihnen gelang, Krankheiten und Not auf vielerlei Arten zu überstehen.

»Mein Vater hat mir einmal erzählt, dass Bienen es hassen, wenn man sich ungepflegt ausdrückt«, sagte Jenny, die zusehends auftaute. »Und ganz schlimm finden sie es, wenn jemand stirbt. Dann verschwinden sie oft.« Jennys verfilztes Haar stach tiefschwarz von ihrer fieberheißen Haut ab. Sie war ein sehr ordentliches Mädchen, das Blumen, Erde, Regenwürmer und jede Form von Durcheinander nicht ausstehen konnte. Sie hatte mit Tesafilm eine Reihe ihrer winzigen Gemälde an die Wand geklebt, kleinteilige mit Wasserfarben gemalte Bilder, in denen alles perfekt zusammenpasste: Teppich und Tisch, Haus und Himmel, Mutter und Tochter.

»Verstehe.« Dr. Stewart machte sich Notizen. Kinder mochten das, sogar die größeren, wenn er aufschrieb, was sie sagten, denn dann wussten sie, dass er ihnen zuhörte. »Und kann man diesen Fluch irgendwie brechen?«

»Wenn jemand stirbt oder man den Verschwindet-Spruch sagt, muss man den Bienen hinterher Kuchen anbieten, damit sie zurückkommen. Oder eine andere Süßigkeit. Und man muss sie bitten, zurückzukehren. Sehr höflich bitten. Damit sie merken, dass man es ernst meint. Dass es einem wichtig ist.«

Dr. Stewart rief in der Apotheke an und bat um Lieferung eines Antibiotikums, dann wuschelte er Jenny übers Haar und ging in den Garten. Er fand Elinor Sparrow in einem Beet, wo sie auf allen vieren Unkraut jätete, obwohl die Pflanzen keine Blätter mehr hatten. Elinor nahm andere Menschen kaum mehr zur Kenntnis. Sie war zu gefangen in ihrem schrecklichen Schicksal, viel zu verletzt, um irgendetwas außer ihrem verödeten Garten wahrzunehmen.

»Hier wächst nichts mehr«, rief Brock Stewart.

»Ich beglückwünsche Sie zu Ihrer Klarsicht.« Elinor konnte Menschen im Allgemeinen nicht leiden, doch für Brock empfand sie eine gewisse Hochachtung, weshalb sie ihn nicht verscheuchte. Nicht gleich jedenfalls. Sie hatte ihn noch nie beim Lügen ertappt, was man von den meisten Leuten aus dem Ort nicht behaupten konnte. »Bekomme ich eine Rechnung für diese Beobachtung, oder gibt's die umsonst?«

»Sie stehen unter einem Fluch«, teilte Dr. Stewart seiner Nachbarin mit. »Und Sie haben es wahrscheinlich nicht anders verdient.«

Immer wenn der Arzt Elinor traf, musste er daran denken, wie sie ihn an jenem Abend angesehen hatte, als er ihr von Sauls Unfall berichten musste. Sie hatte in sein Inneres geblickt, als suche sie dort nach der Wahrheit. Das tat sie auch jetzt. Dr. Stewart war ein großer Mann, und manches Kind im Ort fürchtete sich vor ihm, weil er so imposant und streng aussah. Doch die ihn gut kannten, hatten keine Angst vor ihm. Sie verlangten Lollipops von ihm und erzählten ihm von allem, was ihnen am Herzen lag, von Flüchen und Bienen und Vergebung.

»Sie übersehen die wirklich wichtigen Dinge, Elly. Horchen Sie mal.«

Sie starrten einander über das Gartentor hinweg an. Elinor Sparrow fand es ungeheuerlich, dass der Arzt »Elly« zu ihr sagte, doch sie ließ es ihm durchgehen. Sie horchte angestrengt. Weiße Wolken zogen am Himmel entlang, und das Licht war strahlend hell, mit diesem speziellen milchigen Schimmer, der Besuchern von auswärts immer besonders auffiel.

»Ich höre nichts.« Elinor wischte sich ärgerlich Erde von Knien und Händen.

»Ganz recht. Keine Bienen.«

»Keine Bienen.« Elinor kam sich vor wie ein Idiot. Warum war ihr das nicht schon früher aufgefallen? Die Stille war so eindeutig, das Problem so offensichtlich. »Wer belegt mich denn mit so einem Fluch?«

Dr. Stewart zuckte die Achseln. Er hatte es sich in all den Jahren als einziger Arzt in einer Kleinstadt zur Gewohnheit gemacht, keine Schuld zuzuweisen, vor allem nicht, wenn sie sich direkt in der Nähe aufhielt.

»Jetzt, wo Sie wissen, was nicht stimmt, können Sie etwas dagegen tun. Und zwar, indem Sie ihnen Kuchen geben.« Dr. Stewart brachte dies ebenso sachlich vor, als empfehle er Aspirin gegen Kopfschmerzen oder Ginger Ale und Lakritzsirup gegen Bauchgrimmen. »Dann müssen Sie die Bienen bitten, zurückzukehren. Sie sind zutiefst verletzt. Und sie sind nicht die Einzigen, wenn Sie's genau wissen wollen.«

Als der Arzt gegangen war, marschierte Elinor schnurstracks in die Küche. Sie durchsuchte die Speisekammer, bis sie ein Biskuit fand, das schon eine Woche alt war und das sie mit Weinbrand und Sahne übergoss. Doch bevor sie den Teller nach draußen tragen konnte, klingelte es an der Tür. Es war ein Junge, der für die Apotheke Medikamente ausfuhr. Er legte das Antibiotikum ab, rannte zu seinem Wagen zurück und wendete hastig den Wagen, bevor Elinor ihn des Hausfriedensbruchs bezichtigen konnte.

Als Elinor Sparrow die Flasche mit dem kalkweißen Penicillin in Augenschein nahm, fiel ihr etwas auf an ihrem Haus. In Cake House war es ohne Bienen noch stiller als draußen im Garten. Sie hatte die Bienen gekränkt, ohne es zu bemerken. Sie war in irgendeinem Geflecht verfangen gewesen, das Tage zu Monaten und Monate zu Jahren gesponnen hatte. Sie wusste, womit sie den Fluch verdient hatte. Sie hatte Schaden angerichtet, sie hatte sich abgewandt, sie hatte ihr Kind sich selbst überlassen.

Jenny döste, als Elinor mit der Arznei in ihr Zimmer kam.

»Nimm das und beeil dich«, sagte Elinor.

Jenny war so überrascht, weil ihre Mutter sich mit ihr abgab, dass sie aufs Wort gehorchte.

»Nun steh auf und komm mit.«

Jenny schlüpfte in ihren Bademantel und folgte Elinor, barfuß und verwirrt. Sie überlegte, aus welchem Grund sich ihre Mutter wohl um sie kümmerte: Vielleicht war der See über die Ufer getreten, die Rohre im Haus waren geplatzt, die Wespen auf dem Dachboden hatten sich durch den Gips gefressen. Es musste irgendein Notfall sein, sonst hätte ihre Mutter nicht an sie gedacht.

»Ich habe vieles übersehen.« Sie machten in der Speisekammer Halt, wo Elinor das klebrigsüße Biskuit holte. Ameisen waren auf den Teller gelaufen, und der Dunst des Branntweins hing in der Luft. »Jetzt muss ich dies hier den Bienen geben. Ich muss sie um Verzeihung bitten und sie einladen, zurückzukehren.« Sie blickte Jenny an, ihr verfilztes Haar, ihren argwöhnischen Gesichtsausdruck.

Elinor ging mit dem Biskuit nach draußen. Schon nach zwei Schritten schwebte eine Biene über ihr in der Luft.

»Hat Dr. Stewart dir das mit den Bienen erzählt?« Jenny hatte Fieber, und ihr war schwindlig. Sie blieb auf der Veranda und lehnte sich ans Geländer. »Ich habe ihm ein Geheimnis anvertraut, und er geht los und erzählt es dir.«

»Na sicher. Und nun hoffen wir mal, dass es wirkt.«

Auch Elinor war schwindlig. Wie eine Närrin hatte sie etwas missachtet und fortgeworfen, und nun wollte sie ihr Bestes tun, um es wiederzubekommen. Das Biskuit in ihrer Hand roch wie der Frühling, duftete berauschend nach Pollen und Honig, Flieder und Brandy. Ein paar Dutzend Bienen folgten Elinor über den Rasen. Vielleicht gab es doch manchmal Hoffnung: für etwas Zerstörtes, für etwas Verlorenes, für etwas, das beinahe fortgeworfen wurde.

»Bitte kommt in meinen Garten.«

Elinor öffnete das Tor zum Garten, und die Bienen folgten ihr, doch Jenny blieb, wo sie war, starrsinnig und nicht bereit zu vergeben.

»Komm doch mit mir«, sagte Elinor zu ihrer Tochter.

Jenny war heiß vom Fieber und kalt von der kühlen Luft. Sie stellte fest, dass ihre Mutter sie nicht aufgefordert hatte, Schuhe anzuziehen; Elinor war keine Mutter, die an so etwas dachte, was auch immer sie zum Schein tat. Jennys Zehen kribbelten und kündigten so bevorstehendes Unheil an. Doch wo lauerte es? Sie konnte vorwärts gehen oder einen Schritt zurück, oder sie konnte ausharren und sich nicht bewegen, und genau das tat sie an diesem Tag der hundert Bienen. Sie rührte sich nicht von der Stelle.

Obwohl ihr Versuch, mit ihrer Tochter in Verbindung zu treten, gescheitert war, suchte Elinor nun immer häufiger Brock Stewarts Rat. Sobald eine Entscheidung anstand, holte sie telefonisch seine Meinung ein, auch wenn sie seine Ratschläge nicht immer befolgte. Sie debattierte manchmal sogar stundenlang mit ihm, widersprach, erörterte ein Thema von vorne bis hinten. Dr. Stewarts Frau Adele, eine Cousine der Hapgoods, und sein Sohn David wussten bald, dass vermutlich kein Patient und auch nicht das Krankenhaus in Hamilton anrief, wenn das Telefon zu den unmöglichsten Zeiten klingelte, sondern Elinor Stewart. Warum der Arzt über ihr stundenlanges Gerede nicht ungehalten war, verstand keiner so richtig.

Elinor dagegen sah es so: Er war der einzige Mensch, von dem sie eine ehrliche Antwort erwarten konnte. Wenigstens einen aufrichtigen Mann gab es in der Stadt. Und so viele Jahre später, als Adele und auch die junge Frau des armen David nicht mehr unter den Lebenden weilten, war Brock Stewart noch immer das einzige Lebewesen außer ihrem Hund Argus, das sie in ihrer Nähe duldete. Tom Early, der Tierarzt der Stadt, konnte kaum glauben, dass der Wolfshund schon zwanzig Jahre alt geworden war, was bei seiner Rasse so gut wie nie vorkam. Dr. Early war der Ansicht, dass Argus sich lediglich weigerte zu sterben, weil seine Besitzerin noch am Leben war. So anhänglich war er, sagte Dr. Early im Scherz gerne, treu bis ins Grab.

Wäre Elinor ein umgänglicherer Mensch gewesen, hätte sie gelacht und gesagt: *Tja, das heißt wohl, dass dem armen alten Burschen nicht mehr viel Zeit bleibt,* doch sie gab nur grantig zurück, *Sie sind bestimmt noch so teuer wie eh und je,* was Tom Early wie immer so erschreckte, dass er ihr eine Flasche Vitamintabletten für Argus umsonst mitgab.

Elinor war krank geworden, als die Rose, die sie zuletzt gezüchtet hatte, endlich zu gedeihen schien. Sie hatte eine von Rebeccas alten Rosen, eine Art, die nur in Unity vorkam und die angeblich schon welkte, wenn der Blick eines Menschen auf sie fiel, mit einer karmesinroten Kletterhybride gekreuzt, die sie über mehrere Jahre gezüchtet hatte. Im Moment wirkte die neue Rose noch wenig eindrucksvoll. Ein Dieb, der durch den Garten schlich, hätte gewiss dem dürren Gewächs an der Wand, die es vor Stürmen und sengender Hitze schützte, keinerlei Beachtung geschenkt und sein Augenmerk auf die prächtigeren, sorgfältig gepflegten Exemplare gerichtet, die doch so wertlos waren für Elinor. Sie wusste nicht, ob sie es noch erleben würde, dass diese Kreuzung zum Blühen kam. Brock hatte sich geweigert, Prognosen zu stellen, obwohl sie nach statistischen Werten verlangt hatte.

Jeden Moment könnte ein Baum auf uns stürzen, hatte er gesagt. *Wir könnten vom Blitz getroffen werden, und was würden uns all diese Statistiken dann nützen?*

Elinor dachte oft daran, wie schnell Wills Mutter Catherine diese Welt verlassen hatte, nachdem man den Krebs entdeckt hatte. Elinor fühlte sich den Averys nicht verbunden, wünschte ihnen aber auch nichts Böses. Sie hatte jedenfalls nie ein mit schwarzen Federn gespicktes Seil unter Catherine Averys Matratze gesteckt, um die Familie mit einem Fluch zu belegen, nachdem Will und Jenny durchgebrannt waren, was böse Zungen auch behaupten mochten. Das alles war so lange her, und wenn Elinor an diese unglückselige Entscheidung dachte, war ihr klar, dass niemand daran Schuld trug. Außer der Jahreszeit, denn die beiden waren ein Opfer des Frühlingsfiebers geworden, das für jedermann eine Gefahr darstellte. Im Grunde bedauerte Elinor Catherine Avery, weil sie einen Lügner wie Will großziehen musste, wenngleich der jüngere Sohn, Matt, sich anständig entwickelt hatte.

Seit fünfzehn Jahren bestellte Elinor Matt Avery zu sich, wenn es Äste und junge Bäume wegzuräumen galt, die ein Sturm gefällt hatte. Ab und an fand sie einen Korb mit Minze und Rosmarin auf ihrer Veranda, und sie hegte den Verdacht, dass Matt der Spender war, der ihr vielleicht auf diese Weise dafür danken wollte, dass sie seine Mutter in den letzten Wochen ihres Lebens so häufig besucht hatte. In den ganzen Sommermonaten, in denen Catherine im Sterben lag, hatte Elinor ihr frisch geschnittene Rosen gebracht, hellrosa Fairy, die Catherine am meisten liebte. Als Elinor an Krebs erkrankte, rief sie sich während ihrer eigenen Behandlung im Krankenhaus von Hamilton immer wieder Catherines Tapferkeit in Erinnerung. Sie hatte im vergangenen Winter mehrere Monate Chemotherapie durchgemacht, ohne jedoch irgendjemandem etwas davon zu sagen.

Das war schon immer ihre Schwäche wie ihre Stärke gewesen. Sie vertraute sich niemandem an, bat niemanden um Hilfe und ließ sich niemals anmerken, dass sie auch nur ein Mensch war. Als sie Brock endlich eingestand, dass ihre Knochen schmerzten – nicht wie sonst durch die Arthritis, sondern heftiger, schärfer –, hatte sie das schon zu lange für sich behalten. Seit sich in Monroe ein Arzt niedergelassen hatte, half Dr. Stewart in der Klinik in North Arthur und im Pflegeheim am I-93 aus; Elinor war die einzige Patientin, die er noch vor Ort betreute. Wenn nachts das Telefon klingelte, konnte es nur ein Mensch sein, der ihn brauchte. Er hatte nur noch eine einzige Patientin, Elinor Sparrow, und dennoch hatte er versagt.

Sie konnten ja wohl nichts davon wissen, solange ich Ihnen nichts erzähle, hatte Elinor gesagt, störrisch wie immer.

Vielleicht hatte sie Recht; er hätte wahrscheinlich nichts tun können, um sie zu retten. Dennoch erwachte der Arzt häufig mitten in der Nacht mit Herzklopfen, obwohl das Telefon nicht geklingelt hatte. Er erwachte mit ihrem Namen im Kopf, und das war auch schon so gewesen, bevor Adele gestorben und bevor sein Sohn David und sein Enkel Hap bei ihm eingezogen waren. Morgens hatte Dr. Stewart oft den Drang, sie anzurufen, doch Elinor ging um diese Tageszeit nie ans Telefon; sie war draußen in ihrem Garten, den sie so erfolgreich wiederhergestellt hatte, wie es ihr mit ihrem Leben nie gelungen war.

Dort arbeitete sie auch an dem Nachmittag, an dem ihre Tochter in ihren Heimatort zurückkehrte. Es war ein schöner Tag, und Elinor trug Maske und Handschuhe und streute Dünger aus. Im Winter waren die meisten Pflanzen in ihrem Garten nur dürre Stöcke, doch nun wurden diese Stöcke grün und brachten neue Triebe hervor, und man würde sie bald zurückschneiden müssen. Nach den kalten trüben Wintermonaten waren die Rosenstöcke regelrecht ausgehungert nach Knochenmehl und Fischmehl und Zuwendung. Vor allem die kleine Kreuzung an der Wand wirkte besonders bedürftig, weshalb Elinor die Erde an ihren Wurzeln an diesem Tag mit Luzerne bedeckte, um ihr zusätzlich Nährstoffe zu verabreichen.

Als Elinor damit fertig war, ging sie ins Haus, gefolgt von ihrem alten Hund. Die Knochen in ihren Knöcheln und Knien schmerzten oft so heftig, dass ihr davon schwindlig wurde; in letzter Zeit brauchte sie einen Stock zum Gehen. Elinor Sparrow, die Frau, die keine menschliche Unterstützung brauchte, musste sich nun auf einen Stock stützen.

Knochenmehl, dachte sie, als sie zum Haus ging. *Das ist aus mir geworden.*

Doch sie würde nur noch eine dürftige Menge abgeben, viel hatte der Krebs nicht übrig gelassen. Sie hatte die Röntgenaufnahmen gesehen; ihre Knochen sahen aus wie feine Spitze, ein ebenso filigranes wie tödliches Muster, das an Blätter erinnerte, über die Japankäfer hergefallen waren.

Elinor wusch sich die Hände, griff dann zu Handtasche und Autoschlüsseln. Sie sagte Argus, er solle hier bleiben, obwohl er winselte und ihr auf die Veranda folgte. Er sah ihr zu, wie sie in ihren Jeep stieg, der seitlich an der Karosserie und am Boden Rostlöcher hatte und eine neue Kupplung brauchte. Der Weg war schlammig, und Elinor versuchte den schlimmsten Schlaglöchern auszuweichen. Seit fünf Jahren schon wollte sie Matt Avery beauftragen, die Zufahrt auszubessern, doch es war nie dazu gekommen. Schlamm spritzte hoch und blieb an den Kotflügeln und den Reifen haften. Im Wald gab es noch immer Eisflächen, auch an einem strahlenden Tag wie diesem, und am Wegrand blühten Schneeglöckchen. Manche Menschen glaubten, dass der Trauerengel vor langer Zeit Schneeflocken in Schneeglöckchen verwandelt hatte, diese ersten Blumen, die alljährlich aus der Erde sprießten, um nach den trübsinnigen düsteren Wintermonaten Trost zu spenden. Elinor Sparrow sah das etwas nüchterner. Für sie waren Schneeglöckchen eine Art Unkraut.

Dennoch riefen ihr diese kleinen Blumen in Erinnerung, dass tatsächlich der Frühling gekommen war. Elinor öffnete das Fenster und atmete die milde Luft ein. Ja, der Frühling war gekommen. Noch vor dem Abend würde es regnen, was der Garten bitter nötig hatte, doch die Feuchtigkeit, die jetzt in der Luft lag, kam vom See herüber; von dort kam das weiche grüne Licht, das um diese Jahreszeit an den Ufern des Hourglass Lake aufstieg. Als Elinor in den Rückspiegel schaute, sah sie Argus auf der Veranda liegen, treu wie eh und je. Sie hatte nie einen Hund haben wollen, doch Argus war eines Tages auf dem Rücksitz von Brock Stewarts Wagen bei ihr eingetroffen. Der Arzt hatte den Mischling am Straßenrand entdeckt, und sein Sohn David, der seit dem Tod seiner Frau mit seinem eigenen Sohn bei Brock wohnte, war allergisch gegen Hunde, ebenso wie Elinors Tochter. Doch Elinors Tochter wohnte schon seit Jahren nicht mehr im Haus, und der Welpe brauchte ein Heim.

»Behalten Sie ihn für eine Woche«, hatte Dr. Stewart vorgeschlagen. »Wenn Sie ihn dann immer noch nicht mögen, bringe ich ihn anderswo unter.«

Niemals darauf einlassen, eine Woche einen Welpen zu betreuen, das wusste Elinor nun. In einer Woche hatte der Kleine sie im Sturm erobert, trotz der Miseren auf den Teppichen und den Haaren überall, den zerkauten Pantoffeln und zerfetzten Büchern. Sie war sich nicht bewusst gewesen, dass sie ihn behalten würde, bis ein Gewitter kam, vor dem sich der kleine Hund schrecklich fürchtete. Elinor hatte in der Küche ihres riesigen leeren Hauses auf dem Boden hocken und den Kleinen beruhigen müssen. Als sie ihn streichelte, fühlte sie, wie sein Herz pochte. Sie sagte Brock Stewart niemals, dass er den Hund abholen sollte, und als der Arzt wieder ins Haus kam, schlief Argus schon in Elinors Zimmer und bewachte die Tür.

An diesem Tag hielt Elinor selbst Wache, am Bahnhof von Unity. Der Bahnhof war ein kleines robustes Gebäude im schnörkligen neugotischen Stil, das von auswärtigen Arbeitern aus braunem Granit erbaut worden war. Im Giebeldach war eine Messinguhr eingelassen, die zu jeder Stunde so laut schlug, dass Schüler von der Highschool auf der anderen Seite der Stadt sich schon oft darüber beklagt hatten, weil sie bei Arbeiten davon abgelenkt wurden. Der Mittagszug, der um Viertel vor elf an der South Station in Boston abgefahren war, hatte Verspätung, was öfter vorkam. Als er schließlich einfuhr, gab es ein großes Durcheinander. Die Fahrgäste sollten rasch aussteigen, damit der Zug nach Hamilton weiterfahren konnte. Eli Hathaway, gewiss einer der ältesten Taxifahrer von ganz Neuengland, drückte auf die Hupe, um auf seinen betagten blauen Kombi aufmerksam zu machen, an dem seitlich in schwarzer Schrift *Bestes und einziges Taxiunternehmen von Unity* stand. Sissy Elliot, die bösartige alte Nachbarin, kam mit ihrer Gehhilfe – die wesentlich sperriger war als ein Stock, wie Elinor hämisch bemerkte – schlecht voran und musste von ihrer Tochter Iris in den Zug befördert werden, wodurch sich die Abfahrt wiederum verzögerte.

Elinor erkannte Sissy Elliot, ihre Nachbarin auf der Westseite, mit der sie seit zwanzig Jahren kein Wort gewechselt hatte, doch ihre eigene Tochter erkannte sie nicht an diesem Tag. Sie hatte natürlich ein störrisches siebzehnjähriges Mädchen vor Augen, ein Mädchen, das so töricht gewesen war, zwei Monate vor ihrem Highschool-Abschluss durchzubrennen. Jenny hätte an der Brown und an der Columbia University studieren können, doch stattdessen war sie nach Cambridge gezogen und hatte in einer Eisdiele gejobbt, wo sie Eisbecher mit Karamelcrem und Himbeer-Limonen-Rickeys zubereitet hatte, um Wills Studium in Harvard mitzufinanzieren. Nach diesem Mädchen hielt Elinor Ausschau, diesem Mädchen, das einen Fehler nach dem anderen gemacht hatte, das sich von ihrem Verlangen leiten ließ, ohne einen Funken Ahnung von der Liebe zu haben. Eine Person mit langen schwarzen Haaren in Jeans und einer Matrosenjacke suchte sie und fand stattdessen eine Frau über vierzig, deren Haare noch immer dunkel, aber kürzer und im Nacken zusammengebunden waren. Sie trug einen gewöhnlichen Trenchcoat über einem schwarzen Kostüm, und doch war einiges unverändert: dieselben schimmernden Augen mit dem misstrauischen Ausdruck, so dunkel wie die Augen von Rebecca Sparrow. Die hohen Wangenknochen, die distanzierte Art. Hier war ihre Tochter, nach so vielen Jahren.

Neben ihr ging Elinor Sparrows Enkelin, die einen Seesack umklammert hielt und einen Rucksack über der rechten Schulter trug, denn die linke, die bei ihrer Geburt gebrochen war, schmerzte an feuchten Tagen wie diesen.

Verblüffenderweise war das Mädchen blond. Die Sparrow-Frauen waren immer dunkel und schwermütig gewesen, tiefgründig und sorgenvoll, doch Stella wirkte fröhlich, als sie sich suchend umsah. Sie war groß und hatte feine Gesichtszüge, und sie war eine gute Beobachterin, denn sie hatte ihre Großmutter schon entdeckt, obwohl sie sich noch nie begegnet waren, und winkte wie wild.

»Gran!«, schrie Stella. »Hier sind wir!«

Vielleicht hatte Elinor Sparrow Angst und konnte sich deshalb nicht von der Stelle rühren, aber vielleicht lag es auch an dem Ausdruck auf Jennys Gesicht, als sie sich ihrer Mutter zuwandte. Es war genau derselbe enttäuschte Gesichtsausdruck wie an jenem Tag, als der Fluch gebrochen wurde und die Bienen in den Garten zurückkehrten, als sie bereits glaubte, dass es für ihre Mutter zu spät war, um etwas wieder gutzumachen.

Stella hatte solche Bedenken zum Glück nicht. Sie rannte zu Elinor und umarmte sie. »Ich kann's kaum glauben, dass ich jetzt wirklich hier bin.«

»Nun, so ist es.« Elinor betrachtete ihre Enkelin prüfend; sie hatte es hier mit einem aufrichtigen Mädchen zu tun, das ihre Meinung ohne Scheu äußerte. Ein Mädchen, das sich nicht mit stummen Vorwürfen herumdrücken würde, bis es zu spät war, sich wieder auszusöhnen.

Die Frau in dem Trenchcoat kam verhaltener auf Elinor zu. Sie trug teure Lederstiefel und einen Hauch Lippenstift, doch sie sah ebenso besorgt und grüblerisch aus wie früher.

»Der Zug hatte Verspätung«, stellte Elinor fest. Dies waren die ersten Worte, die sie seit fast fünfundzwanzig Jahren zu ihrer Tochter sagte, und sie hatten den Beigeschmack eines Vorwurfs. Sie hörte sich viel verärgerter an, als es ihre Absicht gewesen war.

»Willst du damit sagen, dass ich daran schuld bin?« Jennys Stimme klang so kalt wie eh und je, und sie fühlte sich angegriffen. »Ich bin wohl verantwortlich dafür, dass der Zug fahrplanmäßig eintrifft, oder wie?«

Stella trat zwischen die beiden, um den Streit beizulegen, bevor er sich ausweitete.

»Sie hat doch nur gesagt, dass der Zug Verspätung hatte. Was nun mal eine Tatsache ist.«

Stella wirkte erwachsener als ihre Mutter und ihre Großmutter. Elinor und Jenny starrten einander wortlos an. Beide waren gleichermaßen erschüttert über das Aussehen der anderen. Das ordentlich frisierte dunkle Haar, die Fältchen um Mund und Augen. Das weiße zu einem Knoten gebundene Haar, der Stock, das krumme Rückgrat. Fünfundzwanzig Jahre. Ein Vierteljahrhundert. Es hatte seine Spuren hinterlassen.

»Stella hat Recht«, räumte Jenny ein. »Du tust mir einen Gefallen. Ich will nicht mit dir streiten.« Sie steuerte auf den Parkplatz zu. Kaum war sie in Unity, begann sie zu frösteln, und sie knöpfte ihren Mantel zu und wünschte, sie hätte sich einen Schal mitgenommen. »Der runtergekommene Jeep da drüben ist bestimmt deiner, wie?«, rief sie über die Schulter.

»War sie immer so ekelhaft zu dir?«, fragte Stella, als sie mit Elinor folgte. Sie wollte, dass ihre Großmutter langsamer ging. Sie wollte die Zeit nutzen, die ihr noch mit ihr blieb. Stella hatte dieses verschwommene Gefühl im Kopf, und die feuchte Luft machte sie kurzatmig. Sie hatte ihre Großmutter am Bahnsteig entdeckt und sofort gesehen, wie ihr Leben zu Ende gehen würde, mit Schnee und Stille an einem strahlenden Nachmittag. Sie hatte gesehen, dass sie nur noch diesen Winter hatten, und das war nicht genug.

»Erst nachdem ich sie enttäuscht habe.« Elinor war wütend auf sich, weil sie nicht schneller gehen konnte. Es dauerte Ewigkeiten, bis sie den Parkplatz überqueren konnte. Jenny stieg schon ins Auto, und sie hatten erst die halbe Strecke zurückgelegt.

»Für so ein Benehmen gibt es keine Entschuldigung.« Stella mochte ihre Großmutter, und sie mochte ihre gemeinsamen Heimlichkeiten, all die Anrufe, von denen Jenny nichts wusste, all die Gespräche, in denen sie ihre Großmutter um Rat und Unterstützung gebeten hatte. »Enttäuscht wird jeder.«

Als Elinor in den Wagen stieg, stellte sie fest, dass Jenny alle Fenster geöffnet hatte. »Es riecht hier nach altem Hund. Ich bin allergisch. Was du bestimmt nicht mehr weißt«, sagte sie zu ihrer Mutter.

Stella verstaute ihren Rucksack und ihren Matchbeutel hinten im Jeep.

»Hat sie ihr Geschenk bekommen?«, fragte Elinor Jenny.

»Ihr Geschenk«, gab Jenny zur Antwort, »besteht darin, eine normale Dreizehnjährige mit einer glücklichen Zukunft zu sein, der nicht irgendwelcher Familienblödsinn das Leben verdirbt.«

»Ich meinte das Modell von Cake House, das ich ihr geschickt habe.«

»Womit wir beim Thema wären. Das Haus gehört mir. Es stand dir nicht zu, es zu verschenken.«

»Nun, falls sie irgendeine Familiengabe geerbt hat, hoffe ich doch, dass es etwas Sinnvolleres ist, als die Träume anderer zu sehen. Das hat dir nicht allzu viel Glück gebracht.«

Elinor merkte sofort, dass die Bemerkung ins Schwarze getroffen hatte. Jenny starrte sie mit diesen dunklen Augen an, die Elinor noch genau in Erinnerung hatte, diesem vorwurfsvollen Blick. Nun, sollte Jenny doch aus gutem Grund wütend sein, oder? Sie konnte ruhig die Wahrheit sagen.

»Wie zum Beispiel, Lügner erkennen zu können und sie den Rest ihres Lebens zu verurteilen, weil sie mal einen Fehler gemacht haben? Hältst du das für eine bessere Begabung, Mutter?«

Stella öffnete die hintere Tür und ließ sich auf dem Rücksitz nieder.

»Streitet ihr?«

Sofort verstummten die beiden. Eine war der Löwe, die andere das Lamm, aber wer welche Rolle spielte, ließ sich nicht leicht erkennen.

»Ich habe eine prima Idee«, verkündete Stella. »Gehen wir zusammen Mittagessen.«

»Das geht nicht«, sagte Jenny rasch. »Ich will dir das Zimmer zurechtmachen und dann den Drei-Uhr-Zug nach Boston nehmen.«

»Mein Zimmer kann ich selbst machen. Aber ich brauche was zu essen. Gran?«

Zwei gegen eine, das war klar. Jenny merkte, dass die beiden sich gegen sie verschworen. Es blieb ihr nichts anderes übrig, als zu Hulls Teestube zu fahren, wo sie Lapang-Tee, Sandwiches mit Eiersalat und Scones mit Sahne und Marmelade bestellten. Bedient wurden sie von Cynthia Elliot, einem Mädchen, das auf die Highschool ging und an Wochenenden und nach der Schule hier arbeitete. Cynthia war die Enkelin von Elinors Nachbarin Sissy Elliot, dieser herrischen alten Dame, die ohne mit der Wimper zu zucken einen ganzen Zug aufhielt, damit sie einsteigen und es sich bequem machen konnte. Elinor schien das junge Mädchen jedoch nicht zu erkennnen.

»Hallo, Mrs. Sparrow, ich bin Cynthia.« Cynthia Elliot

hatte schwarz lackierte Nägel, und ihr rotes Haar hing ihr in zahllosen Zöpfchen über die Schultern. »Ich wohne im Haus neben Ihnen.«

»Wie schön für dich«, erwiderte Elinor desinteressiert und säuberte einen Löffel, der einen Fleck aufwies.

»Hallo«, sagte Cynthia zu Stella, weil sie offenbar eine verwandte Seele witterte.

»Hallo«, antwortete Stella unsicher.

»Lass dich nicht mit diesem Mädchen ein«, sagte Jenny, als Cynthia sich entfernte, um die Bestellung durchzugeben. Cynthia war auf jeden Fall einige Jahre älter und sichtlich erfahrener. »Hörst du?«

»Wenn ich dich höre, heißt das noch lange nicht, dass ich dir zuhöre.« Stella blickte auf die Main Street hinaus. Die Linden wurden bereits grün, und die Grasmücken zwitscherten. Alles sah mild und lieblich und saftig aus. Der Rasen vor der Teestube war übersät mit Schneeglöckchen, jenen zarten Blumen, die einstmals Trauer gewesen waren.

»Ich liebe diese Stadt«, sagte Stella. »Sie ist wundervoll.«

Jenny war so verblüfft und beunruhigt über diese Äußerung, dass sie eine hastige Bewegung machte und der Tisch auf den unebenen Bodenplatten ins Wanken geriet. Aus ihrem Glas spritzte Wasser, und ihr Messer fiel zu Boden. Elinor musste unwillkürlich daran denken, was ihre Großmutter Coral immer gesagt hatte: *Fällt ein Messer zu Boden, kommt eine Frau zu Besuch. Fällt es zweimal, bleibt sie.*

»Du solltest dich hier nicht zu sehr einleben«, riet Jenny ihrer Tochter. »Du bleibst nur in Unity, bis sich die Sache mit deinem Vater geklärt hat.«

»Meinst du, das wird so schnell gehen?«, fragte Elinor.

»Du wirst hier höchstens bis Ende des Schuljahrs bleiben«, fuhr Jenny fort, ohne ihre Mutter zu beachten, wie so viele Male zuvor. »Sag das deinen Lehrern. Du bist nicht längerfristig hier. Nur als Gastschülerin.«

Sie nahmen ihr Mittagessen weitgehend schweigend zu sich und wurden dann vom Nachtisch aufgehalten.

»Oh, sieh dir das an!« Stella beäugte ein Tablett mit kleinen glasierten Kuchen und Törtchen, das die Besitzerin der Teestube, Liza Hull, an ihren Tisch brachte. »Sind die niedlich.«

»Jenny Sparrow«, sagte Liza Hull, als sie das Tablett abstellte. »Das gibt's doch nicht! Ich hätte nie geglaubt, dich mal wieder hier zu sehen. Aber offenbar kehren alle ausschwärmenden Vögel irgendwann zurück.«

Liza und Jenny waren an der Schule in derselben Klassenstufe, aber nie befreundet gewesen, weshalb es auch jetzt keinen Anlass für überschwängliche Gesten gab. »Ich bin nur heute hier. Meine Tochter Stella wird eine Weile bleiben.«

»Ich finde es wunderbar hier«, äußerte Stella, diesmal noch nachdrücklicher. »Ich finde die Stadt wunderbar. Ich finde diese Teestube wunderbar. Und diese Küchlein. Haben Sie die gebacken?«, fragte sie Liza und biss in ein Petit Four.

»Ich kann jederzeit wieder welche machen, wenn sie dir schmecken.« Liza war früher ein unscheinbares Mädchen gewesen, das die meisten Leute nicht beachteten, doch jetzt sah man, dass sie ein sympathisches Lächeln hatte; sie schien sich inzwischen in ihrer Haut wohler zu fühlen. »Deine Tochter hat Wills Haarfarbe und seine gelben Augen, wie ich sehe. Glücksfall.« Ein Lächeln spielte um Lizas Lippen. »Er hat ab und an vorbeigeschaut, als seine Mam so krank war. Hat immer Apfelkuchen bestellt.«

»Ach ja?« Natürlich ohne Jenny jemals von diesen Besuchen zu erzählen.

»Na klar. Will Avery ist hier verwurzelt, auch wenn er nach Harvard gegangen ist und dich geheiratet hat.« Liza wandte sich zu Stella. »Schön, dass du eine Weile hier bleibst. Möchtest du die Küche sehen?«

»Hört sich an, als hätte Will sich hier herumgetrieben, während seine Mutter im Sterben lag«, sagte Elinor, während Stella sich die Bäckerei zeigen ließ. »Ich wusste es, mit dem würdest du nichts als Ärger haben. Er war ein geborener Lügner.«

»Schau, Mutter, ich muss mir deine Ansichten nicht mehr anhören. Ich weiß es zu schätzen, dass du Stella bei dir aufnimmst, aber glaube mir, ich hätte dich nicht darum gebeten, wenn es eine Alternative gäbe.«

»Oh, das weiß ich wohl«, erwiderte Elinor. »Du hättest sie noch lieber zu den Löwen im Zoo gesteckt.«

»Warum sollte ich auch darauf vertrauen, dass du gut für sie sorgst? Für mich hast du auch nie gesorgt. Ganz recht, ich bin alles andere als begeistert, dass ich sie hier lassen muss und auch dass du heimlich mit ihr telefoniert hast. Ich will, dass Stella ein besseres Leben hat als ich.«

»Ich verstehe.« Elinor stellte ihre Teetasse ab. Ihr war ziemlich heiß. Fast als hätte sie Fieber, was manchen Leuten um diese Jahreszeit passierte. »Aber du warst wohl die perfekte Mutter?«

»Das habe ich nicht gesagt.«

»Gut. Stella hat es nämlich auch nicht gesagt.«

Es geschah immer wieder. Sie gingen zu schnell zu weit: Spitzen und Tücken, Gift und Galle, Wörter, die zu schmerzhaft waren, um sie herauszuziehen, wie Holzspreißel, Dornen, Glassplitter.

»Ich habe mich jedenfalls bemüht.«

»Und da warst du natürlich die Einzige auf der Welt.«

Stella hatte von der stets großzügigen Liza Hull eine Tüte mit Scones geschenkt bekommen und winkte nun zu ihnen herüber. Sie sah glücklich aus, nicht einmal Jenny konnte umhin, das zu bemerken. Unity hatte sie sichtlich im Sturm erobert; sie ließ sich einlullen vom Gezwitscher der Vögel, dem hellgrün strahlenden Frühling, den Forsythien, die aufblühten, diesem verschwenderischen Licht draußen vor dem Fenster.

Die Teestube, hatte Stella bei ihrer Führung erfahren, war das einzige Gebäude außer Cake House in Unity, das dem großen Feuer von 1785 trotzen konnte, als der Rest der Stadt bis auf die Grundmauern niederbrannte. Damals hatte Leonie Sparrow in der Bäckerei gearbeitet, ein glücklicher Umstand, denn Leonie schleppte Ledereimer voller Wasser vom Hourglass Lake herbei und schüttete sie über dem Dach des Hauses aus, sodass Schindeln und Stroh nicht in Flammen aufgingen. Leonie holte sich ein paar Gäste dazu, die als Feuerwehr tätig wurden, dann kehrte sie zum Cake House zurück, wo sie den Brand weiter bekämpfte, noch lange, nachdem alle anderen vor dem Rauch geflüchtet waren. Und so, hatte Liza berichtet, hatte Leonie die Freiwillige Feuerwehr von Unity ins Leben gerufen.

»Das Feuerwehrauto hier heißt Leonie«, hatte Liza erzählt. »Sie wollen ein zweites anschaffen, das heißt dann Leonie Zwei.«

»Fährst du mit uns zum Haus?«, fragte Elinor Jenny, als sie die Rechnung bezahlte.

»Das werde ich nicht schaffen.« Es war schon fast zwei Uhr. Sie musste aufbrechen, musste die Stadt verlassen, bevor auch sie sich von dem grünen Licht und den Forsythien in Bann ziehen ließ. »Ich glaube, ich werde gleich zum

Bahnhof gehen. Und, Mutter«, fügte sie in einem Tonfall hinzu, als müsse sie Gift schlucken, »meinst du, dass wir es schaffen könnten, uns nicht zu streiten, während Stella bei dir wohnt? Um ihretwillen?«

»Natürlich schaffen wir das.« Es konnte Menschen schließlich auch gelingen, über Glasscherben zu gehen, ohne Schlaf auszukommen, Lügner zu entlarven, Verschwundenes wiederzufinden, etwas zu träumen, das sie am helllichten Tag niemals ersinnen würden.

»Dann schaffst du es bestimmt auch, sie von allem fern zu halten, was mit Rebecca Sparrow zu tun hat, während sie hier ist. Ich möchte nicht, dass sie sich diese ganzen albernen Geschichten anhören muss.«

Jenny stand hastig auf. Sie musste aufbrechen, sie durfte den Zug nicht verpassen, sonst saß sie in der Falle. Wenn sie den Zug verpasste, würde sie die Lockhart Avenue entlanggehen müssen zum Cake House, an der riesigen alten Eiche vorbei, die manche Leute für die älteste in ganz Neuengland hielten. Sie griff nach Handtasche und Mantel. Dabei fiel das zweite Messer zu Boden. Als Elinor hörte, wie es auf dem Hartholzboden aufschlug, wurde ihr leicht ums Herz.

Fällt es zweimal, bleibt sie.

Sollte Jenny doch den Weg meiden, auf dem Rebecca Sparrow die Pfeilspitzen aus ihrer Haut zog. Sollte Jenny doch ihre Tochter zum Abschied küssen und zum Bahnhof hasten, sollte sie das Piepsen der Zirpfrösche überhören, die Schneeglöckchen auf dem Rasen übersehen. Sollte sie die Main Street entlangrennen, wenn sie nicht anders konnte, um den Drei-Uhr-Zug nach Boston zu erwischen. Sollte sie versuchen fernzubleiben, doch es gab keinen Zweifel daran, dass sie gar nicht schnell genug rennen konnte. Es war offensichtlich. Jeden Vogel zieht es zum Nest zurück. In nicht allzu ferner Zeit würde Jenny Sparrow ein zweites Mal zurückkehren.

II.

Das Wetter war schön zu Beginn der Woche, viel zu warm für den Wollpullover, den Stella für ihren ersten Tag an der Highschool von Unity angezogen hatte. Zum ersten Mal wünschte sie sich, keine Klasse übersprungen zu haben. Wenn sie sich für die Hathaway Elementary School anmelden würde, hätte sie vielleicht jetzt nicht diese Angst, die ihr im Mund zu liegen schien wie ein schwarzer Stein, den sie nicht ausspucken konnte. Ihre Mutter war früher auch diesen Weg entlanggegangen, auf dem Stella nun unterwegs war. Stella fragte sich, ob damals auch schon Blauhäher über die Baumkronen segelten; ob der Lorbeer, den die ersten Siedler zum Schutz vor Blitzschlag gepflanzt hatten und der seither wild gedieh, damals auch schon diesen starken Duft verströmte.

Heute hingen träge Sahnewolken am dunstigen Himmel, und die Luft war feucht und schwer; Stellas Haare begannen sich zu kräuseln. In Cake House war alles feucht, Decken wie Teppiche. Die ganze Nacht hatte Stella das Piepsen der Frösche vom Seeufer und das Rauschen des Schilfs gehört. Sie hatte an die Erklärung ihrer Biologielehrerin an der Rabbit School denken müssen, wonach eine Wolke ein fliegender See sei. Wenn man sich das überlegte: so viel Wasser über Dächern und Baumwipfeln, ein See über unserem Kopf. Stella hatte zwischen den feuchten Laken in ihrem Bett gelegen und angestrengt versucht, in ihrem neuen Zimmer einzuschlafen. Sie hatte nicht das frühere Zimmer ihrer Mutter bekommen, sondern schlief in einem kleinen Raum im zweiten Stock, der seit Jahren verschlossen und völlig verstaubt war, von dem man aber einen schönen Blick auf den See hatte. Dennoch war es ihr wegen dem Piepsen der Frösche nicht gelungen einzuschlafen. Kurz nach Mitternacht war sie schließlich nach unten gegangen und hatte von dem Telefon im Salon Juliet Aronson angerufen.

»Ich kann's nicht glauben, dass ich tatsächlich hier bin«, hatte Stella geraunt. Sie hatte sich auf einem modrig riechenden Zweisitzer eingerollt; das Polster war so feucht, dass der grobe Wollstoff mit einer grünen Schicht bedeckt war.

»Und ich kann's nicht glauben, dass du abgehauen bist, ohne mir Bescheid zu sagen.« Juliet hatte grundsätzlich Probleme damit, verlassen zu werden; daraus machte sie keinen Hehl. »Ich habe mir am nächsten Morgen totale Sorgen gemacht. Wie konntest du einfach so verschwinden?«

»Das war nicht meine Idee, sondern die von meiner Mutter. Sie will mich damit irgendwie schützen, aber wovor?«

»Vor dem Leben«, hatte Juliet gemurmelt.

Tatsächlich hatte Jenny Elinor angewiesen, sämtliche aktuellen Zeitungen aus Cake House zu entfernen. Die arme Stella hatte keine Ahnung, wie sich der Mordfall nun entwickelte. Deshalb las Juliet ihr aus den Artikeln im *Herald* und im *Boston Globe* vor. In beiden wurde Will Avery als »Verdächtiger« bezeichnet. Stella mochte das Gefühl nicht, das diese Worte ihr einflößten, als könnte etwas Schreckliches geschehen. Als könnte sie ihren Vater verlieren und nie wiedersehen. So etwas kam vor, auch bei Menschen, deren

Leben in geordneten Bahnen verlief. Stellas Mutter war drei Jahre jünger als Stella gewesen, als sie ihren Vater verlor, nicht wahr? Vielleicht hielt sie sich in diesem Raum auf, als sie es erfuhr. Vielleicht schaute sie zum selben Fenster hinaus, hörte dem Piepsen der Frösche zu, fand keinen Schlaf. Vom Sofa aus sah Stella die Zweige der Forsythie im Dunkeln leuchten. Dahinter war es stockdunkel, nur Bäume und undurchdringliche Schatten.

»Reden sie in der Schule über mich?«

»Über dieses Zeug brauchst du dir keine Gedanken zu machen. Aber das Wort Gefängnis hört man oft. Die sind alle blöde in der Schule, das weißt du doch, Stella.«

»Stimmt.« Stella war erleichtert, dass sie jetzt nichts mehr mit den Mädchen aus ihrer Klasse zu tun haben musste. Vielleicht waren die Menschen in Unity nachsichtiger. Vielleicht wusste man hier nichts über die Lage ihres Vaters und behandelte sie wie ein ganz gewöhnliches Mädchen, irgendeine Person, die bei ihrer Großmutter in diesem Haus wohnte. Eine durchschnittliche Dreizehnjährige, die sich schwer tat mit Mathematik, aber Biologie liebte; eine treue Freundin, eine gute Zuhörerin, deren tollstes Merkmal ihr langes blondes Haar war. »Wenn ich mir nicht so viel Sorgen um meinen Vater machen würde, fände ich es echt klasse, hier zu sein. Weg von meiner Mutter. Weg von all den Hillary Endicotts dieser Welt. Frei und ungebunden.«

»Und was machst du dann so frei und ungebunden?«, fragte Juliet. Sie war Städterin, durch und durch. »Im Wald rumziehen?«

»Das ist eine Kleinstadt, Juliet, nicht die Wüste. Es gibt Läden hier.«

»Gibt es ein Schuhgeschäft?«

»Hab ich noch keins gesehen«, gab Stella zu.

»Meiner Meinung nach ist ein Ort ohne Schuhgeschäft nicht mal eine Kleinstadt. Sondern Land. Igitt.«

Jetzt wanderte Stella den schlammigen Weg entlang, eine Zufahrt, die so schmal war, dass Linden und Weißdorn über ihrem Kopf einen Tunnel bildeten. Sie musste sich eingestehen, dass Juliet wieder einmal Recht hatte. Sie war tatsächlich auf dem Land. Weit und breit weder Autos noch Menschen. Ein Mädchen, das Beacon Street und Commonwealth Avenue gewöhnt war, musste sich hier ziemlich verlassen fühlen. Stella schüttelte das Glöckchen an ihrem Armband; sie versuchte, ein Lied zu pfeifen, fühlte sich aber immer noch unbehaglich. Auf eine neue Schule zu gehen, war schwierig, und sie hatte tatsächlich Gänsehaut vor Angst, als sie am Ende der Zufahrt auf die Lockhart Avenue trat, eine Asphaltstraße. An der Ecke bemerkte sie einen Holzpfosten mit einem angenagelten Brett, auf dem mit schwarzer Farbe *Dead Horse Lane* stand. Na toll. Hier wimmelte es wohl von verendeten Tieren.

»Angeblich liegt ein totes Pferd auf dem Grund des Sees«, sagte jemand zu ihr. Stella fuhr erschrocken herum. Hinter ihr stand ein hoch gewachsener Junge mit klaren blauen Augen, der etwa ein Jahr älter sein mochte als sie. Er grinste sie an, als seien sie alte Bekannte. »Ist aber wissenschaftlich nicht erwiesen. Der See hat keinen Grund, es ist einer dieser Gletscherseen, die aus einer unterirdischen Quelle entstanden sind. Es heißt, vor Urzeiten, als unsere Ur-Ur-Ur-Großeltern noch lebten, wollte irgendein Idiot unbedingt diesen Weg, den man meiden soll, an dem nichts wächst, entlangreiten. Das Pferd scheute, und der Reiter wurde abgeworfen und brach sich das Genick. Die Leute behaupten, das Pferd sei immer weitergerannt. Es rannte so schnell übers Wasser, dass es nicht einsank, bis es zur Mitte des Sees kam. Da ist es dann ertrunken. Aber das ist alles Schwachsinn, deshalb brauchst du dich nicht zu gruseln.«

»Gruseln?« Stella ging neben dem Jungen die Straße entlang. »Ich grusel mich nicht so leicht.«

Ein Auto raste vorbei, zu dicht am Randstreifen, sodass Stella und der Junge in ein Gestrüpp aus Brennnesseln springen mussten.

»Bis dann, Hap«, schrie ein anderer Junge aus dem Fenster.

»Ganz recht, Arschloch«, schrie Stellas Begleiter zurück. »Jimmy Elliot und seine Freunde«, erklärte er, als der Wagen davongebraust war. »Jimmy ist ein Volltrottel. Ich gebe ihm Nachhilfe in Englisch und Naturkunde, deshalb muss ich's wissen. Es gibt 'ne Menge Trottel hier.«

»In meiner alten Schule gab's auch viele«, sagte Stella. »Bloß, dass es alles Mädchen waren.«

»Du warst auf einer Mädchenschule? Das hört sich ja noch übler an als unsere.«

Sie stellten sich vor. Der Junge entpuppte sich als Hap Stewart, Enkel von Dr. Stewart, der jenseits des Waldes hinter dem Anwesen der Elliots wohnte.

»Ich wohne bei meiner Großmutter«, sagte Stella. »Im Cake House.«

»Oh, ich weiß.« Hap ließ wieder sein breites Grinsen sehen. »Ich weiß alles über dich. Na ja, alles vielleicht nicht«, räumte er ein, als er Stellas wenig begeisterten Gesichtsausdruck bemerkte. Er gab aber zu, dass ihre Begegnung kein Zufall war. Er hatte an der Ecke auf sie gewartet. »Mein Großvater meinte, du könntest zum Eingewöhnen ein bisschen Unterstützung brauchen.«

»Nee, brauch ich nicht.« Stella legte keinen Wert darauf, bemitleidet zu werden.

»Aber in Wirklichkeit wollte ich dich kennen lernen. Ihr seid unsere nächsten Nachbarn – um uns zu besuchen, musst du nur durch den Wald gehen, einen Bogen um den Giftefeu machen, den Zecken ausweichen und fünf Meilen marschieren, und schon bist du bei uns.«

Stella lachte. »Da hab ich aber Glück.«

»Ich dachte mir, vielleicht kannst du den einen oder anderen Rat brauchen, wie es hier läuft. Zum Beispiel, dass dich die Leute lieber erst mal kennen lernen sollten, bevor sie rauskriegen, wer du bist.«

Ein Schulbus tuckerte vorbei, und als der Abgasqualm Stella in die Nase stieg, stellte sich wieder dieses verschwommene Gefühl in ihrem Kopf ein. Wollte der Junge ihr mitteilen, dass sie ihre wahre Identität verbergen sollte? Glaubte er, es sei hilfreich für sie, wenn er sie vor Ablehnung warnte?

»Du meinst, wegen meinem Vater«, mutmaßte Stella. Andere Grüppchen von Schülern, die vor ihnen die Lockhart entlanggegangen waren, bogen nun auch an der Kreuzung, an der seit dreihundert Jahren die älteste Eiche Neuenglands stand, in die Main Street ein.

»Deinem Vater?«, fragte Hap.

»Er sitzt im Gefängnis.«

»Ehrlich? Wow. Ich glaube, aus Unity war noch nie einer im Gefängnis.«

Nun kam sich Stella besonders dämlich vor. Sie hatte sich wegen einer unglückseligen Sache in ihrem Leben verteidigt, von der Hap gar nichts wusste. Sie war zu warm angezogen, völlig nervös, und ihr brach der Schweiß aus. Sie fragte sich, ob sie in Kürze in eine Papiertüte atmen müsste wie ihr Vater, wenn er furchtbar aufgeregt war. Sie zog den Wollpullover aus und stopfte ihn in ihren Rucksack.

»Er hat nichts getan. Er wird bald auf Kaution freigelassen.«

Sie gingen schweigend eine Weile nebeneinander her. Tatsächlich war Stella froh, dass sie nicht alleine in diese Schule gehen musste. Sie kamen an der alten Eiche vorbei, deren Wurzeln den Gehweg gesprengt und sich bis zur nächsten Straße mit Asphalt und Ziegeln und Gras verflochten hatten.

»Und was soll er begangen haben?«, fragte Hap.

»Einen Mord.« Sie sprangen über die gewundenen Wurzeln der Eiche. Ältere Menschen aus der Stadt waren an dieser Stelle schon gestürzt, und sie verfluchten den Baum jedes Mal, wenn sie hier vorbeikamen. Doch die Kinder aus der Grundschule machten Ausflüge zu der alten Eiche; am Frühlingsanfang tanzten sie um den Baum herum. »Man hat ihn nur zur Vernehmung eingesperrt.«

»Verstehe.« Hap war sichtlich beeindruckt.

»Aber er ist unschuldig«, fügte Stella hinzu.

»Natürlich.«

Die Mädchen aus der Rabbit School würden vor Neid platzen, wenn sie Stella jetzt sehen könnten, wie sie neben einem großen gut aussehenden Jungen die Straße entlangging und sich über tote Pferde und Mord unterhielt, als sei das völlig normal. Sie konnte es kaum erwarten, Juliet Aronson Bericht zu erstatten. Das Beste an Hap Stewart? Eindeutig seine Größe.

»Ich möchte dir nur sagen, dass manche Leute an der Schule ewig Schlechtes denken. Es gibt Idioten, die demjenigen hundert Kröten geboten haben, der den Weg, an dem nichts wächst, entlanggeht und es überlebt. Jimmy Elliot hat die Hälfte geschafft. Er hat behauptet, er hätte das tote Pferd gesehen. War wohl eher Schilf. Vielleicht auch heiße Luft. Daraus besteht Jimmy nämlich.«

Sie lachten beide, und Stella fühlte sich etwas wohler.

»Warum wächst nichts auf diesem Weg?«

»Weil Rebecca Sparrows Blut darauf getropft ist. Dort gedeiht nicht mal Unkraut. So stark war ihr Blut.«

Stella begriff, dass es nicht die Geschichte ihres Vaters war, die sie verbergen musste. Sondern die von Rebecca Sparrow.

»Wegen ihr soll ich den Leuten nicht sagen, wer ich bin.«

Hap nickte. »Die Hexe des Nordens.«

»Absoluter Schwachsinn«, sagte Stella.

Hap sah sie an und grinste. »Kompletter Blödsinn«, bekräftigte er.

Sie waren nicht mehr weit entfernt vom Schulgebäude. Wenn man über die Kuppe an der Main Street kam, sah man es unten zwischen Sportplätzen aufragen wie eine Fata Morgana. Schulbusse standen vor dem Gebäude, Schüler eilten hinein.

»Die ist viel größer als meine alte Schule«, sagte Stella. *Verdammt,* dachte sie. *Jetzt bin ich dran. Ich kann beim Lunch abhauen, durch den Wald laufen und mit dem Drei-Uhr-Zug nach Boston zurückfahren.*

»Du wirst dich schon wohl fühlen.«

»Versprichst du mir das?« Sie versuchte zu lachen. Sinnlos.

»Denk einfach dran, dass es Schwachsinn ist«, riet Hap.

Wenn er so etwas sagte, hörte es sich an, als sei es wahr. Und sie fühlte sich tatsächlich wohl, zumindest bis zum Lunch. Als Stella in der Cafeteria anstand, einem Raum, der ihr größer vorkam als die gesamte Rabbit School, begannen einige Jungen hinter ihr zu pfeifen und widerwärtige Zwitschertöne von sich zu geben. Das sollten wohl Spatzenlaute sein, nahm Stella an. Total kindisch.

»Hey, Miss Vögelchen. Zeig uns mal, wie du fliegst«, rief einer aus. Einige kicherten, andere starrten Stella an, um ihre Reaktion abzuwarten. Die bestand darin, dass sie sich heftig wünschte, die betreffenden Jungen würden kopfüber im Hourglass Lake landen.

Das Großmaul näherte sich. »In letzter Zeit mal ein totes Pferd gesehen?«, fragte er.

»Nur in den Burritos«, erwiderte Stella gelassen. Sie hatte sich gegen die Burritos und für Salat entschieden, und jetzt warf sie einen Blick auf den voll geladenen Teller des Jungen und grinste. »Sei vorsichtig. Da kann man dran ersticken«, sagte sie warnend.

Ein zweiter Junge, der ein paar Jahre älter war und ziemlich gut aussah, kam hinzu. Er hatte schwarze Haare und strahlte Trotz und Aufsässigkeit aus. Jimmy Elliot. »Drohst du ihm?«

»Ich?«

Das gab einen Lacher. Stella war den ganzen Vormittag in endlosen Fluren umhergeirrt und hatte versucht, Mitschriften vom Unterricht des letzten halben Jahres aufzutreiben, hatte sich Zettel und Stifte von Schülern geborgt, die nicht besonders hilfsbereit gewesen waren. Wenigstens bildeten sie und Hap Stewart gemeinsam eine Gruppe für ein Feldforschungsprojekt, was ein Segen war, denn Stella hatte noch nie im Freien geforscht. Nun blickte sie grimmig zu dem Jungen mit den dunklen Haaren auf; es war derselbe Typ, der aus dem Fenster geschrien hatte, als der Wagen Hap und sie beinahe überfahren hatte. Zum Glück sah sie nichts in seiner Zukunft, keine Todesart, keine Tragödien, nur seine hellblauen Augen.

»Lass mich raten. Du bist ein Volltrottel, der Nachhilfe in Englisch und Naturkunde braucht? Du beleidigst gerne Leute und rast mit dem Auto auf sie zu? Dann musst du Jimmy Elliot sein.«

Statt davonzustapfen oder eine freche Antwort zu geben, lächelte Jimmy Elliot.

»Nicht schlecht.« Er nickte anerkennend. »Du kommst tatsächlich nach der alten Rebecca.«

Stella wusste nicht, ob diese Bemerkung als Beleidigung oder als Kompliment gemeint war. »Ich habe nur gute Menschenkenntnis«, erwiderte sie, nervöser, als ihr recht war.

»Glaub ich nicht«, sagte er und nahm sich eine Portion Burritos. »Sonst würdest du nicht mit mir reden.«

Als sie nachmittags zum Cake House zurückkam, machte sich Stella nicht an ihre Hausaufgaben, sondern beschloss, sich ein paar Antworten zu besorgen. Ihre Großmutter war mit einer Mulchlieferung beschäftigt, sodass Stella ungestört das Haus durchstöbern konnte. Sie kramte in der Vorratskammer, inspizierte den Inhalt von Kommodenschubladen, durchsuchte den Schrank im Flur, der mit altem Regenzeug und Stiefeln voll gestopft war. Doch auch nach mehrstündiger Suche hatte sie noch nichts Interessantes gefunden. Jedenfalls nicht, bis sie zum Salon kam. Der Raum war so verstaubt, dass Stäubchen in den Lichtstrahlen wirbelten, die durch die grünlichen Fensterscheiben fielen. Stella trat ans Bücherregal. Hier standen Ausgaben, die man in der Bibliothek nur allzu gerne ausgestellt hätte, doch die Bände waren seit über hundert Jahren nicht mehr berührt worden, die Ledereinbände aufgeplatzt, die Goldlettern verblasst, und das zerfallende Papier roch nach Käferkot und Schimmel.

Stella strich mit dem Zeigefinger über die Buchrücken, dann griff sie nach einer alten Muschel und hielt sie ans Ohr. Kein Laut. Keine entfernten Weltmeere. Sie enthielt nur Spinnweben und ein paar tote Fliegen. Stella legte die Muschel zurück und wandte sich dem verhängten Möbelstück zu ihrer Rechten zu. Das Tuch über dem Kasten war mit Trauerweiden und nistenden Vögeln in Schwarz und Braun bestickt und mit rotem Kreuzstich gesäumt: Rot für Schutz, Treue und Glück. Stella zog das Tuch herunter. Sie stand an derselben Stelle, an der einst ihr Vater gestanden hatte, als er noch ein ungebärdiger Junge war und verblüfft auf seine Entdeckung geblickt hatte. Stella wischte mit dem Handballen ein Guckloch frei. Auf einem vergilbten Stück Pergament stand *1694*. Und in schöner geschwungener Schrift die Worte *Im Angedenken an Rebecca Sparrow.*

Stella machte das Guckloch größer, dann wischte sie mit dem Wollpullover, den sie sich um die Taille gebunden hatte, den ganzen Kasten sauber. Es kümmerte sie wenig, dass der Pullover dabei kohlschwarz wurde. Sie entdeckte die Pfeilspitzen, die genauso angeordnet waren wie in dem Modellhaus, das sie von ihrer Großmutter bekommen hatte. Allerdings fehlte hier die zehnte Pfeilspitze. Doch früher hatte sie hier gelegen, ihr Umriss war noch auf dem Satin zu erkennen.

In der oberen Ecke des Kastens befand sich ein runder silberner Gegenstand, ein Kompass. Eine angelaufene Glocke, die dem Glöckchen an Stellas Armband ähnelte, stand an der unteren Seite. Vielleicht brannten Stellas Augen vom Staub, doch es lag wohl eher am Anblick von Rebeccas Haaren, dem schwarzen Zopf mit dem ausgefransten Band. Nun verstand Stella, warum man diese Reliquien unter Glas aufbewahrte. Sie verstand, warum ihre

Mutter aus Unity geflüchtet war. Jenny konnte nicht ertragen, was geschehen war; sie hätte alles darum gegeben, nichts mit ihrer Familiengeschichte zu tun zu haben. Doch Stella war anders als ihre Mutter. Jahrelang hatte Jenny ihre Mutter durchs Fenster ihres Zimmers beobachtet, ohne etwas zu tun. Stella dagegen marschierte schnurstracks in den Garten, wo ihre Großmutter Mulch zu einem großen Haufen harkte.

»Erzähl mir von Rebecca Sparrow«, sagte Stella.

Elinor blickte nicht auf. »Kommt nicht in Frage. Kann ich nicht.«

»Kannst du nicht, oder willst du nicht?«

Elinor war ermüdet vom Harken und erschöpft von ihren Pflichten als Gastgeberin. Alle Anforderungen von Familienleben, die mit Jenny vor so langer Zeit verschwunden waren, kehrten nun durch Stella zurück; Elinor musste einkaufen und für saubere Laken und Handtücher sorgen; sie musste sich unterhalten, auch wenn sie sich nach Ruhe und Abgeschiedenheit sehnte. Jenny hatte natürlich keinerlei Vertrauen in Elinors Fähigkeiten als Gastgeberin und hatte deshalb eine Liste mit Anweisungen geschickt: kein Zucker, unter der Woche kein Fernsehen, keine Zeitungen im Haus, bis die Sache mit Will sich beruhigt hatte, pünktlich ins Bett, nichts Gebratenes und absolut und unter keinen Umständen Rebecca Sparrow.

»Ich kann es dir nicht sagen, weil deine Mutter mich darum gebeten hat.«

Elinor nutzte die Gelegenheit, um sich auf die Bank zu setzen, die Brock Stewart ihr vor einigen Wochen geschenkt hatte. Sie hatte nicht geglaubt, dass irgendwer auf der Welt wusste, wann sie Geburtstag hatte, und dann war da diese Bank gebracht worden. Sie war undankbar gewesen und hatte zu Brock gesagt, die Bank sei überflüssiger Luxus. Sie würde doch nur in einem fort arbeiten, sobald sie durchs Gartentor trat. Doch in letzter Zeit war ihr aufgefallen, dass die Bank aus schönem Buchenholz bestand und die Rückenlehne mit feinem Schnitzwerk versehen war. In letzter Zeit hatte sie immer wieder das Bedürfnis verspürt, sich auszuruhen.

»Meine Mutter«, sagte Stella spöttisch. »Meine Mutter war gerade mal vier Jahre älter als ich, als sie durchbrannte, um zu heiraten, aber mich behandelt sie, als sei ich ein Baby. Ich will die Familiengeschichte kennen lernen. Meine Mutter hat sich vielleicht vor der Wahrheit gefürchtet, aber ich nicht.«

»Hast du denn keinen Geschichtsunterricht in der Schule? Reicht das nicht?«

»Die Kolonialzeit. Heute haben wir eine Zeittafel für die Fahrt der Mayflower gezeichnet. So stell ich mir das nicht vor. Ich will was über Rebecca erfahren.« Stella ließ sich gegenüber ihrer Großmutter auf einer der zerfallenden Feldsteinmauern nieder. »Erzähl mir was über sie. Sag mir, was ihre Gabe war.«

Elinor blickte in das kindliche Gesicht ihrer Enkelin. Sie würde das Mädchen nicht anlügen, was Jenny ihr auch befohlen hatte. »Die schlimmste, die man haben kann. Sie spürte keinen Schmerz. Und sag bloß deiner Mutter nicht, dass ich es dir erzählt habe.«

»Ist das nicht etwas Gutes, wenn man keinen Schmerz spürt?«

Die Dämmerung sank in Wellen herab, und die Luft färbte sich erst grau, dann grün, zuletzt tintenblau. In Naturkunde hatte der Lehrer heute verkündet, der Himmel begänne auf der Erdoberfläche, doch so dachte niemand.

Die meisten Leute sahen nur die altbekannte Luft. Sie verstanden nicht, dass sie durch den Himmel spazierten, und die Seen aus Dampf, die über ihnen schwebten, erkannten sie auch nicht. Hier im Garten war die Luft besonders feucht und duftgeschwängert. Wenn man Rosen direkt wässerte, neigten die Blüten zum Verfaulen, und die Blätter wurden schimmelig. Deshalb hatte Elinor ein komplexes Bewässerungssystem eingerichtet, das Seewasser in den Boden leitete. Elinor glaubte, dass ihr Garten wegen des Seewassers prachtvoller war als die anderen, wegen der Nährstoffe im Schlamm: dem Froschkot, den Insektenlarven, dem trüben Wasser aus der Tiefe, das so kalt war, dass die Rosen selbst an den heißesten Augusttagen erschauerten und einen heftigen Duft verströmten.

»Jede Gabe hat ihren Preis. Hast du das noch nicht gemerkt?«

Stella nickte. »Meine ist eine echte Last.«

»Warum?« Als Stella sich nicht äußern wollte, hakte Elinor noch beharrlicher nach. Es war nur fair: Wenn sie etwas verriet, wollte sie im Gegenzug auch etwas erfahren. »Na, komm schon. Ich werde nicht schockiert sein, was es auch ist.«

»Also, erst mal weiß ich, dass du nicht gesund bist.« Stella begann ihre Haare zu flechten, eine nervöse Angewohnheit, die sich in letzter Zeit eingestellt hatte. »Es hat mit irgendeinem Organ zu tun…«

»Bauchspeicheldrüsenkrebs.« Es gab in Unity nur einen Menschen, der wusste, dass Elinor krank war und der ihre Krankheit kannte, und das war Brock Stewart. Elinor Sparrow sah ihre Enkelin prüfend an, um festzustellen, wie sie ihr Geheimnis erraten hatte. Sie konnte nur sehen, dass es in dem Mädchen nirgendwo eine Lüge gab. »Du kannst mir sagen, wie lange noch«, erklärte sie.

»Menschen sollten nicht wissen, wann sie sterben werden«, sagte Stella bedrückt. »Wenn man das weiß, bringt man nichts mehr zustande. Man sitzt bloß herum und wartet auf den schrecklichen Tag. Vielleicht wird man sogar verrückt darüber – jeder weitere Tag kann wie Folter sein. Man liest keine Bücher mehr und baut keine Häuser und verliebt sich nicht mehr. Es würde dir nur Unglück bringen, wie meinem Vater, dem ich etwas erzählt habe und der dann versucht hat, jemandem zu helfen.«

»Bei mir ist das anders. Mir macht es nichts aus, es zu wissen.« Seit Elinor ihre Behandlung beendet und man ihr gesagt hatte, ab jetzt könne man nichts mehr für sie tun, wartete sie. Es wäre eine Erleichterung für sie, eine Zeitvorstellung zu haben, einen Anhaltspunkt. »Ich bin alt. Ich baue keine Häuser. Ich verliebe mich nicht. Ich kann es ertragen, zu wissen, wann es so weit ist, Stella. Ich habe nichts zu verlieren. Sag es mir.«

»Nicht in nächster Zeit«, sagte Stella widerstrebend. »Wenn Schnee fällt.«

Begann Elinor nun den Schnee zu fürchten, als sie diese Prophezeiung hörte? Die meisten Menschen, die an dieser Form von Krebs erkrankten, lebten nur noch wenige Monate. Bis gerade eben hätte sie sich glücklich schätzen können, dass ihr noch mehr Zeit blieb. Hatte sich daran jetzt etwas geändert? Würde sie nun zu fliehen versuchen, sobald der Winter nahte, würde sie einen Ort auf der Welt aufsuchen, an dem Schnee sie niemals erreichen konnte, ein südliches Land, wo sie bis in alle Ewigkeit leben würde? Oder würde sie ans Fenster treten, wenn die ersten Schneeflocken fielen, und dankbar sein für einen letzten Blick auf den kalten weißen Himmel?

»Es tut mir Leid. Ich wollte es nicht sehen, und ich hätte

es dir wohl nicht sagen sollen. Es ist wirklich besser, wenn man es nicht weiß.«

Elinor verstand, wie schwer es sein konnte, mit der Gabe zu leben, die einem zugefallen ist. Nachdem sie ein Leben lang nach der Wahrheit Ausschau gehalten hatte, hatte Elinor nun selbst gelogen, denn sie hatte sehr wohl etwas zu verlieren, und sie hatte sich durchaus verliebt, in dieses Kind nämlich.

»Ich kann dir schon etwas über Rebecca erzählen. Es kann nicht schaden, das zu wissen. Solange du deiner Mutter nichts davon sagst.«

Stella folgte ihrer Großmutter durchs Gartentor zum See hinunter. Die Luft war kühl und licht, Fisch-Licht, März-Licht. Der Himmel sank auf die Erde, und der Rasen schien endlos und abgrundtief, ein See aus jungem Gras, braun und dunkel an den Rändern. Bald betraten sie den Weg, von dem Hap Stewart erzählt hatte, den Weg, auf dem nichts wuchs. Im Wald links und rechts gediehen Wildkirschen und Stachelbeeren, Apfelbeeren, Heidelbeeren und die wilden Pfirsichbäume, die von einem gesunkenen Schiff angeschwemmt worden waren und die süßesten Früchte im ganzen County hervorbrachten. Doch auf dem Weg, den sie nun betraten, wuchs nichts, wie Hap gesagt hatte. Weder Seidenpflanze noch Zehrwurz, nicht einmal Brennnesseln oder gewöhnliches Gras.

»Ist das Pferd hier in Panik geraten?«

»Das Pferd wurde von einem Insekt gestochen und von einem Trottel geritten«, sagte Elinor. »Und das passierte, als sie schon tot war, das können sie ihr also nicht zur Last legen.«

Sie kamen ans schlammige Ufer des Sees, wo die Schnappschildkröten ihre Eier ablegten. Die Zweige der

Trauerweiden berührten das seichte Wasser; Mückenschwärme tanzten durch die Luft.

»Bleib hier stehen. Meine Großmutter, Elisabeth, hat mir das gezeigt.« Elinor wies auf eine Stelle am Ufer. »Streck die Arme seitlich aus. Jetzt schließ die Augen, und steh ganz still. Du darfst nicht mal blinzeln.«

Stella hörte sie, bevor sie etwas sah: das Flattern der Flügel, das Tschilpen dicht an ihrem Ohr, das Säuseln des Windes, als umhülle sie der Himmel, als sinke er auf ihre Haut.

»Du darfst dich nicht bewegen«, wies Elinor sie an.

Stella spürte, wie ein Vogel sich auf ihrem Arm niederließ, dann noch einer. Einer landete auf ihrer linken Schulter, die bei ihrer Geburt gebrochen war, ein anderer auf ihrem rechten Arm, dann ein Dutzend weitere. Als sie die Augen öffnete, flatterte etwas in ihrer Brust, ein Vogel, der an ihre Rippen stieß. Der Himmel, der bei ihr begann und sich über ihr weitete, war erfüllt von flatternden Spatzen. Ihr neuer Naturkundelehrer hatte gesagt, der Himmel sähe nur blau aus, weil sich Feuchtigkeit und Staub mischten. In Wirklichkeit, ohne das blaue Licht, ohne den Staub, war der Weltraum leer. Die Menschen sahen das, was sie zu sehen glaubten, nicht das, was wirklich da war. Sie schufen ihre Wirklichkeit aus Wasser und Staub.

Und genau das taten die drei Jungen aus der Stadt, als sie Rebecca an dieser Stelle am Ufer stehen sahen, mit über hundert Vögeln auf ihren ausgestreckten Armen. Die verstörten Jungen kamen verhängnisvollerweise zu dem Schluss, dass es etwas Unnatürliches war, was sie da sahen. Etwas, das es so wenig geben konnte wie einen Himmel, der nicht blau war. Rebecca war ein Mädchen, das man der Obhut der Waschfrau übergeben hatte, weil kein anderer es aufnehmen wollte, ein Kind, dessen Hände verwüstet waren, als sie zehn Jahre alt wurde, rissig von Lauge und Fett. Die Ladenbesitzer wollten nicht, dass sie in ihren Läden Seide oder Brot berührte, denn ihre Hände bluteten häufig von der harten Arbeit. Mädchen ihres Alters sahen durch sie hindurch, als sei sie so wertlos wie die Asche, aus der sie ihre Seife herstellte. Männer sahen sie an und dachten, sie könnte später mal ein hübsches Ding sein, wenn sie nicht vorher an Fieber, Hunger oder den tausend Sorgen sterben würde, die sie heimsuchen konnten, bevor sie zur Frau wurde. Den meisten Frauen tat sie Leid, doch sie gingen ihrer Wege; ihr eigenes Dasein war mühevoll genug und Barmherzigkeit ein seltenes Gut.

Doch diesen Jungen, die dort vor so langer Zeit zwischen den Apfelbeeren kauerten, kam es plötzlich vor, als sei Rebecca kein gewöhnliches Mädchen, das für eine Wäscherin arbeitete. Mit ihrem wehenden langen schwarzen Haar und ihren geschlossenen Augen sah sie aus, als träume sie, als wolle sie sich in die Lüfte erheben vom Ufer dieses Sees, der grundlos war, so unendlich weit in die Tiefe reichte, meinten manche Leute, wie der Himmel in die Höhe. Bald fanden sich so viele Vögel ein, dass die Jungen Rebecca nicht mehr sahen. Sie verschwand vor ihren Augen. Bis damals hatte man sie nur bei jenem Namen genannt, den die Stadtväter ihr gegeben hatten, als sie mit ihrem silbernen Stern aus der Wildnis auftauchte und kein Wort von ihrer Sprache verstand: Rebecca. Nun fügten diese Jungen einen zweiten Namen hinzu. *Rebecca Sparrow*, flüsterten sie, und so kam sie zu ihrem Namen.

Es war auf eine namenlose Weise beängstigend, sie so furchtlos dastehen zu sehen. Andere Mädchen aus der Stadt wären vor Spatzen davongelaufen wie vor Fledermäusen und Krähen; sie bedeuteten Unglück, konnten sich in den Haaren verfangen und den Tod ins Haus bringen. Die Mädchen in Unity gingen nicht barfuß wie Rebecca, deren Fußsohlen hart geworden waren. Ihre Hände bluteten nicht am Ende des Tages. Sie konnten nicht Wesen vom Himmel rufen, ohne ein Wort und ohne ein Zeichen.

Die Jungen begannen zu tuscheln, was das wohl zu bedeuten hatte, erst unter sich, und dann erzählten sie jedem davon, der ihnen zuhörte. Der Klatsch lief um wie das Fieber, bevor man etwas dagegen tun konnte. Bald hatte jeder einzelne Junge aus der Stadt zwischen den Apfelbeeren gehockt und Rebecca beim Wäschewaschen beobachtet, und jeder Einzelne schwor, er habe tausend Vögel auf ihren Schultern sitzen sehen, während sie die Wäschestücke zum Trocknen aufhängte. Bald sprachen die Frauen ein Gebet, wenn Rebecca mit den Körben voll sauberer gestärkter Kleider an die Hintertür kam. Sie nannten sie Rebecca Sparrow, doch Rebecca schien das nichts auszumachen, ebenso wenig, wie es ihr etwas auszumachen schien, dass ihre Fußsohlen hart und ihre Hände so rau waren, dass sie in kochendes Wasser fassen konnte.

Rebecca lebte mit ihrem Namen so fraglos wie mit ihrem Schicksal, und sie klagte nie. Sie hoffte, dass sie diesen Ort irgendwann verlassen konnte, an dem die Jungen ihr nachspionierten und sie mit Steinen bewarfen, an dem jeder sich für besser hielt als sie. Eines Tages würde sie einfach davonfliegen, und dann würden alle überrascht sein. Wenn sie die Hoffnung nicht aufgab, wenn alle ihre Wünsche wahr wurden, dann würde sie vielleicht wahrhaftig nichts fühlen.

III.

Matt Avery lebte seit elf Jahren alleine, seit dem Tod seiner Mutter, die, wie alle fanden, viel zu früh gestorben war. Catherine Avery war eine liebenswerte Frau gewesen, der man ein leichteres Ende gewünscht hätte. Kein Tag in ihren schlimmen letzten Wochen verging, ohne dass wenigstens ein Besucher kam, ein Nachbar, ein fürsorglicher Engel von gegenüber oder auch vom anderen Ende der Stadt, der mit den besten Wünschen einen Nudelauflauf oder eine Quiche mit Hühnerfleisch vorbeibrachte. Diese lieben Menschen – Eddie Baldwin und seine Familie, die Harmon-Brüder, Iris Elliot und ihre Halbschwester Marlena Elliot-White – bestanden alle darauf, dass Matt die Gelegenheit nutzte und sich ein wenig ausruhte, wenn jemand nach Catherine sehen konnte. Matt legte sich dann dankbar ins Bett und sank für ein paar Stunden in einen tiefen Schlaf, in dem er von so alltäglichen Dingen träumte – von Butterbroten, vom Händewaschen und Rasenmähen –, dass er manchmal beim Erwachen glaubte, er habe die Krankheit seiner Mutter auch nur geträumt. Doch nein, da lag sie in ihrem Krankenhausbett, wenn er ins Wohnzimmer trat, gepeinigt von Schmerzen und doch bemüht, munter zu erscheinen und Matt zu versichern, dass es ihr gut ging, wo jedermann sehen konnte, dass sie im Begriff war zu sterben.

Elinor Sparrow kam einmal die Woche. Dann, als es Catherine immer schlechter ging, schaute sie öfter vorbei. Sie brachte wilden Lorbeer von Cake House und große Sträuße hellrosa Fairy-Rosen; sie brachte auch ein Märchenbuch mit, denn Märchen waren die einzigen Geschichten, die

Catherine hören wollte. Ihre Mutter hatte ihr Märchen vorgelesen, als sie noch ein Kind war, und nun durchlebte Catherine sie aufs Neue. Dabei stellte sich heraus, dass Elinor Sparrow, die ihrer eigenen Tochter niemals vorgelesen hatte, ihre Stimme sehr gut verstellen konnte. Sie war als Fuchs ebenso überzeugend wie als Schaf. Sie gab eine wunderbare Prinzessin und einen großartigen Schäfer ab und war als Hexe so glaubhaft, dass Catherine nach bestimmten Märchen eine Extradosis Morphium bekommen musste, damit sie einschlafen konnte.

Die Freundschaft der beiden Frauen war erstaunlich, wenn man ihrer beider Geschichte betrachtete. Sie hatten eine gemeinsame Enkelin, die sie nie zu Gesicht bekamen, und ihrer beider Leben waren von Will ruiniert worden. Matt war regelrecht erschüttert darüber, wie sehr seine Mutter sich auf Elinors Besuche freute. Er dachte, es läge vielleicht an den Rosen, die sie immer mitbrachte, oder an den Märchen oder vielleicht auch an ihrer gemeinsamen Leidensgeschichte. Er nahm an, dass die beiden Frauen über Will und seine zahllosen Verfehlungen sprachen, oder erinnerten sie sich gemeinsam an das Unity, in dem sie aufgewachsen waren, eine Stadt, die damals viel kleiner und beschaulicher gewesen war als heute? Dann spähte Matt einmal ins Wohnzimmer, als Elinor ihren nunmehr täglichen Besuch abstattete, der für Catherine zum wichtigsten Ereignis das Tages geworden war, und er sah, dass die beiden gar nicht sprachen. Elinor hielt Catherine Avery die Hand, um ihr Leiden zu lindern.

Ich bin hier bei dir, hörte er Elinor flüstern. *Vor mir musst du deine Schmerzen nicht verbergen.*

Seither berechnete Matt Elinor nur die Hälfte des regulären Preises, wenn er umgestürzte Bäume von ihrem Grundstück zu Kleinholz für den Kamin verarbeitete. Nicht dass Elinor Sparrow diese Geste jemals bemerkt oder ihm gar dafür gedankt hätte. Dennoch, Catherine hatte Elinor etwas gezeigt, was sie vor ihrem eigenen Sohn verbergen wollte: wie schwer es ihr fiel zu sterben, wie sehr sie auch an ihren schlimmsten Tagen in einer Welt bleiben wollte, in der es Rosen gab und Nachbarn und einen Jungen, der zu einem Mann herangewachsen war wie Matt Avery, jemandem, der wusste, wann er sich zurückziehen und wann er präsent sein musste. Jemand, auf den man sich verlassen konnte.

Will kam in diesem Jahr ein paar Mal kurz auf Besuch, was ihn immer sehr anstrengte. Wenn man ihn nach Jenny fragte, sagte er, Jenny sei wegen Stella, die erst zwei war, in Boston geblieben. Tatsächlich jedoch verschwieg er Jenny diese Fahrten nach Unity, bis er sie hinter sich gebracht hatte. Sie wäre ihm zusätzlich zur Last gefallen, noch ein Mensch, dessen Gefühle man berücksichtigen musste, noch ein Haufen Steine, der ihn beschwerte.

Es wunderte niemanden, dass Will mit Krankheit nicht umgehen konnte. Die Aufenthalte bei seiner Mutter fielen entsprechend kurz aus. Er hatte sich immer vor jeder Pflicht gedrückt, und daran hatte sich nichts geändert. Es war ihm so fremd, einem anderen etwas zu geben, die Bedürfnisse eines anderen Menschen über die eigenen zu stellen, dass er Ausschlag bekam, sobald er die Stadtgrenze passierte. Das wollte er Jenny vor allem verheimlichen: die roten Quaddeln auf seiner Haut. Die Angst, die er nur mühsam beherrschen konnte. Seine Schweißausbrüche, wenn er die Main Street entlangfuhr, die so heftig waren, dass sämtliche verfluchten Bienen der Stadt sich von ihm angezogen fühlten und er die Fenster schließen musste, um nicht gestochen zu werden, denn dann wäre er aufgrund seiner Allergie garantiert in Schock gefallen.

Wie schaffst du das nur?, fragte er Matt, als er seiner sterbenden Mutter einen Besuch abstattete. *Wie schaffst du es, da zu sitzen und sie sterben zu sehen, ohne verrückt zu werden?*

Ab und an war Will in Hulls Teestube eingekehrt, wo er sich mit Koffein und Zucker und ein paar lieben Worten von der gutmütigen Liza Hull gestärkt hatte, die ihm immer ein Stück Apfelkuchen spendierte, der nach einem geheimen Familienrezept gebacken wurde und bereits zweimal bei County-Festen einen Preis gewonnen hatte. Doch in Catherines letztem Monat hatte er sich nicht einmal mehr in der Teestube blicken lassen. Er war gar nicht mehr nach Unity gekommen. Er hatte jeden Besuch ausfallen lassen, den er angekündigt hatte. Bei seinem letzten reumütigen Anruf hatte er Matt eine so dürftige Ausrede vorgesetzt – irgendeinen Blödsinn von wegen Musikprüfungen und vorhergesagten Schneefällen –, dass Matt ihm kräftig die Meinung gesagt hatte. Empfand er kein Fünkchen Mitleid für ihre Mutter? Keinen Anflug von Barmherzigkeit? Er bedachte Will mit sämtlichen Schimpfwörtern, die ihm einfielen, und verstummte dann. Er hatte keine Verwünschungen mehr auf Lager und keinerlei Verständnis für seinen Bruder. Matt hatte wahrlich Grund, wütend zu sein, denn er war derjenige, der seiner enttäuschten Mutter mitteilen musste, dass Will wieder nicht kommen würde, obwohl dies vielleicht die letzte Gelegenheit war. Die Tage wurden nun in Stunden gemessen, dann in Minuten, schließlich in Sekunden. Doch Matt hatte aufgehört zu wüten, weil er inzwischen nur noch Mitleid mit Will hatte. Kein Mensch wollte freiwillig so selbstsüchtig sein, nicht, wenn man es verhindern konnte, nicht, wenn man die Wahl hatte.

Schließlich hatte Matt zu Will gesagt: *Es ist okay, wenn du nicht herkommst. Sie versteht es.*

Und vielleicht war es wirklich so. Catherine war immer ein gütiger Mensch gewesen. Und Güte, das hatte Matt während der Krankheit seiner Mutter erfahren, kann vielerlei Gestalt annehmen. Die Nachbarn zum Beispiel, deren Namen er nicht einmal alle im Kopf behielt, brachten so viele Aufläufe, dass er noch Monate nach dem Begräbnis zu essen hatte. Die ungebundenen Frauen in der Stadt lachten noch immer darüber, wie voll die Gefriertruhe im Haus der Averys war; jede von ihnen hatte sich eine Chance ausgerechnet, jetzt, da Matt alleine war. Eine Zeit lang hatte sich Matt mit einem Mädchen aus Monroe getroffen, und er hatte eine Freundin in New York gehabt, die er am Wochenende besuchte, doch das gab er alles auf, als seine Mutter krank wurde. Und auch als sie längst gestorben war, blieb Matt uninteressiert; er war nicht herzlos, aber sein Herz war mit etwas anderem beschäftigt, und es gab keinen Platz mehr darin. Er war groß und sah gut aus, und ein paar Frauen in der Stadt hätten sich sogar nur für eine Nacht mit ihm eingelassen, doch einen Mann wie Matt Avery konnte man nicht bezirzen. Nicht mit ein paar Stunden Liebe, nicht mit Leckereien; er schätzte einfache Mahlzeiten, eine Dosensuppe, Bohnen und Toast, einen Teller lauwarme Nudeln mit Käse. Er zog es vor, sich von allem fern zu halten, was ihn verletzen könnte. Er war ein typischer Junggeselle mit festen Gewohnheiten geworden, der sich hauptsächlich für seine Studien interessierte. Seine Einsamkeit mochte ihm nicht gefallen, aber er hatte sich darin eingerichtet. Er hatte akzeptiert, dass sein Leben nicht so verlaufen war, wie er es sich früher einmal gewünscht hatte.

Ob diese Lebensweise wirklich zu ihm passte, wusste er

nicht. Er war dem Schicksal einfach an diesen Ort gefolgt: einsame Mahlzeiten, Abende in der Bibliothek, Vormittage in einem Haus, in dem die einzige Stimme, die er vernahm, seine eigene war, wenn er mit den Vögeln vor seinem Fenster plauderte. Er hatte in New York studieren wollen, doch das war schon Jahre her, und dann war seine Mutter krank geworden, und seine Pläne hatten sich zerschlagen. Stattdessen besuchte er nun abends an der staatlichen Uni in Hamilton Seminare, um seinen Magister zu machen. Bald, wenn er erst seine Arbeit über die Kolonialzeit in Unity fertig geschrieben hatte. Matt wusste wohl, dass die staatliche Uni nicht Harvard war, aber er wäre jede Wette eingegangen, dass er trotz Wills teurer Ausbildung mehr über ihre Heimatstadt wusste als sein Bruder. Matt wusste zum Beispiel, dass jene Pfirsichbäume, die im ganzen County heimisch geworden waren, ursprünglich mit zwei Ballen Seide und einem Spiegel mit Silberrahmen zum Farmer Hathaway unterwegs gewesen waren. Die Ladung befand sich auf einem unglückseligen Schiff namens *The Good Duck*, das auf Felsen lief und unterging, zu jener Zeit, als man in den Marschen noch so weit das Auge reichte nur solide Kaianlagen und tiefes Wasser sah. An Bord waren damals auch Pflaumenbäume aus China und mit Schnur umwickelte Rosenstöcke; Ballen von grünem Tee dümpelten später zwischen den Malven und den Wasserhyazinthen. Eines wusste Matt jedenfalls genau: Sein Bruder würde niemals einen Pfirsichbaum von einem Pflaumenbaum unterscheiden können, niemals schwarzen Tee von grünem und niemals die Wahrheit von eigennütziger Verlogenheit.

Einmal war Matt nach Cambridge gefahren, um Will und Jenny zu besuchen, nachdem sie geheiratet hatten und in eine Wohnung am Central Square gezogen waren. Er ging damals noch auf die Highschool, und Will und Jenny waren ihm um so vieles älter und reifer erschienen, weil sie sich von ihrer Familie gelöst hatten und selbständig waren. Die meisten Studenten lebten im Wohnheim, auch wenn sie verheiratet waren, doch das war nichts für Will. Will, der trotz seiner Faulheit aufgrund einer hervorragenden Aufnahmeprüfung angenommen wurde, war Matts Ansicht nach ein verwöhntes Balg. Er brauchte viel Platz, das verlangte sein Lebensstil. Er besaß einen Flügel, den er Gott weiß wo ergattert hatte, und so ein Ding passte in keine Studentenwohnung. Schon damals beklagten sich die Nachbarn über Will, ob er nun Brahms übte oder nachts um zwei einen Boogie-Woogie hinlegte.

Die deutlichsten Erinnerungen von seinem Besuch in Cambridge hatte Matt an die Stunden, die er in der Eisdiele verbracht hatte, in der Jenny damals arbeitete. Jahre später war er noch einmal dorthin zurückgekehrt, doch die Eisdiele gab es nicht mehr, und er wusste auch nicht mehr genau, wo sie in der Brattle Street gewesen war. Doch er erinnerte sich, dass er sich wie ein Junge vorkam und Jenny ihm wie eine erwachsene Frau erschien, obwohl sie nur eineinhalb Jahre älter war als er. Sie war schon befördert worden und leitete die Eisdiele, weshalb sie Matt einen Eisbecher nach dem anderen spendieren konnte. Er aß zum Frühstück, zum Mittag- und zum Abendessen Eisbecher. Mit Karamelcreme, mit Erdbeeren, mit Marshmellows. Er konnte nicht genug davon kriegen. Nach zwei Tagen dieser Diät wurde er von dem vielen Zucker ganz zittrig, doch es zog ihn immer wieder zur Eisdiele. Er ging los, um das Fogg Art Museum oder den Blodgett Pool zu besichtigen, landete aber immer in der Brattle Street. Er war schon in Unity mit Will und Jenny herumgezogen, aber erst nach seinem

Aufenthalt in Cambridge verstand er, warum er das getan hatte.

»Ich glaube, du bist süchtig«, hatte Jenny ihn geneckt, und sie hatte natürlich Recht, obwohl sein Problem nicht die Eisbecher waren. Heute rührte er das Zeug nicht mehr an, nicht einmal ein schlichtes Vanilleeis. Liza Hull von der Teestube schwor, Matt sei wirklich ihr einziger Gast, der lieber Butterbrot aß als Kuchen und Pie. Matt grinste, wenn Liza ihn damit aufzog, doch er sagte nichts dazu und bestellte nur weiterhin Butterbrot zum Nachtisch, denn tatsächlich verspürte er seit seinem Aufenthalt in Cambridge nie mehr ein Bedürfnis nach Süßem.

Matt verausgabte sich gern bei harter körperlicher Arbeit, doch in letzter Zeit dachte er häufig über Geschichte nach, während er Erde umgrub, sann darüber nach, ob der Farmer Hathaway oder einer der anderen Gründungsväter der Stadt, Morris Hapgood oder Simon Elliot zum Beispiel, über diese Stelle geschritten waren, an der er gerade stand, oder ob Rebecca Sparrow in dem Waldstück gesessen hatte, das er gerade von Dornengestrüpp und Giftsumach befreite; ob sie dort gesessen und das Licht betrachtet hatte, das durch die Bäume der Elliots auf der anderen Seite streute, golden und grün. Abends auf dem Heimweg legte Matt immer einen Zwischenstopp in der Bibliothek an der Main Street ein. Die Bibliothekarinnen, Beatrice Gibson und Marlena Elliot-White, hätten ihn wahrscheinlich bei der Polizei als vermisst gemeldet, wenn er nicht gekommen wäre, so regelmäßig erschien er dort, so zuverlässig war Matt Avery.

Inzwischen hatte Matt sämtliche Tagebücher gelesen, die im Archiv unter der Treppe aufbewahrt wurden. Er war so vertraut mit den krakeligen Handschriften der Gründungsväter, dass er entziffern konnte, was andere vermutlich für Vogelspuren oder Kritzeleien gehalten hätten. Wenn er die Main Street entlangging, im Park neues Gras aussäte, den Efeu ausdünnte, der die Linden am Rathaus bedrängte, oder einen Bienenstock im Dach des Gerichtsgebäudes entfernte, fühlte sich Matt, als befinde er sich in einer anderen Zeit. Jedes Mal wenn er aus der Haustür trat und die wilden Pfirsichbäume sah, die auf einem unbebauten Grundstück jenseits der Straße wuchsen, dachte er an Menschen, die ihr Leben in Unity verbracht und auch hier gestorben waren. Matt Avery glaubte, dass Geschichte aus kleinen Einzelheiten bestand, aus einem Brief, einer Liste, die jemand auf dem Totenbett diktiert hatte, den Zutaten für ein mit Sorgfalt zubereitetes Essen, den unterschiedlichen Baumarten, die verschwunden waren oder sich fortgepflanzt hatten.

Im Park vor dem Rathaus hatte man mehrere Gedenksteine für Männer aus Unity errichtet, die in Kriegen gefallen waren. Matt machte auf dem Heimweg von der Bücherei immer bei dem Gedenkstein für die vier Jungen Halt, die im Unabhängigkeitskrieg gefallen waren. Michael Foster, Seth Wright, Miller Elliot, George Hapgood. Sie waren alle unter zwanzig gewesen. Und sie hatten alle Uniformjacken getragen, die von über zehntausend Frauen in Neuengland gewoben und mit ihrem Namen versehen worden waren, als Zeichen der Hoffnung für diese Jungen, die Brüder und Ehemänner und Söhne waren. Ein Engel, dem Tränen aus den Augen rannen, war in den Stein gehauen worden. Matt war vielleicht der einzige Einwohner der Stadt, der wusste, dass ein Steinmetz aus Unity namens Fred Bean, dessen Sohn früh an Diphterie gestorben war, sechs Monate an diesem schwarzen Stein gearbeitet hatte, einem harten Granitblock, herbeigeschafft aus dem Norden. Kein Tag verging, an dem Matt nicht an die Tränen dieses Engels gedacht hätte. Das war Geschichte, seiner Ansicht nach: Trauer war unvermeidlich und allgegenwärtig. Tränen blieben sogar im härtesten Granit bestehen.

Manchmal hatte Matt Tintenspuren von den Aufzeichnungen jener Menschen an den Fingern, die ihr Leben in Unity in Tagebüchern festgehalten hatten. Wenn er diese schriftlichen Äußerungen las, die vor so langer Zeit entstanden waren, hatte er immer das Gefühl, ein ganzes Leben in Händen zu halten. Vielleicht umfasste seine Magisterarbeit deshalb schon dreihundert Seiten. Sie hatte vor allem die Sparrow-Frauen zum Thema, als hätte das Manuskript ein Eigenleben und sich gegen seinen Willen für diesen Schwerpunkt entschieden. Immer wenn die Sparrows in einem der alten Bücher erwähnt wurden, stieg der Geruch von Seewasser aus den Seiten auf, grün und süß und unfassbar stark. Vielleicht hatte sich Matt davon leiten lassen. Vielleicht konnte er sich deshalb nicht von ihrer Geschichte fern halten. In seinem tiefsten Inneren hatte auch Matt eine Neigung zur Sucht. Ihm wurde zusehends bewusst, dass er mehr Gemeinsamkeiten mit seinem Bruder Will hatte, als er geglaubt hätte. Sicher, er selbst war treu und zuverlässig, aber er spürte auch etwas anderes in sich, das ihn umtrieb, eine Heftigkeit, die er lieber verleugnete, weil sie ihn beunruhigte. Sein sehnlichster Wunsch hatte sich unter seine Haut gebohrt, und da saß er nun wie ein störendes Steinchen, das er zu ignorieren versuchte.

Früher hatten sich die Leute in der Stadt gefragt, wann Matt wohl heiraten würde, doch das hatten sie nun aufgegeben. Stattdessen erkundigten sie sich, wann er wohl seine Arbeit beenden und seinen Abschluss an der Uni machen würde, was jedoch ebenso unwahrscheinlich schien. Einige Leute hatten sogar Wetten zu dem Thema abgeschlossen, wobei die meisten auf *niemals* setzten, ohne das böse zu meinen. Matts Nachbarn schätzten und achteten ihn im selben Maß, wie sie seinem überheblichen Bruder misstrauten. Jeder wusste, dass Will Avery für niemanden auch nur einen Finger rührte. Aber Blut ist Blut, und Schlamassel ist Schlamassel, weshalb Matt an einem Montag frühmorgens aufbrach und nach Boston fuhr, um sich dort mit Henry Elliott – der sich seine Dienste als Anwalt immer noch teuer bezahlen ließ, obwohl Matt ihn schon sein Leben lang kannte – und mit seinem Bruder zu treffen. Will, den er nicht mehr gesehen hatte seit jenem Silvesterabend vor so vielen Jahren, an dem sie auf der Straße versucht hatten, sich gegenseitig umzubringen.

Es war schwierig, in der Innenstadt von Boston einen Parkplatz zu finden, vor allem für Matts riesigen alten Pickup, der verbeult und vom Salz verrostet und viel zu breit war, um ihn in einer der schmalen Straßen abzustellen, die vor langer Zeit Viehwege gewesen waren. Dennoch kam Matt noch pünktlich zum Gerichtsgebäude. Er begrüßte Henry Elliot, für den er gelegentlich arbeitete und dessen Sohn Jimmy als übler Rabauke verschrien war. Erst nachdem Matt mit Henry darüber gesprochen hatte, dass Jimmy in den Weihnachtsferien mit Marihuana erwischt, aber nur zu Arbeiten für die Gemeinde verdonnert worden war, weshalb er beim großen Frühjahrsputz im Stadtpark an Matts Seite arbeiten würde, wurde Matt bewusst, dass der Mann, der neben Henry stand, sein Bruder war.

Bei ihrer letzten Begegnung hatte Matt die Beherrschung verloren, weil er zu viel Whisky und Sekt getrunken hatte. Er war genau zum falschen Zeitpunkt in der Küche aufgekreuzt, wo er Will dabei ertappte, wie er an seiner Schülerinnen herumfummelte, einem ausgesprochen hübschen Mädchen, das kaum älter als zwanzig sein konnte. Will stand vor ihr an der Wand und hatte die Hand schon in ihrer Hose, direkt neben dem Kinderstuhl, in den Jenny jeden Morgen ihre Tochter setzte, um sie zu füttern. Will schien sich nicht darum zu scheren, ob jemand hereinkam, um sich Eiswürfel oder ein kaltes Bier zu holen, solange Jenny nichts mitbekam. Und sie wusste von nichts. Zu allem Überfluss hatte Will Matt auch noch angegrinst, als er ihn sah, wie immer der Angeber, der Lügner, der große Bruder, der sich hemmungslos alles nahm, wonach ihn gelüstete.

Nun hatte Will kaum mehr Ähnlichkeit mit dem Mann von damals. Er sah verbraucht und abgemagert aus, und sein Gesicht war fahl. Seine Hände zitterten, was darauf schließen ließ, dass er dringend Alkohol brauchte und seit Tagen keinen bekommen hatte. Er war gealtert, das war es, und er war nicht gut gealtert.

»Hey, Will«, begrüßte Matt ihn unverbindlich, aber nicht abweisend. Er fragte sich, ob Will beim Begräbnis ihrer Mutter auch schon so heruntergekommen ausgesehen hatte. Matts Erinnerungen an diesen Tag waren undeutlich. Er wusste allerdings noch, dass Will und Jenny nach der Beerdigung nicht mehr mit nach Hause gekommen, sondern gleich vom Friedhof aufgebrochen waren, obwohl der Tisch bereits gedeckt war und viele Freunde von Catherine warteten. Will verdrückte sich mit der Begründung, Jenny und er müssten nach Hause zu Stella, die sie in letzter Minute der Obhut eines Babysitters übergeben hätten, mit dem sie noch nicht vertraut waren.

Geh du nur, hatte Matt ihm nachgerufen. Nachbarn standen in der Nähe, doch es war ihm einerlei. *Lauf nur weg, du miese Ratte,* schrie er, als Will zu seinem Wagen ging, den er bald darauf wie all die anderen zu Schrott fahren würde.

Heute hatte Matt einen Scheck mitgebracht, der auf den Staat ausgestellt war, wie Henry Elliot ihm aufgetragen hatte; sie mussten nur noch die Kautionssumme eintragen.

»Hey, Bruder«, sagte Will, der es sichtlich komisch fand, wie unwohl sich Matt in diesem Gerichtsgebäude fühlte. Er selbst machte jedoch auch keine gute Figur in diesem Ambiente; seine Haare waren zu lang, und er trug dieselben Sachen, in denen man ihn verhaftet hatte, die Hose, die normalerweise Bügelfalten hatte, und das weiße Hemd, das jetzt knittrig war und säuerlich roch, aber immer noch Klassen besser war als die Gefängniskleidung.

Matt trat einen Schritt beiseite, um Abstand zu schaffen. Will war sein Bruder, doch er war auch ein Fremder für ihn. Er war aus seinem Leben verschwunden, als Matt noch zur Highschool ging, und jemand, der seinem eigenen Bruder nicht über den Weg trauen kann, ist immer eher zurückhaltend und vorsichtig, falls nötig auch misstrauisch. Matt wandte sich zu Henry Elliot, froh, dass noch ein anderer Gesprächspartner als Will zur Verfügung stand. »Hier einen Parkplatz zu finden, ist die Hölle«, sagte er.

»Musst du dich dran gewöhnen, Kumpel.« Henry blätterte zerstreut in den Akten, die er dem Richter vorlegen wollte. »Du bist in der Stadt.«

Tatsächlich fühlte sich Matt in dem Gerichtssaal riesenhaft und völlig fehl am Platz, obwohl er noch daran gedacht hatte, seinen einzigen guten Anzug anzuziehen. Dazu trug er seine Arbeitsstiefel und eine Krawatte, die er schon seit der Highschool besaß. Das Gerichtsgebäude war eindeutig nicht für Menschen geschaffen, die über einsachtzig groß waren; Matt nahm an, dass es um 1790 erbaut worden war, vielleicht sogar noch früher, als die Menschen erheblich kleiner waren. Damals kam der Angeklagte aus dem Richterzimmer durch die Seitentür in den Saal, verwahrlost und halb verhungert, an Händen und Füßen mit Ketten gefesselt, und, ob er unschuldig war oder nicht, auf ein mildes Urteil hoffend. Manche taten vielleicht ihre Reue kund, manche schwiegen, wie Rebecca Sparrow bei ihrem Prozess. Matt entsann sich noch genau an den Bericht über ihre letzten Worte in Hathaways Küche, die sie in Anwesenheit des Richters sprach, den man aus Boston geholt hatte. *Ich habe nichts mehr zu sagen*, sagte Rebecca. *Ihr habt mir meine Stimme genommen.*

Henry Elliot, der von Natur aus pessimistisch war, hatte behauptet, es gäbe kaum Beweise, die gegen Will sprächen, außer der Tatsache, dass er das Verbrechen, bereits mehrere Tage, bevor es begangen wurde, der Polizei gemeldet hatte. Dennoch hatte man die Kautionssumme aufgrund der Art des Verbrechens sehr hoch angesetzt. Sie verschlang Matts gesamtes Erbe, seine Rücklage, seinen Notgroschen, und das für einen Mann wie Will.

»Keine Sorge«, versicherte ihm Will. »Ich bin unschuldig. Du kriegst dein Geld wieder.«

Nachdem Will mit der Auflage entlassen wurde, in der Stadt zu bleiben, um für etwaige weitere Vernehmungen zur Verfügung zu stehen, gingen sie um die Ecke in ein Café. Will behauptete, ein vernünftiger Kaffee würde dem Zittern seiner Hände ein Ende bereiten, ein Alptraum für jeden Musiker, den er mit einem doppelten Espresso zu beseitigen hoffte.

»Dein Vermieter lässt sich nicht so leicht davon überzeugen, dass er sein Geld zu sehen kriegt«, sagte Henry Elliot.

Er wirkte noch immer zerstreut. Henry war von Natur aus

grüblerisch und besorgt, was ihm in seinem Beruf als Jurist von Nutzen war, doch auf seine Familie hatte er keinerlei Einfluss. Seine Frau sprach kaum ein Wort mit ihm, und seine Tochter Cynthia, an sich ein liebes Mädchen, war vollauf damit beschäftigt, sich die Fingernägel schwarz anzumalen und ständig auszugehen. Doch am meisten Sorgen bereitete Henry sein Sohn Jimmy; er erinnerte ihn an Will zu Schulzeiten, als er immer den Weg des geringsten Widerstandes wählte und nur an sich selbst dachte. Henry hatte seinem Sohn Will als warnendes Beispiel vor Augen gehalten, um ihm klar zu machen, was ihm drohte. Will war der Mann, der einmal alles gehabt hatte und am Ende mit leeren Händen dastand. *Glaub bloß nicht, das könnte dir nicht passieren,* hatte Henry zu seinem Sohn gesagt. *Glaub bloß nicht, du seist unfehlbar.*

»Du hast zwei Monate die Miete nicht bezahlt und bist aus deiner Wohnung geschmissen worden.« Henry hatte die Unterlagen vor sich liegen. »Und die Musikschule? Die haben bei mir im Büro angerufen und gesagt, du sollest dich erst wieder melden, wenn du deine rechtlichen Angelegenheiten geregelt hast.«

»Zum Teufel mit denen.« Will bestellte sich noch eine Dosis Koffein, obwohl er kein Geld bei sich hatte. Aber irgendjemand musste die Rechnung bezahlen, weshalb er sich auch noch ein Croissant kommen ließ.

»So war er immer schon«, sagte Henry Elliot zu Matt. »Mit dieser Haltung ist er durch die Highschool gekommen. Er hat meine Hausarbeiten abgeschrieben und bekam am Ende eine bessere Note als ich.«

Im letzten Herbst war Matt von Henrys Frau Annette damit beauftragt worden, auf ihrem Grundstück einen Zen-Garten anzulegen, weil die Familie glaubte, damit dieser schrecklichen alten Dame, Henrys Großmutter Sissy, eine Freude zu machen. Es gab viele Bienen in diesem Garten, was immer Glück brachte. Matt hatte sich noch nie davor gefürchtet, gestochen zu werden, denn die Bienen schenkten ihm keinerlei Beachtung und stürzten sich immer auf seinen Bruder, der wegen seiner Allergie panische Angst vor ihnen hatte. Matt freute sich, dass die Bienen ihm Gesellschaft leisteten, als er den Garten gestaltete; er genoss ihr emsiges Summen, während er sich an die Arbeit machte.

Er hatte Felsen und Sand aus den Marschen benutzt; er hatte Bambus in Steinschalen gesetzt, doch für die Matriarchin der Familie Elliot war es mit ihrer Gehhilfe mühevoll, auf dem Steinweg vorwärts zu kommen. Als sie den Garten erreicht hatte, blickte sie verachtungsvoll auf den Bambus.

Das ist Unkraut, verkündete sie. *Mag ja aus China kommen, aber Unkraut ist es trotzdem.*

Sissy Elliot fand den Garten abscheulich, und Henry berichtete nun, dass er als Einziger ihn nutzte; er begab sich dorthin, um die Mühen des täglichen Lebens zu vergessen. Auch an diesem Abend würde er sich bestimmt als Erstes dort aufhalten.

»Ich denke, wir sollten einen Detektiv beauftragen«, teilte Henry den Avery-Brüdern mit. »Vielleicht ermitteln wir etwas, das der Polizei entgangen ist. Oder stoßen wenigstens auf jemanden, der ein Motiv hat. Du solltest dafür sorgen, dass dein Leumund wiederhergestellt wird«, sagte er zu Will, der gelangweilt aussah. »Keiner glaubt diesen Unfug, dass deine Tochter behauptet hat, das Opfer würde sterben.«

»Hat er ihnen das erzählt?«, fragte Matt. Henry Elliot nickte grimmig. »Idiotisch.«

»Hört auf, über mich zu reden, als sei ich nicht da. Ich bin da, und ich höre zu. Stella hat ihnen das erzählt, nicht ich. Aber wenn ihr einen Detektiv anstellen wollt, könnt ihr das von mir aus gerne tun.«

Henry blickte Matt an. Will schien nicht zu kapieren, dass ein Detektiv bezahlt werden musste. »Klar, mach nur«, sagte Matt, der damit einwilligte, die Rechnung zu übernehmen. »Hört sich überzeugend an.«

»Kann mich einer mitnehmen?«, fragte Will, als sie aufbrachen. Henry hatte noch einen Termin, sodass die Aufgabe Matt zufiel. Sie gingen zu seinem Pickup. »Das ist deine Karre?« Will beäugte den Rost und die Dellen und lachte. »Der gute alte Matt. BMWs sind nichts für dich.«

Damit spielte er auf die Art an, wie er das Erbe seiner Mutter durchgebracht hatte. Er hatte seine Arbeitszeit reduziert, war mit Jenny und dem Baby nach Paris geflogen, wo sie sich fürchterlich stritten, und dann kaufte er diesen verdammten Wagen, den BMW, über den er die Kontrolle verlor, als er nach einigen Cocktails zu viel in Duxbury am Strand entlanggerast war, mit einer Frau, an deren Namen er sich nicht mehr erinnern konnte. Irgendetwas mit C, Charlotte vielleicht oder Caroline, oder der Herr steh ihm bei, Catherine, wie ihre Mutter. Zuletzt hatte Will den dämlichen Wagen für wenig Geld losgeschlagen und die Paris-Reise bereut. Matt dagegen hatte seine Hälfte der Ersparnisse ihrer Mutter bestimmt klug angelegt und war gut dran, trotz seiner Rostbeule von einem Auto. Überdies besaß er auch noch das Haus, das vermutlich jetzt doppelt so viel wert war wie vor elf Jahren. Vermutlich hatte er ein dickes Bankkonto und war ein alter geiziger Junggeselle, der gar niemanden hatte, für den er Geld ausgeben konnte.

»Wohin?«, fragte Matt, als er losfuhr. Die Leute hier in

Boston hupten gerne, das hatte er schon bemerkt. In wenigen Minuten würde er seinen Bruder los sein, also konnte er sich für diese kurze Zeit auch noch beherrschen.

»Marlborough Street.« Will grinste. »Wenn alles schief geht, bleibt immer noch Jenny.«

Die Fahrt verlief schweigend. Obwohl er seit dem schrecklichen Silvesterabend nicht mehr hier gewesen war, erinnerte Matt sich noch genau an den Weg. Er hätte ihn im Schlaf gefunden, mit verbundenen Augen, gefesselt. Er wusste noch genau, was Jenny an diesem Abend angehabt hatte – einen schwarzen mit Perlen und Pailletten bestickten Pullover und einen roten Rock. *Ist das zu festlich?*, hatte sie ihn direkt vor der Party gefragt. *Seh ich aus wie ein Weihnachtsbaum?* Er hatte gedacht, dass er noch nie so eine schöne Frau gesehen hatte. *Nein. Zieh das ruhig an,* hatte er gesagt, was sie dann auch getan hatte. *Zieh das an,* hatte er gesagt, obwohl er sie am liebsten sofort ausgezogen hätte, dort im Wohnzimmer, während die Gäste schon im Anmarsch waren.

»Willst du mit hochkommen? Wie in alten Zeiten?«, fragte Will, als sie vor dem Haus hielten. »Dich ein bisschen ausruhen, bevor du zur alten Heimstatt zurückkehrst?«

Matt schüttelte den Kopf. Unter keinen Umständen würde er das Haus betreten.

»Und übrigens«, sagte Will, »ich hab es dir nie übel genommen, dass Mutter dir das Haus hinterlassen hat.«

»Sie hat gedacht, du würdest es nicht wollen. Deshalb hast du mehr Bargeld bekommen.«

»Im Ernst?« Will war erstaunt. »Du willst damit sagen, ich habe mehr Geld bekommen?«

»Ich war der Testamentsvollstrecker. Ich muss es wissen. Sie wollte, dass es gerecht zugeht.«

»Gerecht.« Das überraschte Will. Er wusste nicht viel über seine Mutter, wusste nicht, was sie gedacht und empfunden hatte und dass sie ihn trotz seiner selbstsüchtigen Art immer noch geliebt hatte.

»Lass mich raten«, sagte Matt. »Dein Erbteil existiert nicht mehr.«

»Wenn du nur Schlechtes über mich denken willst, kannst du das herzlich gerne tun.«

»Sag es mir.«

Matt hatte plötzlich das Gefühl, auf etwas Anspruch zu haben. Wenn schon nicht auf Jenny und ein erfülltes Leben, dann wenigstens auf ein Eingeständnis. Doch es wurde ihm nie zuteil. Es gelang Will nicht, zu sagen: *Ich habe mehr gekriegt. Ich gebe es zu. Ich habe immer wieder den größeren Happen abgekriegt.* Eine Biene war in den Wagen geraten und stieß brummend an die Windschutzscheibe.

»Großer Gott.« Will geriet in Panik. »Schaff die raus.«

Wills Angst vor Bienen war berechtigt, weshalb Matt das Insekt mit einer Zeitung aus dem Fenster scheuchte. Er tat es instinktiv: Will beschützen, was es auch kostete und mit welchen Konsequenzen auch immer.

»Du bist gerettet, Bruder. Aber eine Frage. Und diesmal möchte ich, dass du antwortest.« Matt hatte mit dem Wunsch kämpfen müssen, die Biene seinem Bruder auf die Haut zu setzen. »Wieso glaubst du, dass sie dich aufnehmen wird?«

»Jenny?«

Will stieg aus und schaute durchs offene Fenster herein.

»Es liegt in ihrem Wesen.«

Um diese Jahreszeit blühten überall die Magnolien, an der Back Bay, an der Commonwealth Avenue, der Beacon Street, hier an der Marlborough; noch das kleinste Fleckchen Erde konnte Heimat für eine ausladende Magnolie sein. Wenn sie erblühten, veränderte sich das Licht, wurde roséfarben und strahlend und hoffnungsvoll.

»Ich weiß wohl zu schätzen, was du für mich tust«, sagte Will. Es war ihm also klar, dass Anwälte bezahlt werden mussten, dass eine Kautionssumme nicht vom Himmel fiel, dass Detektive Bargeld sehen wollten. »Du musst nicht denken, dass ich dir nicht dankbar wäre.«

Matt blickte in die rosafarbene Luft, um einiges ärmer als am Morgen dieses Tages. Es hätte viel zu sagen gegeben, doch er schwieg. Er blickte nicht hinauf zu dem Fenster im dritten Stock, obwohl er genau wusste, wo ihre Wohnung lag. Er dachte, dass es wohl in seiner Natur lag, für sich zu behalten, was er fühlte. Wenn er auf der Autobahn gut vorankam, würde er in einer starken Stunde wieder zu Hause sein, und genau das hatte er im Sinn. Manche Geschichten sollten in Vergessenheit geraten, andere gar nicht erst beginnen; sie blieben dort zurück, wo sie hingehörten, in der nebelverhangenen Welt der verpassten Chancen, im Universum des Nie-und-Nimmer.

»Im Ernst, Bruder«, rief Will, als Matt anfuhr. »Ich zahl's zurück.«

Matt lachte. »Den Teufel wirst du tun«, sagte er.

IV.

Stella und Hap Stewart hatten beschlossen, als Projekt in Naturkunde die Gewässer vor Ort auf Verschmutzungen zu untersuchen, und so gingen sie im Wald auf die Suche nach Tümpeln und Flussarmen und allen stehenden Gewässern, wozu auch Pfützen voller Larven zählten. Sie schlugen sich durch Nesseln und Giftsumach, wilde Brombeeren und Seegras. Dabei kamen sie an so vielen erblühenden Pfirsichbäumen vorüber, dass sie immer mehr Appetit auf Pfirsichauflauf, Pfirsichgelee und Pfirsichkuchen bekamen.

Sie beklebten die kleinen Fläschchen mit Etiketten und machten sich dann auf den Weg zum Cake House. Hap wusste, dass sein Großvater sich häufig dort aufhielt, doch er selbst war noch nie bis zum Haus vorgedrungen. Im Gegensatz zu Jimmy Elliot war er noch nie im Hourglass Lake geschwommen; er hatte auch nie den Dunst gesehen, von dem die Leute steif und fest behaupteten, das sei das tote Pferd, das aus dem Schilf auftauchte, oder sich mit einer dieser bösartigen Schnappschildkröten herumgeschlagen. Es hieß, Jimmy Elliot habe bei der Begegnung mit einem dieser Tiere eine Fingerkuppe eingebüßt, was den anderen Schülern in Naturkunde einen solchen Schrecken eingejagt hatte, dass sie es nicht wagten, an dem Aquarium hinten im Zimmer vorbeizugehen, in dem ein altes Exemplar dieser Spezies lebte.

»Komm schon«, sagte Stella, als Hap zögernd am Fuß der Verandatreppe von Cake House stehen blieb. Ihr Rucksack war schwer von den vielen Wasserflaschen, und ihr Rücken schmerzte. »Meine Großmutter beißt nicht. Und wir können endlich was essen. Ich komme fast um vor Hunger.«

Sie waren übersät mit Insektenstichen, und dornige Ästchen hatten sich in ihren Haaren verfangen. Der Nachmittag war großartig gewesen, und Stella hatte auf diesem Wege das Gelände um die Stadt erkundet. Sie hatten die Schule wegen einer Lehrerkonferenz früher verlassen dürfen, und sammelten nun schon seit dem frühen Mittag ohne Essenspause ihre Proben; selbst Hap musste zugeben, dass auch sein Magen vernehmlich knurrte.

Sobald sie in die Eingangshalle traten, tappte Argus auf sie zu und gab ein tiefes Bellen von sich. »Ach du Schreck.« Hap wich mit hocherhobenen Händen an die Wand zurück, als solle er ausgeraubt werden.

»Argus tut dir nichts. Er ist uralt«, beruhigte ihn Stella. »Er ist zahm wie ein Kätzchen.«

»Was du nicht sagst.« Hap tätschelte Argus vorsichtig den Kopf. Der Wolfshund war so groß wie ein Löwe, doch seine Augen waren tatsächlich trübe und seine Zähne nur noch braune Stummel.

Stella und Hap zogen in der Halle ihre schlammigen Stiefel und nassen Socken aus. Hap spürte das glatte Holz an den Fußsohlen, und die fadenscheinigen alten Teppiche fühlten sich wie Seide an.

»Ich habe gehört, deine Großmutter hat was gegen Besucher«, sagte er, als Stella vorschlug, dass sie sich in der Küche etwas zu essen machen sollten. Ihm war zu Ohren gekommen, dass unerwünschten Eindringlingen oft mit Nadeln gespickte Zwiebeln an ihre Tür genagelt wurden, um ihre Gegenwart wie auch ihre Zukunft mit einem Fluch zu belegen.

»Ach, nun sei nicht albern. Komm schon.«

Stella marschierte in die Küche, und Hap blieb nichts anderes übrig, als ihr zu folgen; er konnte den Blick nicht von ihrem hellen Haar wenden, das ihn an die Schneeglöckchen erinnerte, die nach dem Winter so früh in den Wäldern erblühten, dass man sie häufig für Schnee hielt.

Argus tappte hinter ihnen her und ließ sich neben dem Tisch nieder, wo er artig auf Überreste von ihren Sandwiches mit Erdnussbutter und Pfirsichmarmelade wartete. Nach dem Essen hielten sie nach einem guten Aufbewahrungsort für ihre Wasserproben Ausschau und fanden ihn in der Spülküche, in der Zwiebeln und Kartoffeln gelagert wurden. Als sie die Flaschen sortierten, berührten sich ihre Hände zufällig. Sie taten natürlich beide, als sei nichts geschehen, doch später sann Stella darüber nach, ob Hap vielleicht doch mehr als nur ein gewöhnlicher Freund war. Hätte ihre Hand nicht bei der Berührung brennen sollen? Müsste sie ihr Herz nicht stärker spüren, wenn sie mit ihm zusammen war? Müsste sie nicht sicherer sein?

In der Nacht zuvor hatte sie sich kurz nach Mitternacht in den Salon geschlichen, um Juliet Aronson anzurufen. Ihr fiel erst auf, dass sie unentwegt über Hap sprach, als Juliet sie fragte, ob sie vielleicht Haps große Liebe sei.

»Woher soll ich denn das wissen?«, hatte Stella verlegen gesagt und gelacht.

»Frag ihn, mit wem er auf eine einsame Insel gehen würde, dann weißt du's.«

»Das ist ja wohl kaum ein schlüssiger Beweis.«

»Versuch's einfach.« Juliet hatte sich so weise und traurig angehört, als habe sie in ihrem Leben alles Erdenkliche versucht und sei immer und immer wieder enttäuscht worden.

Jetzt, in der Küche, fragte sich Stella, was Juliet wohl über Hap gesagt hätte. Er fütterte Argus gerade mit einem Löffel kleine Happen Erdnussbutter.

»Schau dir den Burschen an«, sagte Hap vergnügt. »Er liebt dieses Zeug. Es hat ganz viel Protein, kann ihm also nichts schaden.«

Ihr Herz hatte wie wild geklopft, als sie in der Schulcafeteria mit diesem unangenehmen Jimmy Elliot gesprochen hatte. Das konnte doch wohl kaum Liebe sein, oder? Das konnte nicht das Schicksal sein, unmöglich. Niemals. Eher so was wie eine Krankheit, Sodbrennen vielleicht oder bestenfalls Frühlingsfieber. Denn der Frühling zeigte sich nun überall in Massachusetts. Die Maifische flitzten in den Bächen umher, wie immer um diese Zeit des Jahres, und die Kröten stimmten ihre dunklen schwermütigen Gesänge an, die von Wasser, sternenklaren Nächten und Schlamm kündeten. Draußen im Garten machte sich Elinor Sparrow an ihre Frühjahrsarbeiten, mit blutenden Händen. Sie schnitt altes Geäst zurück, eine mühevolle Arbeit, vor allem bei Rosen mit tückischen Dornen, die manchmal so klein waren, dass man sie nicht bemerkte, bis sie sich in die Haut gebohrt hatten. Doch es hieß, das Blut des Gärtners bringe frühe Blüte. Das Blut einer ermordeten Frau jedoch tötet alles ringsumher, und so war es an jenem Tag auch geschehen, als Rebecca zum See ging und ertränkt wurde, denn auf dem Weg blieben nur Erdklumpen und schwarze Steine zurück, so groß wie Menschenherzen.

Der April nahte mit Riesenschritten. Elinor merkte es am Moschusduft der Haselwurz, der aus dem Wald heranwehte; sie merkte es an den Regenfällen, die pünktlich am späten Nachmittag einsetzten. Bald würde es dichten grünen Regen geben, und jeder würde anders sein: Fischregen, Rosenregen, Narzissenregen, Prachtregen, Rotkleeregen, Schuhwichseregen, Sumpfregen und den gefürchteten Steinregen, und all das Wasser würde in die Wälder sickern, würde Flüsse und Seen zum Schwellen bringen. Um diese Zeit des Jahres begann Elinor gewöhnlich damit, Rosen zu kreuzen, Floribunda mit Chinarosen und Damaszenerrosen, auf der Suche nach ihrer blauen Rose. Sie wusste, dass es ganz unsinnig war, ein unmögliches Unterfangen, und dennoch gab sie nicht auf. Kein Wunder, dass man über sie in den Gartenclubs in ganz Neuengland, von North Arthur bis Stockbridge sprach. Wusste Elinor

Sparrow etwa nicht, dass man etwas ganz Neues nur durch Genmanipulation erreichen konnte, dass man bestenfalls auf diesem Wege eine blaue Rose hervorbringen konnte? Wusste sie nicht, dass unbedarfte Menschen wie sie sich schon seit Jahrhunderten bemühten, eine blaue Rose zu erzeugen, und stets gescheitert waren, stets Enttäuschungen hinnehmen mussten?

Dennoch war Elinor der Überzeugung, dass dieses dürre Gewächs in der nördlichen Gartenecke jeden in Erstaunen versetzen würde. Niemand hätte angenommen, dass in einem Garten eine der einheimischen Sumpfrosen gedeihen würde, die es nur in Unity gab, sonderbare Pflanzen, die hier schon von den ersten Siedlern gesichtet wurden. *Unsichtbare*, wurden sie genannt, denn es hieß, die Sumpfrosen begännen zu welken, sobald der Blick eines Menschen auf sie fiel. Doch diese hier war im Garten gewachsen; wenn das möglich war, würde Elinor ihre blaue Rose vielleicht doch noch ins Leben rufen. Vielleicht würden dann all die armen Trottel, die es vorher versucht hatten und gescheitert waren, in diesen Teil von Neuengland reisen, voller Ehrfurcht vor etwas, das allen Widrigkeiten zum Trotz herangewachsen war, und würden hier auf die Knie sinken und die Erde küssen.

Die Vorahnung dieses Triumphs fühlte sich in Elinors Mund wie ein Kirschkern an, echt und hart und wahr. Seit einigen Monaten lebte sie mit dem Gefühl, dass die Zeit an ihr vorbeiraste, als ginge sie durch einen Windkanal, und die Jahre sausten an ihr vorüber, Tage und Nächte ein weißer Luftschweif. Welche Erinnerungen blieben ihr von ihrem Leben? Die Wälder ihrer Kindheit, die zu atmen schienen, als seien sie ein einziges grünes Lebewesen mit einem Herzen und einer Seele. Ihre Mutter Amelia, deren

Hände Schmerzen linderten und im Winter Quilts nähten. *Verlorene Liebe. Verlust der Ehre. Taube im Fenster.* Der Augenblick, in dem sie Saul zum ersten Mal in der Bibliothek der staatlichen Uni sah, als sie Studentin war und er ein neuer Dozent, jener Moment, in dem die Welt den Atem anhielt. Als Jenny, ihre kleine Tochter, zum ersten Mal Schnee sah. Das Lächeln auf dem Gesicht ihrer Enkelin, als sie ihr am Bahnhof zuwinkte. Die Rose, von der sie seit jeher träumte, der blauen, unerreichbaren.

Als es zu regnen begann, ging Elinor ins Haus zurück. Sie dachte daran, wie sicher ihre Enkelin war, dass mit Elinors Tod erst zu rechnen sei, wenn es schneien würde. War diese Ankündigung nun eine Erleichterung oder eine Bedrohung? War sie froh, diesen Zeitplan vor Augen zu haben, oder bereute sie die Frage nach dem Zeitpunkt? Das Mädchen hatte vielleicht Recht: Es mochte besser sein, wenn man jeden Morgen erwachen konnte, ohne zu wissen, was der Tag verhieß, wie die Geschichte aufhörte, zu welcher Zeit die Dämmerung kam. Elinor war so versunken in ihre Gedanken, dass sie nicht einmal merkte, wie blutbefleckt ihre Kleider waren, bis sie in der Küche ins entsetzte Gesicht eines Jungen blickte, der aus ihr unerfindlichen Gründen an ihrem Küchentisch saß.

»Du blutest, Gran«, sagte Stella gelassen. Ihre Großmutter blutete tatsächlich ziemlich heftig, vor allem aus einem Riss am Arm. Der Junge am Tisch sah aus, als würde er gleich ohnmächtig, doch Stella blieb vollkommen ruhig. Blut jagte ihr keine Angst ein; im Gegenteil, sie fand es spannend, ein seltsames und geheimnisvolles Elixir. Sie führte ihre Großmutter zum Spülbecken und wusch die Stellen, an denen die Dornen Haut abgerissen hatten, dann ging sie in die Spülküche, um einen Verband zu holen.

»Das ist doch nicht der Rede wert«, wehrte sich Elinor. Sie musste Brock Stewart erzählen, dass Stella angesichts des Blutes völlig ungerührt reagiert hatte. Dass sie ganz rasch und sicher gehandelt hatte, als sei es für sie natürlich, jemandem zu helfen. In dieser Hinsicht hatte sie keinerlei Ähnlichkeit mit ihrem Vater.

»Was macht er hier?« Elinor wies mit dem Kopf auf Hap. »Solltet ihr nicht in der Schule sein?«

»Wir hatten früher aus. Außerdem ist es schon vier. Und das ist Hap Stewart, Dr. Stewarts Enkel. Du kennst ihn bestimmt, Gran.«

»Wir nehmen mit einem Testset von der Jagd- und Naturschutzbehörde Proben von einheimischen Gewässern, um sie auf Verschmutzung zu untersuchen.«

Nachdem er einmal zu sprechen begonnen hatte, schien Hap nicht mehr aufhören zu können. Er konnte es kaum fassen, dass er hier in der Küche der Sparrows saß, in einem Haus, von dem manche Leute behaupteten, es erhebe sich gelegentlich vom Boden, vor allem an windigen Tagen.

»Wir haben entweder einige sehr interessante Mikroorganismen oder ziemlich viel Fischkacke gefunden«, fuhr Hap fort.

Elinor verengte die Augen, doch der Junge kam ihr nicht vertraut vor. Und er hatte nicht eine einzige Lüge in sich, was selten vorkam, vor allem beim männlichen Geschlecht. In dieser Hinsicht hatte er offenbar Ähnlichkeit mit seinem Großvater. Sie wusste natürlich, dass Brock sie damals angelogen hatte, ein einziges Mal, als er zu ihr kam, um ihr von Sauls Tod zu berichten. Elinor konnte durch die Seele eines ehrlichen Mannes hindurchsehen wie durch eine Fensterscheibe. Als der alte Richter Hathaway noch im Dienst und Elinor ein junges Mädchen war, hatte er sie oft ins Gerichtsgebäude bestellt, um ihre Meinung zu hören, vor allem in Fällen häuslicher Streitigkeiten. *Diesem Mädchen kann man nichts vormachen,* pflegte der alte Richter zu sagen. *Wer versucht, der einen Bären aufzubinden, wird schon sehen, wo er landet.*

Und tatsächlich wusste sie sofort, dass Brock Stewart log, als er erzählte, Saul sei zum Zeitpunkt seines Todes alleine im Wagen gewesen. Damals hatte ein Arzt noch mehr Ansehen als heute, die Leute hörten auf ihn und legten Wert auf seine Meinung, und das nicht nur in medizinischen Fragen. Dr. Stewart musste Chip White, den Polizeichef, und mehrere Angehörige der Bostoner Verkehrspolizei überredet haben, seine Version der Geschichte zu verbreiten. Denn alle ließen eine Tatsache unerwähnt: Eine Kollegin von Saul, die neu in seinem Fachbereich war, war bei dem Unfall mit ums Leben gekommen. Als Elinor die Lüge des Arztes erkannt hatte, rief sie am College an, doch dort wollte ihr niemand etwas sagen. Dennoch verstand sie damals, warum Saul abends häufig spät nach Hause gekommen war, warum sich immer wieder niemand meldete, wenn sie das Telefon abnahm. Wie konnte es passieren, dass ausgerechnet sie nicht ahnte, dass er ihr untreu war? Saul hatte niemals gelogen, das war es gewesen; er hatte nur nicht die Wahrheit gesagt, und selbst Elinor Sparrow konnte Leere und Ausflüchte nicht deuten.

Seit dem Unfall fragte sich Elinor, ob Dr. Stewarts Lüge sie für immer zusammengeschweißt, ihr Schicksal mit unsichtbaren Fäden für immer verknüpft hatte. Sie wusste noch genau, wie kalt es damals gewesen war. Der Atem des Arztes war zu einer frostigen Wolke geworden, als er sie angelogen hatte. Es bereitete ihm Schmerzen, das sah sie, aber er belog sie dennoch. Es hatte geschneit, wirbelnde

Flocken, die nicht am Boden hafteten, und Elinor war durch den Schnee in den Garten gegangen, wo sie das Gewicht der Lüge fühlen konnte, die der Arzt ihr erzählt hatte, der Lüge, in der sie gelebt hatte, obwohl sie so überzeugt gewesen war, immer die Wahrheit zu erkennen. Sie überließ es dem Arzt, Jenny zu informieren, obwohl das ihre Aufgabe gewesen wäre. Elinor war so vom Schmerz gepeinigt, dass sie nicht mehr klar denken konnte. Sie blutete von innen heraus, und im Gegensatz zu Stella hatte Elinor den Anblick von Blut nie ertragen können, vor allem nicht ihres eigenen.

Auch jetzt gelang es ihr nicht, auf die Risse zu schauen, die von den Dornen in ihrer Haut zurückgeblieben waren. Hätte Stella sich nicht um ihre Verletzungen gekümmert, so hätte Elinor sie gewiss gar nicht beachtet, wie es ihre Neigung und ihre Gewohnheit war, obwohl sie wusste, dass man sich ins Unheil manövrierte, wenn man die Dinge nicht beachtete, die am meisten schmerzten. Schenkte man der Liebe kein Augenmerk, das verstand sie nun, dann blutete man vielleicht sein Leben lang, auch wenn es den anderen verborgen blieb.

Elinor fragte sich, warum dieser Junge, der Enkel von Dr. Stewart, hier herumlungerte, grinste und Erdnussbutter futterte. Vielleicht wegen der Gewässerproben und des Fischkots, aber es konnte auch mehr dahinter stecken. Die Liebe blieb so häufig unsichtbar; manchmal konnten nur zwei Menschen sie sehen, und allen anderen entging sie. Die Frauen aus der Sparrow-Familie sahen nie hin, bevor sie sprangen; sie stürzten sich leichthin in jenes Verlangen, das man nicht mehr loswurde. Wenn Elinor sich nicht irrte, trug Stella Lippenstift und hatte sich mit irgendwelchem schwarzen Schmierzeug die Augen umrandet. Nun, das

Mädchen wuchs schließlich heran, nicht wahr? Und auch wenn Elinor Stella und Hap nicht für ein ideales Paar hielt, konnte doch keiner ahnen, wo ihre Freundschaft hinführen mochte. Die Katze war jedenfalls eindeutig aus dem Haus. Jenny rief jeden Abend an, doch sie war sehr von Will Avery in Anspruch genommen. Er war wieder bei ihr aufgetaucht, weil er Boston nicht verlassen durfte; er musste irgendwo unterkommen, und Jenny hatte es nicht übers Herz gebracht, ihn abzuweisen. Sie war nicht in der Nähe und hörte nicht das Glöckchen am Handgelenk ihrer Tochter klingeln, als Stella mit Hap Stewart in den Regen hinausging. Jenny glaubte immer noch, ihre Tochter sei ein Kind, doch in Wirklichkeit war sie längst etwas ganz anderes, eine Dreizehnjährige nämlich.

Als Stella mit Hap den Weg entlangging, wünschte sie, das Wetter vorhersagen zu können. Sie wünschte, so lange unter Wasser bleiben zu können wie Constance Sparrow; dann hätte sie Wasserproben aus den Tiefen des Hourglass Lake nehmen können. Wie viel schöner wäre es, wenn sie Schmerzen lindern, verlorene Dinge wiederfinden oder einen Lügner von einem aufrichtigen Mann unterscheiden könnte. Stattdessen konnte sie nur sehen, dass Hap Stewart sich das Genick brechen würde, indem er von einem Pferd abgeworfen wurde. Sie hatte diesen Schatten schon bei ihrer ersten Begegnung entdeckt, aber gehofft, dass er verschwinden würde. Als sie jetzt neben ihm herging, im Regen fröstelnd, sah sie noch einmal genauer hin. Sein Tod war noch immer da.

Stella hatte schon gesehen, dass Cynthia Elliot, die zwei Klassen über ihr war und in der Teestube jobbte, mit zweiundachtzig an einer Lungenentzündung sterben würde, und dass Mademoiselle Marcus, die Französischlehrerin an der Schule, einem Schlaganfall erliegen würde. Sie hatte gesehen, dass das Großmaul, das in der Schulcafeteria hinter Jimmy Elliot gestanden und sie geärgert hatte, als Student im ersten Semester einen Autounfall haben würde. Dass sie die Zukunft in dieser Weise voraussehen konnte, war für Stella so normal wie alles andere auf der Welt: eine Spottdrossel, ein Stuhl, das Lächeln auf Hap Stewarts Gesicht, als sie im Regen dahingingen.

Unter keinen Umständen würde Stella zulassen, dass Hap von einem Pferd fallen würde. Er war ihr einziger Freund hier.

»Magst du Pferde?«, fragte Stella. Da sie ihre nassen Socken und schlammigen Stiefel schon vorher ausgezogen hatten, mussten sie auch keinen Bogen um Schlammlachen auf dem Weg machen.

»Fragst du wegen dem toten Pferd im See?«, fragte Hap. »Du weißt doch, daran glaub ich nicht.«

»Hab mich nur gefragt, ob du gerne reitest, einfach so.«

»Nee.« Hap grinste. »Ich bin nicht gerade ein Cowboy. Sonst noch Fragen zu meiner Person?« Es schüttete jetzt wie aus Kübeln, doch sie achteten beide nicht auf den Regen.

»Schon möglich. Lass mich nachdenken.« Vielleicht sollte sie Juliets Test machen. Vielleicht sollte sie mehr für Hap empfinden; er war eigentlich wie geschaffen für sie, das war offensichtlich. »Mit wem würdest du am liebsten zusammen sein, wenn du auf einer einsamen Insel stranden würdest?«

»Jemand Lebendes oder jemand Totes?«, fragte Hap nachdenklich.

»Einerlei.«

»Geschlecht?«

»Auch egal.« Stella kam sich zusehends alberner vor. Ihre Haare waren klatschnass, und sie war durchnässt bis auf die Haut. Sie kamen am See vorüber, an dem der Regen auf das stille Wasser schlug wie schwere Steine. Sie blieben am Ufer stehen und sahen zu, wie Seerosenblätter vorbeidrifteten.

»Ich glaube, mit dir.«

Einen Moment lang glaubte Stella, sich verhört zu haben. Vielleicht hatte ihr eigener Herzschlag seine Worte übertönt. Doch nein, sie hatte richtig gehört. Er war so ein lieber Mensch, so rücksichtsvoll und einfühlsam. Er ging am Seeufer in die Hocke, um eine Wasserprobe vom See zu nehmen, und er verschüttete keinen Tropfen dabei. Sie wusste, dass sie seine Gefühle eigentlich erwidern sollte, doch als Hap das letzte Fläschchen mit kaltem grünem Wasser, Froschlaich und Algen verkorkte, konnte sie nur an einen Menschen denken, den unseligen schrecklichsten Jungen der Stadt, den sie nicht mehr vergessen konnte, so sehr sie sich auch darum bemühte.

Jenny hatte nicht die Absicht, Will wieder aufzunehmen, was ihre Vermieterin und die anderen Mieter im Haus auch glauben mochten. Sie hatten natürlich alle etwas gegen eine Versöhnung, denn jeder einzelne Bewohner des Hauses, vom Erdgeschoss bis zum fünften Stock, verabscheute Will. Den Nachbarn war es einerlei, ob Will gut aussah und seine Augen gold gesprenkelt waren; es scherte sie einen Dreck, ob er alle Songs spielen konnte, die Frank Sinatra je aufgenommen hatte, und im Schlaf Scott-Joplin-Rags zum Besten gab. Diese Leute waren gezwungen gewesen, sein Klavierspiel zu jeder Tages- und Nachtzeit anzuhören: Dylan-Songs mitten in der Nacht, *Idiot Wind* oder *Tangled up in Blue.* Louis Armstrong am Nachmittag, wenn die meisten hart arbeitenden Menschen Besseres zu tun hatten. Gnadenlos rauf und runter gespielte Tonleitern zum Abendessen, wenn er es den Nachbarn mal richtig geben wollte.

Alle wussten, dass Will zu faul war, die Müllsäcke in den Schlucker zu werfen, dass er die Zeitschriften von anderen als Erster las, dass er in der Dusche sang und mit den Türen knallte. Den meisten Mietern war auch bekannt, dass Will eine Affäre mit Lauren Baker aus Apartment 2E gehabt hatte, die wochenlang weinte, nachdem er sich von ihr trennte, und dann nach Providence zog, um ein neues Leben anzufangen. All das, samt den Vorhaltungen und dem Weinen, das man durch die Luftkanäle auch in 3E und 4E hörte, hatte sich unter der Nase seiner Frau abgespielt, die ihn nun wieder aufzunehmen schien, auch wenn sie es ableugnete. Das glaubte ihr ohnehin keiner. Denn da war Will Avery aufs Neue, zum Glück wenigstens ohne sein Klavier, das er irgendwo gelagert hatte, doch er benahm sich so unmöglich wie eh und je, ließ Müll im Flur stehen, stahl die Morgenzeitungen von anderen, ließ den Fernseher dröhnen, wenn seine Frau bei der Arbeit war, versuchte mit Maureen Weber aus 2D zu flirten, der man eingeschärft hatte, Will Avery niemals in ihre Wohnung zu lassen, es sei denn, sie wolle sich ins Unglück stürzen.

Jenny machte Will etwas zu essen, denn sie war es gewohnt, für zwei zu kochen. Sie wusch seine Wäsche, doch waschen musste sie ohnehin, und da machten seine Hemden und seine Unterwäsche auch nichts aus. Am liebsten hätte Jenny ihren neugierigen miesepetrigen Nachbarn die Scheidungsunterlagen gezeigt, die unlängst eingetroffen waren. Sie zog ernsthaft in Erwägung, die Scheidungsurkunde in der Eingangshalle an die Wand zu nageln. Sie stellte sich vor, wie sie durch den Flur schrie, dass Will auf der Couch schlief. Sie söhnten sich nicht wieder aus; es ging hier nicht um Vergebung, und es kam nicht zu hitzigen gierigen Küssen, während sie in der Küche Makkaroni oder Rinderschmortopf kochte. Jenny hatte sogar die Vermieterin, Mrs. Ehrland, zu Tee und Zitronenkuchen eingeladen, damit sie sich mit eigenen Augen davon überzeugen konnte, dass auf der Couch im Wohnzimmer Bettzeug lag. Erst vor ein paar Monaten hatte Jenny Mrs. Ehrland ins Mass General Hospital begleitet und den ganzen Vormittag im Wartesaal gesessen, während Mrs. Ehrland am grauen Star operiert wurde. Doch die Vermieterin ließ sich nicht davon überzeugen, dass Will nur vorübergehend hier war. Als sie einen Kleiderhaufen auf einem Stuhl und den überquellenden Aschenbecher am Boden sah, schnalzte sie missbilligend mit der Zunge.

»Sie machen einen großen Fehler«, sagte sie zu Jenny. »Jetzt werden Sie ihn nie wieder los.«

Es wäre schön gewesen, wenn Will mitgeholfen hätte, wenn er eingekauft oder gestaubsaugt oder wenigstens das grässliche Modell von Cake House weggeräumt hätte, das noch immer auf dem Tisch im Flur stand, doch Will war zu sehr mit anderen Dingen beschäftigt. Er rief ständig Fred Morrison an, den Detektiv, den Henry Elliot beauftragt hatte, obwohl Jenny ihm vor Augen hielt, dass der Mann Matt wahrscheinlich jeden dieser Anrufe auf die Rechnung setzte. Jenny hatte mehrmals versucht, Matt anzurufen, um ihm zu danken und ein paar Worte mit ihm zu wechseln, da sie ja irgendwie gemeinsam in diesem Schlamassel steckten, doch er schien nie zu Hause zu sein.

»Hockt wahrscheinlich in der Bibliothek«, mutmaßte Will. »Schuftet für die Magisterarbeit, die er nie fertig kriegen wird.«

»Er schreibt seine Magisterarbeit?« Jenny hatte es immer bedauert, dass sie nicht studiert hatte, ein Fehler, den sie an jedem Wochentag bereute, an dem sie sich einer Arbeit widmen musste, die ihr zuwider war. Seit sie in der Bank arbeitete, war ihr aufgefallen, dass Geld einen Geruch nach Mottenkugeln und Schweiß verströmte und dass es sich zwischen den Fingern wie eine Mischung aus Seide und Fliegenfängerpapier anfühlte. Sie hatte eine Allergie gegen das Zeug entwickelt und bekam nicht selten rote Quaddeln an den Händen davon; Kellnerinnen und Taxifahrern sagte sie nun häufig, sie könnten das Rausgeld behalten, und wenn sie von der Bank nach Hause kam, wusch sie sich dreimal die Hände.

»Ich dachte, du wüsstest von Matts endloser Studiererei. Geschichte. Am State College. Für seinen Bachelor hat er zehn Jahre gebraucht. Dann braucht er für den Magister bestimmt zwanzig.«

»Im Ernst? Tja, so oder so ist er der einzige von uns, der einen vernünftigen Abschluss hat.« Jenny fand, dass Geschichte gut zu Matt passte, zu dem Matt jedenfalls, den sie von früher kannte, der immer so behutsam und ernsthaft war. Wenn sie sich recht entsann, hatte er eine Schwäche für Karameleisbecher. »Ein Abschluss in Geschichte ist nicht zu verachten.«

Will, der früher noch nicht einmal seine Hausaufgaben gemacht hatte, war natürlich neidisch. Und seine Abschlussarbeit in Harvard hatte er nicht einmal angefangen.

»Na ja, so wie ich Matt kenne, schreibt er wahrscheinlich über die Geschichte des Rasenmähers. Er mäht immer noch für irgendwelche Leute den Rasen und sägt Bäume ab, als Nobelpreisträger brauchst du ihn nicht in Betracht zu ziehen.«

Von Tag zu Tag ärgerte sich Jenny mehr über Wills Angewohnheiten. Er hinterließ Zahnpasta im Waschbecken, er kaufte auf ihre Rechnung Whisky im Spirituosenladen, er saß nur mit einem Handtuch um die Hüften vor dem Fernseher. Einmal kam sie von der Arbeit nach Hause und witterte Parfum. Jasmin, dachte sie. Eine Flasche Wein schien aus der Speisekammer verschwunden zu sein. Und auf ihrem CD-Player lag Coltrane, perfekte Verführungsmusik.

»Hattest du jemanden hier?«

Will war dazu übergegangen, um vier Uhr *Oprah* zu schauen, und ließ sich ungern ablenken. »Hier?«, fragte er irritiert.

Jennys Füße schmerzten. Sie hatte unterwegs alle Zutaten für ein Pilzrisotto eingekauft, dämlich, wie sie war.

»Du Scheißkerl«, sagte sie. »Es stimmt also.«

»Darf ich hier keine Freunde zu Besuch haben?« Will folgte ihr in die Küche, wo sie die Lebensmittel in den Kühlschrank schmiss. »Das hast du nie erwähnt, Jenny. Du hast die verdammten Regeln nirgendwo ausgehängt.«

»Freunde sind kein Problem. Aber hier eine schnelle Nummer abziehen, während ich arbeite, in meiner Wohnung, in meinem Bett womöglich, nein!«

Zum Teufel mit ihm, dachte sie. Sie würde nicht so dumm sein und auch noch für ihn kochen. Sollte er Schweizerkäse und Cracker essen, Schwein, das er war. Sollte er hungern.

»Ich tu's nicht wieder«, sagte er, als er ihr später ein Sandwich brachte, das aus einem harten Brötchen mit einer Scheibe alter Wurst und einem Klecks Aufstrich bestand, ein wenig geglückter Versuch, aber immerhin ein Versuch. »Ich stehe in deiner Schuld«, gab er zu.

Sie waren so lange zusammen gewesen, dass er Teil ihrer Familie geworden war. Deshalb erlaubte sie ihm, weiter bei ihr zu wohnen, wie sie es auch einem unzuverlässigen Cousin aus reinem Pflichtgefühl ermöglichen würde. Gemeinsam riefen sie jeden Abend Stella an, wobei sie sich fröhlich und munter gaben, doch Jenny hatte mehr denn je das Gefühl, allein stehend zu sein, und obwohl Will so viel schlief, war er immer noch dasselbe traumlose Wesen wie früher. Musste es immer so sein, dass die Züge, die man am meisten an einem Menschen liebte, als Erstes verloren gingen? Nur einmal schnappte Jenny ein Fetzchen aus einem Traum von Will auf: Ein Mann stand auf einem Rasenstück, einsam, nackt und weinend. Danach wusste Jenny, dass sie Will so lange bei sich aufnehmen musste, wie es nötig war, auch wenn es sie unzufrieden machte und einige Nachbarn ihr bösartige Zettel unter der Tür durchsteckten.

Sie gingen gemeinsam zu den Terminen bei Henry Elliot in seiner Kanzlei in der Milk Street und trafen sich mit Morrison, dem Detektiv, der einiges über das Opfer herausgefunden hatte. Die junge Frau war in New Hampshire geboren und erst vor kurzem nach Boston gezogen. Seit letztem September hatte sie an einer öffentlichen Schule eine dritte Klasse unterrichtet. Sie hatte einige Liebschaften in der Stadt gehabt, aber nur wenige Freundinnen. Sie war eine ruhige, attraktive, gesetzestreue Person gewesen, die ihr Fenster nachts grundsätzlich verschloss, wie ihr Vermieter schwor. Ihr Mörder musste das Haus auf normalem Weg durch die Tür betreten haben. Zum Glück waren die Fingerabdrücke nicht identisch mit denen von Will. DNA-Tests waren in Arbeit, doch wenn sich kein Verdächtiger fand, konnte Will nur noch beten.

Will dagegen war ein Mensch, den man lieber nicht

alleine lassen sollte. Er gab sich nicht mit Beten zufrieden, sondern tat genau das, wovon Henry Elliot ihm dringend abgeraten hatte: Er sprach mit einem Reporter. Er hielt es nicht für nötig, Jenny von dieser Unterredung zu erzählen, ebenso wenig, wie er ihr den Duft in der Wohnung erklärt hatte, der vom Lieblingsparfum von Ellen Paxton stammte, einer Kollegin aus der Musikschule, die erstaunlich gut im Bett war. Jenny erfuhr von dem Interview mit dem Reporter durch eine andere Bankangestellte, Mary Lou Harrington, die schon immer etwas gegen Jenny gehabt hatte und nun genüsslich den Artikel aus dem *Boston Globe* herumzeigte. Irgendwann landete er dann auf Jennys Schreibtisch. Auf der Titelseite des Lokalteils erblickte sie ein Foto von Will Avery, durchaus vorteilhaft fotografiert, auf der Treppe vor ihrem Haus. Unseligerweise war auf dem Bild auch deutlich die Hausnummer zu erkennen.

Einige Nachbarn riefen Jenny schon bei der Arbeit an und hinterließen erboste Nachrichten. Wie konnte er es wagen, so viele Leute in diese Sache hineinzuziehen, indem er die Adresse öffentlich bekannt gab? Hatte er denn gar keinen Verstand? Wegen des Interviews wurde Jenny auch zu ihrem Boss beordert, Bill Hampton, der ihr mitteilte, in Anbetracht der Empfindlichkeit seiner Kunden, was Öffentlichkeit anbetraf, fände er es besser, wenn sie ihre Stellung aufgeben würde, mit zwei Wochen zusätzlichem Lohn und zwei Wochen Urlaub selbstverständlich.

»Sie haben mich gefeuert«, tat Jenny kund, als sie nach Hause kam. »Einfach so. Nach zwölf Jahren.«

Will saß vor dem Fernseher und schaute gebannt *Oprah;* den zweiten Drink des Tages hatte er schon intus. Er achtete jetzt allerdings auf seinen Alkoholverbrauch, zumindest bis zum fünften Drink. Als er die Nachricht hörte, reagierte er prompt empört. »Dagegen klagen wir. Sie können dich nicht einfach ohne Grund kündigen.«

»Ohne Grund?« Jenny lachte, aber es klang brüchig. »Du bist der Grund. Warum hast du dich vor unserem Haus fotografieren lassen?«

»Ich musste mich einfach mal deutlich zu diesen ganzen Unwahrheiten äußern, die über mich verbreitet werden. Oder nicht? Das würde doch jeder Mann tun, der unschuldig ist und einen Funken Selbstachtung hat.«

»Nein, das würde ein Idiot tun, Will. Hast du dir vielleicht mal eine Sekunde überlegt, dass der Mörder dieser armen Frau jetzt weiß, wo wir wohnen?«

»Scheiße.« Will war zerknirscht. Es gab ja noch andere Menschen auf der Welt, das hatte er ganz vergessen. Seine Tochter zum Beispiel. Seine künftige Ex-Frau. »Daran hab ich nicht gedacht.«

»Tja, jetzt ist es zu spät.«

Jenny setzte sich neben ihn auf die Couch. Sie fühlte sich erschöpft und ausgelaugt.

»Sie bringen Make-overs«, sagte Will und zeigte auf die *Oprah*-Show. »Das wird dich von dem Artikel ablenken.«

So funktionierte Will: Vertuschte man die Fakten, war alles wieder in Ordnung. Sieh über das hinweg, was direkt vor dir liegt, hoffe das Beste, amüsier dich, und verschwende keinen Gedanken darauf, was möglicherweise irgendwo drohen könnte. Doch Jenny konnte die Tatsache nicht ignorieren, dass sie nun, da ihr Wohnort bekannt war, allen möglichen Gestalten ausgesetzt waren: sensationslüsternen Mordfans – und vor allem der Person, die dieses grausame Verbrechen begangen hatte. Selbst wenn Jenny eine Schule finden würde, die Stella mitten im Schuljahr aufnahm, mussten sie sich in jedem Fall eine neue Wohnung suchen. Nein, Stella würde bei Elinor Sparrow bleiben, aber Jenny würde ihr nun dort Gesellschaft leisten.

Sie packte noch an diesem Abend, nur das Nötigste, und am nächsten Morgen war Will wenigstens so nett, ihr das Gepäck zum Taxi zu tragen.

»Mach dir keine Sorgen um mich«, sagte er.

»Ich mach mir eher Sorgen um die Wohnung. Vergiss nicht, den Herd auszuschalten. Drück deine Zigaretten anständig aus. Und keine Frauen in meinem Bett.«

»Ich werde sowieso nicht kochen und will ohnehin mit dem Rauchen aufhören, keine Sorge.« Jenny entging nicht, dass er die Frauen unerwähnt ließ. »Ich finde es gut, dass du dahin fährst. Dem Einfluss der alten Hexe entgegenwirken. Gib gut auf Stell Acht.«

»Meine Mutter hat immer schon gesagt, du seist der falsche Mann für mich. Deshalb hasst du sie.«

»Sie hat wahrscheinlich Recht gehabt«, gab Will zu. »Ich bin eine Vollniete.«

Die Magnolie vor ihrem Haus begann zu blühen. Das Foto im *Boston Globe* war schwarzweiß gewesen, so dass man darauf nicht erkennen konnte, wie rosig die Knospen an dem Baum glänzten, wie sogar die Luft rosig schimmerte. Jenny stieg ins Taxi; sie wollte von der South Station mit dem Mittagszug fahren. Das rosafarbene Licht hing in der Straße, wehte zwischen den Stäben der schmiedeeisernen Tore hindurch, verfing sich in den Fensterscheiben, verschleierte den Blick.

Jenny döste im Zug und wunderte sich, wie kurz die Fahrt war. Ihre Heimatstadt schien ihr immer endlos weit entfernt zu sein, doch in Wirklichkeit war sie ganz nah. Großstadtmenschen wunderten sich immer, wie still es in Unity war, wenn der Mittagszug erst einmal schnaufend und rauchend aus dem Bahnhof rollte. Ein leichter Regen fiel, und die Vögel stürzten sich auf die zahllosen Regenwürmer, die sich im frischen Gras tummelten. Jenny entsann sich, dass ihre Mutter den unterschiedlichen Arten von Regen um diese Jahreszeit Namen gegeben hatte. Die Luft war dunstig und erfüllt vom Gezwitscher der Vögel. Wie hatte sie diesen Regen genannt? Jenny wusste es nicht mehr, ebenso wie sie vergessen hatte, dass es am Bahnhof keinen Taxistand gab. Wer zum Flughafen wollte, musste einen Wagen aus Hamilton kommen lassen, vor Ort bot nur Eli Hathaway Transportdienste an. Jenny sah einen Kombi am Straßenrand, doch sie erinnerte sich, dass Eli schon in ihrer Kindheit alt und sonderlich gewesen war. Vor die Wahl gestellt, entweder in seinen verqualmten Wagen zu steigen, oder ihre Mutter anzurufen und sich abholen zu lassen wie ein Kind, beschloss Jenny, trotz des Regens zu Fuß zu gehen.

Sie hatte einen großen Rollkoffer, ihre voll gestopfte Handtasche und eine kleine Reisetasche dabei. Es regnete nur sehr verhalten. Narzissenregen hatte Elinor dazu gesagt, jetzt fiel es ihr wieder ein, im Gegensatz zu Rosenregen, einem heftigen Schauer, wenn es zuvor trocken gewesen war, oder Fischregen, bei dem grünes Wasser sturzbachartig vom Himmel fiel und jeder vernünftige Mensch sofort ins Trockene flüchtete. Jenny nahm den Weg durch den Stadtpark, wo die Kriegsdenkmäler standen. Früher war sie oft hier gewesen; sie hatte im Schatten der Platanen auf Will gewartet, hatte im Gras gelegen und zu den ausladenden Blättern über ihr aufgesehen. Das einzig Interessante an ihrer Heimatstadt war damals sowieso nur Will gewesen. Jetzt ging sie langsamer, was schon wegen ihres Gepäcks nötig war, und ließ sich Zeit.

In der Mitte des Parks erhob sich das Bürgerkriegsdenkmal, ein Soldat auf einem Ross. Manche Leute behaupteten, es sei Anton Hathaway nachempfunden, dem Sohn des damaligen Bürgermeisters von Unity, der in Pennsylvania gefallen war. Am Rande des Parks hatte man das schwarze Granitdenkmal zum Gedenken an die Toten des Unabhängigkeitskrieges errichtet. Als Jenny daran vorbeiging, war sie außer Atem und beachtete es deshalb nicht. Sie blieb nur stehen und nahm den Narzissenregen wahr. Sonderbar, wie man an einem Ort aufwachsen und bestimmte Dinge immer übersehen konnte. Jenny war zum Beispiel noch nie aufgefallen, dass die Platanen in Reihen gepflanzt waren oder dass der Turm des Rathauses mit zwei goldenen Vögeln verziert war oder dass Regen so frisch roch wie gerade erblühte Narzissen.

Jenny wollte zur Shepherd Street weitergehen, als jemand hupte. Sie sah einen dieser praktischen hübschen Jeeps, wie sie auch gerne einen gehabt hätte, nachdem Will den BMW zu Schrott gefahren hatte und ihr nächstes Auto, ein alter Ford, vom Parkplatz hinter dem Hornet's Nest gestohlen worden war. Doch sie hatten nie genügend Geld für eine Anzahlung an der Hand gehabt, nicht einmal für einen Gebrauchtwagen.

Der Wagen hielt neben ihr an, und das Fenster fuhr herunter. Es war Liza Hull von der Teestube.

»Steig ein. Ich nehm dich mit.«

Jenny verstaute ihr Gepäck im Kofferraum, dann stieg sie ein.

»Danke. Ich hab vergessen, dass man hier ohne Auto aufgeschmissen ist.«

»Wo ist deines? Liegen geblieben?«

»Ich habe gar keins.« Jetzt, da sie im Trockenen war, fröstelte Jenny. So konnte der April sein, heimtückisch, er gab sich milde, bis man merkte, dass einem die Zähne klapperten. »Und keine Arbeit. Eigentlich hab ich gar nichts.«

»Das stimmt nicht. Du hast deine Tochter.« Liza war niemand, der sich selbst bemitleidete. Sie erzählte, dass sie verheiratet gewesen und jetzt geschieden war und alleine lebte, ohne Kinder, ohne Haustiere. »Unbelastet« nannte sie diesen Zustand.

»Du hast Recht.« Jenny warf einen Seitenblick auf Liza Hull. In der Schule hatte sie sich nie näher mit ihr befasst. »Ich habe meine Tochter. Auch wenn sie nicht allzu oft mit mir redet.«

»Sie kommt regelmäßig in die Teestube. Ich glaube, sie will alle Desserts auf der Karte durchprobieren.«

Jenny lachte.

»Ich habe ihr erzählt, dass jemand von euren Vorfahren für meine gearbeitet hat. Leonie Sparrow, die das Haus vor dem Feuer bewahrt und die Feuerwehr von Unity ins Leben gerufen hat? Ich glaube, ich bin sogar nach ihr und einer anderen Frau aus eurer Familie benannt, die für ihre Kochkunst berühmt war. Deine Ur-Ur-Großmutter müsste das gewesen sein, Elisabeth. Ich heiße mit ganzem Namen Elisabeth Leonie Hull. Wenn du eine Weile bleibst, könntest du ja auch für mich arbeiten. Die Tradition aufrechterhalten.«

»Ich? Ich kann nicht backen.«

»Musst du auch nicht. Ich brauche eine Geschäftsführerin, was bei mir heißt, du müsstest kellnern und die Bücher führen. Cynthia Elliot kommt nach der Schule und am Wochenende, aber ich brauche dringend noch jemanden.«

»Ich kann keine Verpflichtungen eingehen …«

»Gut«, sagte Liza. »Das will ich auch nicht. Hauptsache, du findest es nicht entwürdigend, Bestellungen aufzunehmen und Geschirr zu spülen.«

»Nichts ist unter meiner Würde. Ich war mit Will Avery verheiratet.«

Jenny hatte ein Lachen als Reaktion erwartet, doch stattdessen trat ein träumerischer Ausdruck auf Lizas Gesicht. »Will Avery. Mannomann. War ich verknallt in den.«

Sie bogen auf die Lockhart Avenue ein, an der Ecke, an der die große alte Eiche stand. Jenny hatte sich mit Will gewiss hundertmal oder öfter an dieser Ecke getroffen, weil sie auf halber Strecke zwischen ihrem und seinem Haus lag. Der alte Baum stand in irgendwelchen Büchern über Rekorde, wenn sie sich recht erinnerte. War über dreihundert Jahre alt, Teil des einstigen Waldes, der von den Siedlern gefällt worden war, bis nur noch Farmen und Felder übrig blieben und dieser einzige verehrte Baum.

Der Regen hatte aufgehört, und die Luft war durchsichtig, aber immer noch feucht, und ein süßer Minzduft lag über allem, wie vor so langer Zeit am Morgen von Jennys dreizehntem Geburtstag. Man hörte ein lautes Brummen, als seien tausend Bienen unterwegs, ein Summen, das noch die faulsten Lebewesen wecken und unruhig machen konnte. Als sie weiterfuhren, sah Jenny, dass es von einer Kreissäge kam. Orange Leitkegel hielten die Autofahrer auf Abstand von der alten Eiche, die schon seit vielen Jahren kränkelte und nun offenbar endgültig dahingeschieden war. Der Stadtrat hatte beschlossen, das ganze Ding fällen zu lassen, bevor ein Gewitter den Stamm spaltete und womöglich Äste abbrachen, die Stromkabel und Straßenschilder zerstören würden.

»Hey, hallo!«, rief Liza durchs offene Fenster zu dem

Mann auf der Leiter hinüber. Auf der anderen Straßenseite stand ein großer rostiger Pickup. »Meinst du, ich kann mir schon mal was von dem Holz für den Kamin bestellen? Ich liebe diesen Baum. Es ist schrecklich, dass er jetzt gefällt wird.«

Der Mann nickte und winkte ihr zu. Er war groß, hatte helles Haar und breite Schultern und trug Ohrenschützer gegen den Lärm der Säge. Als Jenny ihn sah, zuckte etwas in ihr; vielleicht weil er auf der Leiter stand, denn sie selbst hatte Höhenangst. Vielleicht lag es auch an seinem Blick, denn er sah sie an, als sei er schon abgestürzt. Er hielt sich an einem der toten Äste fest und sah ihnen nach, als sie davonfuhren.

»Wer war das?«, fragte Jenny, als sie auf den unbefestigten Weg einbogen, den jedermann in der Stadt nur Dead Horse Lane nannte.

Liza lachte. »Das weißt du nicht?«

»Müsste ich?«

Vielleicht war ihr so flau, weil der Wagen über Furchen und Schlaglöcher holperte, an Zehrwurz und wilden Pfirsichbäumen vorüber. Vielleicht aber auch, weil sie nun Cake House durch die Bäume sah, das zusammengewürfelte schiefe, von Ranken überwucherte Haus, das einer Hochzeitstorte glich.

»Das war Matt Avery.« Manche Menschen konnten nicht sehen, was vor ihnen war, selbst wenn sie hervorragende Augen hatten. Manche Menschen musste man an der Hand nehmen, sonst versäumten sie noch das Wichtigste in ihrem eigenen Leben. Liza schüttelte den Kopf, als sie auf die Zufahrt einbogen. »Das ist der Mann, der dich liebt«, teilte sie Jenny Sparrow mit.

Zweiter Teil

Die Gabe

I.

Wenn drei Frauen aus einer Familie gemeinsam ein Essen zubereiten, ist Ärger vorprogrammiert. Der Stress fing schon beim Frühstück an. Eine wollte ein gekochtes Ei und kein Spiegelei. Eine war verärgert über eine Äußerung, die zu sehr nach Kritik klang. Eine stürmte Türen knallend hinaus und verkündete, sie hätte keinen Hunger mehr und würde ohnehin seit Jahren nicht mehr frühstücken. Im Haus der Sparrows herrschte eine Form von Höflichkeit, die schlimmer war als Geschrei. Sie war wie ein undurchdringlicher Vorhang des Misstrauens. Wenn blutsverwandte Menschen so argwöhnisch miteinander umgingen, wenn sie so höflich waren, hatten sie sich bald nichts mehr zu sagen. Nur Belanglosigkeiten, die sie auch mit Fremden austauschen konnten. *Reich mir die Butter, mach die Tür auf, bis später nach der Schule, es regnet wieder, die Sonne scheint, es ist kalt. Hat jemand den Hund gefüttert? Ist das Fenster zu? Wo gehst du hin? Warum weiß ich überhaupt nicht, wer du bist?*

Solche Äußerungen machten noch lange keine glückliche Familie aus ihnen, und dennoch hegte Elinor Sparrow Hoffnung. Gewiss, Jenny und sie hatten seit Jennys Ankunft nur wenige Worte gewechselt; sie hatten ein einziges Mal alle zusammen zu Abend gegessen, und das nur auf Stellas Drängen hin, wobei sie sich dann über lauwarmer

Spargelquiche anschwiegen und es deshalb bei diesem einen Versuch beließen. Dennoch, man konnte nie wissen. Vor allem bei der eigenen Familie. Da glaubte man, mit einem Menschen für immer abgeschlossen zu haben, und plötzlich stand er vor der Tür. Wer hätte denn gedacht, dass Jenny Sparrow noch einmal in Cake House wohnen würde? In ganz Unity niemand, das stand fest. Vermutlich nicht einmal in ganz Neuengland, selbst darauf hätte Elinor gewettet. Und doch schlummerte Jenny Sparrow auf den kostbaren handbestickten Laken, die Amelia Sparrow vor achtzig Jahren von Margaret Hathaway zum Dank dafür bekommen hatte, dass sie die Wehen bei der Geburt ihres Sohnes Eli linderte, der nun so alt war, dass seine Fahrgäste im Taxi die Adresse zweimal sagen mussten und auch dann nicht sicher sein konnten, dass sie am gewünschten Ort eintrafen.

Elinor hatte sich bei allem um das Beste bemüht, als sie Jennys Zimmer herrichtete. Sie hatte selbst ausgekehrt, um Spinnweben und Mäusedreck gründlich zu entfernen. Sie hatte die Fenster geöffnet, um frische Luft hereinzulassen. Auf den Sekretär hatte sie eine Vase mit Zweigen von den Pfirsichbäumen auf dem Hügel gestellt, weil sie wusste, dass Jenny bestimmt keine Gewächse aus dem Garten ihrer Mutter im Zimmer haben wollte. Das war eine gute Wahl, denn als die Blüten sich öffneten, war das Zimmer erfüllt von Pfirsichduft und der trockenen Hitze des Sommers.

Aller guten Dinge sind drei, hatte Elinors Großmutter immer gesagt. Erst war Stella eingetroffen, dann Jenny, war es da nicht möglich, dass noch etwas anderes Unwahrscheinliches geschehen würde? Natürlich konnte Elinor nicht damit rechnen, dass sich ihr Gesundheitszustand verbesserte – sie wurde von Tag zu Tag schwächer, brauchte immer mehr Schlaf und weniger Essen –, doch vielleicht würde die Blüte des Rosenstocks in der nördlichen Gartenecke wahrhaftig blau sein. Das wäre nicht minder unwahrscheinlich als die Heimkehr ihrer Tochter. Die tatsächlich hier war, sich morgens mit kaltem Wasser das Gesicht wusch, denn der Warmwasserboiler funktionierte meist nicht, sich starken Kaffee kochte, für den sie die Bohnen von Hand mahlen musste, da die elektrische Kaffeemühle den Geist aufgegeben hatte, und dann aufbrach zur Teestube, wo sie einen Job bekommen hatte.

War eine blaue Rose unvorstellbarer als die Tatsache, dass Elinors Enkelin, deren erste dreizehn Lebensjahre Elinor vollständig versäumt hatte, nun an sonnigen Nachmittagen mit ihr im Garten arbeitete, über die Vögel lachte, die ihr hinterherhüpften, wenn sie Mulch harkte, und die Bienen verscheuchte, die wie berauscht durch die feuchte Aprilluft schwirrten? Wenn die Blüten der Rose wirklich blau sein würden, könnte Elinor sich sagen, dass ihr im Leben etwas gelungen war: eine einzige Handlung, die Spuren hinterließ. Eine ungeduldigere Frau hätte wohl eine der Knospen an der Hybride aufgeschnitten und hineingespäht, doch Elinor wusste, dass nur die Blüte zählte. Gelbe Kletterrosen konnten in der Knospe orange scheinen, schneeweiße Floribunda einen rosafarbenen Schimmer haben, der gänzlich verschwand, sobald sich die Blüte im Tageslicht entfaltete.

Was wir brauchen, wissen wir, wenn wir es bekommen, hatte Brock Stewart einmal gesagt. Elinor spürte, wie Recht er hatte, wenn sie Jenny im Flur hörte, wenn sie bei der Gartenarbeit in der Abenddämmerung aufblickte und in der Küche Licht sah. Sie spürte es, wenn der Wasserkessel auf dem Herd pfiff, wenn die Hintertür klappte, wenn das

Haus, in dem sie lebte, nicht mehr leer war. Sie hatte nicht einmal gemerkt, wie einsam sie gewesen war, bis sie nicht mehr einsam war. Sie hatte sich selbst von allem abgekapselt, nicht unähnlich jenen unsichtbaren Rosen, die keinen Menschen in ihrer Nähe ertragen konnten.

Elinor hatte begonnen, jede einzelne ihrer Entscheidungen zu hinterfragen und deshalb etwas äußerst Unsinniges zugelassen: Sie gestattete es Dr. Stewart, sie zu ihrer fälligen onkologischen Untersuchung ins Krankenhaus in Hamilton zu fahren. Doch nur unter einer Bedingung: Er durfte nicht mit ihrer Onkologin, Dr. Meyer, ihren Zustand erörtern. Sobald sie Unity verließen, sollte er sie nicht wie eine Patientin behandeln.

Sie kennen mich gut genug, um zu wissen, wie ich mich verhalte, wenn Sie mich bitten, mich nicht in Ihre Angelegenheiten einzumischen, gab Dr. Stewart zur Antwort.

Und dennoch stand er da im Gang und sprach mit Dr. Meyer, als Elinor von ihrer Untersuchung kam. *Hoffnungslos*, hörte sie jemanden sagen. Oder hatte es *hoffnungsvoll* geheißen? Oder *Glück gehabt,* oder irgendetwas anderes in einer ganz neuen Sprache, die sie wohl nicht mehr lernen würde?

Sie haben mir versprochen, mich nicht wie eine Patientin zu behandeln, sagte sie zu Brock Stewart, als sie das Krankenhaus verließen. Sie war so wütend und enttäuscht über seinen Vertrauensbruch, dass sie kaum mehr Luft bekam. *Sie herzlose Kreatur. Wie konnten Sie mich belügen?*

Vielleicht hatte sie dieses Wort im Gang gehört. Herzlos.

Ich lüge nicht, erwiderte Brock Stewart, sichtlich verletzt.

Elinor wunderte sich vor allem, dass sie Brock Stewarts Verrat nicht gesehen hatte. Die Aufrichtigkeit eines Mannes einzuschätzen war für sie ein so alltäglicher Vorgang wie das Atmen. Doch nun schmerzte auch das, und sie war von Brock betrogen worden, wie auch damals von Saul. Sie wäre vielleicht mit dem Zug nach Hause gefahren und hätte nie wieder ein Wort gewechselt mit dem Arzt, wenn sie nicht so entsetzlich erschöpft gewesen wäre. Um wenigstens noch einen Rest ihres Stolzes zu retten, ging sie voraus zu seinem alten Lincoln, stieg ein und würdigte Brock keines Blickes mehr.

Ich habe nie gesagt, dass ich nicht mit ihr reden würde, sagte Dr. Stewart, als er einstieg. Er ließ den Motor an, fuhr aber nicht los. *Sie wissen ganz genau, dass ich nie etwas tun würde, das Ihnen schadet. Aber ich fühle mich Ihnen verbunden, Elly.*

Sobald er die Worte ausgesprochen hatte, wusste Elinor, dass er die Wahrheit sagte. Das war schon seit geraumer Zeit so, doch sie hatte es nicht beachtet. Sie beide kannten sich besser als jeden anderen Menschen auf der Welt, doch sie hatten sich nie eingestanden, wie viel sie einander bedeuteten. Auf der Fahrt sah Elinor den Arzt nicht an, doch als der Wagen vor Cake House hielt, wandte sie sich ihm zu.

Wie können Sie es wagen, mir an diesem Punkt in meinem Leben Hoffnung zu machen?

Seither machte sich ihr Optimismus ungefragt und hemmungslos bemerkbar, obwohl es gewiss weiser gewesen wäre, einfach aufzugeben. Jeder Mensch hätte verstanden, wenn sie sich einfach die Decke über den Kopf gezogen hätte. Wenn sie die Augen schloss und eine doppelte Dosis von dem Morphium nahm, das sie sich sonst für abends aufhob. Sie hätte alles, was nach Hoffnung schmeckte, in einem lodernden Feuer verbrennen sollen; sie hätte die Asche sorgfältig wegkehren sollen. Stattdessen aber ließ sie der Hoffnung freien Lauf. Sie wachte morgens mit ihr auf und sank abends mit ihr in Schlaf. Sie ließ sie in den Regen strömen, wo sie auf dem grünen Rasen Pfützen bildete, in denen um diese Zeit des Jahres die Schnappschildkröten ihre Eier ablegten, so hoffnungsvoll wie sie, in freudiger Erwartung dessen, was für sie das Wichtigste auf der Welt war.

Jenny hingegen hatte bei allem in Unity mit zweierlei Bildern zu kämpfen – wenn sie etwas tat, wie zum Beispiel in dem alten Specksteinbecken in der Küche Geschirr zu spülen, musste sie daran denken, wie sie früher um Mitternacht aus dem Fenster über diesem Becken geklettert war, um sich mit Will zu treffen, wie sie mit ihrer Mutter gestritten hatte, wie sie an einem leuchtenden Herbstnachmittag hinausgeschaut und ihrem Vater zugesehen hatte, der an der Mauer Laub zu großen Haufen zusammenharkte.

Jeden Morgen, wenn die Uhr im Flur schlug, stand Jenny auf, um Stella zu wecken und in Gedanken selbst zur Schule zu gehen. Sie spürte ihre alten Jeans, wenn sie ihre schwarzen Stoffhosen anzog. Ihre schwarzen Haare reichten bis zur Hüfte, wenn sie ihr schulterlanges Haar bürstete. Ihr Gesicht im Spiegel wirkte viel vertrauensvoller als heute, so als sei sie noch immer überzeugt davon, dass die Liebe siegen könne, dass der Weg, den sie gewählt hatte, auch für sie bestimmt war.

Im Schatten des Lorbeers, in dunklen Ecken der leeren Räume sah sie das Mädchen, dem sie einst gefolgt war, das sein langes schwarzes Haar über die Schulter warf und darauf wartete, dass sie endlich erwachsen wurde. Sie hatte es so eilig gehabt, sie hatte sich nie Zeit zum Nachdenken genommen. Heute wünschte sie sich, dass sie genau hingeschaut und ihre Möglichkeiten erwogen hätte, statt so viel Zeit mit Träumen zu verbringen, den Träumen anderer überdies, diesen wertlosen Bildern. Doch sie hatte

Grund, ihren eigenen Träumen aus dem Weg zu gehen: In ihnen irrte sie stets durch Labyrinthe, kunstvolle Fallen aus Hecken, Beton oder Stein. Angestrengt bemühte sie sich von Nacht zu Nacht, einen Ausweg zu finden, bis sie gänzlich die Orientierung verlor, kläglich gescheitert.

Sie verstand, was sie sich selbst in diesen Träumen zurief: Ihr Leben war schief gelaufen, all ihre Entscheidungen waren Sackgassen gewesen. Arbeit würde ihr gut tun: Sie konnte Cake House verlassen, sie hatte einen Grund, sich den Wecker zu stellen, sich anzuziehen und über den Rasen zu gehen, während die Vögel erwachten und fröhlich zu zwitschern und singen begannen. Sie ging noch vor Stella aus dem Haus, und das hatte vielleicht auch sein Gutes. Sie ließ ihre Tochter wohl besser in Ruhe, jetzt, da sie wieder unter einem Dach lebten. Lieber nicht frühstücken, nicht über Dinge sprechen, die zu Diskussionen führten, obwohl das zurzeit mit jedem Thema außer dem Wetter geschah, und sogar dabei konnte man sich über der Frage entzweien, was der Tag wohl bringen mochte.

Allerdings war Jennys erster Arbeitstag in der Teestube extrem anstrengend, das musste man sagen. Sie hatte nicht geahnt, wie viele Leute auf dem Weg zur Arbeit dort Halt machten oder zum Lunch kamen. Und alle waren furchtbar wählerisch: hierzu Mayo, dazu Senf, Tee mit Zitrone, Kaffee mit Sahne. Am Nachmittag schwirrte ihr der Kopf. Aber sie hatte wenigstens nicht an Will Avery gedacht, der in ihrer Wohnung hauste, garantiert seine Liebschaften dort empfing, sämtliches Geschirr schmutzig machte, den Herd während seines Nickerchens anließ. Und sie hatte auch keine Zeit gehabt, an Matt Avery zu denken, oder zumindest nicht so oft. Matt, wie er auf einer Leiter stand und ihnen zuwinkte. Im Grunde ein lächerliches Bild, mit der dröhnenden Säge und den Bienen, die ihn umschwirrten. Es hätte ihr ein Leichtes sein sollen, Matt Avery mitsamt seinem älteren Bruder aus ihrem Kopf zu verbannen, wo sie doch so viel zu tun hatte und so viele Kleinigkeiten bedenken musste – Sprudelwasser oder stilles Wasser, Messer oder Gabel. Doch sie wurde ihn nicht los, eine Hitzespur auf ihrer Haut, eine Biene zwischen zwei Scheiben, die dort herumsurrte, was auch geschah.

»Ich hatte hier schon Frauen, die haben nach dem ersten Tag ihre Schürze auf den Boden gefeuert und sind geflüchtet«, berichtete Liza Hull, als die Gäste vom Nachmittagstee verschwunden waren und der Feierabend vor der Tür stand.

Liza verwöhnte Jenny mit Zitronenpie und heißem Kaffee. Normalerweise aß Jenny keinen Kuchen, doch Lizas Pie schmeckte salzig und süß zugleich und war unwiderstehlich. Manche Menschen behaupten, wenn man von jemandem etwas Köstliches zu essen bekommt, offenbart man sich diesem Menschen, und bei Jenny traf dies zu. Sie stellte die Frage, die sie ansonsten wohl nie über die Lippen gebracht hätte.

»War das ernst gemeint, was du da über Matt gesagt hast?«

»Mensch, Jenny. Hast du nie gemerkt, wie er immer mit dir und Will herumhing? Er war wie ein Hündchen, wich nie von eurer Seite.«

»Er verehrte Will.«

Liza Hull schnaubte. »Er hielt Will für einen völligen Idioten. Hat er mir selbst gesagt. Er findet, Will ist alles zugefallen, was man im Leben haben kann, und er hat alles zerstört.«

»Das hat er vor zwanzig Jahren gesagt«, versetzte Jenny.

»Nee, letzte Woche, Jenny. Er war hier und hat Tee getrunken. Und Butterbrot gegessen – das mag er am liebsten. Wie du.« Liza grinste, und Jenny fiel auf, dass jemand, der Liza gut kannte, sie durchaus für hübsch und nicht für unscheinbar halten konnte.

Man hatte Jenny schon vorgewarnt, dass manchmal kurz vor Schluss noch Gäste eintrafen, und prompt ging um zehn vor vier die Tür auf, und Sissy Elliot wurde von ihrer Tochter Iris hereingeführt. Draußen regnete es leicht, und sie hatten Schlamm an den Schuhen. Cynthia, die in der Küche war, hörte das Scharren der Gehhilfe und legte die Hand an die Stirn, als hätte sie Kopfschmerzen.

»O nein. Meine Oma und meine Urgroßmutter. Können die nicht in den *Pewter Pot* an der Autobahn gehen?«

Cynthia begann sofort damit, die winzigen Zöpfchen aufzulösen, die sie in ihr leuchtend rot gefärbtes Haar geflochten hatte. Sie zog eine lange Bäckerschürze an, damit man nicht sah, wie kurz ihr Rock war, obwohl sie ihre grellbunten Leggings und ihre schwarzen Nietenstiefel mit den dicken Sohlen darunter nicht verbergen konnte. Sie rubbelte sich den dunklen Lippenstift vom Mund und wischte sich den schwarzen Eyeliner ab.

»Ich bediene die beiden«, sagte Jenny. »Nur keine Panik.«

»Sie wissen gar nicht, wie lieb das von Ihnen ist. Meine Urgroßmutter hasst mich. Sie hält mich für das Missing Link, irgendwas Unmenschliches, für einen Käfer oder so.«

»So schlimm kann sie doch gar nicht sein«, erwiderte Jenny und griff nach zwei Speisekarten. Liza und Cynthia starrten sie an. »Oder?«

Iris Elliot, Henrys Mutter und Jimmys und Cynthias

Großmutter, war eine liebenswürdige Frau, der es sichtlich peinlich war, als Jenny ihr die Speisekarten reichte. »Hallo, meine Liebe. Tut mir Leid, dass wir so spät noch hereinplatzen. Wir beeilen uns. Meine Mutter wollte gerne noch ein Tässchen Tee.«

»Jenny Sparrow«, äußerte Sissy sinnend. Ihr Gesicht war hager und verwittert, und über ihren blauen Augen schien ein Schleier zu liegen. »Sind Sie nicht diejenige, deren Mann wegen Mord im Gefängnis sitzt?«

»Ganz recht.« Jenny empfahl ihnen den Zitronenpie und das selbst gebackene Shortbread, obwohl sie ihnen am liebsten einen Teller rostiger Nägel serviert hätte.

»Na, machen Sie sich keine Sorgen«, fuhr Sissy fort. »Iris' Sohn Henry wird ihn freikriegen, was er auch verbrochen hat. Aber es muss entsetzlich sein, jemanden wie Will Avery zum Ehemann zu haben. Er hat Sie wohl bereits enorm beansprucht, bevor er diesen Mord beging. Das sieht man Ihnen an, wissen Sie. Sie sind ganz bleich.«

»Er ist jetzt mein Ex-Mann«, sagte Jenny. »Wir sind geschieden. Und er hat keinen Mord begangen.«

»Wie geht es denn Ihrer armen Mutter?« Vielleicht hörte Sissy nichts mehr. Jedenfalls hörte sie nicht zu. »Wie geht es ihr? Immer noch so verbittert wie eh und je?«

»Meiner Mutter«, hörte Jenny sich sagen, »geht es bestens. Ich werde sie von Ihnen grüßen«, sagte sie, bevor sie sich abwandte, um Zucker und Sahne zu holen. »Ihr habt Recht«, sagte sie in der Küche zu Cynthia und Liza. »Sie ist tatsächlich so schlimm. Sie hat mich dazu gebracht, meine Mutter in Schutz zu nehmen. Dass ich das mal tun würde, hätte ich mir nicht träumen lassen.«

»Spuck in ihren Tee«, raunte Cynthia. »Verdient hat sie's.«

Als Jenny mit einer Kanne englischem Frühstückstee und zwei Stück Pie an den Tisch zurückkehrte, redete Sissy Elliot unbeirrt weiter.

»So viele Leute lassen sich scheiden, man kommt gar nicht mehr mit. Es liegt natürlich nicht nur an mangelnder Moral, eher daran, dass offenbar niemand mehr über Urteilskraft verfügt. Ihnen hätte ja auch jeder sagen können, dass Ihr Leben schief läuft, wenn Sie Will heiraten, und nun müssen Sie hier als Kellnerin arbeiten. Das erinnert mich an meine Urenkelin. Wo steckt sie überhaupt? Die ist auch auf dem besten Weg abzurutschen. Cynthia!«, schrie sie.

Cynthia Elliot steckte den Kopf durch die Küchentür. »Hallo, ihr beiden, ich bin am Spülen.«

Iris Elliot winkte ihr zu. »Mach nur weiter«, rief sie. »Lass dich von uns nicht stören.«

»Was hat sie mit ihren Haaren angestellt?«, erkundigte sich Sissy. »Das sieht ja ganz entsetzlich aus. Und wieso spült sie? Zu Hause rührt sie doch keinen Finger.«

»Sie wird dafür bezahlt, Mutter«, sagte Iris Elliot. »Sie arbeitet hier.«

In der Küche spritzte Cynthia Elliot wütend mehr Spülmittel ins Abwaschwasser. »So ein elendes Biest«, sagte sie über ihre Urgroßmutter, als Jenny hereinkam. Cynthia war normalerweise freundlich und ausgeglichen, doch jetzt war sie extrem gereizt, und die Haare standen ihr vom Kopf ab wie Stacheln. »Darf man so was über ein Familienmitglied sagen? Oder fährt dann der Blitz durchs Fenster und erschlägt mich?«

»Man darf«, versicherte ihr Jenny. »Man wird nicht bestraft für seine Gedanken. Und sie ist wahrhaftig ein Biest.« Im Vergleich mit Sissy Elliot fand Jenny sogar ihre eigene Mutter liebenswürdig, ein für sie ziemlich verstörender Gedanke.

»Es ist nicht sehr einfühlsam von euch beiden, so hart zu urteilen«, mischte sich Liza Hull ein. »Wenn man auf Asche stößt, hat es vorher irgendwo gebrannt.«

»Wie meinst du das?«, wollten Cynthia und Jenny wissen. Bei der Vorstellung, wie Sissy Elliot ihre Laufhilfe durch einen Aschehaufen schob, mussten sie unwillkürlich lachen.

»Ich meine, wenn jemand so bösartig ist, ist er wahrscheinlich durchs Feuer gegangen. Eure Äußerungen prallen an ihr ab wie Funken, weil sie gar nicht weiß, dass sie innerlich schon verbrannt ist.«

»Ich glaube, Liza will uns damit sagen, dass *wir* die Biester sind«, raunte Cynthia Jenny zu.

Die Hintertür ging auf, und Stella spähte herein. »Ist das vorne deine Urgroßmutter?«, fragte sie Cynthia. Als Cynthia nickte, bemerkte Stella: »Ich glaube, wir sollten ihr aus dem Weg gehen. Ich hab gehört, sie kocht zum Mittagessen kleine Kinder.«

»Nur dienstags.« Cynthia grinste. »Ansonsten isst sie Zitronenpie.«

»Ooh«, äußerte Stella. »Pie.« Sie grapschte sich ein Stück. »Kommt Jimmy nach ihr? Nach deiner Urgroßmutter?«

»Sie weigert sich, mit ihm an einem Tisch zu sitzen. Sogar an Thanksgiving. Sie nennt ihn ›den Kriminellen‹, auch wenn er dabei ist.«

Obwohl Cynthia zwei Klassen weiter war, hatte sie Stella unter ihre Fittiche genommen; die beiden trafen sich häufig zum Mittagessen. Cynthias Bruder hatte mehrmals den Versuch unternommen, sich ihnen anzuschließen, doch Cynthia hatte ihm unmissverständlich mitgeteilt, dass sie keinen Wert auf seine Gesellschaft legten. Dafür war Stella ihr unendlich dankbar, denn irgendetwas Sonderbares geschah in ihr, wenn er sich näherte, und sie hasste sich für diese Gefühle. Bei einem ihrer Treffen mittags, als Jimmy finster zu ihnen herüberblickte, hatte Cynthia Stella von ihrer Urgroßmutter erzählt, die einen Haufen Steine neben der Haustür liegen hatte, damit sie jederzeit jemanden damit bewerfen konnte, der den Fehler beging, ihren Rasen zu betreten.

»Wo ist denn dein Komplize?«, fragte Cynthia im Scherz. »Ich dachte, ihr seid unzertrennlich, Hap und du.«

Stella öffnete die Tür weiter, und Hap, der auf der Veranda auf sie wartete, kam in Sicht. Er spähte herein und erkundigte sich, ob er vielleicht auch ein Stück Pie haben könnte. Er fühlte sich sichtlich unwohl in Jennys Gegenwart, aber er hatte dieses gutherzige Grinsen an sich, das man unwillkürlich erwidern musste.

Stella trat zu ihrer Mutter, als Jenny ihnen ein paar Stücke Pie einpackte. »Den ersten Tag hast du also überstanden.«

»Mit Müh und Not«, erwiderte Jenny. »Ich kann mich nicht erinnern, je so hart gearbeitet zu haben.«

Stella hatte Jeans und Stiefel und einen alten Regenmantel an, der Jenny bekannt vorkam; er musste einmal ihr gehört haben. Ihr blondes Haar floss über ihren Rücken, regennass und schimmernd. Sie sah gesünder und kräftiger aus als bei ihrer Ankunft in Unity.

»Aber du hast es geschafft.« Damit sie nicht zu lobend klang, fügte Stella rasch hinzu: »Jetzt kann ich sagen, meine Mutter serviert von Beruf Pies. Ich werd spät nach Hause kommen. Wir arbeiten immer noch an unserem Naturkunde-Projekt. Kann ich noch ein Stück Pie extra haben, falls ich meinem Onkel über den Weg laufe?«

»Deinem Onkel?« Jenny war etwas schwindlig, vermutlich, weil sie den ganzen Tag auf den Beinen gewesen war.

»Er fällt diesen großen alten Baum an der Lockhart. Da habe ich ihn kürzlich getroffen. Er ist klasse. Aber echt komisch – er hat gar keine Ähnlichkeit mit Dad.«

»Nein«, sagte Jenny. »Hat er nicht.«

»Ruf mich später an«, rief Cynthia ihrer neuen Freundin nach, als Stella und Hap aufbrachen. Cynthia und Jenny beendeten gemeinsam den Abwasch und überließen es der mitfühlenderen Liza, bei den Großmüttern abzukassieren. Sollte sie doch die Funken von den bissigen Bemerkungen der alten Sissy abkriegen. Sollte sie doch das Feuer löschen.

»Ich glaube, beim nächsten Mal, wenn deine Urgroßmutter hier ist, spucke ich ihr wirklich in den Tee«, gestand Jenny Cynthia. Sie wünschte sich, mit ihrer eigenen Tochter so locker umgehen zu können wie mit diesem rothaarigen Mädchen.

Cynthia lachte. »Ich wünschte, meine Mutter wäre wie Sie.« Annette Elliot war Anwältin, und Cynthia hatte seit einem Monat nicht mehr mit ihr gesprochen.

»Vielleicht wünscht man sich immer, eine andere Mutter zu haben.«

»Vor allem meine Großmutter, möchte ich wetten«, sagte Cynthia.

Vor allem ich, hatte Jenny gedacht, doch angesichts von Sissy Elliots grässlichem Benehmen war sie vielleicht doch nicht so arm dran, wie sie glaubte. Sie war völlig erschöpft, beschloss aber, zu Fuß nach Hause zu gehen, um frische Luft zu schnappen. Es hatte beinahe aufgehört zu regnen, tröpfelte nur noch leicht, und sie lehnte Lizas Angebot, sie nach Hause zu fahren, dankend ab.

»Kaufen Sie sich ein Fahrrad, wie ich«, rief Cynthia, als sie an der Veranda der Teestube vorbeisauste und das Wasser von den Reifen bis zu Jenny herüberspritzte. »Das fährt Sie, wohin Sie wollen.«

Doch wo wollte sie hin? Jenny war viel zu alt, um sich vom grünen Frühlingslicht oder der feuchten duftenden Luft verrückt machen zu lassen. Sie war sicher, dass Liza Hull sich irrte. Sie hätte Matt nicht einmal erkannt, wenn Liza ihr nicht erklärt hätte, wer er war. Er war einfach nur ein gut aussehender Mann, den man beauftragt hatte, den ältesten Baum in der Stadt abzusägen, ein Mann, der ihr munter zuwinkte, jemand, den sie früher einmal gekannt hatte.

Wegen des Regens hatte die alte Eiche an der Lockhart Avenue noch einen Tag Schonfrist bekommen. Matt sägte den Baum langsam ab und hatte mit den obersten Ästen begonnen. Er wollte vermeiden, dass sich der Stamm spaltete, der tatsächlich leicht vom Blitz getroffen werden konnte. Nun saß Matt seit zwölf Uhr mittags in der Bibliothek und nahm sein Mittagessen im Archiv zu sich, ein Sandwich aus dem Supermarkt, mit Sondergenehmigung von Mrs. Gibson, die Lebensmittel in der Bibliothek gewöhnlich nicht duldete, aber bei einem ihrer Lieblingsleser eine Ausnahme machte.

Matt saß besonders gerne bei Regen im Archiv; dann kam er sich vor, als schwimme er in einem Aquarium, als tauche er in das Wissen ein, in die Tagebücher der Hathaways und Elliots und Hapgoods. Heute beschäftigte er sich mit seinem Lieblingsthema, listete auf, was die Sparrow-Frauen für die Stadt Unity geleistet hatten. Constance Sparrow hatte die Rettungsstation an der äußersten Spitze der Marschen begründet, wo später der Leuchtturm gebaut wurde, weil ihr Mann selbst Seemann war. Coral Sparrow, die mit verblüffender Genauigkeit das Wetter vorhersagen konnte, läutete die Glocke im Rathaus, wenn Stürme drohten, und konnte so beim Hurrikan von 1911 die halbe Stadt rechtzeitig warnen, worauf man am Ende der Lockhart Avenue die Wetterwarte einrichtete, die noch immer weit präzisere Vorhersagen machte als die Metereologen im Fernsehen. Den meisten Einwohnern der Stadt war bekannt, dass Leonie Sparrow eine Brigade zusammenstellte, aus der später die Freiwillige Feuerwehr wurde, doch wenige wussten, dass ihre Tochter Amelia die erste Hebamme von Unity war und dass es ohne ihre Begabung, auch bei schwierigsten Geburten zu assistieren, keine Hathaways gegeben hätte, auch den alten Eli nicht, denn Margaret Hathaway wäre bei der ersten Geburt gestorben, ohne auch nur einen Nachkommen zu hinterlassen.

»Sind Sie immer noch mit diesen Sparrow-Frauen zugange?«, fragte Mrs. Gibson, als Matt am späten Nachmittag den Schlüssel zum Archiv an ihrem Schreibtisch abgab. Sie wechselte einen Blick mit Marlena Elliot-White. Keine von beiden konnte verstehen, warum es keinem Mädchen aus der Stadt gelungen war, sich Matt zu angeln. Mrs. Gibsons Tochter Susan, die sich jetzt Solange nannte, hatte ein Verhältnis mit einem verheirateten Mann in Boston, der sich als Künstler ausgab und gemein mit ihr umsprang, und währenddessen saß hier Matt tagtäglich einsam in der Bibliothek, ledig und ungebunden.

»Ich hoffe, dass ich Ende Mai fertig bin«, sagte Matt. »Da muss ich meine Arbeit abgeben.«

Mrs. Gibson sagte mit gesenkter Stimme: »Ich habe das von Ihrem Bruder gehört.« Sie warf einen Blick über die Schulter, damit Marlena nicht mithörte, die immer alles brühwarm ihrer Mutter Sissy und ihrer Halbschwester Iris weitererzählte. »Ich habe gehört, er soll in Boston eine Frau umgebracht haben.«

»Das wissen Sie doch von mir!«, rief Marlena, unbeirrt vom Geflüster ihrer Kollegin. »Und das ist auch kein Geheimnis. Im *Boston Globe* und im *Unity Ledger* standen lange Berichte darüber.«

Matt mochte Mrs. Gibson, auch wenn sie sich als Kinder alle vor ihr gefürchtet hatten. *Nicht sprechen!*, schrien die Jungen lauthals, wenn sie Mrs. Gibson auf der Main Street oder im Supermarkt sahen, doch Matt hatte nie etwas dagegen einzuwenden gehabt, dass sie achtsamen Umgang mit den Büchern verlangte und für Ruhe sorgte.

»Mein Bruder hat nichts damit zu tun. Für einen Mord muss man sich bemühen, also scheidet Will aus. Sie wissen doch, dass er sich für nichts ins Zeug legen kann. In dieser Sache ist er wirklich unschuldig.«

»Na, das ist schön.« Mrs. Gibson strebte dem Archiv zu, in dem die Tagebücher der Gründungsväter in einem Metallschrank mit Feuchtigkeitsmesser verwahrt wurden. »Ich bin froh, dass Will es nicht gewesen ist. Offen gestanden, hatte ich immer gehofft, dass er seinen Weg eines Tages findet. Allein schon wegen Ihrer Mutter.«

Als er nach Hause fuhr, sann Matt darüber nach, wie seinem Bruder alles in den Schoß gefallen war. Das Glück blieb einfach an ihm kleben. Er musste sich nicht einmal anstrengen, um als Sieger dazustehen. Als sie damals am Hourglass Lake übernachteten, hatten sie vereinbart, dass der Verlierer, der zuerst davonlief, einen Tag lang Diener des anderen sein sollte. Doch Matt hatte immer geargwöhnt, dass sein Bruder zwar großspurig getan, tatsächlich aber damals vor Angst kein Auge zugemacht hatte. Als Matt in der Frühe mit schmerzenden Knochen erwachte, saß

Will da und beobachtete ihn. Seinen Schlafsack hatte er wie ein Cape um die Schultern gelegt, seine Augen waren müde. Die Jungen blinzelten in der kühlen feuchten Luft.

»Ich habe auf dich aufgepasst«, sagte Will. »Wollte sehen, ob du davonrennst. Warum haust du jetzt nicht ab? Ich höre das Pferd unter Wasser. Es kommt und will dich holen.«

Sie hatten so nahe am Ufer geschlafen, dass sie beide wie Wasserpflanzen rochen. Doch das tote Pferd war offenbar nicht aufgetaucht, obwohl die anderen Jungen aus der Stadt schworen, dass der Dämon sie ins Wasser treiben würde, wenn er auftauchte, dass er sie hetzen würde, bis sie keinen festen Boden, nur noch Seerosenblätter unter den Füßen hätten. Das war bislang nicht geschehen, und Matt hatte gar nicht schlecht geschlafen.

Eine Biene summte um ihn herum, und Matt verscheuchte sie, weil er an die Allergie seines Bruders dachte. »Tja, da kannst du lange warten«, erwiderte er. »Ich lauf nicht davon.«

Die Luft schillerte grün vom Blütenstaub. Es war der erste warme Tag des Jahres, und die Eintagsfliegen begannen schon zu schlüpfen. Matt hätte schwören können, dass ihm der Gestank eines toten Pferdes in die Nase drang, aber er hatte nicht die Absicht, sich davon erschrecken zu lassen. Wahrscheinlich war es ohnehin nur die Stinkende Zehrwurz in den Gräben.

Matt pflegte sonst immer nachzugeben, und sein plötzlicher Eigensinn brachte Will zum Lachen. »Okay, Brüderchen. Wollen wir mal sehen, wer gewinnt.«

Tja, und wer gewann immer? Wer sahnte am Ende immer ab? Dennoch war Matt ziemlich sicher, dass Will sich in jener Nacht entsetzlich gefürchtet hatte. Er hätte es niemals zugegeben, er hätte gelogen bis zum letzten Atemzug, aber Matt hatte den verstörten Blick in seinen Augen gesehen; er hatte gesehen, wie Will sich in seinen Schlafsack verkrochen hatte und daraus hervorspähte wie eine Ratte aus einem Ackerloch.

Matt wusste nur allzu gut, dass Mut ein flüchtiger Gefährte sein konnte. Er musste nur sein eigenes Leben betrachten, um zu sehen, was einem Mann widerfuhr, der den Stier nicht bei den Hörnern packte. Er hatte sich so sehr davor gefürchtet, das Nachsehen zu haben, abgelehnt zu werden, dass er sich um nichts bemüht hatte. Er hatte sich einfach treiben lassen, und nun war er ein erwachsener Mann und stand mit leeren Händen da. Als er die Main Street entlangfuhr, mit seinen Aufzeichnungen und Büchern auf dem Rücksitz, fragte er sich, ob er auch nur halb so viel Mut bewiesen hätte wie die Leute früher, deren Tagebücher er studierte, diese Männer, die unerforschtes Land betraten, diese Frauen, die so viele Verluste zu erleiden hatten.

In Simon Hathaways Tagebuch hatte Matt gelesen, dass die Figur auf dem Pferd am Bürgerkriegs-Denkmal nach Simons Sohn Anton gestaltet worden war. Doch erst als er Morris Hapgoods Aufzeichnungen durchsah, erfuhr er die Wahrheit hinter diesen Fakten. Antons Mutter Emily hatte dieses Denkmal bis zu ihrem Tode tagtäglich besucht, ob es stürmte oder schneite. Sie blickte nach dem Tod ihres Sohnes nicht mehr zum Himmel auf; alles, was ihr auf dieser Welt etwas bedeutet hatte, lag in der Erde begraben, und manche Leute, unter ihnen auch Morris Hapgoods Frau Elise, glaubten, dass die Maiglöckchen am Fuße des Denkmals aus Emilys Tränen erwachsen seien.

Obwohl die Sparrow-Frauen das Thema von Matts Arbeit

waren, hatte er von ihnen persönlich keine schriftlichen Aufzeichnungen entdeckt, abgesehen von ein paar Rezepten, die Elisabeth hinterlassen hatte. Was er über die Frauen wusste, hatte er den Tagebüchern und Briefen der Männer aus Unity entnommen, einem Gemisch aus Tatsachen und Mutmaßungen, gewürzt mit Klatsch. In den Tagebüchern der Frauen fanden sich Einkaufslisten und Zeitungsausschnitte, Geburtsanzeigen und Nachrufe, Einzelheiten, von denen man kaum angenommen hätte, dass sie erhalten geblieben waren. Doch über Rebecca Sparrows Leben war noch immer so gut wie nichts bekannt. Manchmal wurde Geschichte nicht nur verborgen, sondern regelrecht begraben, weggeschlossen, und zwar nicht nur, um die Unschuldigen zu schützen, sondern auch um die Schuldigen zu verschonen und somit den Nachfahren beider Parteien nicht die Last der Vergangenheit aufzubürden.

Matt fuhr immer langsamer, wenn er am Stadtpark vorbeikam, um den einstigen Bürgern der Stadt Achtung zu erweisen. Das hatte er früher schon getan, als er noch ein kleiner Junge war und mit dem Fahrrad Zeitungen ausfuhr. Doch jetzt hielt er vollständig an. Er trat auf die Bremse und schaltete die Scheibenwischer ein, um klarer zu sehen. Er hatte ziemlich gute Augen und war deshalb recht sicher, dass er sich nicht irrte. Ein Schauer lief ihm über die Haut, als er das Fenster öffnete.

»Jenny?«, rief er.

Sie stand neben Matts Lieblingsdenkmal *Zum Gedenken an die Gefallenen der Revolution.* Es war zwar gesetzlich verboten, aber Matt war dennoch eines Abends mit mehreren großen Bögen Papier und Kohlestiften hierher gekommen. Eine der Kohlezeichnungen hing nun gerahmt über seinem Bett, ein Engel, der über Matts Schlaf wachte.

Matt ließ den Motor laufen und stieg aus. Sie war es tatsächlich.

»Jenny Sparrow?«

Als sie ihren Namen hörte, wandte Jenny sich um. Sie war in Gedanken mit Pfirsichpie und schmutzigem Geschirr und Rechnungen beschäftigt, die nicht aufgingen. Banalitäten, gewiss, die Jenny aber erheblich angenehmer fand, als sich über Will oder ihre Mutter oder Stella den Kopf zu zerbrechen. Sie verengte die Augen, als sie einen Mann auf sich zukommen sah, der ihr zuwinkte, als kenne er sie. Es war der große gut aussehende Mann, zu dem Matt Avery herangewachsen war. Es war der Mensch, den sie aus ihren Gedanken vertreiben wollte.

»Hallo«, rief Jenny unsicher. »Matt?«

Matt grinste und umarmte Jenny, ohne zu überlegen. Dann rief er sich zur Ordnung und trat einen Schritt zurück.

»Du siehst genauso aus wie früher«, sagte er.

»Nach so langer Zeit sieht niemand aus wie früher, Matt.«

Dennoch fühlte Jenny sich geschmeichelt. War es wirklich möglich, dass sie nie bemerkt hatte, wie er sie ansah, dass er ihr gefolgt war und nicht ihrem Bruder? Andererseits gab sie nicht viel auf Liza Hulls Ansichten. Die Liebe war schließlich nicht so, oder? Sie dümpelte nicht jahrelang in einer Schublade herum wie ein Hemd, das man nicht einmal anprobiert hat, das aber noch immer da liegt, sauber und gebügelt und jederzeit bereit zum Einsatz. Doch Jenny konnte sich wahrhaftig nicht vorstellen, dass sie auch nur annähernd so aussah wie früher. Hatte er denn nicht bemerkt, dass sie ihre Haare viel kürzer trug, dass sie Fältchen auf der Stirn und um die Augen hatte, dass sie jetzt eine Frau war und nicht mehr das starrsinnige Mädchen von einst?

»Ich habe gehört, dass du hier sein sollst. Ich habe Stella getroffen und wollte dich eigentlich bei deiner Mutter anrufen, aber ich war mir nicht sicher, ob du das willst. Ich dachte, du legst vielleicht auf.«

Jenny lachte. Es war eigenartig, dass Matt so anders aussah, aber immer noch ganz der Alte war. Er war immer schon so zweifelnd und vorsichtig gewesen, hatte sich Gedanken über andere gemacht, sich selbst in Frage gestellt. »Warum sollte ich das tun? Wegen diesem Streit an Silvester, der ewig zurückliegt? Was auch passiert ist, ich bin ganz sicher, dass Will es verdient hatte.«

»Allerdings.«

Matts Miene hatte sich bei der Erwähnung seines Bruders verdüstert. Stella lag ganz richtig mit ihrer Einschätzung, er hatte keinerlei Ähnlichkeit mit Will. Er war eher grüblerisch und schleppte seine Zweifel mit sich herum, als sei ihm jeder Fehler, den er einmal begangen hatte, auf den Rücken gebunden.

»Das ist wirklich lange her«, betonte Jenny. Matt sah so gedankenverloren aus, dass sie ihn am liebsten berührt hätte, doch stattdessen trat sie einen Schritt zurück und stolperte über das Denkmal aus schwarzem Granit.

Matt streckte den Arm aus und hielt sie fest. Seit jenem Silvesterabend, als er Jenny Sparrow zum letzten Mal gesehen hatte, war kein Tag vergangen, an dem er nicht an sie gedacht hatte. Wahrscheinlich starrte er sie jetzt hemmungslos an. Das hatte er jedenfalls an dem Tag getan, als er an dem Baum auf der Leiter stand und zu erkennen versuchte, ob die Frau in dem Auto tatsächlich Jenny war.

»Ich habe versucht, dich anzurufen«, äußerte Jenny, um ihn davon abzubringen, sie so anzustarren. »Aber du warst nie zu erreichen. Ich wollte mich bei dir bedanken, weil du

Henry Elliots Honorar bezahlst und die Kaution gestellt hast.«

»Den Detektiv nicht zu vergessen. Den bezahl ich auch. Der gute alte Will«, sagte Matt düster. »Der schafft es, jeden um sein Hab und Gut zu bringen.«

»Dessen bin ich mir bewusst. Doch was du auch tust, leih ihm jedenfalls nicht deinen Wagen. Niemals, und wenn er dir erzählt, drüben in New Hampshire läge ein Haufen Gold, und ihr müsstet es nur holen, dann wärt ihr stinkreich. Obwohl ich glaube, dass nicht einmal Will dieser alten Karre noch was anhaben könnte.«

Sie wies mit dem Kopf auf Matts tapferen alten Pickup, und sie lachten beide. *Irgendetwas Merkwürdiges geht hier vor sich,* dachte Jenny. Etwas Heißes flackerte über ihre Haut. Es hatte wieder zu regnen begonnen, doch sie rührten sich beide nicht von der Stelle.

»Guter alter Will«, sagte Matt.

»Aber umgebracht hat er niemanden.«

Vermutlich fiel es Jenny wegen der feuchten Luft so schwer zu atmen. Diese Landluft, der Blütenstaub, die Feuchtigkeit. Sie sehnte sich nach einer Papiertüte zum Hineinatmen und besseren Nerven.

»Wir haben einen Bericht von dem Detektiv bekommen, demzufolge man Fingerabdrücke in der Wohnung des Opfers gefunden hat.« Warum redete er ständig über seinen Bruder? War er denn sein Aufpasser, sein Rechtsvertreter, sein Double? »Aber sie stammten nicht von Will.« So viel auf einmal hatte Matt seit Jahren nicht mehr gesprochen, außer mit Mrs. Gibson. Schließlich verstummte er und holte tief Luft. »Du riechst nach Zucker«, sagte er und schalt sich sofort einen Idioten.

»Mein erster Arbeitstag. In Liza Hulls Teestube.«

»Liza ist klasse.« Matt konnte sich im Moment nicht einmal erinnern, wer Liza Hull eigentlich war. Hatte er sich in Jennys Gegenwart schon immer wie ein vollständiger Trottel aufgeführt? »Du bist bestimmt müde. Kann ich dich mitnehmen?«

»Oh, nein.« Jenny trat noch einen Schritt zurück. Sie stieß wieder an das Denkmal, rettete sich jedoch diesmal aus der peinlichen Lage, indem sie sich einfach auf den Rand setzte. Der Granit fühlte sich kalt an, doch es war ihr einerlei. Aus irgendeinem Grund glühte sie vor Hitze. »Ich gehe lieber zu Fuß. Wird mir gut tun, nachdem ich den ganzen Tag eingesperrt war.«

Matt merkte, dass er außer Zucker noch einen anderen Geruch wahrnahm. Jenny Sparrow verströmte den berauschenden Geruch von Seewasser, der Will und ihn damals in jener Nacht umgab, als sie am Hourglass Lake in ihren Schlafsäcken lagen und dem Piepsen der Zirpfrösche lauschten.

»Ich sag dir Bescheid, wenn sich in Wills Fall was Neues ergibt«, sagte er.

Der verfluchte Will schon wieder. Konnte er seinen Bruder nicht mal eine Minute vergessen? Viel lieber hätte er Jenny Sparrow geküsst, dort mitten im Stadtpark. Daran dachte er jedes Mal, wenn er an der Anlage vorüberfuhr, doch nun war Jenny wahrhaftig hier, saß am Rand des Denkmals und blickte zu ihm auf.

»Henry Elliot ruft mich nämlich jeden Tag an und berichtet das Neueste von Will.«

An diesem Punkt hätte er Will am liebsten umgebracht. Matt gab sich selbst einen Befehl: dieses entnervende Wort, diesen übelsten aller Namen aus dem Wortschatz streichen, und zwar ab sofort.

»Oh, Henry. Ich arbeite mit seiner Tochter zusammen, Cynthia. Sie ist reizend, aber so durcheinander. Ich bin so froh, dass ich nicht mehr in der Pubertät bin.«

Matt dagegen wünschte sich inständig, sie wäre es noch. Er wünschte sich, die Zeit zurückdrehen zu können, damit er derjenige wäre, der Cake House betrat und seinen Bruder hinter der Forsythie zurückließ. Er wünschte, er könne diesen Moment noch einmal erleben, als sie über den Rasen auf sie zukam, barfuß und mit vom Schlaf zerzaustem Haar.

»Rosemary Sparrow konnte schneller rennen als jeder Mann von hier«, sagte Matt und schämte sich im selben Moment für diese wirre Bemerkung. Das machte er gerne – sein historisches Wissen einsetzen, um Gefühlsäußerungen zu vermeiden. Er konnte miserabel Konversation machen und kam wenigstens etwas besser zurecht, wenn er ein paar Fakten einstreuen konnte.

»Wie war das?« Es regnete jetzt heftiger, doch Jenny war noch immer heiß. Narzissenregen wirkte so. Er kehrte das Innerste nach Außen. Jenny knöpfte ihre Jacke auf und fächelte sich Luft zu. »Sagtest du, sie konnte rennen?«

»Sie war eine Vorfahrin von dir. Eine Ur-Ur-Ur-Ur-Ur-Ahnin. Unabhängigkeitskrieg. Sie war schneller als ein Hirsch, so heißt es jedenfalls. Als die Briten anrückten, rannte sie bis nach North Arthur und kam rechtzeitig an, um ein paar hundert Jungs zu warnen, die sonst von den Briten überrumpelt worden wären und die so in den Wäldern verschwinden konnten, um selbst ein paar Briten zu überrumpeln.«

»Wow.« Jenny lachte. »Woher weißt du das alles?«

»Aus der Bibliothek. Die gute alte Mrs. Gibson hilft mir.«

»Mrs. Gibson! Ich glaube, der schulde ich immer noch Geld für ein überfälliges Buch. Ich habe damals nie was rechtzeitig zurückgegeben. Gott, ich war so verantwortungslos. Sie hat mich vermutlich auf ihrer Liste der meistgesuchten Personen stehen.«

»Nein. Nicht Mrs. Gibson. Die ist zu weichherzig. Die hat keine Liste.«

Die Rathausuhr schlug, und sie zuckten beide zusammen. Sechs Uhr. Mit den Regentropfen sickerte Dunkelheit durch die Äste der Platanen. Gelber Regen, heller Regen, Narzissenregen, der die Menschen zu verrückten Taten anstiftete.

»Komm doch mal zum Essen zu uns.«

Als Jenny seinen Gesichtsausdruck sah, war sie nicht sicher, ob sie etwas Falsches gesagt hatte. Er sah aus, als ob er vor Angst kehrtmachen und davonrennen wollte, schneller vielleicht noch als Rosemary Sparrow.

»Du musst nicht. Ich bin nicht gekränkt, wenn du nicht kommst.« Sie bot ihm eine höfliche Möglichkeit, die Einladung abzulehnen. »Es gibt viele Leute, die meine Mutter nicht mögen. Das kann ich gut verstehen, glaub mir.«

»Doch. Ich mag sie.«

»Ja? Na, dann, vielleicht nächste Woche?«

Matt nickte und machte Anstalten zu seinem Wagen zu gehen.

»Nächste Woche«, sagte er, womit es ihm gelungen war, den Namen seines Bruders wenigstens in einer Äußerung auszulassen.

Er marschierte durch Pfützen und merkte es nicht einmal. Seine Stiefel waren durchweicht, aber es war ihm einerlei. Er hatte das Autofenster aufgelassen, und nun würden seine Aufzeichnungen feucht sein, aber das bereitete ihm keine Sorgen; er würde sie später trocknen, neben dem Herd.

Jenny stand auf und winkte ihm nach. In Boston sank die Dunkelheit nach und nach in die Straßen, doch hier in Unity stürzte sie ganz plötzlich herab. Im einen Moment war noch heller Tag, im nächsten stand man im Dunkeln.

»Wirf einen Blick auf das Denkmal hinter dir«, rief Matt ihr zu, als er in seinen Wagen stieg. »Das mag ich am liebsten.«

Er hupte, als er losfuhr, und der Laut wehte über den Rasen. Jenny fühlte sich, als ertrinke sie. Was für ein sonderbarer und verregneter Ort dies war. So grün und dunkel und still. Sie wandte sich um, um das Denkmal zu betrachten, das sie als Bank benutzt hatte. Sie hatte es nie beachtet, in all den Jahren, in denen sie hier gelebt hatte. Die Vergangenheit war die Vergangenheit, und vor ihr war sie auf der Flucht. Damals hatte sie sich nur für die Zukunft interessiert und den Engel aus schwarzem Granit deshalb übersehen; und so war ihr entgangen, dass der Engel, den sie vor so vielen Jahren am Morgen ihres dreizehnten Geburtstags gesehen hatte, immer schon an dieser Stelle stand, steinerner Zwilling einer Gestalt, die bislang nur ein Traum gewesen war.

II.

Das Krankenhaus von North Arthur lag an der Hopewell Street, am äußersten Rand der Stadt, wo man nur noch auf braune ausgelaugte Äcker blickte, die, sich selbst überlassen, zusehends verwilderten. Im Umkreis von einem Kilometer gab es kein weiteres Gebäude außer einer Art großem Schuppen, in dem die Schulbusse untergestellt wurden. Dr. Stewart fragte sich immer, ob der Stadtrat von North Arthur die Klinik hier errichten ließ, damit Krankheiten sich nicht ausbreiteten, oder weil man vielleicht die Tatsache verbergen wollte, dass viele der Patienten Erntearbeiter waren, die hier nur im Juni Erdbeeren und im Oktober Äpfel pflückten. Dennoch verfügte die Klinik über gutes Personal und einen weitläufigen ebenen Parkplatz, was Dr. Lincoln mit seinem riesigen alten Stewart sehr zu schätzen wusste.

Hap begleitete seinen Großvater manchmal in die Klinik, und diesmal brachte er Stella mit. Heute waren mehrere Ärzte vom Krankenhaus in Hamilton im Einsatz sowie eine Schwesternschülerin, zwei Krankenschwestern, ein fest angestellter Arzt, der für die kleine Notaufnahme zuständig war, und eine Sekretärin namens Ruth Holworthy, die alles fest im Griff hatte.

»Hey, Doc«, rief Ruth, als sie hereinkamen. »Sie haben ja heute ein paar Schnorrer mitgebracht, wie ich sehe.«

»Ganz recht, Ruth«, erwiderte der Arzt munter. »Mein Gefolge. Ihr beide könnt euch hier vorne niederlassen und Ruth helfen«, sagte er zu Stella und Hap. »Macht genau, was sie euch sagt.«

»Gut. Keine Kranken.« Hap zeigte sich erfreut. Im Wartezimmer hustete ein alter Mann, und ein kleines Mädchen schrie wie am Spieß. »Ich kann's kaum glauben, dass du mitgekommen bist. Das ist nicht gerade 'ne Vergnügungstour.«

Sie saßen im Schneidersitz neben den Aktenschränken im hinteren Teil des Büros und sortierten Krankenkarten alphabetisch ein. Das Neonlicht flackerte, und das Geschrei aus dem Wartezimmer schwoll an und ab wie eine Minisirene.

»Ich fürchte mich nicht vor kranken Menschen«, sagte Stella. »Da bin ich anders als du.«

»Ich habe nicht gesagt, dass ich mich fürchte. Es ist mehr, weil man sie einfach nicht reparieren kann.« Alle gingen davon aus, dass Hap Arzt würde, doch er hatte nicht die Nerven, sich ständig mit den Anfälligkeiten des menschlichen Körpers auseinander zu setzen. »Arzt zu sein ist, als arbeite man an einer Maschine, die immer wieder kaputtgeht. Wie ein Toaster, der alles verbrennt, was du auch machst. Oder ein Auto, das nicht anspringt, obwohl man jeden zweiten Tag die Batterie lädt. Es ist sinnlos zu kämpfen, wenn man doch nie siegen kann.«

Hap hatte gewiss seine Mutter im Sinn, die starb, als er erst fünf Jahre alt war. Er hatte Stella erzählt, dass er sich hauptsächlich daran erinnern konnte, wie er mit ihr Veilchen gepflückt hatte, jene duftenden Veilchen, die auf dem Streifen Land zwischen dem Anwesen der Sparrows und dem Haus seines Großvaters unter großen Kiefern wuchsen. Ein einziges Bild, das war alles, was ihm von ihr geblieben war. *Wie lila Sterne*, hatte Hap zu Stella gesagt, als sie eines Tages Rebecca Sparrows Wäscheschuppen erkundeten. Sie sahen eine Gruppe Veilchen durch das Fenster, in dem sich nie eine Scheibe befunden hatte. *So sahen sie aus.*

»Manche Leute kann man sehr wohl reparieren«, widersprach Stella hartnäckig. »Und sie sind überdies wesentlich interessanter als Toaster.«

Dennoch trat ihr bei diesem Gespräch das Bild ihrer Großmutter vor Augen, die schneebedeckt und reglos in ihrem Garten lag. Stella schauderte. Menschen starben, Hap hatte Recht, und tatsächlich konnte man oft nichts dagegen tun. Es gab keine Arznei und kein Gegenmittel. Bei manchen Menschen war man gezwungen, das Hoffen aufzugeben. Aber nicht bei Hap. Stella würde zu verhindern wissen, dass ihm etwas zustieß. Wenn sie sich schon nicht in ihn verlieben konnte, so konnte sie ihn wenigstens beschützen. Sie dachte an seine Erzählung in Rebeccas Schuppen, an seine Miene, als er über die Veilchen sprach. Sie dachte daran, wie er an ihrem ersten Schultag auf sie gewartet hatte, wie er sie angegrinst hatte, als sie um die Ecke bog und auf ihn zukam. Hap hatte gesagt, er hätte in diesem Moment zu gerne seine Kamera bei sich gehabt; er schwor, sie habe ausgesehen wie ein Vogel, der in die Falle gegangen war und nun überlegte, wie er entkommen konnte.

Denn dafür interessierte sich Hap am meisten, für Fotografie. Er hatte sich bei seinem Großvater im Keller eine Dunkelkammer eingerichtet und schleppte gewöhnlich auf Schritt und Tritt seine Kamera in seinem Rucksack herum, eine alte Leica, die er auch jetzt zückte, um Ruth Holworthy zu fotografieren.

»Lass das«, rief Ruth. »Ich arbeite.«

»Sie werden sich über das Bild freuen«, rief Hap zurück.

»Du solltest deinem Großvater sagen, dass du gar nicht Arzt werden willst«, riet ihm Stella. »Dann schleppt er dich auch nicht mehr hierher.«

Hap sah sie hilflos an. »Ich kann ihn nicht so enttäuschen.«

»Sag es ihm einfach. Er wird schon nicht zusammenbrechen, wenn er es erfährt.«

Aus dem Wartezimmer hörte man lautes Stimmengewirr, was nichts Gutes verhieß.

»Scheiße«, murmelte Hap. »Ich wittere Unheil.«

»Ihr bleibt hier«, sagte Ruth in dem entschiedenen Tonfall eines Menschen, der es gewöhnt ist, dass seinen Anweisungen Folge geleistet wird. Doch Stella hatte nicht die Absicht, ihr zu gehorchen, und sie tat es auch nicht. Stattdessen heftete sie sich an Ruths Fersen und achtete nicht auf Hap, der sie am Arm packte und sagte: »Damit bist auch du gemeint.«

Draußen auf dem Parkplatz standen ein Krankenwagen und mehrere Polizeiautos. Es hatte einen schweren Unfall gegeben, und die Hopewell Clinic war das nächste Krankenhaus. Die Sanitäter rannten durch das Wartezimmer, sodass Stella schnell einen Schritt zurücktreten musste, um ihnen auszuweichen. Dennoch hatte sie auf einen Blick erfasst, welche Tragödie sich hier ereignet hatte: ein junger Mann auf einer Trage, blutbespritzt, mit verrenkten Gliedern, der sterben würde, nicht an seinen sichtbaren Verletzungen, sondern an einem Leberriss. Und sie hatte noch etwas gesehen: Als die Sanitäter an ihr vorbeirasten, hatte sie für einen kurzen Moment in die Augen des jungen Mannes geblickt. Für den Bruchteil einer Sekunde hatte er sie angeschaut.

Stella folgte den Sanitätern in den Behandlungsraum, ohne auch nur eine Sekunde nachzudenken. Ruth Holworthy legte ihr die Hand auf die Schulter. »Du gehst nicht da rein, Mädchen. Auf keinen Fall. Unter keinen Umständen.«

Doch Stella riss sich los und lief den Sanitätern nach. Als Stella in den Untersuchungsraum huschte, prüfte ein Arzt gerade die Vitalfunktionen des jungen Mannes. Alle Anwesenden waren zu beschäftigt, um Stella zu bemerken, bis Dr. Stewart hereinkam.

»Großer Gott«, sagte er, als er sie entdeckte. Sie stand direkt an der Tür und beobachtete den Arzt vom Hamilton Hospital, der sich über den inzwischen bewusstlosen jungen Mann beugte. »Stella. Geh ins Büro zurück.«

Doch Stella rührte sich nicht. Sie konnte fühlen, wie der junge Mann wegsackte, wie ein Schiff im Ozean. Sogar ihr blieb nicht verborgen, dass der Arzt der Situation nicht gewachsen war.

»Dieser Arzt kann ihm nicht helfen. Der Mann hat einen Leberriss.«

»Hast du diese Diagnose von jemandem gehört?«

Der junge Mann auf dem Tisch zitterte heftig, wie es typisch ist für Patienten mit inneren Verletzungen. Sein Gesicht war grau, und er hatte nicht reagiert, als die Schwesternschülerin eine Infusion legte.

»Genau das fehlt ihm«, sagte Stella erbittert. Sie hörte sich so sicher an, dass Dr. Stewart sie nicht wegschickte. »Kann man das noch operieren?«

»Das kommt darauf an.«

Als Dr. Stewart an den Tisch trat, sagte der Arzt: »Ich glaube, ich habe es im Griff.« Dennoch untersuchte Dr. Stewart den Unterbauch des Verletzten. Er war geschwollen, und der Arzt spürte freie Flüssigkeit. Der Puls war bedrohlich niedrig, und Dr. Stewart hatte kein gutes Gefühl. Der Arzt im Dienst hatte alles Notwendige unternommen, aber das war manchmal nicht genug. Manchmal musste man seinen Instinkten trauen. Brock Stewart hatte immer wieder Ärzte und Schwestern erlebt, die auch ohne Untersuchung auf Anhieb wussten, was dem Patienten fehlte. Er selbst verfügte auch über dieses besondere Gespür; er hatte schon aus dem Augenblick heraus gehandelt, war ein Wagnis eingegangen, wenn Warten das Leben eines Menschen gefährdet hätte.

Er bedeutete der Schwester, dass sie den Notdienst anrufen sollte; sie brauchten einen Helikopter. Er selbst würde in Boston Bescheid sagen, damit man Röntgenaufnahmen und Operation schon vorbereiten konnte.

Als der Patient in nur zwanzig Minuten für den Abtransport durch die Luft bereitgemacht und schließlich verschwunden war, herrschte eine sonderbare Stille in der Klinik. Eine Blutspur führte durch den Warteraum bis in den Untersuchungsraum. Ruth entfernte solche Flecken immer mit einer Mischung aus Bleichmittel, Essig und Soda.

»Ich bin besser als die Profi-Teppichreiniger«, verkündete sie. Sie wandte sich zu Stella. »Und wirst du wohl auf mich hören, wenn ich dir beim nächsten Mal sage, du sollst dich nicht von der Stelle rühren?«

»Wahrscheinlich nicht«, gab Stella zu.

»Du bist genau wie der alte Doc.« Ruth schüttelte den Kopf; ihrer Ansicht gab es Menschen auf der Welt, die einfach zu starrsinnig waren, um sich jemals einzufügen. »Du machst nur, was du willst.«

Hap und Stella blieben beide stumm auf der Heimfahrt. Hap saß auf dem Beifahrersitz, Stella hinter ihm. Sie betrachtete seinen Hinterkopf. Er hatte feines braunes Haar, aber wenn sie die Augen verengte, schienen Lichtstrahlen aus seinem Kopf zu dringen. *Sag es*, dachte Stella. *Zeig ihm, wer du bist.*

»Ich glaube, ich kann nicht Arzt werden.« Hap fand es geradezu lächerlich, wie schwer es ihm fiel, das auszusprechen. Er musste all seine Kraft zusammennehmen, um es zu schaffen, und danach lehnte er erschöpft den Kopf ans Fenster.

Der Tag war mild und sonnig, was man in der Klinik nicht merkte, wo das Neonlicht flackerte und die Jalousien immer halb zugezogen waren. Nach Haps Bemerkung herrschte eine Weile Schweigen im Auto; der alte Lincoln verließ die Zufahrt und steuerte auf die Stadt zu. Sonnenstrahlen fielen durch die Blätter der Platanen. Grün und gelb. Schatten und Sonne.

»Du bist nicht dafür geschaffen?«, sagte Brock Stewart schließlich.

»Nein, Sir.«

»Mhm, was meinst du, Stella? Soll ich ihn häuten und vierteilen? Soll ich ihn ins Exil schicken, weil er die Tradition der Familie nicht erhalten will? Soll ich nie wieder mit ihm reden?«

Hap blinzelte verwirrt. Er war vor seinem Geständnis so nervös gewesen, dass er nun glaubte, sich verhört zu haben. Aber Stella lachte lauthals. Hap hatte sich solche Sorgen gemacht, und nun ließ der Arzt ihn so einfach von der Leine. Sie stützte sich mit den Ellbogen auf Haps Sitz.

»Dein Großvater macht Witze«, raunte sie, dann wandte sie sich an Doc Stewart. »Ich bin für Köpfen. Aber können wir zuerst Pizza essen? Ich komme um vor Hunger.«

»Pizza soll es sein«, bekräftigte der Arzt.

Sie fuhren zu Dr. Stewarts Haus, das er vor fünfzig Jahren nach seiner Hochzeit mit Adele selbst mitentworfen und -gebaut hatte. Ihm hatte ein Gebäude vorgeschwebt, das ganz anders war als sein Elternhaus, was er der Stadt vermacht hatte. Das Stewart House war das erste Gebäude, das nach dem großen Feuer in Unity entstand; es war inzwischen ein düsterer recht muffiger Geschenkeladen, in dem man nachgemachten Schmuck aus dem Revolutionskrieg an Touristen verkaufte, die sich im Sommer und Herbst in Unity einfanden und ein Andenken vom Freedom Trail mitnehmen wollten. Das neue Haus des Arztes hatte viele große Fenster, durch die man auf rosa, violett und weiß blühende Azaleen und Rhododendren blickte. Ein Palisadenzaun grenzte die Auffahrt von einer Wiese ab. Als sie den

Wagen geparkt hatten, wanderten sie erschöpft und mit schlammigen Stiefeln in die Küche. Hap rief den Pizzaservice an und bestellte eine Riesenpizza mit allem, während sein Großvater sich waschen ging.

David Stewart, Haps Vater, war ein großer Mann mit vielen Falten im Gesicht, der gerade von der Arbeit nach Hause gekommen war. Er saß in seinem Zimmer und suchte im Fernsehen nach dem Spiel der Red Sox, als Hap ihm Stella vorstellte.

»Du bist also Stella«, sagte David Stewart. »So. Aha. Du hast gar keine Ähnlichkeit mit deiner Mutter.«

Da Stella es als eine ihrer Hauptaufgaben im Leben erachtete, ihrer Mutter nicht ähnlich zu sein, hätte sie sich eigentlich über diese Bemerkung freuen müssen. Stattdessen spürte sie, wie ihr die Röte ins Gesicht stieg. Sie hatte irgendwie das Gefühl, beleidigt worden zu sein.

»Deine Mutter hatte diese wunderschönen dunklen Haare, für die alle Sparrow-Frauen berühmt waren. Die Jungen in der Schule waren verrückt nach ihr. Eigentlich alle, aber sie hatte nur Augen für Will Avery.«

Wäre Juliet Aronson hier gewesen, hätte sie vermutlich gesagt: *Ach ja? Na, für Sie hat sie sich ganz bestimmt nicht interessiert, Mr. Blödmann. Dass Sie eine Niete sind, merkt man immer noch.* Stella dagegen stand nur höflich lächelnd und innerlich erstarrt da, schockiert über diesen Vergleich mit ihrer Mutter. Sie war also förmlich ein Nichts, unsichtbar, ein blasser Abklatsch des Originals.

»Mein Vater ist ein ziemlicher Trottel«, sagte Hap entschuldigend, als sie nach draußen gingen, um auf den Pizzawagen zu warten. »Ich glaube, er war eine Enttäuschung für meinen Großvater. Er verkauft Arzneimittel, und das läuft ganz gut, aber er sollte eigentlich Arzt werden. Wie ich.«

»Du hast gar keine Ähnlichkeit mit deinem Vater.« Sie lachten beide über die Anspielung auf David Stewarts Urteil. Dennoch ließ die Bemerkung Stella keine Ruhe. Sie war weniger eindrucksvoll als ihre Mutter, das hatte er ihr damit sagen wollen. Gehörte zu der Art von Mädchen, mit der sich kein vernünftiger Junge abgab. »Mein Vater ist auch ein ziemlicher Trottel. Aber ein netter. Er hört mir zu. Oder er versucht es wenigstens.«

Stella sah immer wieder das Gesicht des verunglückten jungen Mannes vor sich, auch jetzt noch. Wenn sie auf die Rhododendren blickte, sich eine Haarsträhne aus der Stirn strich oder über ihren Vater sprach, sah sie dieses Gesicht. Seinen Blick. Etwas hatte sich zwischen ihnen ereignet, das nie mehr verleugnet oder rückgängig gemacht werden konnte. Vielleicht war auch das der Sinn des Daseins: jemanden zu sehen und, wenn auch nur für einen Moment, in sein tiefstes Inneres zu blicken.

Ein leichter Wind kam auf, und es roch nach Lehm. Nach Heu und Dünger. Süßem Gras und Haselwurz. April. Stella begann sich gerade von den Anstrengungen des Tages zu erholen, als ihr auf der Wiese etwas auffiel. Es fraß Blätter von einem Haselnussstrauch. Es sah aus wie ein komisches Kamel, ein Fabelwesen, das aus Hufen, Kopf und Schwanz und anderen Teilen schief zusammengesetzt worden war.

»Was ist das da? Ist das irgendein Tier?«

»Das ist Früher. Das Pferd meines Großvaters.«

Stella merkte, wie ihr kalt wurde, obwohl die Sonne noch schien und die Luft mild war. An dem Tag, an dem sie Hap kennen lernte, hatte sie gesehen, wie er von einem Pferd abgeworfen wurde; er hing in der Luft, stürzte so schnell, dass niemand ihn mehr halten konnte.

»Angeblich hassen sie sich, aber sie kommen nicht voneinander los. Schau dir seinen Rücken an. Hast du schon mal so ein Hohlkreuz gesehen?«

»Du hast mir noch nichts davon gesagt, dass du ein Pferd hast. Himmel, Hap. Das hättest du mir sagen müssen. Wir sind doch so gute Freunde, und nun plötzlich das. Was verbirgst du denn sonst noch vor mir?«

»Ich habe aber kein Pferd.« Hap wunderte sich über ihre heftige Reaktion. »Wie gesagt, es gehört meinem Großvater.«

Dr. Stewart hatte das Pferd einem Farmer zuliebe aufgenommen, den er jahrzehntelang ärztlich betreut hatte, obwohl der Mann oft seine Rechnungen nicht bezahlen konnte. Der alte Farmer lag im Sterben und hatte nichts auf der Welt, an dem sein Herz hing, außer diesem riesigen alten Pferd mit dem staubigen braunen Fell und den weißen Flecken am Kopf, die aussahen wie Tränen.

Er lebt nicht mehr lang, schwor der Farmer. *Er wird früher sterben, als Sie glauben, das verspreche ich Ihnen. Lassen Sie ihn nur seine letzten Tage auf Ihrer Wiese verbringen. Er frisst Gras und macht Ihnen keine Mühe. Sie müssen ihm nur einen Ballen Heu hinwerfen, wenn der Winter kommt. Er wird allein sterben und sich selbst begraben, ich schwör's Ihnen. Er macht Ihnen keine Arbeit.*

Als der alte Farmer gestorben war, besichtigte Dr. Stewart sein ungenutztes Land. Er merkte, dass er vergessen hatte, sich nach dem Namen des Pferds zu erkundigen. *Wenn du früher oder später stirbst, dann lieber früher,* hatte der Arzt gesagt, als er am Zaun stand, und das Pferd hatte die Ohren gespitzt. Das war an einem kalten Nachmittag im Januar gewesen, und der Arzt kam direkt vom Begräbnis des Farmers. Er rieb sich die Hände und fragte sich, worauf um

Himmels willen er sich eingelassen hatte. Er konnte die Rippen des Pferds sehen. Er sah, dass es die Räude hatte. Doch als es näher kam, roch sein Atem überraschend süß, wie Äpfel.

Man hat mir versichert, dass diese Kreatur in Bälde tot sein wird, sagte Brock Stewart zu Matt Avery, der sich einen Anhänger von den Harmon-Brüdern geborgt, ihn an seinen Pickup gehängt und das Pferd damit nach Unity geschafft hatte. Dr. Stewart hatte Matt bereits dafür bezahlt, die Wiese einzuzäunen und einen Schuppen zu bauen, damit das Tier sich bei Gewittern irgendwo unterstellen konnte.

Damit würde ich an Ihrer Stelle nicht rechnen. Matt hatte gegrinst. *Irgendwie habe ich das Gefühl, der Gaul hält noch eine Weile durch.*

Seither waren sechzehn Jahre vergangen, und das Pferd wirkte völlig unverändert, nicht älter oder schwächer. Der Tierarzt, Tim Early, schloss aus Frühers Zähnen, dass er über fünfunddreißig Jahre alt sein musste, doch Dr. Stewart wusste nur, dass er insgesamt zehntausend Dollar in das Tier investiert hatte, wenn man den Zaun, die Scheune und das Futter mitrechnete. Wie sich zeigte, besaßen Doc Stewart und Elinor Sparrow die ältesten Haustiere der Stadt, wiewohl man Früher in Dr. Stewarts Anwesenheit nicht als Haustier bezeichnen durfte, denn dann ging er an die Decke. *Er ist ein Mühlstein am Hals. Eine alte Mähre. Ein Haustier ist er nicht,* teilte der Arzt jedem mit, der ihm Gehör schenkte. *Er ist der Preis, den ich immer noch für einen Augenblick der Schwäche zahlen muss.*

»Er hätte es lieber Später nennen sollen.« Hap lachte. »Oder Ewig. Oder vielleicht Zehn Riesen.«

Stella hatte ein flaues Gefühl im Magen, zur Unzeit, denn der Pizzawagen kam gerade aufs Haus zu.

»Vielleicht hätte dein Großvater ihn einschläfern lassen sollen.« Stella blickte Hap von der Seite an, um seine Reaktion zu sehen. Sofort zeichnete sich auf seiner Stirn diese Falte ab, die er bekam, wenn er sich Sorgen machte. »Es wäre doch ein Akt der Gnade, ihn von seinem Elend zu erlösen. Er hat bestimmt Schmerzen mit seinem Rücken und so.«

»Früher ist munter wie ein Fisch im Wasser. Er frisst und scheißt fröhlich drauflos, und wir machen ständig sauber.«

Der Lieferant hupte, und Hap ging zum Wagen und nahm ihr Abendessen in Empfang. Abgase quollen aus dem Auspuff des Wagens, und der Horizont schien bläulich und verschwommen. Von Stellas Standpunkt auf der Veranda aus glich Früher einem Pferd in einem Traum. Langsam wanderte er über die Wiese, auf der Suche nach zarten jungen Gräsern, und verschwand hinter dem Haselstrauch.

»Aber niemand reitet auf ihm, oder?«, fragte Stella, als sie die Pizza ins Haus brachten.

»Stella, er würde doch zusammenbrechen. Du hast gesehen, in welchem Zustand er ist. Mr. Hohlkreuz.«

»Versprich mir, dass du's nicht tun wirst.«

»Warum?« Hap hatte den Pizzakarton geöffnet, und Dampf stieg zwischen ihnen auf. Eine Riesenpizza mit allem bedeutete in Unity, dass man Wurst, Peperoni und Pilze als Belag bekam.

»Weil ich gute Ideen habe.« Stella hoffte, dass sie sich unbeschwerter anhörte, als sie sich fühlte. »Dafür bin ich berühmt.«

Sie nahm Teller aus dem Schrank, obwohl sie nicht sicher war, ob sie etwas essen konnte.

»Echt?« Hap grinste. »Und wie war das mit der Zwiebel?«

Stella musste lachen. Cynthia Elliot hatte Stella berichtet, ihr Bruder Jimmy erzähle den Leuten, sie sollten sich bloß von Stella fern halten, sie habe schreckliche Gene und stamme aus einer Familie, die seit jeher nur Unglück verbreitete. Als ob Jimmy Elliot eine Ahnung von Genen gehabt hätte. Er war in Naturkunde zweimal durchgefallen und musste den Kurs jetzt wiederholen. Überdies war er ein Lügner. Cynthia hatte Stella erklärt, dass Jimmy die Fingerspitze nicht im Kampf mit einer Schnappschildkröte verloren hatte, wie er immer behauptete, sondern beim Anlassen eines Rasenmähers, mit dem er nicht richtig umgehen konnte. Die Mädchen schwärmten aus irgendeinem Grund für Jimmy, doch er schien sich dazu entschlossen zu haben, Stella unentwegt zu verfolgen oder in der Cafeteria beim Mittagessen zu ihr herüberzustarren.

Eines Nachmittags hatten Cynthia und Stella sich Zugang zu seinem Schließfach verschafft und eine geschälte Zwiebel, in der eine einzige Nadel steckte, auf seine Bücher gelegt, die aussahen, als hätte er sie nie angerührt. Es war als Scherz gedacht, doch Jimmy behauptete nun überall, Stella habe ihn mit einem Fluch belegt, und zwar, weil sie ganz verrückt nach ihm sei. Er prahlte damit, dass es nur noch eine Frage der Zeit sei, bis sie mit ihm ausgehen wolle.

»O bitte. Jimmy Elliot ist ja so ein Idiot. Wer lässt sich denn schon von einer Zwiebel Angst einjagen?«

Nach diesem Gespräch war Stella heiterer gestimmt und aß drei Stücke von der Pizza, nachdem sie vorher alle Wurststücke entfernt hatte. Haps Vater aß in seinem Zimmer vor dem Fernseher, und Dr. Stewart telefonierte und kam erst in die Küche, als Hap und Stella schon abspülten.

»Frag mal deinen Dad, ob er Kaffee möchte«, sagte Dr.

Stewart zu Hap, und als der Junge verschwunden war, trat der Arzt zu Stella ans Spülbecken. Er hatte gespürt, dass sie ein Mensch war, der vor dem Anblick des Todes nicht zurückscheute, und das wusste er zu schätzen. Es war eine gute Übung, in den Abgrund zu starren, statt kehrtzumachen und davonzurennen, wie so viele andere es taten.

Brock Stewart hatte mehr Menschen sterben sehen, als er zählen konnte, und es wunderte ihn immer wieder aufs Neue, wie eigen jeder Tod war. Starke Männer, von denen er erwartet hatte, dass sie sich leicht verabschieden würden, riefen nach ihrer Mutter und weinten. Ehrenhafte Menschen flüsterten, sie seien bereit, ihre Seele dem Teufel zu verkaufen, wenn sie dafür noch einen Tag länger leben könnten, eine Stunde, einen oder zwei Atemzüge länger in diesem Leben verweilen konnten, an dem sie so sehr hingen. Dann gab es Tode, vor denen er sich gefürchtet hatte, kummervolle Trennungen vom Leben zur Unzeit, die viel gelöster und leichter verlaufen waren, als er erwartet hatte, als werfe man einen Stein in stilles Wasser, als nehme man einen tiefen Atemzug. Das Baby, das Liza Hull vor fast fünfzehn Jahren zur Welt gebracht hatte, wurde mit einem so schweren Herzfehler geboren, dass man ihr in der Neonatalabteilung im Hamilton Hospital sagte, es hätte nur wenige Monate zu leben. Liza war schon von ihrem Mann geschieden, einem der Hathaway-Cousins aus Boston, der zur Handelsmarine gegangen war, weshalb Dr. Stewart es sich zur Gewohnheit gemacht hatte, ihr regelmäßige Besuche abzustatten und nach dem Baby zu sehen.

Liza rief ihn an, als das Ende nahte. Sie wollte, dass ihre Tochter zu Hause war, sollte es so weit sein, und deshalb saßen sie zu dritt in Lizas Schlafzimmer in der kleinen Wohnung über der Teestube, während die Dämmerung hereinbrach. Dr. Stewart hatte auf dem Weg dorthin versucht, sich innerlich zu wappnen. Er hatte geglaubt, dies würde einer der schlimmsten Tode sein, ein neues Leben, das zu Ende ging, bevor es richtig begonnen hatte, eine junge Mutter, die einsam zurückblieb, doch die Nacht verlief ganz anders als erwartet. Brock Stewart glaubte, alles zu kennen, doch er hatte niemals eine solche Ruhe und Schönheit erlebt wie in jener Nacht. Wie Liza ihr Baby fest im Arm hielt und zugleich gehen ließ, wie die beiden gemeinsam im selben Rhythmus atmeten, sodass er den Tod des Kindes erst bemerkte, als die Luft sich sachte rührte und er ein Schluchzen vernahm.

Dr. Stewarts Erfahrung nach war der Moment des Todes immer von einem heftigen Ausatmen, das einzigartig war, begleitet. Es war, als löse sich die Seele aus dem Körper, um zu Luft zu werden, als könne das Wesen eines Menschen sich nicht mehr in bloßem Fleisch und Blut aufhalten. In diesem Augenblick beugte sich Liza Hull über ihr Baby und küsste es auf die Lippen, und die Seele des Kindes schien in sie einzugehen. Einen Augenblick schien es, als seien sie ein und dasselbe Wesen.

Der Arzt saß den Rest der Nacht bei Liza. Er fand, das wenigstens sollte dieser armen Frau zuteil werden: eine Nacht ohne Sirenen und Krankenwagen, ohne Sterbeurkunden. Sie hatte diese wenigen Stunden des Friedens verdient, in denen die Welt stillstand. Im Morgengrauen, als das Licht den Himmel öffnete, rief Dr. Stewart beim Hamilton Hospital an und gab als Todeszeit halb sechs Uhr morgens an. Als die Zeit gekommen war, verhüllte Liza ihr Kind mit einer Decke; sie war bereit, als der Krankenwagen eintraf.

Danke, sagte sie, als sie aufbrach. Sie trug das Kind selbst nach unten. *Sie waren da, als ich Sie brauchte.*

Damals war Brock Stewart schon seit vielen Jahren als Arzt tätig. Er hatte alles erlebt: Krebs, Herzversagen, Siechtum, plötzlichen Tod durch Unfälle, wie bei jenen zwei Jungen, die in den Marschen im Eis einbrachen und Hand in Hand erfroren. Doch in der Nacht, als Lizas Baby starb, ging er hinaus zu seinem Lincoln, dem Wagen, der alles bewältigte – Schlamm, Schnee, Fluten –, und weinte. In Liza Hulls Schlafzimmer hatte er gesehen, wie man den Tod auf eine Art annehmen konnte, die er noch nie erlebt hatte. Seit jeher kämpfte er gegen den Tod, seinen Feind, den unsichtbaren und unbesiegbaren Drachen. Nun sah er, dass das ein Irrtum war. Es kam ihm vor, als hätte er nur den Stein gesehen, nicht jedoch den Fluss, der ihn umgab. Der Tod war sein ständiger Begleiter, das hatte er nun begriffen. Er folgte ihm in die Häuser, blieb an seiner Seite, wenn er durch die Straßen ging, gehörte zu seiner Arbeit ebenso wie die Leben, die es ihm zu retten gelang, die Kinder, die er zur Welt brachte, die Fieber, die er senkte.

Danke, sagte er zu Liza Hull, als er in seinem geparkten Wagen saß und zusah, wie der Krankenwagen langsam in Richtung Leichenhalle im Hamilton Hospital losfuhr.

Deshalb wünschte er sich, dass Hap, der ihm so am Herzen lag, Arzt würde. Er wollte, dass sein Enkel verstehen konnte, wie sich dieser Augenblick angefühlt hatte, wie es war, wenn man in seinem geparkten Wagen saß, wenn die Dunkelheit dem Licht des Morgens wich, wenn der Himmel silbrig schimmerte; was man empfand, wenn man jemandem in der wichtigsten Stunde seines Lebens beigestanden hatte. Tja, der Junge war eindeutig nicht geschaffen für diesen Beruf, doch bei Stella spürte er etwas anderes.

»Sie haben den Patienten rechtzeitig ins Mass General

gebracht«, sagte er, als sie mit dem Abtrocknen begann. »Du hattest Recht. Leberriss. Er hat sehr viel Blut verloren, doch die Aussichten sind bestens. Sie sind sehr zuversichtlich. Guter Einsatz.«

Stella bemühte sich, ihre Aufregung nicht zu deutlich zu zeigen. Wenn sie den Tod gesehen hatte und ihn verhindern konnte, sah sie dann etwa nur eine Möglichkeit voraus, nicht das wirkliche Schicksal? Konnte es sein, dass diese Todesfälle nicht geschehen mussten, dass man etwas dagegen unternehmen konnte, wenn die Umstände es zuließen?

»Ich habe in Anatomiebüchern in der Bibliothek geschmökert«, sagte sie. »Und dann die Symptome addiert. War einfach gut geraten.«

»Das war nicht gut geraten, das war ausgesprochen klug.«

Stella freute sich so über das Kompliment, dass sie nichts mehr zu sagen wagte.

»Ich bin jeden Samstag in der Klinik.« Dr. Stewart sprach beiläufig, um keinen Druck auszuüben. Den hatte er schon bei Hap und David angewendet, ohne Erfolg. »Und ich mache Visiten im Pflegeheim draußen an der Autobahn, falls dich das interessiert. Du hast offensichtlich ein gutes Gespür für die Medizin.«

»Ja, gerne.« Stella hatte sich in der Klinik sehr wohl gefühlt; sie hatte nicht einmal die Bluttropfen auf ihren Stiefeln bemerkt. »Danke. Würde ich gerne machen.«

Sie war so begeistert über diese Ereignisse – die guten Aussichten für den jungen Mann, die Möglichkeit, das Schicksal eines Menschen noch bis zum letzten Augenblick wenden zu können –, dass sie den Arzt umarmte, bevor sie zur Hintertür ging. »Ich muss jetzt heim. Sagen Sie bitte Hap, wir sehen uns in der Schule.«

Stella ging die Zufahrt entlang und blieb an der Wiese stehen. Ihr war merkwürdig fröhlich zumute, als habe ihr Leben plötzlich einen Sinn bekommen. Aufgekratzt wedelte sie mit den Armen, um Früher aufzuscheuchen, doch das Pferd starrte sie nur an im schwindenden Licht und rupfte dabei weiterhin friedlich Gras. Manches Pferd geriet schon durch einen Windstoß oder schnell ziehende Wolken in Aufregung, jagte davon, wenn Vögel aufflogen oder Feldmäuse durchs Gras huschten, doch Früher ließ sich nicht aus der Ruhe bringen. Er hatte zu viel gesehen, um noch zu erschrecken; er hatte schon viel zu lange gelebt, um sich aufzuregen.

»Ich wünschte, du würdest sterben«, sagte Stella zu dem Pferd. »Na los«, fügte sie drängend hinzu. Sie hob die Arme, als könne sie wegzaubern, was sie gesehen hatte, wie Hap von einem Pferd stürzte, ohne dass ihm jemand helfen konnte. »Stirb endlich«, befahl sie dem alten Klepper.

Nichts geschah; Früher kaute ungerührt weiter. Doch an einer anderen Stelle entstand Bewegung; Jimmy Elliot kam den Weg entlang, und er hatte jedes Wort mitgehört. Er trug Jeans und ein schwarzes Hemd, sodass er im Zwielicht kaum zu sehen war. Nun trat er zu Stella.

»Das lässt sich machen«, sagte er.

»Bitte.« Stella lachte. Sie hätte erstaunt sein müssen, ihn hier vorzufinden, doch sie war es nicht. »Was willst du denn mit ihm machen? Ihn erschießen? Du könntest ja auch eine Zwiebel nach ihm werfen. Das kann ganz schön gruselig sein.«

»Haha. Sehr komisch.« Jimmy hatte diese Zwiebel tatsächlich aufbewahrt, sie lag in einer luftdichten Plastiktüte hinten in seinem Kleiderschrank. »Was ist denn los mit dem Pferd? Warum willst du, dass es stirbt? Es sieht ziemlich harmlos aus. Ziemlich erbärmlich sogar. Wie dein Busenfreund Hap.«

Jimmy hatte eigentlich keine Ahnung, was er hier machte. Er hatte Stella und Hap mit dem Arzt durch die Stadt fahren sehen, und bevor er sich's versah, spazierte er den Zufahrtsweg zum Haus der Stewarts entlang, lehnte sich über den Zaun und starrte ein uraltes Pferd an.

»Er stellt eine Gefahr dar.« Stella dachte an die Bemerkung von Haps Vater, dass alle Jungs nach ihrer Mutter verrückt gewesen seien und dass Stella keinerlei Ähnlichkeit mit ihr hatte. Sie schaute Jimmy an und sah seinen verwirrten Gesichtsausdruck. Mr. Stewart schien sich zu irren. »Genau wie du.«

»Und das weißt du, einfach so?« Jimmy lachte, und dabei klang seine Stimme fremd in seinen Ohren. Als er sich räusperte, spürte er sein Herz hämmern.

»Ich hab's dir schon mal gesagt, das liegt an meiner Menschenkenntnis.« Stella löste sich vom Zaun und rannte los. »Wer schneller bei der Straße ist.«

Doch Jimmy blieb stehen und sah ihr nach, obwohl sie schnell vorwärts kam. Aus irgendeinem Grund konnte er Stella nicht mehr aus den Augen lassen, auch wenn er sie deshalb gewinnen ließ.

»Das glaub ich nicht«, rief Jimmy Elliot ihr nach. Er grinste, als sie die Straße erreichte. Wie er es sich erhofft hatte: Wenn sie gewonnen hatte, würde sie nicht mehr so tun, als sei er Luft. Und tatsächlich drehte sie sich um und winkte ihm zu. »Du redest immer noch mit mir.«

III.

Niemand sagte Will, wann er aufstehen sollte; er hatte keine Arbeitsstelle, wo man ihn erwartete, und keine Ehefrau, die sich über seine Faulheit und Schlamperei beklagte, und so stand er erst gegen Mittag auf. Niemand sagte ihm, er solle sein Geschirr wegräumen, und deshalb stapelten sich mit Chili-Resten und harten Spaghetti verkrustete Schalen und Teller zu einem gewaltigen Turm in der Spüle, und Jennys Lieblingsteetassen wurden von schweren Töpfen und Pfannen zerdrückt. Die anderen Mieter im Haus hatten die Hoffnung aufgegeben, dass sie mit ihren Beschwerden etwas erreichen würden. Will machte sich nicht einmal mehr die Mühe, die überquellenden Abfalltüten ins Treppenhaus zu tragen oder gar in den Müllschlucker zu werfen, sondern er ließ sie einfach im Flur stehen. Mrs. Ehrland, die Vermieterin, hatte sich an ihren Neffen gewandt, der als Anwalt für das Wohnungsamt arbeitete, doch es gab keine rechtliche Möglichkeit, Will Avery loszuwerden, nicht einmal, als die Leute sich über Mäuse im Haus zu beklagen begannen.

Am Wochenende gab es zum Glück eine kurze Verschnaufpause für die Mieter, denn Freitag- und Samstagabend hielt sich Will häufig bei Ellen Paxton auf, die das Jasminparfum trug, dessen Duft Jenny neulich in ihrer Wohnung bemerkt hatte. Ellen lehrte Gesang an der Musikschule, und sie war zwar nicht gerade eine Schönheit, versorgte Will jedoch mit anständigen Mahlzeiten und gutem Sex danach, vorausgesetzt, er hatte nicht zu viel getrunken; dann schlief er nämlich auf ihrer Couch ein, wo er als Kissen für Ellens haarende Burma-Katze diente, die ihm zuwider war.

Da Jenny nun verschwunden war, hoffte Ellen, dass ihre Beziehung mit Will sich weiterentwickeln würde, und Will wollte diese Hoffnungen nicht zerstören, bevor er nicht zu etwas Geld gekommen war. Es wäre ja idiotisch gewesen, auf Ellens Mahlzeiten oder die Scheine zu verzichten, mit denen sie ihm gelegentlich aushalf, wenn er völlig pleite war. Auf jeden Fall brauchte sie nicht zu wissen, dass er auch mit Kelly Butler schlief, die als Bedienung im Hornet's Nest arbeitete und erst dreiundzwanzig war, jung genug, um sich nicht an dem Chaos in Wills Wohnung zu stören oder der Tatsache, dass er sie niemals ausführte.

Nur Stella fehlte ihm wirklich: Stellas Vertrauen in ihn, Stellas Anhänglichkeit. Sie hinterließ oft Nachrichten auf dem Antwortbeantworter, weil er offenbar immer schlief oder ausgegangen war, wenn sie anrief. Sie vermisste ihn und wollte, dass er sie in Unity besuchte. Doch er hatte die gerichtliche Auflage, in Boston zu bleiben. Boston legte ihn in Ketten. Boston war grausam und rücksichtslos zu Menschen ohne Geld und ohne Träume. All diese Geschäfte und Cafés an der Newbury Street, die Symphony Hall mit ihrer perfekten Akustik, das Ritz mit seiner grandiosen Aussicht, was nützte das alles einem Mann, der kein Geld und keine Zukunft hatte? Will war abgebrannt und frustriert; ohne mehrere Drinks konnte er nicht mehr einschlafen, und wenn er dann schlief, fand er keine Ruhe, driftete durch traumlose Tiefen, aus denen es kein Entkommen gab. Nicht selten erwachte er zitternd, als sei er in eiskaltem Wasser getaucht und habe sich nur mit Mühe und Not ans Ufer retten können. Seine Lippen zitterten vor Kälte, und auch mehrere Tassen Kaffee halfen nicht dagegen.

Wenn er jetzt durch den Park ging, schaute er stur geradeaus, wollte die Männer nicht sehen, die dort auf den Bänken lagen, die Obdachlosen, die auf harten Brettern schliefen, als wären sie ihr Bett. Jenny hatte Will erzählt, dass diese Männer meist von Apfelkuchen träumten und Betten mit sauberen Laken; sie träumten von einem Menschen, der sie liebte und in der Haustür erwartete und von den hunderterlei kleinen Dingen, die auch Will zusehends verloren gingen. Da sein Klavier in seiner alten Wohnung stand und nicht mehr zugänglich war und seine Hände ohnehin zu sehr zitterten, sah er die meiste Zeit fern. Er hatte es sich angewöhnt, zu seiner zweiten Tasse Kaffee einen Whisky zu trinken, um richtig in Fahrt zu kommen. So war er auch an dem Nachmittag einigermaßen angeschickert, an dem es einem Reporter gelang, sich Zugang zum Haus zu verschaffen und die Wohnung der Averys zu entdecken, bevor ihn jemand aufhielt. In der Eingangshalle waren die Namen der Mieter aufgelistet, sodass Will nicht schwer zu finden war. Neben seinem Namen hatten andere Mieter mit wasserfesten Filzmarkern wüste Kommentare hinterlassen: *Such dir einen verdammten Job. Schon mal was von Ratten gehört? Schmeiß deinen Scheiß-Müll weg!*

»Ich muss Sie bitten, wieder zu gehen«, sagte Will rasch, als sich der Fremde vor seiner Tür als Reporter vorstellte. Will trug immer noch die Kleider, in denen er geschlafen hatte, und war deshalb rasch in ein Sportsakko geschlüpft, um respektabler auszusehen. »Seit diesem letzten Debakel gebe ich keine Interviews mehr. Ich rede immer zu viel.«

»Ich weiß«, stimmte der Reporter ihm zu. »Deshalb hab ich Sie ja gefunden. Durch das Foto von Ihnen vor dem Haus mit Hausnummer. Echt schlechte Idee.«

Will lachte. »Davon habe ich viele auf Lager.« Er empfand eine gewisse Anerkennung für den Mann, dem es gelungen war, ihn aufzuspüren.

Der Reporter musterte Will, um die Lage einzuschätzen. »Hören Sie, ich schreibe nichts, was Sie nicht wollen. Und das ist noch nicht alles.« Er hüstelte verlegen und blickte sich in dem verwahrlosten Flur um, wobei er beinahe mitleidig aussah. »Ich zahle für das Interview.«

Wills Magen knurrte, und ihm war etwas schwindlig von Koffein und Whisky. Im Kühlschrank befand sich noch eine halbe Pizza, und damit waren die Vorräte dann erschöpft. Wenn ihm nichts mehr einfiel, musste er Jenny anrufen und sie um Geld bitten. Oder vielleicht würde Matt noch mal einspringen. Henry Elliot hatte ihm deutlich zu verstehen gegeben, dass er mit keinem Reporter mehr ein Wort wechseln sollte, und was seinen Fall betraf, auch mit niemand anderem. Aber Henry war schon immer ein verkniffener Arsch gewesen, und Will hatte nie viel auf den Rat von anderen gegeben.

»Wie viel?«, fragte er.

»Zweihundert Mäuse.«

»Ich weiß nicht.« Will bemühte sich, zweifelnd zu blicken. Er musste schließlich von irgendetwas leben. »Wie wär's mit tausend?«

»Fünfhundert. Das ist das Äußerste.« Der Reporter zog eine Brieftasche hervor und zählte fünf Hundertdollarscheine ab. »Mehr zahlt Ihnen keiner.«

»Warum soll ich mich streiten?« Will nahm das Geld und steckte es in die Sakkotasche. Er grinste und öffnete die Tür weiter, ließ seinen Besucher eintreten, gerade noch rechtzeitig, denn Mrs. Ehrland kam die Treppe herauf, um sich einmal mehr über den Müll und den zu lauten Fernseher spätabends zu beklagen. Als sie an die Tür klopfte, hatte Will den Reporter schon ins Wohnzimmer geführt. Er achtete nicht auf das Klopfen, zog seine Jacke aus und warf sie über den Tisch, der mit unbezahlten Rechnungen bedeckt war. Darüber wollte Mrs. Ehrland sich wahrscheinlich wieder auslassen, über die unbezahlte Miete.

»Für welche Zeitung schreiben Sie, sagten Sie?«

»Den *Boston Herald.* Ich bin Ted Scott. Ich halte Sie auch nicht lange auf. Das sagen alle, aber bei mir stimmt es.«

Will sammelte die Zeitungen und Zeitschriften ein, die auf der Couch und dem Sessel verstreut waren. Es tat wirklich gut, mit jemandem zu sprechen. Er war froh, dass er einmal alles rauslassen konnte, statt es in sich anzustauen, wie Henry Elliot ihm geraten hatte, der schon in der Schule ein Klemmarsch gewesen war. Außerdem war alles, was Will in dem Interview über Stella erzählte, nicht zum Abdruck freigegeben: dass sie gesagt hatte, er solle zur Polizei gehen, dass sie den Tod der Frau in Brighton irgendwie vorausgesehen hatte.

»Könnte ich mal mit ihr sprechen?«, fragte der Reporter. »Nur eine Minute oder so?«

»Lieber Himmel, nein. Sie ist bei ihrer Großmutter. In einem großen alten Haus auf dem Land. Außerhalb der Stadt. In Sicherheit.«

»Was hat sie noch gesehen?«, fragte der Reporter. »Hat sie die Umstände der Tat gesehen? Konnte sie erkennen, wie der Täter aussah?«

Will goss sich noch einen Whisky ein. Er mochte das Brennen, weil er so noch etwas fühlen konnte in seinem Inneren. »Das ist nicht zum Abdruck freigegeben«, rief er seinem Gast in Erinnerung. »Sie hat nur gesehen, dass man der armen Frau die Kehle durchgeschnitten hatte.« Will sann darüber nach, wofür er die fünfhundert Steine ausgeben wollte. Wenn er seine Schulden im Hornet's Nest bezahlt hatte, konnte er jeden Abend hingehen und Kelly Butler vielleicht einmal zu einem guten Essen einladen. Er hatte ganz vergessen, wie hungrig er war. »Ich hol mir nur rasch was zu essen.« Er stand auf. »Möchten Sie auch was? Ein Bier?«

»Bisschen früh für mich«, sagte der Reporter. »Danke, ich brauche nichts.«

Will nahm ein Stück Pizza aus dem matschigen Karton. Da es keine sauberen Teller mehr gab, riss er sich ein Stück Haushaltspapier ab und fummelte ein Bier aus dem Sechserpack. Es war das Letzte, aber da konnte er in Kürze Abhilfe schaffen.

»Komme gleich«, rief Will. »Muss nur noch nach Peperoni schauen. Pizza ohne Peperoni taugt nichts, meiner Meinung nach.«

Er trug alles zum Wohnzimmer und stieß die Tür mit der Hüfte auf. »Wollen Sie bestimmt nichts?«, fragte er.

Doch er sprach mit sich selbst. Der Sessel, in dem der Reporter gesessen hatte, war leer. Ein Windstoß fuhr durchs Fenster und raschelte in den Zeitungen, die Will auf den Boden geworfen hatte. Ted Scott war verschwunden.

»Scheiße«, murmelte Will. Er ließ das Bier und die Pizza auf den Tisch fallen, stand einen Moment reglos da. Dann ging er zum Tisch und griff in seine Jackentasche. Das Geld war auch verschwunden.

Die Wohnungstür stand offen, im Flur war niemand. Die Mülltüten, die Will morgens neben der Tür abgestellt hatte, waren umgefallen, und seine leeren Bierflaschen lagen am Boden. Er machte sich nicht die Mühe, den Müll zu trennen; so weit vorausdenken konnte er nicht. Seine Mutter hatte ihn gewarnt, dass die Achtlosigkeit, mit der er lebte, ihn am Ende ins Unheil stürzen würde. Bei seinem letzten Besuch bei ihr hatte sie seine Hand gepackt und sich entschuldigt.

»Wofür denn?« Will hatte gelacht.

»Vielleicht hätte ich es dir nicht so leicht machen sollen«, hatte Catherine Avery gesagt. »Vielleicht hätte ich nicht alles gutheißen sollen, was du tust.«

So war sie gewesen, hatte sich immer selbst die Schuld gegeben, sogar für sein verpfuschtes Leben.

»Mutter«, hatte er gesagt. Er hatte sich zu ihr heruntergebeugt, obwohl sie nach Tod roch und er in solchen Lagen sonst Reißaus nahm. Sie atmete mühevoll, und ihm fiel plötzlich auf, dass er ihr niemals auch nur eine einzige Frage über sie selbst gestellt hatte. Er wusste nicht einmal, wem sie bei der letzten Wahl ihre Stimme gegeben hatte, welche Filme ihr gefallen hatten oder ob sie noch spätnachts Romane las, wenn sie vor Sorge um ihn kein Auge zutun konnte. »Du hast alles richtig gemacht«, sagte er. »Wenn etwas schief gelaufen ist, dann war das einzig und allein meine Schuld.«

»Oh«, hatte seine Mutter gesagt, mit einer letzten Anstrengung. Sie hatte seine Hand so fest gepackt, dass er erschrocken zurückfuhr. »Ich habe dich so sehr geliebt«, sagte sie.

Wenn er nicht so ein gieriger Idiot wäre, hätte er gemerkt, dass mit diesem Ted Scott irgendetwas nicht stimmte. Ein Gauner erkennt den anderen, sagten die Leute das nicht immer? Nun, in diesem Fall stimmte es nicht. Diesmal hatte er sich von ein paar Dollar täuschen lassen. Er rief beim *Boston Herald* an und war nicht erstaunt, als der Redakteur des Lokalteils ihm mitteilte, bei ihnen sei nie ein Ted Scott angestellt gewesen. Dann rief er bei den Boulevardblättern an, wo er dasselbe zu hören bekam.

Jeder Gauner geht irgendwann einem anderen Gauner auf den Leim, und Will konnte nicht fassen, dass er die fünfhundert Dollar aus den Augen gelassen hatte. Er verlor völlig den Überblick. Er betrachtete sich in dem Spiegel im Flur, den Jenny in einem Antiquitätenladen in der Charles Street gekauft hatte, als sie die Wohnung bezogen. Er sah auch nicht mehr gut aus, das war offensichtlich. Es fiel vielleicht nicht gleich jedem auf, aber wer genau hinsah, merkte es. Sein Gesicht wirkte aufgedunsen, unter den Augen lagen dunkle Schatten; seine Haut war schlaff, und für die fahle Hautfarbe war diesmal nicht das grässliche Licht im Gefängnis verantwortlich.

»Idiot«, sagte er zu seinem Spiegelbild.

Hatte er geglaubt, er würde es bis in alle Ewigkeit so leicht haben? Hatte er angenommen, dass er nie für all die Schleichwege bezahlen müsste, die er sich im Leben erlaubt hatte? Er dachte an diese Männer auf den Bänken im Stadtpark und an ihre Träume von Dingen, die sie durch Diebstahl oder eigenes Verschulden verloren hatten. In letzter Zeit kamen in seinen kurzen verschwommenen Traumfetzen dieselben Dinge vor: saubere Laken, wahre Liebe, eine Frau, der es einerlei war, wie er aussah oder wie viel Geld er in der Tasche hatte.

Zum ersten Mal seit sehr langer Zeit betrachtete Will sein eigenes Spiegelbild. Dort im Spiegel sah er auch den Tapeziertisch, auf dem Jenny die Post sammelte, auf dem sie Stellas Schulfrühstück platzierte, auf dem sie Nachrichten für Will anbrachte, in denen sie ihn an seine häuslichen Pflichten erinnerte, Pflichten, vor denen er sich grundsätzlich drückte. Und Will bemerkte, dass das Modell von

Cake House, das dort gestanden hatte, ein nutzloser Staubfänger, verschwunden war. Es fiel ihm auf, weil die leere Fläche glänzte, während der Rest des Tisches mit einer Staubschicht bedeckt war. Das alte Haus in den Wäldern, verschenkt und verschleudert. Der Aufenthaltsort seiner Tochter, die Zeugin eines Verbrechens war, bevor es begangen wurde.

Das Telefon klingelte, doch Will nahm nicht ab. Sein Magen fühlte sich höllisch an. Vielleicht war Henry Elliot dran oder, schlimmer noch, Matt. Er konnte mit niemandem sprechen. Er brauchte einen Moment Ruhe, um sich einzugestehen, was er angerichtet hatte. Wer auch immer Stella suchte, befand sich nun im Besitz von etwas weitaus Aufschlussreicherem als einer Landkarte. Er besaß ein Modell des Hauses, und es würde nicht lange dauern, bis er das richtige Haus ausfindig machte, wo die Forsythie nicht aus Filz bestand, sondern echte Blüten hervorbrachte. Binnen kurzem würde er die Haustür vor sich sehen, wo die Lorbeerhecke in diesem Jahr so hoch gewachsen war, dass niemandem auffiel, wenn sich dort jemand verbarg, umgeben vom Duft des Lorbeers und dem Summen der Bienen.

IV.

Dreißig Jahre waren vergangen, seit zum letzten Mal ein Gast in Cake House zum Essen geladen war, diese Kollegin von Saul, die so spät kam, dass der Abend schon misslungen war, bevor er überhaupt begonnen hatte. Sie war eine attraktive Frau mit kastanienbraunem Haar und hohen geschwungenen Augenbrauen, schwarz wie Rabengefieder. *Wer findet schon diese kleinen Städte?* Sie hatte gelacht und sich nicht einmal für die Verspätung entschuldigt. Sie hatte keine Straßenkarte dabeigehabt und war zu elegant gekleidet für den Anlass; während Saul in den Salon ging, um Drinks zu mixen, sah die Frau zu, wie Elinor den Salat anmachte. Sie stellte zu viele Fragen über Saul: was aß er am liebsten, arbeitete er sonntags mit einem Strohhut auf dem Kopf im Garten, goss die Setzlinge? Oder lag er im Bett und las die Zeitung, und nahm er sich zuerst den Sportteil oder die Politik vor? Ihr hübscher Gast log nicht, nicht direkt, was sie besonders undurchschaubar machte. Sie wollte nur Elinors Mann besser kennen lernen; sie wollte ihn für sich haben, das war alles.

Seit dreißig Jahren waren keine Gäste mehr im Haus gewesen; nur Dr. Stewart hatte hier ab und an eine Gemüsesuppe gegessen oder vor Weihnachten ein paar Lebkuchen. Das Silberbesteck in dem samtbeschlagenen Etui war angelaufen, das gute Porzellan musste abgestaubt und gespült werden, die Asche wurde aus dem Kamin gekehrt und ein Feuer angezündet, denn obwohl es April war, obwohl Wachslilien und Hundszahn auf den Wiesen blühten, obwohl gelbe Jonquillen den Weg säumten, war es im Esszimmer so kalt wie in einer Gruft.

»Du musst nicht mithelfen«, sagte Jenny zu ihrer Mutter. Elinor schlenderte tatenlos durch die Küche, während Jenny Zwiebeln und Lauch für das Gericht mit Huhn häckselte, das nicht zu aufwändig, aber auch nicht zu schlicht war, eine Mahlzeit, der man nicht anmerkte, wie sehr sie geschuftet hatte, nur weil Matt zum Essen kam. Sie war um sechs aufgestanden und hatte das Essen geplant, dann war sie nach North Arthur zum Markt gefahren, wo das Gemüse immer am frischesten war.

»Natürlich muss sie mithelfen«, rief Stella aus der Spülküche. Sie hatte hinter den mit Teichwasser gefüllten Flaschen das älteste Kochbuch des Hauses hervorgekramt, das einst Elisabeth Sparrow gehört hatte, und sah nun die mit Schmalz und Gelee bekleckten Seiten durch. »Großmutter und ich machen den Nachtisch. Das ist es!«, erklärte sie, als sie in die Küche zurückkam. »Vogelnestpudding. Klingt das nicht großartig?«

»Eher grauenvoll«, erwiderte Elinor.

»Ich muss deiner Großmutter Recht geben.« Was sie beide schockierte und vielleicht noch nie vorgekommen war. Dennoch freute sich Jenny über Stellas Interesse. Alles war als Fortschritt zu werten, solange sie nicht bockig hinausstapfte. Da hielten sie sich nun gemeinsam in der Küche auf, drei Frauen aus derselben Familie, und es gab keine Scherereien, bisher jedenfalls.

»Mit Vanillepudding gefüllte Äpfel.« Stella band ihr Haar zurück und machte sich daran, das Kerngehäuse aus den Äpfeln zu schneiden. »Wir können Vanille oder Karamel machen. Elisabeth fand Vanille besser«, teilte Stella ihrer Großmutter mit, der sie Eier zum Schlagen hingestellt hatte. »Ich wünschte, Juliet könnte mich jetzt sehen. Sie würde nie glauben, dass ich kochen kann.«

»Juliet?«, fragte Jenny beunruhigt.

»Meine beste Freundin«, hielt Stella ihrer Mutter vor. »Schon vergessen?«

»So, so«, äußerte Elinor, nicht erfreut über die Verstimmung, aber befriedigt darüber, einen Makel in der Vollkommenheit ihrer Tochter entdeckt zu haben, einen menschlichen Zug. »Du kennst also ihre beste Freundin nicht.«

»Natürlich kenne ich sie. Ich finde nur, dass sie kein geeigneter Umgang für Stella ist.«

»Juliets Mutter hat wenigstens studiert. Sie hat nicht ihre Zukunft geopfert, um die Ausbildung irgendeines Mannes zu finanzieren.«

»Dieser Mann war dein Vater. Und willst du mich mit einer Frau vergleichen, die ihren Ehemann umgebracht hat? Dazu muss man nicht studiert haben.«

Elinor bemerkte, dass der Pudding auf dem Herd blubberte und überkochte. Die Füllung für das Vogelnest würde gleich verdorben sein, schon entstand eine Haut am Rand.

»Ich hab jetzt auch ein Elternteil, das im Knast sitzt. Ist meine Freundschaft mit Juliet dann okay, Mutter? Ist sie jetzt gut genug für mich?«

»Du drehst mir die Worte im Mund herum.«

»Das brauche ich gar nicht! Das schaffst du im Alleingang! Du glaubst doch, du hast immer Recht!«

»Nun, und in manchen Dingen habe ich auch Recht! Was du natürlich nicht zugeben kannst!«

Sie starrten sich über die Lauchstückchen und ausgehöhlten Äpfel hinweg an, während der Pudding auf dem Herd überkochte.

»Bis du gekommen bist, war hier alles super«, sagte Stella. »Alles war richtig gut.«

»Ich möchte mich ja nicht einmischen, aber der Pudding brennt an«, verkündete Elinor.

Stella grapschte sich ein Geschirrhandtuch, rannte zum Herd und hob den schweren Topf von der Flamme. Elisabeth Sparrow hatte in dem alten Kochbuch empfohlen, die Masse fünfzehn Minuten lang zu rühren, doch dieser Pudding war angebrannt und völlig verdorben.

Stella warf die Hände in die Luft und rannte hinaus, weshalb Elinor den Topf in die Spüle stellte und Wasser hineinlaufen ließ. Dampfwolken stiegen auf, und die Küchenfenster beschlugen. In den massiven alten grünen Fensterscheiben sah Elinor, dass Jenny auf einen Stuhl gesunken war und den Kopf in die Hände stützte. Die geschnittenen Zwiebeln und Lauchstücke verströmten einen angenehmen Geruch, nach Regen und Frühling. Elinor blieb an dem Spülbecken aus Speckstein stehen. Vor langer Zeit hatte sie einmal gewusst, wie man jemanden tröstet, sie hatte ihr Baby in den Armen gewiegt, doch das hatte sie verlernt. Sie hatte keine Ahnung, was man tun konnte, um jemanden zu trösten.

»Mach dir keine Gedanken wegen des Puddings«, sagte sie trocken, während sie den Topf ausschrubbte. »Jedermann in der Stadt weiß, dass Matt Avery nichts Süßes isst. Er mag lieber Butterbrote.«

»Früher aß er gerne Eisbecher. Hat er sich wahrscheinlich abgewöhnt.« Jenny putzte sich mit einem Haushaltstuch die Nase. »Der gute alte gelassene Matt.«

»Na, irgendjemand muss ja so sein.«

Zu Elinors Erstaunen lachte Jenny. Elinor empfand einen Anflug von Stolz, als Jenny mit der Zubereitung des Essens fortfuhr, weil es ihr gelungen war, ihre Tochter aufzuheitern; wenigstens besaß Jenny die Fähigkeit, etwas durchzuhalten, sich nicht entmutigen zu lassen, zu tun, was notwendig war. Als Matts Pickup vorfuhr, köchelte das Fleisch im Ofen, der Reis war fertig, der Salat stand auf dem Tisch.

Matt hatte eine Flasche Wein und ein paar Kümmelmuffins mitgebracht, die er früher immer für seine Mutter aus der Teestube geholt hatte. Auf der Veranda bellte Argus ihn an und kam dann mühselig angeschlurft, die gichtigen Hinterbeine nachziehend.

»Na, alter Knabe.« Matt tätschelte dem Hund den Kopf,

dann öffnete er die weiße Bäckertüte und nahm einen der frischen Kümmelmuffins heraus. »Verrat's keinem«, sagte er, als der Hund begeistert den Muffin verschlang.

Stella hatte die Szene aus dem Garten beobachtet, wohin sie sich zum Schmollen zurückgezogen hatte. Sie lächelte, als sie sah, wie ihr Onkel sorgfältig die Krümel aus den Barthaaren des Wolfshunds entfernte.

»Du hast es echt geschafft«, rief sie ihm zu, als sie durch das feuchte Gras zu ihm ging. Kleine Frösche sprangen vor ihren Füßen ins Gebüsch.

»Ja, aber ich bin nicht sicher, ob man mich hier wirklich gerne sieht.«

»Meine Großmutter belegt dich vielleicht mit einem Fluch, und meine Mutter bringt dich mit dem Schmortopf um, aber wenn du dich nicht vor ihnen graulst und nichts gegen Gemüse hast, komm doch rein.«

»Sagtest du Schmortopf?«

»Ja, sie kocht schon den ganzen Tag.«

»Im Ernst?« Matt sann darüber nach. Er freute sich über Jennys Einsatz, fühlte sich aber auch an die Zeiten erinnert, als die Frauen aus der Stadt seinen Tiefkühlschrank mit Truthahn-Lasagne und Bohnen-Pie füllten. »Schmortopf, sagtest du?«

Stella war schon ins Haus gegangen.

»Kommst du jetzt?«, fragte sie, als er zögerte.

Matt war stehen geblieben und sah sich um. Vielleicht bekam er eine solche Einladung nie wieder, und er wollte Cake House bewusst erleben. Er war nur einmal hier gewesen, an jenem schrecklichen Tag, als er ins Haus gerannt war, um Will vor Elinor zu beschützen.

»Ich habe dich als ganz kleines Baby gesehen«, sagte Matt zu Stella. Argus, der sich für gewöhnlich würdevoll und erhaben benahm, folgte ihnen wild schnuppernd, in der Hoffnung, dass noch ein Kümmelmuffin für ihn abfiel. »Genauer gesagt, drei Tage nach deiner Geburt. Meine Mutter war damals auch dabei, deine Großmutter, Catherine. Wir waren uns einig, dass du das hübscheste Baby der Welt warst.«

Stella lächelte. Ihr Onkel war ein Mensch, in dessen Gegenwart es einfach war, sich wohl zu fühlen. «Ich hab Vogelnestpudding für dich gekocht, aber er ist angebrannt.«

»Ein Jammer. Aber um ehrlich zu sein: klingt grässlich. Waren Schnäbel und Federn dran?«

Stella lachte. »Pudding und Äpfel.«

»Genauso grässlich. Ich esse nichts Süßes.«

Elinor trat in den Vorraum. Sie schien zwar nicht begeistert zu sein über den Gast in ihrem Haus, nahm aber die Bäckertüte in Empfang und spähte hinein. »Die Lieblingsmuffins deiner Mutter«, sagte sie.

Matt fand es beeindruckend, dass sie sich noch daran erinnerte. Er arbeitete zwar seit Jahren für Elinor, kannte sie aber kaum, und wenn die Leute in der Stadt ihn fragten, wie sie war, schwieg er sich aus. Er wusste eigentlich nur, dass sie sich weigerte, die Auffahrt zu asphaltieren, was er schon öfter vorgeschlagen hatte, und dass sie die Dead Horse Lane nicht einebnen lassen wollte.

Als Matt nun in der Halle stand, fiel ihm auf, wie oft er von diesem Haus geträumt hatte, obwohl er nur einmal hier gewesen war. In seinen Träumen kam immer das ursprüngliche Haus vor, ohne die Anbauten, die man später hinzugefügt hatte wie Zuckerguss. Früher einmal hatte Cake House nur aus Holz und Lehm und Stroh bestanden. In Matts Träumen roch es nach Rauch und Wasserlilien, und der Geruch schien auch jetzt da zu sein, wurde aber überdeckt von dem Duft frischer Brötchen, die Jenny gerade auf einem kleinen Blech aus der Küche brachte. Die Brötchen waren aus der Packung, aber Liza Hull hatte ihr gesagt, wenn man Butterflocken und ein bisschen Rosmarin darauf gäbe, würden sie schmecken wie selbst gebacken.

»Da bist du ja«, sagte Jenny fröhlich. Sie fächelte sich mit dem Küchenhandtuch Luft zu; es kam ihr vor, als verbrenne sie mit dem heißen Blech in der Hand. Das Aroma des Rosmarins hatte etwas Berauschendes. »Unser allererster Gast.«

Matt hatte unlängst in Emily Hathaways Haushaltsbuch gelesen, dass verliebte Narren gerne glaubten, schon beim Zuknöpfen eines Hemds ließe sich bestimmen, ob man bei der Angebeteten eine Chance hatte; das Ergebnis hing davon ab, ob die Zahl gerade oder ungerade war. Dieselbe Regel galt für Pflaumensteine in einem Kuchen. Ungerade bedeutete Herzeleid. Gerade, die Liebe.

»Den Wein kannst du wieder mitnehmen. Wir trinken nicht«, sagte Elinor.

»Einige von uns trinken sehr wohl«, äußerte Jenny und nahm Matt die Flasche Chardonnay ab. »Wenn Will hier wäre, würde er allerdings Whisky verlangen. Und zwar den besten. Er trinkt immer Johnnie Walker, nicht?«

Einmal ausgesprochen, hockte Wills Namen auf dem Teppich wie ein ungeladener Frosch.

»Der gute alte Will«, sagte Matt Avery.

Stella betrachtete ihren Onkel eingehend und kam zu dem Schluss, dass er in jeder Hinsicht das Gegenteil ihres Vaters war. Würde man die beiden Brüder einander gegenüberstellen, so würde einer wie das Original und der andere wie der Schatten wirken. Doch wer würde welche Rolle übernehmen?

»Sind Gene nicht faszinierend?«, sagte Stella, als sie sich zu Tisch setzten. Sie trug das silberne Armband, das sie von ihrem Vater bekommen hatte, und das Glöckchen klirrte hell, als sie Matt den Salat reichte. »Die Variationen. Die Mutationen. Deshalb will ich Medizin studieren«, berichtete Stella ihrem Onkel. »Alles ist möglich.«

Matt war schwer beeindruckt. Als er in der neunten Klasse war, hatte er zu viele andere Sachen im Kopf, um sich über seine Zukunft Gedanken zu machen. Seine Pläne erschöpften sich darin, am Sonntagnachmittag ins Kino an der North Arthur zu gehen.

»Was machst du so?«, fragte Stella.

»Das hast du doch gesehen. Ich fälle Bäume. Ich mähe auch Rasenflächen. Fahre den Schneepflug. Versuche regelmäßig, deine Großmutter zu überreden, die Zufahrt asphaltieren und den Lorbeer zurückschneiden zu lassen.«

»Niemals«, sagte Elinor.

»Und er studiert Geschichte«, ergänzte Jenny. »Er kennt sich bestens mit der Geschichte von Unity aus.«

»Ach, wirklich?« Elinor legte ihre Gabel ab. »Erzähl mir etwas, das ich noch nicht weiß.«

Er hätte ihr erzählen können, dass ihre Enkelin mit ihren goldenen Augen und dem schneefarbenen Haar ganz anders aussah als alle Sparrow-Frauen. Sie ähnelte den Avery-Frauen, Catherine, ihren Schwestern und Tanten, doch bei den Averys gab es keine Frau, die nach Wasserlilien roch. Er erzählte Elinor aber, dass ihre Großmutter, Elisabeth Sparrow, nichts schmecken konnte, was ihr in den Jahren der Wirtschaftskrise von Nutzen war, da sie noch aus den kärglichsten Zutaten ein Mahl zubereiten konnte. Es hieß, dieser Eigenschaft verdanke sie ihre hervorragenden Kochkünste.

Elisabeth Sparrow, fuhr Matt fort, bereitete eine Suppe aus Wasserlilienblättern zu, die erstaunlich sättigend war. Einige Frauen, darunter Lois Hathaway, hatten damals vermerkt, dass Elisabeth auch ein Gericht aus einheimischen Pflanzen kochte, aus der Wasserpflanze Merk, Petersilie und anderen geheimen Zutaten, das sie Neun-Frösche-Eintopf nannte. Binnen kurzem standen Leute, die ihre Arbeit verloren hatten, auf der Veranda von Cake House Schlange, zu hungrig, um sich noch stolz zu geben. Schließlich richtete Elisabeth in dem Gebäude, in dem heute das Gemeindezentrum untergebracht war, eine Küche ein, und manche Leute behaupten, sie habe im Laufe der Jahre über zwanzigtausend Mahlzeiten an Bedürftige ausgegeben, darunter an jene Männer, die man mit dem Bau des Bahnhofs beauftragt hatte. Liza Hulls Großmutter hatte als Kind dort fast täglich gegessen.

»So ist Liza an Elisabeths Rezept für den Zitronenpie gekommen«, sagte Matt.

Stella lief los und holte Elisabeths Kochbuch. »Das ist das Original«, sagte sie zu Matt, der sichtlich beeindruckt war. Stella schlug die letzte Seite auf, und da war es, das Rezept für den Neun-Frösche-Eintopf. »Ooh. Da steht, man soll das Wasser abseihen, um den Schlamm und die Stechmücken rauszusieben. Na lecker. Aber zwei Zutaten kann ich nicht entziffern.«

Matt beugte sich über das Kochbuch. »Das Erste kann ich auch nicht lesen.« Die Handschrift war schräg und die Tinte orange, als sei sie aus Lilien hergestellt worden. »Die letzte Zutat scheint mir Salbei zu sein.«

Jenny klatschte Beifall für Matts Kenntnisse über ihre

Familiengeschichte. »Ich hab dir doch gesagt, er weiß alles.«

Matt sah Jenny mit einem durchdringenden Blick an, der ihr unangenehm war. »Ich weiß nicht alles«, sagte er. »Bei weitem nicht.«

»Na, vielleicht weißt du, warum sie den Glaskasten im Salon immer noch aufbewahren«, sagte Stella zu ihrem Onkel. »Vielleicht kannst du mir sagen, warum niemand hier sich jemals entschließen konnte, diese grässlichen Sachen wegzuwerfen.«

»Soll ich mal nach dem Schmortopf gucken, oder gehst du?«, fragte Elinor Jenny.

»Ich geh schon«, sagte Jenny, dankbar, dass ihre Mutter das Thema gewechselt hatte. »Er müsste jetzt fertig sein.«

Stella wandte sich zu Matt. »Merkst du, was sie machen?« In dem matten Dämmerlicht sah er, dass sich auf ihrer Stirn schon eine Falte eingenistet hatte. Er wusste genau, welche Stellung sie in der Familie innehatte, denn das war früher auch die seine gewesen: die Person, die sich Sorgen macht, die sieht, was die anderen verleugnen, die es übernimmt, das Chaos zu beseitigen, das die anderen anrichten.

»Magst du mir den Kasten mal zeigen?« Matt hatte ihn schon immer sehen wollen. Kein Tag war seither vergangen, an dem er sich nicht gewünscht hatte, damals nicht draußen geblieben zu sein, um auf seinen Bruder zu warten, in der feuchten Luft, die grün war vom Samen der Blüten.

Stella schob ihren Stuhl zurück.

»Wir sind noch beim Essen«, sagte Jenny. »Stella, bitte!«

Stella schenkte ihrer Mutter keinerlei Beachtung, sondern geleitete ihren Onkel in den Salon. Der Raum befand sich in der Mitte der Hochzeitstorte und hatte eine Wand, die nur aus Fenstern bestand, doch das Fensterglas war alt und das Licht, das hereindrang, matt und trübe. Argus lag auf der Schwelle des Salons, und Matt musste über ihn hinwegsteigen. All die Jahre hatte er darauf gewartet, diesen Raum wieder zu betreten; als er damals kam, um seinen Bruder zu beschützen, hatte er keine Zeit gehabt, sich umzusehen, und nun wurde er nicht enttäuscht. Er bemerkte, dass die Deckenbalken aus Kirschholz waren, das einen milden fruchtigen Duft verströmte. Die Bücherregale waren aus Nussholz angefertigt. Stella ging mit ihm in die Ecke und zog das Tuch von dem Glaskasten, dessen Stickereien, wie Matt wusste, von Rebeccas Tochter Sarah und deren Tochter Rosemary stammten. Ein rotes Herz, in zwei Teile gebrochen. Die Trauerweide, die schwarze Tränen weinte. Schneeglöckchen am Boden, Vögel am Himmel. Jeder Stich wurde mit großer Sorgfalt ausgeführt; drei Winter hatten sie daran gearbeitet, mit einer Lupe, um den dünnen Seidenfaden zu erkennen. Matt vergaß beinahe zu atmen, als er den Inhalt des Kastens betrachtete. Was die Gesellschaft für Geschichte darum geben würde, diese Dinge auch nur einen einzigen Nachmittag auszustellen. Miss Gibson wäre außer sich vor Glück, wenn es jemandem gelänge, auch nur eines dieser Stücke in die Bibliothek zu schmuggeln. Alleine der silberne Kompass wäre eine Sensation, der Zopf schon beinahe zu aufregend.

Matt erkannte, dass seine Nichte furchtlos war, was bei den Averys selten vorkam, bei den Sparrows jedoch recht häufig. »Das hier sind die Pfeilspitzen, die einige von den Jungen aus dem Ort auf Rebecca abgeschossen haben. Von den Frosts haben später welche zugegeben, daran beteiligt gewesen zu sein, und ich glaube, auch einer von den Hapgoods und den Whites. Die Leute sagten, Rebecca könne keinen Schmerz empfinden, und diese Jungen beschlossen, das zu testen. Auch wenn sie nicht reagierte, scheint sie doch von den Verletzungen durch diese Pfeile eine Bauchfellentzündung davongetragen zu haben, denn sie hinkte, nachdem sie davon getroffen worden war.«

Jenny war ihnen nachgekommen, aber vor der Schwelle des Salons stehen geblieben. Für sie war der Glaskasten immer das geheime Kummermuseum ihrer Familie gewesen, dessen Ausstellungsstücke sie ermahnen sollten, niemandem zu trauen und niemals zu verzeihen. Nun war sie dessen nicht mehr so sicher.

»Das haben diese Jungen nicht begriffen«, sagte Matt zu Stella. »Nur weil man keinen Schmerz spürt, heißt das noch lange nicht, das man ihn nicht empfindet.«

Er griff in seine Tasche und nahm die zehnte Pfeilspitze heraus. Seit über dreißig Jahren trug er sie mit sich herum. Er hätte sie damals gleich zurückgeben sollen, doch er wollte Will nicht in Schwierigkeiten bringen, und deshalb hatte ihm die Pfeilspitze in all den Jahren als Talisman gedient. Glück hatte sie ihm keines gebracht. Und auch an Jenny hatte er jeden Tag denken müssen. Dennoch würde er sich ohne die Pfeilspitze wohl eine Weile einsam fühlen, aber das wäre nicht das erste Mal.

»Ich fass es nicht!« Stella lachte laut. Ihr war aufgefallen, dass eine der Pfeilspitzen fehlte, und sie hatte sich gefragt, was wohl damit geschehen war. »Wo hast du die her?«

»Sie ist verlegt worden«, antwortete Matt. »Jetzt ist sie wieder da.«

Jenny entsann sich, dass sie Will an ihrem dreizehnten Geburtstag eine Weile im Salon allein gelassen hatte. Nur kurz, um sich mit ihrer Mutter zu streiten, doch Will hatte genügend Zeit gehabt, um die Pfeilspitze zu stehlen. Wenn

Jenny achtsamer gewesen wäre, hätte sie damals bemerkt, dass Will sich an diesem Tag die Hände rieb, als juckten sie, was immer auf einen Dieb hinwies.

»Rebeccas Geschichte wurde vor allem von einem Mann names Charles Hathaway aufgeschrieben. Kann einem Leid tun, der Bursche. Hatte hier als Erster Land erworben, dann hat er beinahe alles verloren und wurde am Ende auch noch von seinem eigenen Sohn abgelehnt.«

»Sind das ihre Haare?«, fragte Stella. *Rebecca,* dachte sie. *Gib mir ein Zeichen.*

Matt nickte. »Ich denke schon. Diese Stadt ist schlimm mit ihr umgesprungen, Stella. Wenn du die ganze Geschichte hören willst, komm in die Bibliothek.«

»Tut mir Leid, dass das Essen so schief läuft«, sagte Jenny, als sie Stella alleine ließen, damit sie ungestört die Pfeilspitze an ihren angestammten Platz zurücklegen konnte.

»Tut es doch gar nicht. Ich empfinde das nicht so.« Matt hätte es nichts ausgemacht, wenn Jenny Wasserliliensuppe und den Neun-Frösche-Eintopf nach Elisabeth Sparrows Rezept serviert hätte. Er hätte auch Baumrinde, Leder oder geröstete Schneeglöckchen auf Reis gespeist. Der Sinn stand ihm nach etwas anderem als Essen.

»Bestimmt magst du Schmortopf sowieso nicht.«

»Das würde ich nicht sagen.« Matt stand so dicht neben ihr, dass ihm schwindlig wurde vom Duft des Seewassers. *Verströmt ihre Haut diesen Geruch?*, dachte er. *Ist das bei allen Sparrow-Frauen so? Ist der Duft in ihrem Blut?*

»Was würdest du denn sagen?«

Jenny stand ein wenig zu dicht neben Matt Avery. Sie war kühn geworden, ergab sich diesem grün schillernden Leichtsinn, den der Frühling mit sich brachte, auch wenn der März schon vorüber war. Brachte der Regen sie vielleicht um den Verstand, dieser Narzissenregen, Rosenregen, Fischregen, der über diesem Teil von Neuengland herniederging?

»Ich würde wohl sagen, dass ich mir wünschte, alles wäre anders gekommen.«

»Das würden die meisten Leute sagen, oder?« Irgendetwas schien unter Jennys Haut zu jucken. Das lag bestimmt an dem Rosmarin, den sie auf die Brötchen gestreut hatte. »Jeder macht Fehler und empfindet dann so, oder nicht?«

Elinor war gekommen, um sie zum Essen zu rufen, doch dann bemerkte sie draußen eine Bewegung. Sie spähte durch das kleine Fenster neben der Haustür und stampfte mit ihrem Stock auf den Boden, um Jenny aufmerksam zu machen. »Da draußen ist jemand. Jemand kommt die Auffahrt entlang.«

Jenny trat zu ihr und sah hinaus. Das Glas war dick und voller Luftblasen, man konnte kaum etwas erkennen. Sie sah nur Schatten und die Umrisse der Lorbeerhecke. »Da ist nichts.«

»Ist dir mal aufgefallen, dass du mir niemals zustimmst?«, sagte Elinor. »Wenn ich sagen würde, es sei Mittag, wäre es dir ganz egal, ob die Sonne am höchsten steht. Du würdest behaupten, es sei Nacht. Du willst einfach widersprechen, worum es auch geht. Da läuft er! Schau richtig hin!«

Jenny spähte wieder durch das Fenster, und diesmal blinzelte sie und trat so dicht heran, dass ihre Nase die Scheibe berührte. Tatsächlich war eine Gestalt von der Dead Horse Lane abgebogen und kam nun die Auffahrt entlang, dann und wann über die Unebenheiten stolpernd. Der Himmel war blau, doch der Weg lag schon im Dunklen. Die Bienen in der Lorbeerhecke summten noch immer unermüdlich.

Matt trat zu ihnen und öffnete die Tür, um besser sehen

zu können. Normalerweise hätte er nur auf Jenny geachtet, doch etwas bewog ihn, den Mann auf dem Weg genau ins Auge zu fassen. Diesen Gang hätte er überall auf der Welt erkannt. Er war ihm so vertraut wie sein eigener.

»Es ist Will.« Er hörte sich an, als spräche er über einen Dämon oder einen Hund, nicht über seinen Bruder. »Er verstößt gegen die Kautionsauflagen.«

»Nun, ich hoffe, er mag kaltes Essen«, äußerte Elinor. »Was anderes gibt es nämlich bald nicht mehr.«

Sie sahen jetzt, dass Will eine Sporttasche über der Schulter trug, die offensichtlich mit Kleidern voll gestopft war, als habe er die Absicht, länger zu bleiben. Er watete durch diverse Schlaglöcher, und als er am Haus ankam, waren seine Schuhe schlammbedeckt und seine Hosen bis zum Knie durchnässt.

»Herrjemine. Dieser Weg«, sagte er. »Schlimmer denn je.«

»Ich will dich nicht hier haben, aber wenn du die Absicht hast, reinzukommen, zieh die Schuhe aus«, befahl Elinor.

Will lehnte sich ans Geländer der Veranda und tat, wie ihm geheißen.

»Jemand könnte mich mal begrüßen«, sagte er.

Matt und Jenny sahen sich an.

»Stimmt was nicht?«, fragte Will verwirrt.

»Das möchten wir dich fragen«, antwortete Jenny. »Solltest du nicht wegen der Kaution in Boston bleiben? Und warum hast du dich nie bei Stella gemeldet? Sie hat jeden Tag bei dir angerufen, und du warst nie zu Hause. Gibt es vielleicht mal einen Moment, in dem du nicht an dich selbst denkst?«

»Wie steht's mit dir?«, fragte Will seinen Bruder. »Möchtest du mir auch noch was vorwerfen?«

»Du bist immer noch voller Schlamm«, sagte Matt.

»Ich hab alles versaut«, gab Will zu.

Der Himmel am Horizont färbte sich rosafarben und blau, ein klares Blau, wie Elinor es schon so lange suchte und glaubte, vielleicht endlich gefunden zu haben. Sie waren umgeben von Schatten, so tiefblau wie Tinte.

»Das Haus ist weg«, sagte Will.

»Ich habe Mrs. Ehrland diesen Monat einen Scheck für die Miete geschickt. Sie kann dich nicht rauswerfen«, sagte Jenny. »Obwohl sie wahrscheinlich nichts lieber täte.«

»Nein. Nein. Nicht die Wohnung. Das kleine Haus. Jemand hat es gestohlen.«

Will sah heruntergekommen aus, wie er da stand ohne Schuhe und mit Schlamm an der Hose. Er sah aus wie ein Mann, der um eine warme Mahlzeit bittet, ein Bedürftiger, der auf eine Wendung des Schicksals hofft, aber schon weiß, dass ihm kein Glück beschieden sein wird. Matt fragte sich, ob sein Bruder so wirr daherredete, weil er vielleicht unter Entzugserscheinungen litt. Doch nein, er roch nach Whisky; Will hatte erst kürzlich etwas getrunken, vermutlich während der Fahrt. Im Zug von Boston gab es eine Bar, und der Barkeeper hatte schon damals, als sie noch Jungen waren, nie nach dem Ausweis gefragt. Manchmal fuhr Will den ganzen Tag mit dem Zug hin und her und trank Whisky, Gin und Ale, bis er nicht mehr auf einer Linie kriechen, geschweige denn gehen konnte.

Stella, die ihren Vater sprechen hörte, kam herausgerannt. Sie umarmte ihn stürmisch. »Warum hat mir keiner gesagt, dass du kommst?«

»Ich bin eigentlich gar nicht hier«, sagte Will. »Und das ist kein richtiger Besuch. Nur ein kleines Problem.«

Matt war nur allzu vertraut mit diesem Tonfall seines Bruders, der von Katastrophen kündete, von Versagen, Geldanleihen, Schlägereien auf der Straße, vom Verlust der Arbeitsstelle, dem Abbrechen der Schule, der Vögelei mit der Nachbarin von unten, dem Abwenden von einer sterbenden Frau, weil es zu schwer war, sie anzusehen, zu bedrückend, zu entsetzlich, zu wirklich.

»Na sicher hast du ein Problem. Du hast keine Schuhe an.« Stella funkelte ihre Mutter böse an, als sei Jenny daran schuld, dass Will mit löchrigen schlammigen Socken herumstehen musste. »Gibt es hier irgendwo Hausschuhe?«

»Im vorderen Schrank«, antwortete Elinor. »Mit oder ohne Bommeln.«

Das Licht schwand nun so rasch, dass die Blüten des Lorbeers in der Dunkelheit rosafarben glommen. Die Bienen summten träge und zufrieden, nachdem sie sich satt getrunken hatten. Die Haustür stand offen, und eine dicke Biene verirrte sich und flog ins Haus, wo sie sich auf Matts Hand niederließ. Als er die Hand bewegte, um sie zu verscheuchen, erhob sich die Biene nur langsam, zögerlich, als wolle sie sich nicht von ihm trennen. Jenny starrte auf die Biene, die ihn immer noch umschwebte. Kühle Luft strömte durch die offene Tür herein, denn der April narrte jeden mit seinen warmen Tagen und kalten Nächten. Und doch lag das Frühlingsfieber in der Luft. Es war immer noch die Zeit der überstürzten Entscheidungen und des plötzlichen Wagemuts, die Zeit der Visionen und weiß glühenden Hitze, obwohl es zuvor noch eiskalt gewesen war. Die Liebe offenbarte sich in einem einzigen Grashalm, in Dingen, die man behielt oder die man fortwarf. Jenny sann über die Biene nach, die nicht gestochen hatte, und den schwarzen Engel aus Granit im Stadtpark. Sie sann darüber nach, dass an jenem Morgen ihres dreizehnten Geburtstags zwei Jungen vor dem Haus auf dem Rasen gestanden hatten, und sie hatten nur einen Traum gehabt.

Jenny spürte ein Schwirren in ihrem Kopf. Alles hatte so seinen Anfang genommen am Morgen ihres Geburtstags. Sie war einst ganz sicher gewesen, wen sie lieben sollte. Sie hatte das gesehen, was sie sehen wollte, nicht das, was tatsächlich da war. Sie hatte nicht innegehalten, um sich zu besinnen. Geduld, das war die Zutat zum Neun-Frösche-Eintopf, die so unleserlich war, und die hatte Jenny einfach missachtet.

»Jemand hat es gestohlen?«, sagte Matt zu seinem Bruder. Erst jetzt wurde ihm bewusst, was das bedeutete.

Will wusste, was sein Bruder von ihm hielt, spätestens seit jener grässlichen Silvesterparty, als er so betrunken war, dass er nicht mehr klar denken konnte, und sich mit einer seiner Schülerinnen eingelassen hatte. Matt hatte wahrlich Grund genug, ihn zu verachten, doch es war Jennys Enttäuschung, vor der sich Will am meisten fürchtete. Oh, ihre Beziehung war vorbei, das wusste er, aber Jenny hatte eigentlich das Recht auf ein wenig Fürsorge nach all den Jahren, die sie ihm gewidmet hatte. Er rechnete damit, dass sie wahnsinnig wütend sein würde. Das stand ihr zu. Er hatte einen Fremden in die Wohnung gelassen, er hatte nur an seine Bedürfnisse gedacht, hatte die Sicherheit seiner Tochter für fünfhundert Dollar verkauft, die er nur einen Augenblick besessen hatte. Der Gewinn war in seinen gierigen Händen verpufft wie Rauch, und nichts war davon geblieben. Jetzt lief jemand dort draußen herum, der genau wusste, wie Cake House aussah. Will konnte nur beten, dass es wenigstens nicht auf einer Karte eingezeichnet war.

Will sah Jenny an, und zum ersten Mal, seit sie sich kannten, verbarg er nichts vor ihr. Sie waren schon seit so langer Zeit zusammen, dass er ihr wenigstens das eine schuldete: einen einzigen Augenblick Ehrlichkeit.

»Schatz«, sagte er, und das enorme Gewicht seiner Verfehlungen sank auf ihn nieder, als er da mit seinen nassen Socken neben der Lorbeerhecke stand. Er sah sein Spiegelbild in den Glaspaneelen neben der Eingangstür: ein Ertrinkender, der sich an nichts mehr festhalten konnte außer einem einzigen Fetzchen Wahrheit. »Ich habe einen Fehler gemacht.«

»Das verstehe ich«, erwiderte Jenny. »Ich auch.«

Die Heilung

I.

Stella, die dreizehn Jahre lang an einem Ort in einer Wohnung gelebt hatte, musste ein weiteres Mal umziehen. Sie waren alle übereingekommen, dass dies die beste Lösung war: Das Modellhaus war verschwunden und Stella nicht mehr sicher in Cake House. Doch wohin? Eine Cousine der Averys in New York wurde in Erwägung gezogen oder ein Internat in Rhode Island oder Connecticut. Doch Stella wollte Massachusetts auf keinen Fall verlassen. Sie weigerte sich, schon wieder auf eine neue Schule zu gehen. Sie wollte auf jeden Fall die neunte Klasse an der Unity Highschool zu Ende machen. Flutkatastrophen oder Hungersnot, Ängste der Eltern oder reale Bedrohung, sie blieb hier. Zum ersten Mal in ihrem Leben hatte sie nur gute Noten in der Schule; sie hatte große Freude daran, Dr. Stewart in die Klinik und das Pflegeheim zu begleiten. Und sie hatte schließlich auch noch ein Privatleben. Was sollte Hap ohne sie anfangen? Wen sollte Jimmy Elliot verfolgen, wenn Stella fortginge, an wessen Fenster sollte er Kieselsteine werfen, abends, wenn die Dämmerung einsetzte und die Grasmücken ihre letzten Lieder trällerten?

»Ich werde niemandem Mühe machen«, versprach Stella. »Ich werde wie ein Mäuschen sein.«

Es gab nicht viele Leute in Unity, an die sich die Sparrows wenden konnten; wer glaubt, die besten Nachbarn seien

Leute, die stets den Mund hielten, hatte auch in Zeiten der Not wenige Verbündete. Doch Liza Hull war bekannt für ihren Großmut. Als Jenny sie anrief und fragte, ob Stella bei ihr einziehen könnte, zögerte Liza keine Sekunde. Binnen Stunden war Stella in dem Gästezimmer über der Teestube untergebracht. Oh, köstlicher Duft nach Vanille, nach Seifenschaum, nach Assam-Tee. Oh, ein Zimmer für sie ganz alleine mit verschließbarer Tür und Blick auf die Platanen. Wenn so eine Notunterkunft aussah, war Stella äußerst zufrieden.

Liza hatte nicht einmal Fragen gestellt, sondern nur das Bett frisch bezogen und Stella gezeigt, wie sie das Wasser an der Badewanne regeln musste, das häufig zu heiß oder zu kalt war. Stella hatte nur wenige wichtige Sachen in ihrem Rucksack und einer Plastiktüte mitgebracht, doch Liza stellte ihr einen alten Eichenschrank zur Verfügung, der einst ihrer Großmutter gehört hatte, jener Frau, die als kleines Mädchen die besten Rezepte von Elisabeth Sparrow schriftlich festgehalten hatte.

»Ich finde es wunderbar, dass du mein Gast bist«, verkündete Liza, als Stella ihre Sachen ausgepackt hatte. Sie umarmte das Mädchen, und obwohl Stella sonst für solche Gefühlsbezeugungen wenig übrig hatte, musste man Liza einfach mögen. Es gefiel ihr gut, über der Teestube zu wohnen, wenn man einmal davon absah, dass ab sieben Uhr morgens Betrieb herrschte und sie nicht mehr schlafen konnte, selbst wenn sie sich die Decke über den Kopf zog. Teller klapperten, die Rohre gurgelten, wenn die Spülmaschine angestellt wurde. Doch sie hätte vielleicht sowieso nicht länger schlafen können, denn die entnervend munteren Grasmücken zwitscherten in den Fliederbüschen vor ihrem Fenster, und die Mutigsten von ihnen klopften sogar mit dem Schnabel ans Fenster, in der Hoffnung, dass Krusten und Krumen aus der Teestube für sie abfielen.

Bald stand das Wochenende vor der Tür. Stella und Juliet Aronson hatten Pläne, in die Stella ihre Mutter natürlich nicht eingeweiht hatte, weil sie Juliet seit jeher ablehnte. Tatsächlich war Juliet immer für eine Überraschung gut; sie war einfach anders und legte auch keinen Wert darauf, ein Durchschnittsmensch zu sein. Bei ihrem letzten Telefongespräch hatte Stella ihr beispielsweise anvertraut, dass sie sich nicht entscheiden könne, zu welchem Jungen sie sich nun wirklich hingezogen fühlte. Sollte sie auf ihren Verstand hören, ihr Herz oder ihren rasenden Puls?

»Steck eine Nadel in eine Kerze und zünde sie an«, hatte Juliet ihr geraten. »Wenn die Flamme bis auf die Nadel runtergebrannt ist, wird deine wahre Liebe durch die Tür kommen.«

Stella lachte. »Sehr wissenschaftlich.« Das war natürlich ein alberner Rat, der aber vielleicht einen Versuch wert war. Nur einen einzigen. »Was für eine Kerze soll man nehmen?«

»Eine ganz gewöhnliche Kerze und eine ganz gewöhnliche Nadel. Es funktioniert immer.«

Stella hatte in der Küche eine Kerze und einen alten Messingkerzenhalter entdeckt. Beides hatte sie in den Gastraum der Teestube gebracht, um bei Gelegenheit Juliets albernes Experiment zu starten. Doch wenn jetzt Jimmy Elliot hereinkam, hieß das dann, dass sie an ihn gebunden war? Und wenn Hap hereinkam, wäre sie dann enttäuscht?

Schließlich kam der Freitag, an dem Juliet eintreffen sollte. Sie würde ein paar Stunden in der Rabbit School schwänzen und mit dem Drei-Uhr-Zug ankommen. Zum Glück arbeitete Jenny an diesem Wochenende nicht in der

Teestube; aber sie hatte dennoch alle Hände voll zu tun, weil Elinor zusehends schwächer wurde und in Cake House viel Arbeit anfiel. Wer hätte je gedacht, dass sie beide irgendwann wieder zusammen in dem Haus am See wohnen würden? Es gab vieles zu erledigen. Sie musste zum Einkaufen nach Hamilton fahren, mit dieser schrecklichen alten Waschmaschine in der Spülküche Wäsche waschen, Huhn und Reis kochen für Argus, dessen Magen immer empfindlicher wurde.

Am Freitag war Jenny völlig erledigt. Ihre Füße taten weh, ihre Hände brannten vom Spülwasser, und wenn der Wind durch das offene Fenster neben der Kasse fegte, fröstelte sie. Es war düster und regnerisch an diesem Morgen, und bei solchem Wetter kamen meist viele Gäste in die Teestube, die noch nicht zur Arbeit gehen, sondern sich bei einer Tasse Tee oder Kaffee gegen Wind und Regen, Pfützen und Schufterei wappnen wollten. *Steinregen*, nannte Elinor diesen Regen, der ohne Gnade mit der Menschheit vom Himmel stürzte, so wuchtig, dass es wehtat, wenn man hineingeriet, und dass Straßen, Rinnsteine und Seen überliefen. Jenny hatte die ganze Nacht kaum ein Auge zugetan, weil der Regen so donnernd auf das alte Schieferdach prasselte. Sie musste an Matt Avery denken, obwohl sie es nicht wollte. Er machte sie schlaflos, löste irgendeine dumme Sehnsucht in ihr aus, die sie nicht in den Griff bekam. Als der Morgen kam, blieb der Himmel bleigrau. Der einzige Lichtfleck an diesem Tag war Stella, die am Tresen noch ein schnelles Frühstück zu sich nahm, bevor sie zur Schule ging.

»Dieses Brioche ist superlecker«, sagte Stella zufrieden mampfend und goss sich eine Tasse Tee ein.

Dass sie Tee trank, war neu. Auch dass sie lieber Brioche

aß als Zimtbrötchen. Jenny hatte den Eindruck, dass ihre Tochter immer glücklicher wurde, je weiter sie sich von ihr entfernte. Stella schien in dem dunklen Raum geradezu zu leuchten, heller noch als die Kerzen, die Jenny auf der Anrichte angezündet hatte.

»Liza! Du machst die besten Brioches der Welt«, rief Stella, als Liza mit zwei Brombeerpies für das Kuchenbuffet hereinkam. Bevor sie in die Küche zurückkehrte, brachte Liza dem Mädchen noch ein Stück Butter und eine Portion von ihrem selbst gekochten Apfelweingelee.

»Hast du deiner Mutter von deinen Plänen fürs Wochenende erzählt?«, fragte sie.

»Mach ich noch«, versicherte Stella und verschränkte dabei die Finger hinter ihrem Rücken.

»Was willst du mir erzählen?«

Jenny, die gerade die Bestellung von diesem grantigen alten Eli Hathaway aufgenommen hatte, trat zu ihnen. »Bloß nicht dieses gesunde Zeugs«, hatte Eli gesagt. Der Taxifahrer sah in dem trüben Licht aus, als sei er schon hundert Jahre alt. »Starken Kaffee und zwei Gelee-Doughnuts. Das will ich«, sagte Eli. »Und versuchen Sie nicht, mir das auszureden.«

Sie hatten keine Gelee-Doughnuts, und Jenny hoffte inständig, dass er auch den Himbeerstrudel akzeptieren würde. Er sah nicht mehr gut, und vielleicht fiel ihm der Unterschied nicht auf.

»Dass ich am Wochenende hier aushelfen möchte«, sagte Stella.

Zum Glück war Liza in die Küche zurückgegangen, und Stella musste Juliets Besuch nicht verraten. Doch wer keine Erfahrung im Lügen hat, dem fällt es nicht leicht, und Stella bekam einen Hustenanfall, weil ihr die Worte im

Hals stecken blieben. Jenny klopfte ihr auf den Rücken und goss ihr ein Glas Wasser ein.

»Nicht nötig«, sagte sie. »Die Schule ist wichtiger.«

»Aber Cynthia arbeitet auch hier.«

Stella und Jenny sahen sich an. Sie wussten beide, wann eine Auseinandersetzung bevorstand, so wie manche Menschen instinktiv spüren, wann es regnen wird.

»Lass mich raten.« Stellas Miene hatte sich verdüstert, und sie schien vor Ärger ein schwaches grünes Licht zu verströmen. »Hier zu arbeiten ist gut genug für Cynthia, aber nicht für mich. Du hast immer was gegen meine Freundinnen, oder?« Stella griff nach ihrem Rucksack und ging zur Tür.

»Ich mag Cynthia. Ich halte sie nur für ziemlich durcheinander, mehr nicht.«

»Jeder ist durcheinander«, erwiderte Stella. »Und du bist da keine Ausnahme.«

Hier war der Streit, der über sie hereinzubrechen drohte, der heftiger und schmerzhafter ausfallen würde als der Steinregen draußen und vielleicht bleibende Wunden hinterließ. Doch als er gerade drauf und dran war, sich zu einem erbitterten Kampf auszuweiten, geschah etwas Seltsames, und ihrer beider Erbitterung wich von ihnen wie ein Schatten. Denn dort auf der hohen Kommode neben den Zuckerdosen flackerte eine der Kerzen heller als die anderen, und es war, als sprängen silberne Funken aus ihrer Flamme. Draußen donnerte der Regen vom Himmel, doch hier drin leuchtete dieses silbrige Licht. Die Nadel, die Stella in die Kerze gebohrt hatte.

»Wo hast du diese Kerzen her?« Stella war leicht panisch, als habe sie mit einem mächtigen Zauber Unsinn getrieben.

»Die lagen in einer Schublade hinter den Servietten. Es war so dunkel, als ich reinkam. Wenn ich heute nach Hause gehe, hocken bestimmt Dutzende von Schildkröten auf dem Weg.«

Jenny, die den Tresen gewischt hatte, hielt inne. Auch sie hatte die silbrige Flamme bemerkt. Die Regentropfen prasselten vom Himmel wie Felsbrocken, Tausende steinharte Tropfen, so durchscheinend wie das erste Eis des Winters auf dem Hourglass Lake. Stella umklammerte ihren Rucksack und ihren Regenschirm und den gelben Regenmantel, den Liza ihr geliehen hatte. Regentropfen drangen durch die Fliegengittertür und berührten Stella, kühl und süß und unversöhnlich.

Berührt die Nadel das Licht, durch die Tür dein Liebster tritt. Schließ hinter dir die Tür, zu sehn du brauchst nichts mehr.

»Dann weißt du, dass es die wahre Liebe ist«, hatte Juliet Aronson ihr gesagt. »Und zwar ganz sicher.«

Die Nadel hatte das Licht berührt, doch es war nichts passiert. Bis jetzt kam niemand durch die Tür, und das war vielleicht auch gut so. Stella hatte ebenso wenig Einfluss darauf, wer hier durch die Tür trat, wie auf ihre Gefühle. Wenigstens konnte sie Juliet jetzt berichten, dass sie das alberne Spiel ausprobiert hatte.

»Ich muss los«, sagte Stella.

»Ich kann dich hinfahren.« Jenny schrieb Eli Hathaways Rechnung aus. Sie hatte Recht behalten; er hatte sich nicht beklagt über den Strudel.

»Nein. Du musst doch arbeiten. Keine Sorge. Ich kann auf mich aufpassen. Ich werd schon nicht ertrinken.«

Draußen war es immer noch finster wie in der Nacht. Das einzige Licht auf dem Parkplatz rührte von den Scheinwerfern eines Pickup her. Matt Avery rannte durch den

Regen, in seiner alten Regenjacke und seinen undichten Arbeitsstiefeln. Die Eiche bekam noch einmal eine Gnadenfrist, wie es schien. Dies war kein Tag, an dem man einen Baum fällte. Die Tür fiel hinter Matt zu, und er blieb stehen und wischte sich das Wasser vom Gesicht.

»Hi«, sagte er, als seine Nichte fast mit ihm zusammenstieß. Sie blieb wie angewurzelt stehen und starrte ihn mit offenem Mund an. Die Flamme versengte die Nadel, und sie sah den Blick, den Matt ihrer Mutter zuwarf.

»Bis dann.« Stella war die Situation peinlich; sie sehnte sich nach der frischen Kälte draußen. Sie öffnete die Fliegengittertür, sodass der Regen hereinplatschte.

»Soll ich dich in die Schule fahren?«, fragte Matt.

»Du hast Wichtigeres zu tun«, erwiderte Stella.

Er lachte. »Zum Beispiel?«

»Was auch immer. Viel Glück. Du wirst es brauchen.«

»Teenager«, sagte Matt, als er sich am Tresen niederließ.

»Die sind verrückt«, pflichtete Jenny ihm bei. Sie schenkte Matt eine Tasse Kaffee ein, wich aber seinem Blick aus. Sie kam sich selbst ziemlich verrückt vor in diesem schummrigen Raum, allein mit Matt, der sie unentwegt anstarrte, und Eli Hathaway, der mit dem Löffel an sein Wasserglas schlug, um ihr zu bedeuten, dass er noch ein Stück Himbeerstrudel wollte.

»Mach schon, Mädel«, rief Eli. »Ich komm um vor Hunger. Ich will noch ein Gelee-Doughnut.«

Mädel, dachte Jenny. Sie musste über diese Anrede lachen. »Ich dachte, Sie haben Diabetes«, rief sie zurück. Irgendwann musste sie Matt ohnehin ansehen, und so tat sie es jetzt. Neben der großen Wasserlache neben der Tür hockten Frösche und quakten munter. Sonst hörte man nur den Regen auf die Erde platschen, Regen, wie man ihn in Träumen erlebt, endlos und unsichtbar, der Puls des Universums.

»Wie geht es deinem Bruder?«, sagte Jenny, als sie das letzte Stück Strudel auf einen Teller legte und Matt eine Karte reichte.

»Ah, Will.« Matt goss Milch in seinen Kaffee. »Immer wieder Will. Irgendwie können wir uns nicht von ihm lösen, oder?«

Über diese Worte sannen sie beide nach, während Jenny Eli den Strudel brachte. Wie sich herausstellte, war Will bei seinem Bruder untergekommen. Matt und Henry Elliot waren zum Richter gegangen und hatten vom Diebstahl des Spielzeughauses berichtet. Will hatte bereitwillig den Mann beschrieben, der sich als Reporter ausgegeben hatte und möglicherweise der Mörder war, und nach seinen Aussagen war eine Phantomzeichnung angefertigt worden. Matt berichtete, dass der Richter Will gestattet hatte, in Unity zu bleiben, in der Obhut seines Bruders, solange der Fall nicht abgeschlossen war.

»Also musst du jetzt für deinen Bruder sorgen?«

»Er kann nirgendwo anders wohnen.«

Dieser Regen konnte einen ganz wirr im Kopf machen, wirklich und wahrhaftig. Matt entsann sich, dass Anton Hathaway in dem Tagebuch, das man nach seinem Tod auf dem Schlachtfeld seiner Mutter übersandte, geschrieben hatte, die Soldaten fürchteten nichts mehr als den Regen. Wenn der Regen fiel, bekamen die meisten Heimweh; manch einer, der sich im Kampf todesmutig bewährt hatte, rief nach seiner Mutter, wenn es donnerte und der Regen vom Himmel zu prasseln begann.

»Ich habe die Miete aber bezahlt.« Jenny war fuchsteufelswild. Sie reichte dem neuen Angestellten, der abwaschen und den Müll hinaustragen sollte, Matts Bestellung, Roggentoast und Spiegeleier. »Das verstehe ich nicht. Ich habe den Scheck lange vor dem ersten abgeschickt.«

»Stimmt, aber Will hat ihn verbraten. Offenbar ist das kleine Haus nicht das Einzige, was ihm verloren gegangen ist. Er hat von dem Geld für die Miete gelebt. Ich war in der Wohnung, um ein paar Sachen abzuholen. Schöne Grüße von Mrs. Ehrland.«

»Na, toll. Wirklich reizend.«

Jenny goss sich selbst eine Tasse Kaffee ein. Die Harmon-Brüder, Joe und Dennis, kamen herein und stampften mit den Füßen, um den Matsch loszuwerden. Jenny war mit Joe Harmon in die Grundschule gegangen. Sie konnte nicht fassen, dass sie die Frühstücksbestellung der beiden schon auswendig kannte: ein Bagel, einmal Roggentoast, zwei durchgebratene Käseomeletts.

»Kam Stella dir heute etwas komisch vor?«, fragte Jenny, als sie die Bestellung der Harmons weiterreichte.

»Vielleicht schreibt sie eine Arbeit. In der Highschool muss man eine Menge leisten.«

In Jennys Nähe kam es Matt immer vor, als träume er noch, als läge er in seinem Bett, weit entfernt vom täglichen Einerlei seines wirklichen Lebens. Jenny dagegen, die es gewohnt war, die Träume anderer Menschen zu sehen, hatte begonnen, selbst zu träumen. Letzte Nacht war sie in einem endlosen Labyrinth aus grünen Hecken unterwegs gewesen, und sie war atemlos immer weitergerannt und hatte Angst gehabt, zu stürzen.

Matt sprach über seine Pläne für den Tag – er musste nach Boston fahren, um Wills Sachen zu holen, die in Mrs. Ehrlands Keller lagerten. Mit etwas Glück konnte er Ende der Woche die Arbeit an der alten Eiche fortsetzen. Nicht nur der Regen hielt ihn davon ab, sondern auch andere Aufträge, und dann war da natürlich auch ein wilder Bienenstock im Stamm des Baums, voller Honigbienen, berauscht vom süßen Blütenstaub des Frühlings, den sie sich vom roten Klee auf dem Feld hinter der Lockhart Avenue holten. Nun starrte Jenny Matt an. In ihrem Traum letzte Nacht hatte es gewimmelt von Bienen, auf jedem Blatt der Hecken saßen sie.

»Alles in Ordnung?«, fragte Matt, als er ihren Gesichtsausdruck bemerkte.

»Ja, klar.« Jenny brachte ihm sein Frühstück und sah ihm beim Essen zu. Als er fast fertig war, stellte sie die Frage, die ihr auf der Zunge brannte.

»An dem Abend, an dem Will ins Cake House kam, da hat sich eine Biene auf deine Hand gesetzt, aber du hast sie einfach weggescheucht. Du hast dich überhaupt nicht vor ihr gefürchtet.«

»Wenn man höflich zu Bienen ist, stechen sie für gewöhnlich nicht. Aber wenn du sie beschimpfst, verfolgen sich dich. Das hab ich schon erlebt.«

Jenny lachte. »Ich hab sie mal verflucht. Um sie aus dem Garten meiner Mutter zu vertreiben. Es hat funktioniert, bis sie dahinter kam, was ich gemacht hatte. Sie hat ein Biskuit mit Whisky übergossen, und sie kamen wieder an. Doppelt so viele wie vorher.«

Matt fand ihr Lachen wunderbar; es erinnerte ihn an jenen Tag, als er auf dem Rasen stand, inmitten dieser grünen Welt, und sich in sie verliebte. Er wollte ihr gerne etwas schenken, doch er hatte nur seine Kenntnisse über die Stadt zu bieten. Er durchforstete sein Hirn nach einer Einzelheit, die ihr gefallen könnte. »Bei einer Hochzeit soll man den Bienen auch Kuchen anbieten, das bringt Glück, heißt es. Elisabeth Sparrow hat das gemacht, und sie war sechzig Jahre lang mit demselben Mann verheiratet.«

»Und das sagst du mir jetzt«, erwiderte Jenny. »Nachdem meine Ehe gescheitert ist.«

Sie starrten sich an. Die Kerze war heruntergebrannt, die Nadel blieb zurück, und nichts war mehr wie zuvor.

»Vielleicht war das dein Glück.«

Ihm fiel auf, dass er zu viel redete, wie dieser dumme Farmer Hathaway, der sich die Schuld an Rebeccas Schicksal gab. Charles Hathaway redete unablässig über seine Fehler, und jeder im Ort, der ein Tagebuch führte, vermerkte darin, dass er diesem Mann aus dem Weg ging. Matt trank seinen Kaffee aus und zog die Regenjacke an. Wonach ihm an einem trüben Apriltag, an dem es so heftig regnete, dass die Straßen überflutet sein würden, überhaupt nicht der Sinn stand, war eine Fahrt nach Boston mit seinem Bruder.

»Ich habe hier schon in so vielen Gärten gearbeitet, dass die Bienen mich kennen«, sagte er zu Jenny. »Deshalb werde ich nie gestochen.« Will war derjenige, der sich vor Bienen fürchtete, der allergisch gegen sie war, Will, der dennoch stets alles bekommen hatte, was er sich wünschte. Doch in dieser Hinsicht war Matt vom Schicksal begünstigt, und als Jenny ihm nachsah, wie er durch den Regen lief, fragte sie sich, warum sie das nicht längst erkannt hatte.

II.

Der Zug traf pünktlich ein, aber Stella war gebeten worden, in der Schule das Labor aufzuräumen, und kam zu spät. Sie rannte den ganzen Weg zum Bahnhof, schnurstracks durch Pfützen, und war völlig außer Atem, als sie ankam. Es nieselte nur noch, aber die Luft war grau wie Dampf. Juliet Aronson saß auf einer der grünen Holzbänke auf dem Bahnsteig, mit einem Becher Kaffee in der Hand, den sie sich aus dem Automaten im Bahnhof geholt hatte, und rauchte. Ihre Haare waren nach hinten gebunden, und sie trug keinen Lippenstift; sie hatte ihn abgekaut, weil es sie nervös machte, die Stadt zu verlassen und in eine unbekannte Gegend zu fahren. Sie trug ein schwarzes Kleid, das sie aus dem Schrank ihrer Tante gemopst hatte, und einen Seidenblazer, der bei dem kühlen feuchten Wetter viel zu dünn war.

»Na endlich«, äußerte Juliet, als sie Stella erblickte. »Ich friere mir hier den Arsch ab.«

Sie warf ihre Zigarette weg, und die beiden umarmten sich. Dann hielt Juliet Stella auf Armlänge von sich weg und betrachtete sie eingehend. »Ach du lieber Gott! Du siehst aus wie ein Landei.«

Stella blickte an sich herunter auf ihre gelbe Regenjacke, ihre schweren Schnürstiefel, ihre nassen Jeans. Ihr Haar kräuselte sich in der feuchten Luft, und sie war blass und hatte keinen Strich Make-up im Gesicht. Auf dem Rücken trug sie ihren Rucksack mit Büchern und den Fläschchen für Wasserproben.

»Das klingt nicht gut.«

Juliet lachte. »Keine Sorge, das kriegen wir hin. Obwohl ich es immer noch nicht fassen kann, dass du wirklich hier wohnst.« Sie griff nach ihrer kleinen Gucci-Reisetasche, die sie bei Saks geklaut hatte. »Großer Gott, ihr habt tatsächlich Bäume hier.«

Nach den heftigen Regenfällen der letzten Woche hatten die Bäume ausgetrieben. Als die Mädchen jetzt zum Himmel aufblickten, schien er grün zu sein. Stella achtete gewöhnlich nicht auf Pfützen, aber Juliet Aronson hatte gute Lederstiefel an, und so nahmen sie nicht den Weg durch den Park, sondern gingen die Straße entlang. Stella hätte eigentlich Hausaufgaben machen müssen, aber das war ihr einerlei. Sie fühlte sich beflügelt. Es war Freitag, Juliet war endlich hier, und der Regen hörte auf.

Juliet schnüffelte und rümpfte die Nase. »Irgendwas riecht hier.«

Stella lachte. »Erde?«

»Ah, Erde. Das Parfum des Landtrampels. In dieser Stadt müssen wir ein paar Sachen ändern.«

Sie gingen in einen Pizza-Imbiss, bestellten vier Stücke Pizza und ließen sich in einer Nische mit roten Plastiksitzen nieder. Juliet stützte die Ellbogen auf den Tisch. Stella war noch nie aufgefallen, dass ihre Freundin ein nervöses Zucken über dem Auge hatte.

»Hast du den Liebestest ausprobiert?«

»Hat nicht funktioniert.« Stella dachte an den Gesichtsausdruck ihrer Mutter, als Matt in die Teestube gekommen war. *Schließ hinter dir die Tür, zu sehn du brauchst nichts mehr.* »Jedenfalls für mich nicht. Ich glaube, ich hab's vermasselt.«

»Das bedeutet nur, dass du noch nicht weißt, wer in dich verliebt sein soll. Wann lerne ich denn den berühmten Hap kennen, der so klug und faszinierend ist? Ich kann ihn ja mit dem berüchtigten Jimmy vergleichen, von dem ich den Eindruck habe, dass er ein Trottel ist.«

Stella hatte nicht die Absicht gehabt, Juliet jemandem vorzustellen. Sie hatte gedacht, sie würden in einer Art Luftblase bleiben, die über den Dächern und Bäumen schwebte, damit Juliet möglichst wenig Gelegenheit bekam, sich über ihren Lebensstil zu mokieren.

Juliet flüsterte: »Der Typ da drüben, starrt der uns echt so an, oder bilde ich mir das ein?«

Sie meinte den Pizzalieferanten, der auch schon die Pizza zu Dr. Stewarts Haus geliefert hatte. Er musste neu sein, denn Jessica Harmon, die Frau von Joe, dem älteren Harmon-Bruder, die den Imbiss betrieb, zeigte ihm auf einer Karte, wie er fahren musste.

»Ich schwör's dir, er hat uns angestarrt. Igitt, der ist bestimmt schon dreißig. Schau nicht hin«, zischelte Julia, als Stella sich umdrehen wollte. »Wir müssen uns über andere Sachen Gedanken machen. Heute Abend können wir mal deine Garderobe durchgehen und alles rausschmeißen, was nach nichts aussieht. Die Anti-Landei-Aktion.«

»Ich habe keine Garderobe. Ich besitze drei Jeans, vier T-Shirts und vier Pullis. Ach ja, und ein paar Strümpfe.«

Juliet grinste. Sie griff in ihre Reisetasche und brachte einige Packungen Kleiderfarbe zum Vorschein. »Schwarz«, sagte sie. »Muss man immer dabei haben. Heute Abend hast du eine Garderobe, glaube mir.«

Hap Stewart holte sie ein, kurz nachdem sie im Drugstore gewesen waren, wo Juliet Wimperntusche und ein Paar Kreolen mitgehen ließ.

»Immer gut zurechtgemacht«, äußerte sie, als sie die Ohrringe in ihre Tasche steckte.

»Hier läuft das anders«, sagte Stella zu ihrer Freundin, als sie die Main Street entlanggingen. »Hier kennt jeder jeden. Du kannst hier nicht einfach was klauen.«

»Hab ich aber gerade.« Juliet verzog das Gesicht. »Miss Superehrlich.«

»Hey, wartet auf mich.« Hap kam durch den Park auf sie zu.

Stella hatte ein flaues Gefühl in der Magengrube, als er

sich näherte. Der Zusammenstoß zweier Welten stand bevor, und sie konnte sich vorstellen, welche den Sieg davontragen würde.

»Hap Stewart.« Juliet musterte ihn von Kopf bis Fuß.

Stella fiel auf, dass Hap auch wie ein Landei aussah mit seiner riesigen braunen Jacke, den schlammverkrusteten Arbeitsstiefeln, den feuchten zerzausten Haaren und seinem breiten Grinsen. Sie musste plötzlich an Jimmy Elliot denken, an den Tag, als sie das Pferd von Dr. Stewart beobachteten und er so verwirrt ausgesehen und sie zum Lachen gebracht hatte.

»Du bist gerade fünfzehn geworden, willst auf die Columbia University gehen, wenn du angenommen wirst, aber das bereitet dir keine Sorgen, weil du auch aufs State College gehen könntest. Du interessierst dich für Biologie, möchtest aber am liebsten Fotograf werden. Du bist eins neunundachtzig groß, deine Haare sind braun, sehen aber in der Sonne blond aus. Du kannst kein Blut sehen und hast dieses einnehmende Grinsen. Hapgood war der Name deiner Mutter.« Alles, was Stella Juliet in den letzten Wochen anvertraut hatte, kam nun in einem Redeschwall heraus. Juliet wandte sich Stella zu, die aussah wie vom Donner gerührt. »Hab ich was vergessen?«

»Nee.« Stella vermied es, Hap anzusehen, der nun genau Bescheid darüber wusste, was sie Juliet erzählt hatte. Fühlte er sich jetzt hintergangen? Doch nein, er hatte auch seine Informationen, und an seinem Grinsen hatte sich nichts geändert.

»Juliet Aronson.« Sie gingen durch den Park, und in Haps Gegenwart schien es Juliet nichts auszumachen, dass ihre Stiefel im Gras nass wurden. »Du wirst am 27. Juli fünfzehn. Deine Mutter sitzt in Framingham im Frauengefängnis, und du weißt nicht genau, was ein Verbrechen aus Leidenschaft ausmacht. Du magst schwarze Kleider, Zigaretten, Goldkreolen, ältere Männer. Du bist viel schlauer, als die meisten Leute glauben. Du bist wunderschön.«

Stella schaute auf; die letzte Bemerkung stammte von Hap.

»Was die älteren Männer betrifft: Das ist durchaus nicht immer so.«

Auch Juliet grinste. Stella fiel auf, dass seit Haps Eintreffen keine Rede mehr war von Landeiern. Stella warf einen Blick auf ihn. Er kaute doch tatsächlich auf einem Grashalm. Er sah aus wie das vollkommene Landei.

»Ich mag sie«, sagte Hap zu Stella, als Juliet bei einem geparkten Pickup stehen geblieben war, um im Außenspiegel die gestohlene Wimperntusche auszuprobieren.

»Ah ja?« , erwiderte Stella kühl. »Toll.«

Als Hap nach Hause gegangen war, spazierten Stella und Juliet zur Teestube. »Komischer Bursche«, äußerte Juliet. »Ich mag ihn irgendwie.« Als sie Stellas kühlen Gesichtsausdruck bemerkte, fügte sie rasch hinzu: »Für dich, meine ich. Gott, doch nicht für mich.«

Sie kamen zur Ecke der East Main. Liza hatte ein Feuer gemacht, und Rauchwolken stiegen auf. Die Luft war grau, und vielleicht bemerkte Juliet deshalb nicht, dass Jimmy Elliot an der Ecke wartete. Er hatte seine Schwester auf dem Rad herbegleitet, stand jedoch weiter hier herum, als Cynthia schon zu arbeiten begonnen hatte. Wie auch an den meisten anderen Tagen tat er, als beobachte er etwas Wichtiges, obwohl er in Wirklichkeit nur in die neblige Luft starrte.

Stella traf einen Entschluss. Sie würde Jimmy nicht erwähnen. Sie würde nicht sagen, *siehst du den Jungen da drüben, den mit den dunklen Augen? Er starrt mich ganz oft an, und aus irgendeinem Grund, den ich selbst nicht verstehe, starre ich zurück.* Zum ersten Mal wollte sie nur ihre eigene Meinung gelten lassen. Stella öffnete Juliet die Tür und wartete, bis sie hineingegangen war, dann drehte sie sich rasch um und winkte. Jimmy, der sich entdeckt sah, schoss auf seinem Rad davon, direkt durch die tiefen Wasserlachen auf der East Main.

»Ist ja wie bei Hänsel und Gretel«, sagte Juliet, als sie ihre Jacken aufhängten. Es duftete nach Apfeltaschen, die Liza gerade gebacken hatte. »Ich wette, wenn man dieses Haus betritt, verlässt man es nie wieder. Man ist verzaubert und muss den Rest seines irdischen Lebens hier verbringen.«

Zum Glück war Stellas Mutter schon nach Hause gegangen; Stella hatte darauf geachtet, dass sie nicht vor halb fünf hier eintreffen würden. Ihre Mutter brauchte nicht zu wissen, was sie tat, mit wem sie befreundet war, wonach sie sich sehnte. Sie brauchte gar nichts zu wissen.

Als sie in die Küche gingen, fanden sie dort nur Liza vor. Sie trug eine weiße Kochschürze über Sweatshirt und Jeans; ihr Haar war nach hinten gebunden und mit einem Tuch bedeckt. »Ach, schade! Ihr habt deine Mam just verpasst.«

Stella und Juliet wechselten einen Blick und bemühten sich, nicht zu kichern.

»So ein Mist.« Juliet gelang es, in den schwierigsten Lagen aufrichtig zu wirken. »Und ich habe mich so auf sie gefreut.«

»Nun müsst ihr mit mir vorlieb nehmen.« Liza lächelte und lud sie zum Hinsetzen ein. »Ihr seid meine Testesserinnen. Neues Rezept. Oder vielmehr, ganz alt. Eines von Elisabeth Sparrow.«

»Meiner Ur-Ur-Großmutter«, erklärte Stella.

Es handelte sich um Sahnequark mit Himbeersoße, was die Mädchen köstlich fanden, doch sie rieten Liza, den Namen zu ändern, falls sie dieses Dessert von Elisabeth Sparrow in die Speisekarte aufnahm. Heutzutage aß keiner mehr gerne Quark. Man konnte es »Pudding« nennen, oder besser noch, Mousse.

»Hast du das Neuste von deinem Vater gehört?«, fragte Liza. »Er zieht bei Matt ein.« Liza löste das Tuch und strich sich durchs Haar, das früher einmal rotbraun gewesen war, jetzt jedoch einen stumpfen Braunton angenommen hatte. »Ist inzwischen wahrscheinlich schon dort. In seinem alten Zimmer.«

»Jippii«, sagte Stella. »Ich freu mich so, dass er hier bleibt. Er ist großartig«, sagte sie Juliet. »Du musst ihn kennen lernen.«

»Lass uns doch heute Abend hingehen. Wir könnten uns zum Abendessen einladen. In Boston habe ich ihn nie getroffen. Hat sich irgendwie nicht ergeben.«

Sie planten ihren Abend und vergaßen dabei, dass Liza auch noch da war, bis Juliet Stella mit dem Ellbogen anstieß. *Schau mal*, bedeutete sie ihr stumm. *Liebeskrank.*

»Komm doch mit«, sagte Stella zu Liza. »Du könntest uns den Weg zeigen. Ich war noch nie bei meinem Onkel.«

»Oh, nein.« Liza errötete. Sie wischte sich die Augen, als sei Quark hineingeraten. »Das geht doch nicht.«

»Aber wissen Sie, was wir zuerst machen?« Juliet Aronson kannte sich aus mit Verletzlichkeit. Sie wusste, dass man den Leuten ihre Gefühle ansah, auch wenn sie selbst glaubten, alles verbergen zu können. »Wir sollten Ihre Haare färben. Sie waren bestimmt früher mal rothaarig.«

»Vor ganz langer Zeit«, wandte Liza ein.

Juliet griff in ihre Reisetasche. Sie hatte nicht nur Kleiderfarbe, sondern auch diverse Schattierungen Haarfarbe dabei, darunter ägyptisches Henna. Man konnte nie wissen, ob nicht jemand eine Schönheitskur brauchte, wie zum Beispiel Liza Hull. Sie hatte sogar Mehl in den Haaren. Und wahrscheinlich seit Jahren keinen Lippenstift mehr getragen. Bei ihr würde sich jede Neuerung positiv bemerkbar machen.

»O bitte, Liza«, bat Stella. »Wenn es dir nicht gefällt, kannst du es ja wieder rauswaschen.«

Das würde zwar drei Monate dauern, doch Juliet nickte bekräftigend. »Wäre genau der richtige Zeitpunkt. Nur wir und Stellas Onkel und Vater. Und was die davon halten, ist doch egal.«

Es war eine deutlich sichtbare Falle, doch Liza tappte hinein: Juliet grinste, als sie sah, dass Liza schon lebhafter wirkte. Ja, irgendwas war da. Als sie Liza endgültig zu der Henna-Packung überredet hatten und die schmale gewundene Treppe hinaufrannten, um Shampoo und Handtücher zu holen, lachte Juliet in sich hinein. Sie fand es wunderbar, wenn sie Recht behielt.

»Ich wette zehn zu eins, dass Liza in deinen Onkel verliebt ist«, flötete sie. »Ah, die Liebe. Niemand ist gefeit gegen sie.«

Stella blieb an der schmalsten Stelle der Treppe stehen und ließ Juliet vorbeigehen. Als sie da auf der schummrigen Treppe innehielt, verstand sie, warum Liza es ihnen erlaubte, ihr die Haare mit Henna zu färben und sie zu verändern. Wahre, ewige und unerwiderte Liebe war der Grund dafür, jene Art von Leidenschaft, von der manche Leute behaupteten, es gäbe kein Mittel dagegen, andere jedoch meinten, sie könne binnen eines Augenblicks umschlagen, sodass ein Mensch wie Stella allabendlich aus dem Fenster spähte, bevor sie ins Bett ging, und sich ereiferte, wenn sie Jimmy Elliot unten zwischen den Platanen sitzen sah, aber zutiefst enttäuscht war, wenn er einmal nicht auftauchte.

III.

Zu dieser grünen regnerischen Zeit des Jahres legten die Schnappschildkröten ihre Eier in schlammige Mulden auf dem Weg und dem Rasen. Sogar neben der Küchentür hatte Jenny einige gefunden, die sie mit Gras bedeckt hatte, damit die Opossums und Waschbären sie möglichst nicht zum Frühstück verzehrten. Auf Rebecca Sparrows kahlem Weg hatte Jenny schon die traurigen Überreste einer solchen Mahlzeit entdeckt; ein Tier hatte die Eier aufgebissen und nur die leeren weichen Hüllen zurückgelassen, schillernd wie Perlmutt. Die arme Schildkrötenmutter. Jenny fragte sich, ob sie wusste, was sie verloren hatte, wenn sie zurückkehrte. Würde sie sich auf den zerstörten Eiern niederlassen, noch immer hoffend, oder war sie schon längst fort, zurückgekehrt ins tiefe Wasser des Sees, zurück zu Wasserlilien, Entengrütze und Schilf?

Jeden Abend ging Jenny in das Zimmer, in dem Stella gewohnt hatte. Sie ließ die Laken unberührt, denn sie trugen noch den Abdruck von Stellas Körper in sich, und auch die Luft roch nach ihrer Tochter, nach Trotz und Wasserlilien. Manche Menschen schworen, wenn man eine Tochter gehen ließ, würde sie zurückkehren, wie die Spatzen, die auf dem Fenstersims hockten und um Krumen und Herzensgüte bettelten. Doch wenn Jenny in der Teestube anrief, kam Stella nicht einmal ans Telefon. Sie war beschäftigt, erklärte Liza rasch, aber Jenny hatte gehört, wie Stella im Hintergrund murmelte: *Sag ihr, ich bin nicht da.*

Sie hatte sich ein ganz anderes Verhältnis zu ihrer Tochter gewünscht, als sie es zu ihrer Mutter gehabt hatte, doch irgendwie war es genauso geraten. Dieselben unausgesprochenen Worte, der versteckte Schmerz, die unsichtbare Zärtlichkeit, als sei die Schrift von einem Blatt verschwunden, sodass nur noch Leere zurückblieb. Am Abend zuvor war Jenny spazieren gegangen. Die Einsamkeit bewog sie dazu, und vielleicht war es auch die Einsamkeit, die ihre Schritte zum Haus der Averys lenkte. Sie kannte den Weg noch gut, den sie als Mädchen so oft zurückgelegt hatte. An der Lockhart Avenue vorbei, an der alten Eiche, deren morschester Teil nun von Draht zusammengehalten wurde, wie ein gefangener Riese, der durch die Straßen stapfen würde, wenn man ihn befreite.

Damals war Jenny immer voller Erwartung gewesen, wenn sie sich dem Haus der Averys näherte, und dieses Gefühl stellte sich nun wieder ein. Sie durchquerte den Park, kam an dem schwarzen Engel vorbei, den Matt so liebte. Als sie an Matt dachte, stockte ihr einen Moment der Atem. Es war so albern, dass sie einen Kindertrick anwendete, um abzuwehren, was mit ihr geschah: Sie begann bis hundert zu zählen. Sie versuchte, nicht an Matt zu denken. Aus Gründen, die sie nicht verstand, sah sie eine silbrig schimmernde Nadel vor sich. Sie sah sich selbst durch die Dunkelheit stürzen, nur vom Licht einer Kerze begleitet, und dabei ging sie einfach nur durch den Stadtpark. Ein leichter Wind strich durch die Bäume, und die Luft roch nach den Blättern der Platanen.

Die Läden im Stadtzentrum hatten alle geschlossen bis

auf den Pizza Palace, dessen Neonschrift blaugelbe Lichtmuster auf den Gehweg warf. In Jennys Kindheit hatte die Harmon-Familie hier einen Eissalon betrieben, Grandpa's. Es hatte Becher mit Vanilleeis und Nusseis gegeben, und Jenny hatte drei Sommer lang dort gejobbt, was sich später in Cambridge bei der Leitung der Eisdiele als nützlich erwies. Bevor sie sich davon abhalten konnte, sah sie Matt vor sich, wie er bei Bailey's am Tresen saß, ihr bei der Arbeit zusah und einen Eisbecher nach dem anderen bestellte, obwohl er eigentlich lieber Butterbrote aß. Sie dachte an seinen Gesichtsausdruck in der Teestube an dem Tag, als der Steinregen die Rinnsteine und Straßen überschwemmte.

Sie war seit zwanzig Jahren nicht mehr beim Haus der Averys gewesen, und es kam ihr kleiner vor, als sie es in Erinnerung hatte. Doch der alte Schieferweg war noch da, der weiße Zaun, die Rabatte, auf die Catherine so stolz gewesen war, die Elinor Sparrow jedoch stets als das typische Einerlei einfallsloser Gärtner erachtet hatte, eine krude Mischung aus Flammenblumen, Margariten und Löwenmäulchen. Jenny verharrte neben einer Stechpalme, die Catherine gepflanzt hatte, damit sie zu jeder Jahreszeit etwas Grünes in ihrem Garten sah. Jenny konnte ins Fenster blicken; die gleichen Möbel standen noch da, der Zweisitzer, auf dem Will und sie sich geküsst hatten, bis sie glühten und einfach weitermachen mussten, was sie auch eines Sommerabends taten, als Catherine in ihrem Bridge-Club war. Da stand auch noch der Tisch, unter dem sie sich eines Nachts geliebt hatten, als draußen ein schreckliches Gewitter tobte. Catherine und Matt hatten oben geschlafen, und Jenny hatte sich so sehr davor gefürchtet, ertappt zu werden, dass sie vor Angst Ausschlag bekam.

Nun waren Gäste zum Essen da, recht viele, wie es schien.

Jenny zwängte sich zwischen den hohen Flammenblumen hindurch und trat näher ans Fenster. Matt und Will hatten eine rothaarige Frau und zwei Mädchen zum Abendessen zu Gast. Jennys Nase berührte schon die Fensterscheibe, als sie erst bemerkte, dass es sich um Stella und ihre schreckliche Freundin Juliet Aronson handelte. Will saß am Tisch und erhob sein Glas zum Toast. Er war beim Friseur gewesen und hatte sich rasiert, aber er sah immer noch müde und viel zu dünn aus. Er hatte kaum mehr Ähnlichkeit mit dem Jungen, auf den sie genau an dieser Stelle so oft gewartet hatte, denn nach dem Vorfall mit dem Ausschlag hatte sie sich geweigert, das Haus zu betreten. Sie versteckte sich an dieser Stelle, bis er schließlich auftauchte und sie sich zu Rebeccas Schuppen schlichen oder bei schönem Wetter zu jenen kühlen flachen Felsen, die im Volksmund »Tisch und Stühle« hießen. Dort blickten sie zu den Sternen auf und küssten sich, bis der Stein unter ihnen so heiß war, dass Stechmücken, die sich auf dem Granit niederließen, in Sekundenschnelle in Flammen aufgingen.

Die rothaarige Frau im Esszimmer der Averys war Liza Hull, die allerdings verändert wirkte. Sie sah sehr hübsch aus im Kerzenschein, besonders, als sie den Kopf zurückwarf und lachte. Vielleicht schien aus diesem Blickwinkel alles verändert, oder es lag an der Nachtluft, der Dunkelheit, dem Duft der Flammenblumen, der Aura von Altem und Neuem, das sich zu verflechten begann. Liza hatte einen Kuchen mitgebracht, und auf dem Tisch stand eine Flasche Weißwein. Sogar die Mädchen hatten einen Schluck Wein in ihren Gläsern. Wahrscheinlich tranken sie auf Will und seine Heimkehr; sie klatschten sogar. Nur Matt hielt sich im Hintergrund; er lehnte an der Vitrine, die einst seiner Großmutter gehört und in der Catherine ihre kostbare Minton-Keramik ausgestellt hatte. Eine Schüssel war mit Spargeln verziert, ein Teller schien aus Seesternen und Mollusken zu bestehen, ein Krug war aus Seerosenblättern geformt und hatte einen Frosch als Griff. Matt schaute auf, vorbei am Esstisch und den Gästen, hinaus in die Dunkelheit, wo Jenny neben der Stechpalme stand.

Vielleicht hatte ein Ast gewackelt, oder etwas anderes hatte seine Aufmerksamkeit erregt. Jedenfalls schien er sie gesehen zu haben, und als Jenny das merkte, lief sie davon. Sie lief davon wegen all der Fehler, die sie gemacht hatte, weil sie als Mädchen so naiv und als Frau so fehlgeleitet gewesen war, weil sie den einen Traum mit dem anderen verwechselt hatte, weil sie sich zu guter Letzt verliebt hatte. Sie rannte, bis sie nicht mehr konnte, dann hielt sie inne und beugte sich vor, bis sie wieder Luft bekam, und rannte weiter, den ganzen Weg nach Hause, durch den Park, in dem es jetzt stockfinster war, durch die knorrigen Schatten der Platanen, und dabei dachte sie die ganze Zeit: *Ich habe alles verloren. Nun habe ich gar nichts mehr.*

Am Sonntag, als Stella ihre Freundin Juliet zum Zug brachte und Cynthia Elliot davonradelte, um ihren Abschlussaufsatz über die Dichterin Sylvia Plath zu schreiben, den sie am nächsten Morgen abgeben musste, schloss Liza Hull die Teestube ab. Der neue Angestellte und auch Jenny arbeiteten sonntags nicht, und das war Liza nicht unrecht. Was sie vorhatte, war ihr peinlich, aber nicht peinlich genug, um es nicht zu tun. Sie zog die Vorhänge zu, dann setzte sie sich an den Tresen und fotografierte sich selbst mit einer Polaroid-Kamera, die sie im Drugstore erstanden hatte.

Sie atmete flach, während das Bild sich vor ihren Augen

wie durch Zauberei entwickelte. War diese Frau, die da zum Vorschein kam, wirklich Liza Hull? Die Frau mit dem roten Haar, den leuchtenden Augen, dem Lächeln, das ihr Gesicht erstrahlen ließ? Wo war ihre weiße Schürze, ihr Kopftuch, ihre fleckigen Kleider, ihr Opfer, ihr Kummer? Auf diesem Bild war von alldem nichts zu sehen. Nur eine Frau, die lächelte am ersten Tag des Mai. Es war sehr wohl Liza. Liza, die sich verliebt hatte.

Liza Hulls Großmutter hatte die Teestube noch betrieben, als sie schon zweiundneunzig war; sie hatte Elisabeth Sparrow als Kind gekannt und als Frau, deren Haar weiß geworden war. Großmutter Hull hatte Liza einmal gesagt, dass man Brotbacken vor langer Zeit als *Mysterium* betrachtete. Und ein Mysterium war es auch, wie wenn man Stroh zu Gold spann. Mehl und Wasser und Hefe ergaben etwas Neues. Ein Ding wurde zu einem anderen, wurde verwandelt, so wie es nun mit Liza geschehen war. Alchimie war das, nichts Geringeres: Teile, die sich zu einem Ganzen fügten, Stroh zu Gold, Mehl zu Brot, sie, die Unscheinbare, die über Nacht schön geworden war.

Liza ging nach oben in ihr Schlafzimmer und öffnete den Kleiderschrank. Auf der Innenseite befand sich ein großer Spiegel, den sie immer mit Schals und Tüchern zugehängt hatte, um ihn zu meiden. Nun befreite sie ihn von all dem Stoff. Sie zog sich aus und starrte ihr Spiegelbild an. Da, in dem Glas, wurde sie Zeuge des Mysteriums, wie sich ein Ding in ein anderes verwandeln konnte.

Liza griff nach einem grünen Kleid, das sie immer schon an den Frühling erinnert hatte, und zog es an. Sie hatte sich immer in ihr Unglück gefügt, doch das war nun vorbei. Sie hatte es am Freitagabend gespürt, als Will sie und die Mädchen nach dem Essen im Haus der Averys begleitet hatte. Die Mädchen waren kichernd vorausgerannt und auf den Park zugelaufen. Liza hatte Will gesagt, er solle doch umkehren und heimgehen; in Unity musste man niemanden nach Hause begleiten. Doch Will hatte darauf bestanden; frische Luft täte ihm auch gut, und überdies, fügte er im Scherz hinzu, bräuchte er dann seinem Bruder nicht beim Abwaschen helfen. Will bemühte sich nicht, auf dem Weg mit Liza zu flirten. Er war zu müde dazu, außerdem fühlte er sich bei Liza sowieso wohl. Er kannte sie schließlich schon ewig, seit dem Kindergarten, und hatte sie nie weiter beachtet. Sie war einfach immer da, die gute alte Liza; bis heute Abend hatte er nicht einmal bemerkt, dass sie rote Haare hatte.

»Ich habe so ein Chaos aus allem gemacht«, sagte er.

Sie gingen auf die alte Eiche zu, die nun wieder nicht gefällt wurde, weil Matt mit den Frühjahrsarbeiten für seine Kunden beschäftigt war. Sie blieben stehen und blickte in das gewaltige Geäst; die Äste, die mit Draht festgezurrt waren, damit sie bei Sturm nicht abbrachen, sahen besonders trist aus.

»Die Leute nennen diese Bäume auch Gnadenbäume«, sagte Liza.

»Tatsächlich?« Will sah Liza an, einen scherzhaften Spruch auf den Lippen, doch sie wirkte ganz ernst.

»Wenn du den Baum bittest, dir zu vergeben, fühlst du dich vielleicht besser.«

»Vergeben?«

Liza lächelte und nickte. Sie war oft hierher gekommen; sie wusste, wie es sich anfühlte, wenn man meinte, alles falsch gemacht zu haben.

Will trat auf den Baum zu. Er war sicher, dass er etwas so Blödsinniges nicht tun würde, das sah ihm einfach gar nicht ähnlich, doch dann warf er einen Blick zurück auf Liza und ließ sich auf ein Knie nieder. »Vergib mir«, sagte er. »Vergib mir, dass ich so ein Idiot war, dass ich immer nur an mich selbst gedacht habe, vergib mir all meine Lügen.«

Er merkte, dass Liza neben ihm auf die Knie gefallen war. Da knieten sie auf dem Gehweg an der Lockhart, Ecke East Main, doch es war so dunkel hier wie in den Wäldern. Nur eine Mondsichel stand am Himmel. Sie hörten die Mädchen jauchzen, als sie über den Rasen liefen. Sterne standen am Himmel, und obwohl Will derlei nie beachtet hatte, fiel es ihm jetzt auf.

»Dir wird vergeben«, sagte Liza. »Ich jedenfalls vergebe dir.«

Die stoffliche Welt verfügte über Landkarten und Schilder, doch die waren nutzlos für einen Mann, der so sehr vom Weg abgekommen war wie Will. Ein Mann wie Will brauchte unbedingten Glauben, in etwas, an etwas. Er brauchte Seelenfrieden und einen Menschen, der an ihn glaubte, und beides war nicht leicht zu finden.

»Mir wird vergeben?« Er probierte aus, wie sich diese Wörter in seinem Mund anfühlten. Er hatte Liza Hull früher nicht einmal richtig angesehen, und nun konnte er sich nicht satt sehen an ihr. Nun glaubte er jedes Wort, das sie sprach.

Im Park rauchte Juliet heimlich eine Zigarette. Die Glut loderte bei jedem Zug auf, ein einsamer Glühkäfer. »Tja, ich habe mich geirrt. Nicht auf deinen Onkel ist Liza scharf. Sondern auf deinen Vater.«

Die Mädchen saßen auf dem Rand des Bürgerkriegs-Denkmals.

»Du glaubst, Liza ist in meinen Vater verliebt?« Stella

lachte laut. »Meine Güte, da liegst du aber daneben. Liza? Die ist das genaue Gegenteil von ihm.«

»Was überhaupt nichts beweist. Gegensätze ziehen sich an, Schätzchen. Wusstest du das nicht? Das ist wissenschaftlich erwiesen, wie die Wirkungsweise der Magneten.«

»Entgegengesetzte Pole.« Stella spürte die Kälte des Granits durch ihre Jeans, die sie an diesem Nachmittag in Lizas Badewanne schwarz gefärbt hatte, mitsamt dem Rest ihrer Garderobe. Sogar ihre Unterwäsche war jetzt schwarz, ebenso wie ihre Strümpfe, ihre T-Shirts, ihr Frotteebademantel.

»Genau. Deshalb fühlen sie sich zueinander hingezogen. Der eine hat das, was dem anderen fehlt.« Juliet drückte ihre Zigarette auf dem Rand des Denkmals aus und überließ es Stella, die Asche mit der Hand wegzuwischen.

Am Sonntag, während Liza sich im Spiegel betrachtete und Juliet die letzte Zigarette aus der Schachtel rauchte, die sie ihrer Tante aus der Handtasche geklaut hatte, sann Stella noch immer über entgegengesetzte Pole nach. Stella und Juliet waren unterwegs zum Bahnhof, und ausnahmsweise sprachen sie kaum.

Entgegengesetzte Pole. Definition: unkontrollierbare Magnetkraft. Stella wusste, dass Magnetfelder sich auf menschliches Verhalten auswirken konnten; bei Gewittern hatten Menschen manchmal außergewöhnliche Kräfte entwickelt, Frauen hatten Autos von einem Kinderwagen weggehoben, Männer hatten Ponys ins Trockene getragen, wenn Flüsse über die Ufer traten. Doch wirkte sich die Magnetkraft auch auf die Liebe aus? Oder war das nur so eine Sache wie mit der Nadel und Kerze, ein alberner Test, mit dem man etwas zu messen versuchte, das man niemals begreifen würde?

Stella erinnerte sich an einen Bericht, den Hap ihr in einem Wissenschaftsmagazin gezeigt hatte, über einen Mann, der mit seinem Atem alles in Brand stecken konnte. Wenn er ein Stück Stoff vor den Mund hielt und pustete, ging es in Flammen auf. Gab es Menschen, die aus Feuer bestanden, aus Wasser, Erde oder Luft? Gab es welche, zu denen man sich hingezogen fühlte, wie sehr man sich auch dagegen wehren mochte, und andere, die einen abstießen, so sehr sie auch zu gefallen suchten?

»Das ist echt einer der heftigsten Landei-Orte, an denen ich je gewesen bin«, äußerte Juliet und blickte die Straße entlang. Hap Stewart hatte gesagt, er würde sich noch verabschieden, aber er war nirgendwo zu sehen. »Macht den ersten Preis für die höchste Anzahl Hinterwäldler pro Quadratmeile.«

Sie hörten den Zug in der Ferne pfeifen, als sie sich dem Bahnhof näherten. Juliet förderte ihre Fahrkarte zutage. Immer noch keine Spur von Hap. Ausnahmsweise zeigte sich die Sonne am Himmel. Die Luft war so klar, dass es fast schmerzhaft war zu atmen.

»Der gute alte Hap fand mich bestimmt völlig durchgeknallt«, sagte Juliet.

»Nein. Er mochte dich. Hat er mir selbst gesagt.«

»Ja, ja, bestimmt.« Etliche Leute fanden sich auf dem Bahnsteig ein, und Eli Hathaway fuhr mit Sissy Elliot und ihren Töchtern Iris und Marlena vor, die zusammen nach Boston ins Ballett fahren wollten. »Aber ich bin tatsächlich völlig durchgeknallt«, sagte Juliet leise.

»Na und? Hap findet das gut. Er hat mir mal einen Artikel über einen Typen gezeigt, der mit seinem Atem alles in Brand stecken konnte«, sagte Stella. »Ist das nicht verrückt?«

»Echt schlimmer Fall von Verstopfung.«

Sie begannen beide zu lachen.

»Der schlimmste, von dem man je gehört hat«, ächzte Stella.

Sie lachten so heftig, dass man sie noch im Bahnhofsgebäude hören konnte, doch als Stella allmählich verstummte, rannen Juliet plötzlich Tränen übers Gesicht. Stella trat einen Schritt zurück. Sie hatte nicht einmal gewusst, ob Juliet überhaupt weinen konnte, und nun begann sie vor ihren Augen zu schluchzen.

»Glaub bloß nicht, dass das was mit dem Wegfahren zu tun hat.« Juliet wischte sich die Augen; ihr Eyeliner und die Wimperntusche begannen sich in schwarze Kleckse aufzulösen. Sie zupfte an ihrer Fahrkarte herum und riss kleine Stücke heraus. »Ich kann diesen Ort hier nicht mal leiden. Ich bin eine Asphaltpflanze.«

»Weiß ich doch. Na klar. Absolut.«

»Ich bin froh, dass ich wieder zurückfahren kann. Ich würde ja irre werden hier.«

Seit sie sich kannten, war Stella nur einmal in Juliets Wohnung gewesen. Es war eine Ein-Zimmer-Wohnung, und Juliet musste auf der Couch schlafen. Bei Liza Hull hatte sie ein eigenes Bett bekommen, und die Laken dufteten nach Lavendel. Am Samstag war sie erst mittags aufgewacht und hatte gesagt, sie könne sich nicht erinnern, jemals so tief und fest geschlafen zu haben.

Stella umarmte die Freundin. »Vielleicht kannst du nächstes Mal länger bleiben.«

»Vergiss mich nicht«, flüsterte Juliet so dicht an ihrem Ohr, dass Stella ihren Atem spürte.

Vermutlich konnte Juliet sie von innen nicht mehr sehen, doch Stella blieb auf dem Bahnsteig stehen, bis der Zug davongefahren war und sie sein Pfeifen aus der Ferne hörte. Juliet hatte ihr noch gestanden, dass sie in der Wohnung ihrer Tante keine Nachricht hinterlassen hatte; sie glaubte, ihre Tante würde nicht einmal bemerkt haben, dass sie weg gewesen war.

Vergessen zu werden, war das Schlimmste, was einem widerfahren konnte. Es gab Menschen, die Geschichte wurden, deren Geburtstage man beging, an deren Leben man sich erinnerte; und es gab diejenigen, die dem Vergessen anheim fielen. Beim Essen bei den Averys hatte Matt Liza von seiner Arbeit erzählt; Stella hatte gehört, wie er sagte, die Sparrow-Frauen hätten die Geschichte der Stadt mit unsichtbarer Tinte geschrieben. Er müsse in der Bücherei nur die Blätter ins Licht halten.

Hap kam mit Riesenschritten und flatterndem Regenumhang durch den Park gerannt. Er sah besorgt und so abgehetzt aus, als sei er meilenweit gerannt.

»Was war denn mit dir los?«, fragte Stella, wütend, weil er Juliet verpasst hatte. »Wo zum Teufel hast du gesteckt?«

»Das Pferd. Es ist krank oder irgendwas. Ich musste es mit meinem Großvater im Kreis rumführen, bis Dr. Early kam. Ich muss auch gleich wieder zurück und mit ihm weitergehen. Ich wollte mich nur noch verabschieden.«

»Tja, dazu ist es jetzt zu spät.«

»Scheißdreck.« Hap blickte die Gleise entlang.

Stella hätte wohl eifersüchtig sein sollen, doch stattdessen war sie erleichtert. »Heißt das, du bist in Juliet verliebt?«

»Red keinen Blödsinn.« Hap wandte sich zum Gehen. Er wollte nicht darüber reden. Er wollte überhaupt nicht reden. »Ich muss mit dem Pferd laufen, damit der Magen sich nicht verkrampft.«

»Vielleicht ist es an der Zeit für das Pferd zu sterben.«

»Du hegst aber wirklich einen fiesen Hass auf Rösser.«

Stella lachte und winkte Hap nach, als er loslief. »Reite bloß nicht auf ihm«, rief sie ihm nach.

Es begann wieder so heftig zu regnen, dass die Dachrinnen binnen Minuten überliefen. Fischregen, und wegen dieses Wolkenbruchs rannte Stella rasch durch den Park und flüchtete in die Bibliothek. Als sie in die Eingangshalle trat, waren ihre Schuhe so durchweicht, dass sie sich ihrer entledigte und sie unter die Garderobe stellte. Die Welt draußen bestand aus Wasser, und der Wind peitschte durch die Straßen.

Als Stella an der Schwelle zur Ausleihe zögerte, winkte Mrs. Gibson, die Bibliothekarin, sie herein.

»Suchst du deinen Onkel?«

Es fühlte sich komisch an, in einer Stadt zu leben, in der die meisten Menschen die eigene Familiengeschichte besser kannten als man selbst. Stella hätte viel darum gegeben, mehr über ihre Vorfahren zu wissen, vor allem, weil man ständig versuchte, sie von der Geschichte der Sparrows fern zu halten. Sie ging an den Bücherregalen vorbei Richtung Leseraum. An der Glastür stand »Historische Gesellschaft Unity«. In diesem Raum wurden sämtliche Dokumente der Stadt, Tagebücher, Zeitungen, Bekanntmachungen, Zeitschriften, Medaillen und Trophäen aufbewahrt, sowie Anton Hathaways Uniform aus tintenblauem Tuch, das man gefärbt hatte mit einer Mixtur aus den Indigosträuchern, die einst am Ufer des Hourglass Lake wuchsen.

Matt Avery saß in dem Raum am Tisch und tippte die letzte Seite des letzten Kapitels seiner Arbeit. Die alte Eiche musste noch einen Tag länger warten, bis sie gefällt wurde, desgleichen die Gartenarbeiten bei den Elliots, Quimbys, Stewarts und Frosts. Matt war so in seine Arbeit vertieft, dass er noch nicht einmal mit dem Bepflanzen der Rabatte im Stadtpark begonnen hatte; um diese Zeit des Jahres hatte er dort sonst Ringelblumen, Zinnien und Petunien gesetzt. Doch er war mit der Vergangenheit beschäftigt, und sie nahm einen großen Raum in seinem Kopf ein. Matt trug Kopfhörer, da er gerne Coltrane oder Dylan hörte, während er arbeitete – sein Musikgeschmack war das Einzige, was er mit seinem Bruder gemein hatte. Er war so konzentriert darauf, die Arbeit zu Ende zu schreiben, dass er nicht einmal seine Orange und den Tee angerührt hatte, den Mrs. Gibson ihm gekocht hatte, ohne Zucker und mit Zitrone. Wenn er nicht gerade versucht hätte, sich die letzten Momente im Leben von Rebecca Sparrow vorzustellen, hätte er wahrscheinlich gehört, wie Stella die Tür öffnete.

Stella beschlich ein sonderbares kaltes Gefühl, wie sie es immer erlebt hatte, wenn Juliet und sie bei Saks Make-up oder Schmuck stahlen. Entstand so das Böse? Ein Sandkorn, das sich zu einem Kiesel auswuchs? Ein Impuls, dem man nicht widerstehen konnte? Ein Verlangen, das sich nicht bezähmen ließ? Sie musste einfach über die Geschichte ihrer Familie Bescheid wissen. Stella dachte nicht nach, und sie schmiedete keinen Plan; es war, als greife sie nach den schimmernden Kreolen hinter der Theke, als halte sie die Luft an und springe ins Wasser. Gerade eben stand sie noch da und sah ihren Onkel tippen, und im nächsten Moment stopfte sie seine Arbeit in ihren Rucksack.

Sie schlich hinaus und schloss lautlos die Tür hinter sich; sie winkte Mrs. Gibson zu und schlüpfte dann an der Garderobe rasch in ihre durchweichten Schuhe. Etwas so Böses zu tun, erzeugte Hitze: In ihren Handflächen schienen heiße Kohlen zu glühen. Brennende Pfeile. Ihr Leben lang hatte man Dinge vor ihr geheim gehalten, doch damit war es nun vorbei. Der Regen ließ etwas nach, Fischregen, der für nichts und niemanden gut war außer für den alten Wels im Hourglass Lake, denn nach einem solchen Regen gab es reichlich Stechmücken und Eintagsfliegen. Als Stella durch die Pfützen lief, dachte sie an den Tumor, den sie an Mrs. Gibsons Lunge gesehen hatte; wenn man Dr. Stewart Bescheid sagte und sie behandelt wurde, würde sie vielleicht erst in hohem Alter im Bett sterben oder inmitten ihrer Bücher in der Bibliothek und nicht vor der Zeit an Krebs.

Seit dem Erlebnis mit dem jungen Mann, der nach dem Unfall den Leberriss überlebt hatte, war Stella hoffnungsvoller, obwohl Dr. Stewart ihr gesagt hatte, dass es für manche Leiden keine Heilung gab. In vielen Fällen war Hoffnung angebracht, doch nicht bei Elinor Sparrow, denn eine Verbesserung ihres Zustands war so unwahrscheinlich wie Schneefälle im Mai. Was wiederum gut war, denn das hatte Stella gesehen, Schnee, der über ihre Großmutter hinwegwehte und sie bedeckte, Schicht um Schicht. Zum Glück war es viel zu warm für Schnee. Die letzten Regentropfen zischten auf dem Asphalt. Stella stürmte in die Teestube, hängte ihre Jacke auf und zog ihre tropfnassen Schuhe aus. Ihr helles Haar klebte nass an ihrem Rücken.

»Du warst so lange weg«, rief Liza. »Hat alles geklappt mit Juliet?«

»Der Zug hatte Verspätung«, log Stella. Vielleicht kam sie doch nach ihrem Vater: Es fiel ihr leicht zu lügen. Den neuen Angestellten hatte sie schon das ganze Wochenende angelogen; er war Juliet und ihr unheimlich. Er wohnte in North Arthur, und gestern hatte er den beiden angeboten, sie zur Mall in North Arthur mitzunehmen.

»Allerhand«, hatte Juliet gesagt, nachdem Stella das Angebot höflich abgelehnt hatte, indem sie sagte, dass sie wichtige Dinge zu tun hatten, zum Beispiel Stellas sämtliche Kleider schwarz zu färben und um drei Uhr nachts in Lizas Küche Vogelnest-Pudding zu kochen. »Als gäbe es in der Mall von North Arthur irgendwas, das uns interessieren könnte. Merkt der nicht, dass wir bei Saks kaufen? So ein Idiot.«

»Ich mag Juliet«, sagte Liza zu Stella, als sie sich Tee kochte. »Du kannst ihr sagen, dass sie hier jederzeit willkommen ist.«

Stella trug ihren Rucksack über der linken Schulter, die an regnerischen Tagen immer schmerzte. Als sie noch klein war, hatte ihr Vater ihr eine Einschlafgeschichte von einem Mädchen erzählt, das mit einem Flügel zur Welt kam. Nachdem sie operiert worden war, erinnerte nur noch der Schmerz in der Schulter daran, dass sie einmal anders gewesen war. Außenstehende mochten vielleicht annehmen, dass Stella sich nur an die vielen Enttäuschungen erinnerte, die ihr Vater ihr bereitet hatte, doch so war es nicht. Er hatte immer gesagt, *schsch, und nicht wegfliegen heute Nacht,* wenn die Geschichte zu Ende war. Auch an dem, was jetzt geschehen war, trug er keine Schuld. Stella hätte ihm niemals erzählen dürfen, was sie an ihrem Geburtstag in dem Restaurant gesehen hatte. Sie hätte es für sich behalten sollen. Sie trug die Schuld daran, dass Will Avery nun so in der Patsche steckte.

»Hat mein Vater dir irgendwas über diesen Mordfall in Boston erzählt? Hat er irgendwas gehört?«

Will hatte Liza berichtet, dass Henry Elliot einen Antrag eingereicht hatte, die Anklage gegen Will aus Mangel an Beweisen fallen zu lassen. Doch die Anklage machte Will keine Sorgen. Das verschwundene Modell des Hauses dagegen bereitete ihm schlaflose Nächte; wenn er die Augen schloss, sah er die weißen Giebel und Schnörkel, die Satinblumen, die liebevoll geschnitzte Haustür. Was ihm am meisten Sorgen machte, war die Sicherheit seiner Tochter.

»Noch nichts Neues. Aber mach dir keine Gedanken«, sagte Liza beruhigend zu Stella. »Dein Vater ist ein guter Mensch, in seinem tiefsten Inneren.«

So etwas hatte noch niemand über ihren Vater gesagt, wenigstens nicht in Stellas Gegenwart, und als sie nach oben in ihr Zimmer ging, fragte sich Stella, ob Juliet Recht hatte. Vielleicht war Liza tatsächlich in Will verliebt.

Stella zog ihre schwarzen Jeans und ihr schwarzes T-Shirt aus. Beides war so durchnässt, dass die Farbe herauslief und sie die Sachen in der Badewanne auswringen musste. Dann schlüpfte sie in ihren schwarzen Bademantel und legte sich ins Bett. Sie war erschöpft, griff aber nach ihrem Rucksack. Das Licht am Bett schaltete sie nicht ein, auch nicht die Taschenlampe, die sie in der Nachttischschublade aufbewahrte; das grünliche Licht, das hereindrang, während draußen der Fischregen auströpfelte, reichte ihr zum Lesen. Sie nahm Matts Arbeit heraus, die vollständig war bis auf die letzte Seite, die er heute geschrieben hatte, und schlug sie auf. Das Papier roch nach See, bemerkte sie, und nach einer Pflanze, die sie an Wasserlilien erinnerte.

Unsichtbare Tinte. Das Leben und Sterben von Rebecca Sparrow.

Schwer platschten einzelne letzte Tropfen aufs Fensterbrett, und unten in der Küche hörte Liza Sam Cooke, dessen Stimme allen Kummer vertreiben konnte. Matts Arbeit begann mit den ersten Zeilen aus Charles Hathaways Tagebuch.

Ich war der Mann, der Schuld auf sich geladen hat, und keiner hatte Kenntnis davon, bis ich diese Zeilen schrieb. Doch wer wird sie je lesen und ahnen, dass sie von der Wahrheit künden?

Es war kalt in Stellas Zimmer an diesem Abend, und sie nahm sich eine Decke und legte sie um. Ihre Mutter pflegte Fingernägel zu beißen, wenn sie nervös war, und Stella hatte die schlechte Angewohnheit, an Haarsträhnen zu kauen, was sie jetzt auch tat. Sie hörte die Regentropfen nicht mehr und auch nicht Sam Cookes Gesang und die Autos auf der Straße. Sie überschlug die Einleitung, in der Matt auf die Stadtgründung durch die Hathaways, Hapgoods und Elliots einging, die Begegnungen mit Indianern und den Kampf mit dem Bär schilderte, der unter der alten Eiche getötet wurde, die Anzahl der Pferde, Kühe und Schafe auflistete, die jedermann in Besitz hatte, und die Schiffsladungen aus England beschrieb, die Gewürze, Tee, Spiegel und Tinte und dann und wann auch einen Ballen blauer oder purpurroter Seide brachten.

So lange schon hatte Stella alles erfahren wollen. Nun hatte sie ein flaues Gefühl im Magen, als sie das Buch in Händen hielt. Sie holte tief Luft wie ein Taucher, als seien die beschriebenen Blätter Wasser, so tief wie der See beim Haus ihrer Großmutter, so unergründlich wie die Zeit.

Der Winter von 1682 war so kalt, dass der Hafen von Boston zufror und bis Mitte März nicht auftaute. Als das Eis endlich schmolz, an einem Tag, an dem die Luft scharf und klar war und der Wind frisch gebaute Vogelnester aus den Bäumen fegte, kam ein Kind von sieben oder acht Jahren aus den Wäldern, auf dem Hügel unweit des Hourglass Lake und jener Felsformation, die von den Siedlern »Tisch und Stühle« genannt wurde. Dort, so hieß es, wuchsen jene unsichtbaren Rosen, die verschwanden, sobald der Blick eines Menschen auf sie fiel. Niemand fand es verwunderlich, dass ein Mensch, dessen Sprache ganz unverständlich war, ebenso unversehens auftauchen konnte.

An jenem Tag erblühten die ersten Schneeglöckchen inmitten Eis und Schnee, um jedermann an die Gaben des Trauerengels zu erinnern. Niemand wusste mehr genau, wer sie zuerst gesehen hatte, doch binnen kurzem hatte es sich im Ort herumgesprochen, dass ein Mädchen aus der Wildnis gekommen war, aus dem Norden, wo es viel mehr Eis gab als Schneeglöckchen. Noch bevor sie das Kind zu Gesicht bekamen, wussten die meisten Einwohner schon, dass die Rosen, die unter den Blicken anderer welkten, in ihrer Nähe erblühten. Charles Hathaway mag es gewesen sein, der berichtete, dass die Spatzen zu der Kleinen kamen, sobald sie nach ihnen pfiff; diese Vögel, so erzählte man sich, hatten ihr Beeren und Honigklee gebracht, und damit hatte sie in den Wäldern überlebt. Sie redete nur Kauderwelsch und wusste nicht einmal, wie man ein Gebet sprach. Dornen hingen in ihrem verfilztem Haar. Drei Dinge hatte sie mitgebracht aus diesem fernen Land im hohen Norden: einen silbernen Kompass. Eine goldene Glocke. Einen Stern an einer Kette. Die Leute betrachteten diese Dinge und raunten. Sie betrachteten ihre Fußsohlen, die ledrig und grün waren von dem langen Weg, und sie fragten sich, wen sie hier wohl vor sich hatten.

Welcher großherzige Nachbar nahm sie auf, ein Kind von kaum mehr als acht Jahren? Unity war im Namen des Herrn erbaut worden, doch wo blieb die Nächstenliebe, die der Prediger pries, wenn er die kurvige Straße von Boston herkam? Niemand wollte das Mädchen, nicht einmal die Lockharts, die am Rand der Stadt Schweine und Schafe züchteten. Die Kleine war hübsch, hatte ein freundliches Gesichtchen, doch als man sie zu einer Versammlung auf dem Rathausplatz brachte, bei der man dem Herrn für die Rettung eines Menschenlebens danken und ihn um Beistand bitten wollte, wusste sie nicht einmal, wie man auf die Knie ging. Sie blickte direkt zum Himmel auf, stolz und fragend, das war in der Tat Besorgnis erregend.

John Elliot war der Erste, der sie aufnahm, auch wenn ihm nicht der Sinn danach stand. Seine Frau meinte, man solle Erbarmen habe, doch in der ersten Nacht, in der sie bei ihnen weilte, hörte die Familie die Glocke läuten. Keiner von ihnen tat ein Auge zu, und so brachten sie das Mädchen in die Stadt zurück. Danach nahmen die Hapgoods sie auf, doch sie weigerte sich, den Stern abzulegen, den sie um den Hals trug; sie war weder fromm noch gehorsam, und auch sie brachten das Kind wieder zurück. Nun blieb Charles Hathaway nichts anderes übrig, als sich ihrer anzunehmen. Er war der reichste Mann der Stadt, der sein Land vom König bekommen hatte, und er betrachtete es als seine Pflicht, diese Aufgabe zu bewältigen, an der andere gescheitert waren.

Hathaway hatte einen Sohn im gleichen Alter, Samuel, dessen Haar so leuchtend hell war wie das ihre dunkel. Hathaway duldete keinerlei Widerspruch von seinem eigen Fleisch und Blut, und er nahm sich vor, dieses Kind aus den Wäldern des Nordens zu erziehen und ihm die Umgangsformen der zivilisierten Menschen beizubringen. Als die Glocke läutete und jeden im Haus aus dem Schlaf riss, schlug Hathaway Rebecca mit einem Stab von einem Haselstrauch. Als sie mit dem Kompass durch die Stadt streifte, brachte er sie zurück und schlug sie erneut, diesmal mit dem Stab eines Hagedorns. Als sie den Stern nicht abnehmen wollte, riss er ihn ihr vom Hals und schlug sie mit einem Stab von einer Eiche.

Der Junge und das Mädchen waren unzertrennlich, vereint vielleicht in ihrem Hass auf Hathaway. Eines Nachts verschwanden die Kinder. Geleitet von dem silbernen Kompass fanden sie zu dem Ort, an dem man das Kind zuerst gesehen hatte, auf der anderen Seite der Felsen, die man »Tisch und Stühle« nannte. Hathaway fand sie spät in der Nacht auf dem »Tisch«, wo sie eng umschlungen schliefen. Am nächsten Tag brachte er das Mädchen weg. Er gab sie bei der Waschfrau ab, die am Rand des Sees lebte, einer alten Frau, die einen Sinn fürs Nützliche hatte.

Die Waschfrau, hieß es, könne auf hundert Meter Entfernung Seide und Tuch unterscheiden. Wie die Waschfrau hieß, wurde nirgendwo festgehalten, doch sie war es, die dem Mädchen aus der Wildnis den Namen Rebecca gab. Dies war der Name, den jeder vernahm, der am See vorbeikam, zu jeder Zeit des Tages: *Rebecca, komm her! Rebecca, wo steckst du nur?*

Denn es gab alle Hände voll zu tun am Ufer des Sees. Ein Mädchen musste schlau sein, damit es sich nicht die Hände verbrannte, wenn es beim Seifemachen heißes Fett zur Asche gab. Es musste stark sein, wenn es den schweren Wollstoff auswrang. Es musste von sanftem Gemüt sein, um sich nicht zu beklagen, wenn seine Finger bluteten von der giftigen Lauge. Es musste stumm sein, um kein Wort zu sagen, wenn seine Hände schmerzten von der Stärke aus Kartoffeln. Es musste geduldig sein, um zu warten auf den rechten Augenblick.

Etwas klackerte an die Fensterscheibe. Stella dachte, es sei nur der Regen, und beachtete das Geräusch nicht. Sie war vertieft in Rebecca Sparrows Geschichte, doch da hörte sie es wieder, lauter diesmal. Steinchen trafen die Fensterscheibe, prasselnd wie Regen. Das Zwielicht neigte sich dem Ende entgegen, und die Luft draußen war tiefblau. Amseln flatterten unter dem Himmel entlang und verschmolzen mit den Schatten. Stella öffnete das Fenster vom Bett aus und blickte hinunter, an den Fliedersträuchern vorbei, an den Platanen, an den auffliegenden Amseln.

Dort unten stand Jimmy Elliot.

Stella konnte sein Gesicht nicht erkennen, doch sie wusste, dass er es war, weil er dort stand, als sei er zufällig vorbeigekommen. Als sei er im einen Moment noch mit seinen eigenen Dingen befasst gewesen, um im nächsten Steinchen an ein Fenster zu werfen, ohne überhaupt zu wissen, ob es zu ihrem Zimmer gehörte.

Sie war ihm in letzter Zeit immer öfter über den Weg gelaufen. Er tauchte in den unerwartetsten Augenblicken auf, kam plötzlich in den Pizza-Imbiss, wo Cynthia und Stella saßen, oder stand neben Stellas Schließfach in der Schule, mit diesem verwirrten Gesichtsausdruck, als habe er sich verlaufen, als brauche er eine Karte, um sich in seiner Heimatstadt zurechtzufinden. An diesem Abend machte er sich nun bemerkbar, und nicht nur das: Er forderte sie heraus, zu reagieren.

Herausforderungen ging Stella nie aus dem Weg. Sie holte ihren Schlüssel aus dem Rucksack und warf ihn hinunter auf den Gehweg. Jimmy, dem nicht anzumerken war, ob er das erwartet hatte oder nicht, hob ihn rasch auf. Er lief zur verschlossenen Tür der Teestube, und kurz darauf hörte Stella ihn auf der Treppe. Sie hoffte, dass Liza in der Küche zu sehr mit der Einkaufsliste für die Woche beschäftigt war, um ihn zu bemerken. Weil Stella jedes Mal dieses flatternde Gefühl im Magen hatte, wenn sie Jimmy sah, fragte sie sich, wie es wohl jetzt sein würde, wenn er hereinkam. Wollte sie ihn hier haben oder nicht? Ihr fiel auf, dass sie unter ihrem Bademantel nur das T-Shirt und Unterwäsche trug und zog rasch eine Decke über sich.

Er kam herein und schloss die Tür. Stella kam es unwirklich vor, dass Jimmy Elliot jetzt am Fuß ihres Bettes stand. Sie konnte ihn fühlen, als schwirrten Partikel seines Wesens in der Luft herum. Er roch nach Regen und etwas anderem, das Stella nicht deuten konnte.

»Hat sie dich gehört?«, raunte sie.

»Liza? Ist in der Küche, hört Musik und singt mit.«

Jetzt hörte auch Stella Lizas Stimme gedämpft durch die Wände. Sie mussten sich beide das Lachen verkneifen. *Natural Woman* sang sie. Aretha. Will hörte sie oft. Die Königin des Soul.

»Was soll denn das mit der Decke?«, sagte Jimmy. »Du siehst aus wie eine dieser alten Tanten, die nie mehr aufstehen.«

»Mach dich nicht über mich lustig.« Stella war jetzt tatsächlich sehr flau im Magen. Sie spürte dieses Flattern. Sie wünschte, Jimmy Elliot sähe nicht so gut aus. Sie wünschte, er würde nicht so verwirrt blicken.

»Großmutter, was hast du für große Augen.«

»Im Ernst. Sei jetzt ruhig.«

Jimmy starrte auf sie herunter. Es wurde dunkler draußen. »Okay«, sagte er. Er ließ sich neben ihr aufs Bett fallen, packte die Decke und zog einen Zipfel über sich. Jetzt lag nur noch Matts Magisterarbeit zwischen ihnen. »Was ist denn das?«

Stella griff rasch nach dem Manuskript und verstaute es

unter dem Kopfkissen. Sie trug das Armband, das sie von ihrem Vater bekommen hatte, und das Glöckchen gab einen hellen schimmernden Laut von sich. »Nichts.«

»Es ist sehr wohl was.«

Dann küsste er sie. Stellas Lippen begannen sofort zu glühen. Sie dachte an die Kerze und die Nadel und an die Liebe, die einfach ungeladen ins Leben eines Menschen trat. Sie spürte Jimmys Hüftknochen an den ihren, und auch dort begann sie zu glühen. Wo er sie berührte, wo sie ihn spürte, geschah es immer wieder. Das war es also, dieses Glühen, dieses Verlangen nach etwas, von dem man wusste, dass man es eigentlich nicht haben durfte.

»Vielleicht sollten wir das lieber nicht tun«, sagte Stella nach einer Weile. Ihre Lippen schmerzten, doch sie wollte nicht, dass es aufhörte. Aber sie spürte ein ängstliches Gefühl in der Brust.

»Was sollen wir denn sonst tun? Lesen?«

Stella lachte laut, hielt aber inne, weil sie Liza auf der Treppe hörte. *You make me feel,* sang Liza ziemlich falsch, aber mit Gefühl. *You make me feel.* Stella legte Jimmy die Hand auf den Mund, damit Liza ihn nicht lachen hörte. Sogar sein Atem brachte ihre Hand zum Glühen. Stella dachte an die Geschichte, die Hap ihr erzählt hatte, über den Mann, der mit seinem Atem Feuer machen konnte. Als sie den Kopf an Jimmys Brust lehnte, hörte sie, wie stark sein Herz klang. War es das, was sie zu ihm hinzog? Dass sie ihn erst als sehr alter Mann sterben sah, dass sie in seiner Nähe nicht darüber nachsinnen musste, welch schreckliches Schicksal ihm bevorstand?

»Dreh dich um und guck nicht«, sagte Stella, als er aufbrechen musste. Sie stand auf, zog den Bademantel aus und schlüpfte in ihre Jeans. Als sie sich umwandte, guckte er sehr wohl. »Na, das war ja Vertrauen erweckend«, sagte sie, immer noch flüsternd.

»Und was ist mit dir?« Jimmy griff nach dem Manuskript unter dem Kopfkissen. »Bist du vielleicht vertrauenswürdig? Ist das nicht die Magisterarbeit deines Onkels?«

Stella hechtete sich darauf.

»Ich sag's niemandem«, versprach Jimmy. »Ich schwör's dir.«

Er war aufgestanden; seine Stiefel waren schmutzig gewesen, und jetzt klopfte er die Decke ab. Sonderbarerweise vertraute sie ihm in dieser Hinsicht wirklich. Er konnte ein Geheimnis bewahren; er würde es niemandem erzählen. Sie gingen zusammen nach unten, und Stella ließ ihn zur Tür hinaus. Nach den heftigen Regenfällen war die Luft ganz klar. Jetzt war sie es, die ihm nachsah; sie konnte den Blick nicht von ihm wenden, bis er verschwunden war, hinter den Fliedersträuchern, hinter den dunklen Bäumen, in denen die Amseln schliefen, aufgereiht auf einem Ast.

IV.

Nun, da die Tage länger wurden, konnte Elinor wieder öfter in ihrem Garten arbeiten. Sie war begierig nach dem Zwielicht, das von Tag zu Tag länger anhielt, begierig fast nach allem, besonders nach Zeit. Ihre Knie machten ihr zu schaffen, o Mühsal des Alters, doch wenn sie im Garten kniete, hätte sie schwören können, dass sie die verschlungenen Wurzeln unter der Erde spürte, das Schnarren der Zikaden im hohen Gras, das wunderbare Herz der Welt. Sie spürte, wie das Wachstum um sie herum ihr Blut schneller fließen ließ, und fühlte sich wieder jung. Einmal schlief sie mitten am Tag ein, an die Mauer gelehnt wie Argus, und so fand Brock Stewart sie, an den Steinen kauernd wie ein herabgestürzter Vogel, ein verglühender Stern oder eine schutzlose Rosenranke ohne Dornen.

Elinor und ihr alter Hund hörten nicht, wie Dr. Stewarts Lincoln die Auffahrt entlangrumpelte, und sie hörten auch nicht das Trällern der Grasmücken in den Bäumen. Brock Stewart lehnte sich ans Gartentor. Er dachte an all die Dinge, die er von Elinor Sparrow gelernt hatte. Dass die wilden Rosen in Unity angeblich unsichtbar waren, dass sie unter den Augen eines Menschen welkten und verschwanden, falls man je das Glück hatte, eine von ihnen zu erblicken. Diese einheimische Rosenart weigerte sich, in Gärten, Höfen und Pflanzenschulen zu gedeihen, und dennoch hatte Elinor es geschafft, dass ein Pflänzchen in ihrem Garten Wurzeln schlug, und sie hatte es mit einer anderen Art gekreuzt, die sie sehr schätzte. Obwohl der Sommer nun nahte, war die Hybride noch immer von einem Sack verhüllt, der Sonne einließ, die Pflanze jedoch vor Wind und schlimmem Wetter wie dem Steinregen von letzter Woche beschützte, unter dem einige der zarteren Rosen geknickt und zu Boden gesunken waren.

Der Arzt betrat den Garten und setzte sich auf die Bank, die er Elinor geschenkt hatte. Wenn jemand ein Geschenk annahm, dann nahm er auch die Gefühle des Schenkenden an, das wusste jeder. Was bedeutete es also, wenn sie nun auf dem Boden schlief und nicht auf dem Geschenk, das sie von ihm bekommen hatte? Er sah sie an, und jeder ihrer Atemzüge erschien ihm wie eine Kostbarkeit. *Noch einen Tag länger*, dachte der Arzt, begieriger als jeder andere, sogar als Elinor. *Vielleicht gar zwei.*

»Hey, Mädchen«, sagte Dr. Stewart, als Elinor schließlich die Augen aufschlug.

Sie hatte geträumt, dass sie unter einer grünen Laube den Weg entlangging. Dann erblickte sie Dr. Stewart, und er sah so schön und jung aus wie damals, als er nach dem Studium nach Unity zurückkehrte, sodass sie sich fragte, ob sie wirklich wach geworden war.

»Mädchen wohl kaum«, gelang es ihr dennoch zu erwidern.

Was sie sah, war leicht verschwommen; ihre Augen wurden schlechter und ihre Knie immer schwächer. Sie dachte daran, wie Blumen vergingen; manche verloren nach und nach ihre Blütenblätter, andere fanden ein plötzliches Ende durch Wind oder widrige Umstände, wieder andere verschieden durch Alter.

»Was macht unsere blaue Rose?«, fragte der Arzt.

»Nicht unsere. Meine. Der Sack ist das Einzige daran, was Ihnen gehört.«

Brock Stewart lachte.

»Wenn Sie's wirklich wissen wollen: Mir tut das arme Ding Leid«, fuhr Elinor fort. »So verhüllt. Ich bin allmählich der Ansicht, dass es sinnlos ist, eine Rose zu sein, wenn man die ganze Zeit gebunden und mit einem Sack verhüllt ist.«

Wenn er nicht als Arzt einen Blick für so etwas gehabt hätte, wären Brock Stewart dann die dunklen Schatten unter ihren Augen aufgefallen, die leicht violette Färbung? Hätte er bemerkt, dass ihre Haut fahl war, im hellen Licht geradezu gelb? Er wusste, dass der Schmerz in ihrer Wirbelsäule indessen fast unerträglich sein musste; er fragte bei der Apotheke nach, wie oft sie sich Morphium geben ließ. Vielleicht war sie deshalb am Boden eingeschlafen, umgeben von Samen der Seidenpflanzen, und hatte vom Weg nach Hause geträumt.

»Sie wollten doch eine blaue Rose«, sagte Brock. »Oder etwa nicht? War es nicht so?«

»Will nicht jeder Dinge, die er nicht bekommen kann?«

»Wollen Sie hören, was ich denke? Der Sinn liegt in der Suche selbst. Das ist meine bescheidene Meinung.«

Elinor lachte. »Sie sind doch nicht bescheiden. Sie sind ein Besserwisser.«

»Ich?«, erwiderte der Arzt. »Nichtswisser wäre treffender. Ich habe keine Ahnung von Rosen, also fragen Sie mich lieber nicht nach meiner Meinung.«

Elinor sah zu Cake House hinüber. Um diese Zeit des Tages, wenn der Himmel dunkler wurde, nahmen die weißen Holzwände einen bläulichen Schimmer an.

»Ich habe irgendwo den falschen Weg eingeschlagen«, sagte Elinor.

Sie dachte an ihren Traum, den endlosen grün überschatteten Weg, an ihre Beschränktheit in all diesen Jahren. Nun hätte sie tausend blaue Rosen züchten können, und dabei wollte sie etwas ganz anderes.

Brock Stewart seinerseits konnte sich nicht einmal daran erinnern, wann er seine Gefühle für sie entdeckt hatte. War es an jenem Tag, als er den vereisten Weg entlangging, um ihr die Nachricht von Sauls Tod zu bringen? Oder am Tag darauf, als er sie barfuß und völlig durchgefroren im Garten fand, sie ins Haus brachte und sie vor das Kaminfeuer setzte, wo das Eis von ihren Kleidern taute und Pfützen am Boden bildete? War das gestern erst gewesen oder vor zwanzig Jahren? »Ich wäre verloren ohne Sie.«

»Nun«, sagte Elinor scharf, »daran sollten Sie sich lieber gewöhnen.«

Es klang, als begänne es zu regnen, doch Elinor konnte die Art des Regens nicht erkennen. Es war kein Rosenregen, kein Fischregen, nicht Steinregen noch Narzissenregen, nur der Klang von tropfendem Wasser. Es war Dr. Stewart, der weinte. Alles war schon fast vorüber, jetzt, da sie endlich wusste, was sie wollte.

»Lassen Sie uns ein Geheimnis haben.« Elinor spürte die Wärme der Steinmauer im Rücken. Sie spürte die kleinen Würmer in der Erde und die Wurzeln ihres Gartens unter ihr, so verwoben, dass man eine Axt gebraucht hätte, um sie zu trennen. »Lassen Sie uns etwas gemeinsam haben, von dem niemand außer uns etwas weiß.«

Dr. Stewart wischte sich mit dem Handrücken die Augen. Seit dem Tod von Liza Hulls Baby bemühte er sich nicht mehr, seine Tränen zurückzuhalten. Ein- oder zweimal hatte er vor den Ärzten in der Klinik geweint. Sie hatten sich peinlich berührt abgewandt, weil sie wohl glaubten, er als alter Mann habe seine Gefühle nicht mehr im Griff. Er war stumm geblieben, doch eigentlich hatte er all diesen jungen Ärzten, die so von sich eingenommen waren, so überzeugt davon, dass man nur heilen konnte, indem man Teile von sich selbst verleugnete, sagen wollen: *So ist es eben. Schaut mich ruhig an. So ist es, wenn man Mensch ist in dieser Welt.*

»Wir werden die Rose umsetzen«, beschloss Elinor.

Brock lachte. »Wieso haben Sie nur immer Ideen, bei denen man schuften und eine Schubkarre benutzen muss?«

Doch als sie damit begannen, erwies es sich als nicht allzu schwer, den kleinen Rosenstock auszugraben. Sie hoben ihn in seiner Hülle hoch, stellten ihn in die Schubkarre, und Dr. Stewart schob sie voran. Hundszahn und Wachslilien standen in voller Blüte, und der Wald, dem sie sich näherten, war dunkel; nur an einigen Stellen leuchteten Sonnenstrahlen, in deren hellem Schein Eintagsfliegen und silbrige Staubteilchen umherschwirrten. Der Geruch von Schlamm lag in der Luft: roter Lehm, grauer Lehm, der Schlamm aus dem See. Die Zehrwurz gedieh hier im Überfluss, und auf einer Lichtung blühte ein Frauenschuh. Dr. Stewart blieb stehen, um diese ungewöhnliche Pflanze zu betrachten. Die Orchidee glich einem menschlichen Herzen, doch sie war heller, und wie ein Menschenherz war sie erstaunlich kraftvoll, wenn man bedachte, wie zart sie wirkte, wie leicht sie auf vielerlei Weise verletzt werden konnte.

Sie gingen weiter bis zu jenem Ort, an dem Rebecca Sparrow zum ersten Mal aufgetaucht sein sollte. Eines Abends war sie aus den Wäldern gekommen wie aus einem Traum, der zu Ende ging, unterhalb der flachen Felsen, die man wegen ihrer Form »Tisch und Stühle« nannte. In den Wochen nach Sauls Tod war Brock Stewart häufig mit Elinor hierher gekommen, einfach nur, um dort zu sitzen, obwohl er immer wieder daran gedacht hatte, sie zu küssen. Doch er hatte sich bemüht, diesen Gedanken zu vergessen. Er war glücklich verheiratet, wirklich, doch dies war eben so viel mehr. Dies war alles, was er in sich trug.

Argus war ihnen hinterher getrottet. Nun ließ sich der Wolfshund nieder und sah zu, wie Dr. Stewart an einer Stelle, die Elinor als sonnig genug befunden hatte, Dornenranken entfernte. Nach diesem Kraftaufwand gönnte sich der Arzt eine Pause und ließ sich auf einem der Felsstühle nieder, doch der Granit war kalt und unbequem, und nun mühte Elinor selbst sich mit den Ranken ab. Als Brock Stewart wieder zu Atem gekommen war, begann er mit einer alten Schaufel, die sie mitgebracht hatten, auf der Lichtung ein Loch zu graben. Zimtfarn wuchs wild dort, und gelbe Schwertlilien, die aus den Gärten der Siedler entkommen waren, indem sie Zäune missachteten und sich unter Hecken hindurchgruben. Er sah die dreiblättrige Zeichenwurz und viele Zehrwurz-Pflanzen, die einen schwefligen Geruch verströmten, wenn man sie berührte. Die Stille im Wald schien unwirklich, doch wer lauschte, hörte die unzähligen Töne. Das Summen der Eintagsfliegen und Stechmücken, das Brummen der Bienen, die sich auf den prallen Blüten der Blumen-Hartriegel tummelten, das Gezwitscher der Spottdrosseln, das Trillern der Grasmücken, das Tschilpen der Spatzen, die überall auf den Ästen hockten.

Als das Loch tief genug war, entfernte Elinor den Sack von dem Rosenstock, faltete den groben Stoff zusammen und warf ihn in die Schubkarre. Dabei bemühte sie sich, die kleine Pflanze nicht direkt anzusehen, damit sie nicht verschwand. Das war eine unsinnige Mär, gewiss, aber vielleicht doch mit einem Körnchen Wahrheit. Tatsächlich welkte vieles und verschwand. Doch manches dauerte fort, ohne dabei gesehen zu werden; es gedieh im Stillen.

»Markieren wir den Weg, damit wir sie wiederfinden können?«, fragte Brock Stewart, als er die Schubkarre wendete.

»Wir werden sie nie mehr wiederfinden.« Elinor trat zu ihm. Sie hakte sich bei ihm ein und legte eine Hand auf die Schubkarre. »Deshalb haben wir sie ja hierher gebracht.«

Der Rückweg durchs Unterholz, vorbei an den Zehrwurzfeldern, war mühselig. Binnen kurzem verlor der Arzt die Orientierung. Vielleicht hätten sie sich Zeichen an den Weg machen sollen. »Verdammt«, sagte Brock Stewart, denn jeder Hartriegelstrauch ähnelte plötzlich dem anderen, und alle Stellen, an denen gelbe Schwertlilien wuchsen, schienen gleich zu sein.

Der Arzt schwitzte, er war müde von der Anstrengung und hatte Blasen an den Händen. *Schau nach oben,* hatte er zu seinem Sohn gesagt, als David noch klein war, vor endlos langer Zeit. *Wenn du dich verirrt hast, denk daran, dass die Sonne im Westen untergeht, dann findest du dich immer zurecht.* Nun war sich der Arzt nicht einmal sicher, ob er durch das Gewirr der Äste die Sonne erkennen konnte.

»Ich weiß nicht, wo wir sind«, gab er zu.

»Das ist gut.« Elinor war ihm so nahe, dass er ihre Wärme spürte, ihre Gewissheit, ihren Atem. »Wenn wir den Weg nicht finden, findet ihn auch kein anderer. Das wollen wir, Brock.«

Sie hätten ewig dort stehen bleiben können, verirrt in den Wäldern, in der Dunkelheit, an jenem Felsmassiv, an dem Rebecca Sparrow vor so langer Zeit aus dem Wald gekommen war, von Norden, sagten die Leute, obwohl niemand es wirklich genau wusste. Doch zum Glück kannte der Hund den Weg nach Hause. Sie mussten Argus blind vertrauen und ihm folgen; ein leichter heller Regen hatte eingesetzt, und Dunst hing in der Luft. Es war der letzte Narzissenregen der Jahreszeit, für den es keinen Grund mehr gab, denn Gras und Hecken waren schon saftig grün, doch der Himmel konnte es noch nicht lassen, sich auf die Erde zu ergießen.

Am Rande einer Lichtung hielt der Arzt inne und pflückte einen Strauß gelber Schwertlilien. Seine Finger färbten sich grün von ihrem Saft, und ihr goldener Duft machte ihn schwindlig. Er hätte ewig so weitergehen können, ohne jemals Durst oder Müdigkeit zu empfinden. Auf diesem grünen Pfad spürte er aufs Neue, was ihn zur Medizin gezogen hatte: die Vielfalt und Üppigkeit des Lebendigen, die Wärme, die innere Verbindung aller Elemente, die Wurzeln unter der Erde, die Blut und Knochen ähnelten, die wilden Kartoffelranken, Arterien gleich, der Stock der Honigbienen, der an ein menschliches Herz erinnerte. Wenn er etwas mit sich nehmen wollte in die Ewigkeit, dann hätte er dieses Gefühl gewählt. Beide hatten sie jetzt nasse Füße, und das Gehen fiel ihnen schwer. Es war lächerlich, dass zwei Menschen ihres Alters hier so umherstreiften, und dennoch wünschte der Arzt, es möge nie enden. Elinor war fiebrig, das sah er ganz deutlich; eine Grippe vielleicht, die man sich in geschwächtem Zustand wie dem ihren leicht zuzog. Und er sah ebenso deutlich, dass sie diesen Weg tatsächlich kein weiteres Mal gehen würden.

Nicht so schnell, flüsterte er, denn nun leuchteten die Schwertlilien, die er in Händen hielt, wiesen ihnen den Weg in der Dunkelheit. *Ich will nicht, dass du gehst.*

In dieser Nacht träumte Elinor von der Rose, die sie im Wald eingepflanzt hatten, und in ihrem Traum waren die Blütenblätter nicht blau, sondern silbern. Ein zerbrochener Spiegel, der den Himmel spiegelte. Sie ging in die Hocke, um eine einzige Blume zu pflücken, doch sie zerbrach ihr in den Händen: zersplitterte einmal, zweimal, tausendmal. Elinor fiel auf die Knie und versuchte entsetzt, die Stücke wieder zusammenzufügen. Sie hörte eine Stimme sagen: *Jetzt hast du es,* und sie dachte, *wie dumm. Nichts habe ich. Ich habe alles verloren.*

Ihre Hände bluteten von den Splittern. Sie sah sich selbst in den Scherben, als kleines Mädchen. Sonderbar, denn als sie sich erhob, war sie noch immer dieses Mädchen mit den langen schwarzen Haaren, das in den Wäldern umherirrte.

Am nachtblauen Himmel über ihr bewegten sich die Sterne zu schnell, wie bei einem Spielzeug zum Aufziehen. Sie erkannte einige Sternbilder: der Löwe, der zum Frühlingshimmel gehörte. Der Hirte auf der Suche nach dem Lamm. Die blauweiße Wega, den hellsten Stern in der Leier. Sie sahen wie Schnee aus, der in einer Kugel gefangen war. Wenn man sie schüttelte, zerfiel sie. Wenn man sie schüttelte, sanken sie auf einen herab.

Jenny erwachte vom Traum ihrer Mutter, als der Himmel noch dunkel war. Keuchend fuhr sie hoch. Das Mädchen mit dem langen schwarzen Haar war über Glasscherben gelaufen, ohne zu weinen. Jennys Gesicht war nass und erhitzt. Die Walddrosseln trillerten in der Dunkelheit. Spatzen hockten auf dem Fenstersims. Aus Jennys Mund drang ein Schluchzen, und es schien aus dem Fenster zu wehen und die Spatzen zu verscheuchen. Doch sie flogen nicht weit; sie ließen sich auf der Lorbeerhecke nieder und flatterten von dort ins feuchte Gras.

Jenny stand auf und trat ans Fenster. Beinahe erwartete sie, das Mädchen mit den schwarzen Haaren draußen auf dem Rasen zu sehen, in einem weißen Nachthemd, wie Rebecca Sparrow es angeblich getragen hatte, als sie aus den Wäldern gekommen war. Die Nacht stieg aus dem Gras auf wie feuchte Luft über einem Spiegel verweht. Jenny zog ihren Morgenmantel über und ging in die Halle hinunter. Der Boden war kalt unter ihren Füßen; Licht fiel durch die Bleiglasscheiben in der Eingangshalle, und Stäubchen tanzten darin umher, als seien sie lebendig.

Es war noch so früh, dass die Wespen gerade erst erwachten, die ersten Bienen den Garten aufsuchten, die Sterne zu verblassen begannen, einer nach dem anderen, bis nur noch die Venus am Himmel stand. Die Tür zum Schlafzimmer ihrer Mutter war angelehnt. Wenn Jenny jemals daran gedacht hätte, zu fragen, hätte sie gewusst, dass ihre Mutter sich fürchtete, alleine zu schlafen – seit jenem Abend, an dem Dr. Stewart ihr von Sauls Tod berichten musste. Elinor konnte Lügner auf einen Blick entlarven, doch sie war blind gegenüber den Lügen der Menschen, die sie liebte. Deshalb war sie getäuscht worden; sie hatte sich blenden lassen von der Liebe, die ihr damals als das Wahrhaftigste auf der Welt erschien.

Argus schlief immer neben Elinors Bett. Als Jenny hereinkam, hob er den Kopf; er schaute in ihre Richtung, doch Jenny sah an seinen milchigen Augen, dass der alte Hund fast blind war. Warum war ihr das nie zuvor aufgefallen? Warum hatte sie nie bemerkt, wie kalt das Zimmer ihrer Mutter war und wie vergilbt die ehemals weißen Wände aussahen? Warum hatte sie nicht gemerkt, wie krank ihre Mutter war, bis zu dem Augenblick, als die Vögel erwachten, als der Himmel ein milchiges Weiß annahm, als sie ganz plötzlich und überraschend alles zu verlieren drohte.

Auf Elinors Nachttisch stand ein Strauß gelber, nach Moschus duftender Schwertlilien aus den Wäldern, in einer Vase, die Jenny bekannt vorkam. Es war einer der ersten Gegenstände, die sie in der dritten Klasse im Kunstunterricht gebastelt hatten, aus schlangenartigen Tonstücken, die sie braun und blau bemalt hatte. Sie erinnerte sich, wie sie die Vase an einem Nachmittag nach Hause brachte, an dem der Regen heftig wütete, längst kein Fischregen mehr war, sondern ein Orkan. Jenny hatte die Vase in ihrem Mantel verborgen und flehte bei jedem Schritt, dass sie nicht zerbrechen möge. Sie war erstaunt, als sie sah, dass ihre Mutter diese Vase aufbewahrt hatte und dass sie so dicht bei ihrem Bett stand.

Jenny hatte kalte Füße, und sie stieg über Argus hinweg und legte sich zu ihrer Mutter ins Bett. Elinor war aufgewacht, als sie jemanden hereinkommen hörte. Sie hatte immer einen leichten Schlaf gehabt, aber sie sah nicht mehr gut, und sie sagte sich, da Argus nicht gebellt hatte, brauchte sie sich auch nicht zu rühren. Sie spürte, wie ihr Bett sich bewegte. Neben ihr lag eine Frau mit schwarzem Haar, die aussah wie ihre Tochter. War das möglich? War das nicht ebenso unwahrscheinlich wie eine Schüssel, die Beine bekommt und über den Mond davonflitzt oder ein Zimmer voller Stroh, das zu Gold gesponnen wird?

»Ich träume«, sagte Elinor Sparrow. Als sie sprach, verwehten ihre Worte, wie sie in einem Traum verwehen, sodass nur noch ein Kern Sprache übrig bleibt, die Essenz von etwas Unverständlichem.

»Ich vielleicht auch«, sagte Jenny.

Sie hörten den Ruf der Spottdrossel vom Rasen. Draußen erhob sich der Morgen in grüngoldenen Bändern. Was war ein Traum außer dem Wissen um all das, was man in sich trug. Nach so langer Zeit fanden sie Vergebung an diesem Morgen im April, an dem die Luft grün war, an dem Bienen um den Lorbeer schwirrten, an dem Worte nicht gesprochen werden mussten, an dem alles, was verloren gegangen war, gefunden werden konnte.

An diesem Morgen verabschiedete sich Stella von Liza, nahm ihren Rucksack und ging aus dem Haus wie an einem gewöhnlichen Tag. Doch als sie an der Lockhart zur Schule abbiegen sollte, schlug sie die Gegenrichtung ein.

»Ich geh nicht zur Schule«, sagte Stella, als Hap sie einholte. »Mach bitte in Naturkunde Notizen für mich.«

»Ich komm mit«, sagte Hap, dankbar für einen Grund,

an einem schönen strahlenden Tag wie diesem nicht zur Schule gehen zu müssen.

»Nein.« Zu abrupt. Verletzte Gefühle. Spürte er, dass sie am Abend zuvor jemanden geküsst hatte? Konnte man es im hellen Tageslicht sehen? Merkte er, dass sie vielleicht nicht so vertrauenswürdig war, wie er immer geglaubt hatte? »Ich meine, es ist eine Familiensache.«

»Okay.« Hap sah Stella an, als wäre ihm gerade etwas aufgefallen. Vielleicht kannte er sie doch nicht so gut, wie er geglaubt hatte.

Stella ging die Dead Horse Lane entlang und bog auf Rebeccas Pfad ab, als sie zu der Abzweigung kam. Es war ein warmer Tag, und die Eintagsfliegen surrten über den seichten Ufern des Sees. Vor langer Zeit hatte es hier so viele Schildkröten gegeben, dass keiner sie zählen konnte, obwohl man ihre Eier sammelte und Suppe daraus kochte. Im Dickicht lebten damals Truthähne, und in den Bächen schwammen Maifische, jene grätigen Fische, die in jedem Frühjahr von den Marschen herüberwandern. An Rebeccas dreizehntem Geburtstag – den sie an jenem Tag Mitte März beging, an dem sie damals aus den Wäldern kam – war das Städtchen Unity doppelt so groß wie damals. Wer ihr begegnete, würde nicht mehr glauben, dass sie kein Wort Englisch sprach, als man sie fand, doch jeder sah auf den ersten Blick, dass sie ihren Lebensunterhalt als Wäscherin verdiente, denn ihre Hände waren rau und gesprungen, ihre Fingerspitzen pflaumenfarben und ihre Nägel gesplittert. Die alte Waschfrau war an den Pocken gestorben und hatte Rebecca ihr Haus, ihren Kessel und ihr Geheimrezept für Gerstenseife hinterlassen.

Als Charles Hathaway Rebecca Sparrow am Morgen ihres dreizehnten Geburtstags über die Scherben des Spiegels gehen sah, wusste er, dass er Recht daran getan hatte, seinen Sohn von ihr fern zu halten. Dennoch ist die Macht eines Vaters beschränkt. Als die Jungen aus der Stadt zum Spaß mit Pfeilen auf Rebecca schossen, jagte Samuel sie davon. Samuel besuchte Rebecca des Abends, und es war ihm einerlei, ob die Stechmücken über dem See schwebten wie eine schwarze Decke und ob die Schnappschildkröten in den Schlammlöchern sich durch die dicksten Lederstiefel bissen. Er traf sich auch noch mit ihr, nachdem sein Vater darauf bestanden hatte, dass er Mary, eine der Hapgood-Töchter, zur Frau nahm. Auch nachdem er einen Sohn mit Mary bekommen hatte, blieb er Rebecca treu, wenn Treue bedeutete, dass sie diejenige war, nach der ihn verlangte. Er ging zum See, so schlimm das Wetter auch sein mochte; mit dem Saft der Stinkenden Zehrwurz hielt er sich die Stechmücken vom Leib, und er fand im Dunkeln den Weg, an Felsen und Schildkröten vorbei und an der alten Eiche, die ein halbes Dutzend Bienenstöcke enthielt und Honig, der so süß war, dass die Bären aus den Wäldern herbeikamen und sich weder von Rauch noch von Musketen vertreiben ließen.

Als Rebecca beinahe siebzehn war, brachte sie am ersten März eine Tochter zur Welt, Sarah Sparrow, ein stilles Kind, das kaum Schlaf zu brauchen schien. In diesem Jahr waren die Stechmücken in riesigen schwarzen Wolken unterwegs, und jeder, der einem stehenden Gewässer zu nahe kam, starb an einem Fieber. Samuel wurde zuerst dahingerafft, und dann erfasste die Krankheit eine Familie nach der anderen. Doch Rebecca Sparrow an den Ufern des Sees war kerngesund, obwohl sie wochenlang wegen Samuel weinte. Den Leuten aus der Stadt entging nicht, wie ihr Kind wuchs und gedieh. Das alleine war schon verdächtig genug, doch dann sah Mary Hathaway, Samuels Witwe, wie Rebecca ihr Kind mit ausgestreckten Armen vor sich hielt, und überall auf ihnen saßen Spatzen, als bestünden ihre Körper nicht aus Fleisch und Blut, sondern aus Federn, als seien beide keine Menschenwesen.

Man fand es vernünftig, Rebecca nach jenen zu befragen, die krank geworden waren. Bald brachte man sie ins Rathaus und suchte an ihr nach Zeichen, ob die gesamte Stadt einer Prüfung unterzogen wurde. Gottes Wege waren unergründlich, gewiss, doch das galt auch für den Teufel. Verlangte es aufrechte Männer nicht deshalb so oft nach Dingen, die sie sich lieber versagen sollten? Und Frauen verfielen der Eitelkeit, und Kinder brauchten starke Führung, damit sie nicht vom rechten Wege abkamen? Die Stadtväter nahmen Rebecca den silbernen Kompass ab, den sie bei sich hatte, und den Stern, den sie an der Kette um den Hals trug; dem Säugling rissen sie das Goldglöckchen fort, mit dem es spielte, und es kümmerte die Männer nicht, dass die Kleine zu schreien begann.

Manche hatten schon seit langer Zeit dunkle Ahnungen, so auch Mary, doch nun kamen die Stadtväter überein, dass man Rebecca einer Prüfung unterziehen musste. Jeder wusste, dass Hexen keinen Schmerz fühlen, und so fügten sie ihr Schmerzen zu. Man legte glühende Kohlen in ihre Stiefel, und als Rebecca nicht weinte, obwohl ihre Haut versengt war, wähnten sich die Stadtväter im Recht. Sie steckten ihr Nadeln unter die Nägel, und sie gab keinen Ton von sich, obwohl ihre Finger scharlachrot anliefen und manch ein Nagel abfiel. Sie mengten Eicheln in den Eintopf, den sie ihr zu essen gaben, und sie spuckte sie nicht aus. Schließlich wies man die guten Frauen aus der Stadt an, Steine in den Saum von Rebeccas Kleid und Umhang einzunähen, und Steine füllte man auch in ihre Stiefel, bevor man sie zum Teich zurückbrachte.

Es war Nachmittag geworden, als Stella zum schrecklichsten Teil kam, der sich kaum fünf Meter von der Stelle entfernt abgespielt hatte, an der sie nun unter dem blauen Himmel saß, der damals grau und bewölkt gewesen war. Sie zerrten Rebecca Sparrow diesen Pfad entlang, der damals von Dornen überwuchert war, und es war ihnen einerlei, dass Rebeccas Füße von den Steinen in ihren Stiefeln so aufgerissen waren, dass Blut durch das Leder sickerte. Es war Januar, noch viel zu früh für Schneeglöckchen, und doch wuchsen sie an all jenen Stellen, die von Rebeccas Blut berührt wurden. Alle anderen Gewächse verdorrten. Kein Grashalm wuchs dort mehr, nicht einmal Disteln, Seidenpflanzen oder Stechapfel. Der Atem der Männer quoll in rauchigen Wolken aus ihren Mündern. An diesem Tag schien die Welt keine Farben zu haben: Der Himmel war bleigrau, das Schilf dunkelbraun, das Stroh auf den Feldern fahl und mit Reif bedeckt.

Sie hatten warten wollen, bis das Eis schmolz, doch ein Tag war kälter als der andere. Dann wurde einer von den Hapgoods krank, und zwei Cousins von den Whites starben, und man beschloss, zur Tat zu schreiten; ein paar Jungen wurden ausgeschickt, ein Loch ins Eis zu hacken. Stundenlang wurde erörtert, was für ein Seil man benutzen sollte. Stella fragte sich beim Lesen, ob Rebecca entkommen wäre, wenn sie hätte flüchten können. Matt hatte in einer Fußnote angemerkt, die Vorstellung, dass Hexen nachts fliegen konnten, habe vermutlich mit Halluzinogenen zu tun gehabt. Flugsalben gab es schon immer, schrieb er; sogar Francis Bacon habe über ein Rezept verfügt, das Schierling, Nachtschatten, Safran und Pappelblätter enthielt.

Viele dieser Zutaten fand man auf den Feldern bei Unity; doch was konnte man schon erkennen, wenn man hoch oben über der Stadt flog? Würde man nicht alles Wichtige übersehen, wenn man so weit entfernt war von der Welt? Rebecca war dem Boden verhaftet durch ihre Tochter, die man den Hathaways übergeben hatte, an das Dorf gebunden. Sie versuchte nicht einmal wegzulaufen, geschweige denn zu fliegen. Sie besaß nichts, und doch war sie belastet durch die Bindung an ihre Tochter. Ihre gesamten Habseligkeiten passten in einen einzigen Korb: die Glocke, der Kompass, zwei Kleider, ein paar Stück Gerstenseife, mit der man jeden Fleck entfernen konnte, ob es Pech, Soße oder Blut war. Den Frauen gab man Messer, damit sie ihr das schwarze Haar schoren. Es war tiefster Winter, doch die Spatzen tschilpten wie im Frühling. Die Schildkröten regten sich, trieben unter der Eisschicht dahin wie Holzpflöcke.

Viele der Anwesenden konnten nicht verstehen, weshalb Rebecca kein einziges Wort von sich gab, und einige vermerkten dies in ihren Tagebüchern. Doch Matt, der Charles Hathaways Aufzeichnungen von jenem Tag studiert hatte, wusste, dass Rebecca ihre letzten Worte schon gesprochen hatte, in Hathaways Küche, wo Samuels Witwe das kleine Mädchen im Arm hielt, obwohl sie ihr eigenes Kind viel lieber hatte.

Ich vergebe euch.

Sie mussten aufmerksam lauschen, und auch dann konnten sie nicht sicher sein, denn später blieb Rebecca stumm. Nicht dass irgendwer auf ihre Lügen oder Beschwörungen gehört hätte. Wenn sie sich als unschuldig erwies, würde man sie zu jenen guten Frauen zählen, die Steine in die Säume ihrer Kleider genäht hatten. Doch wenn sie nicht ertrank, obwohl all die Steine in ihren Kleidern sie in die Tiefe zogen, konnte sie auch nicht unschuldig sein. Sie war gebrannt und gestochen worden, sie war auf Glassplitter getreten und von Pfeilen getroffen worden und hatte nichts empfunden. Als man ihr die Stiefel auszog, tropfte so viel Blut heraus, dass sich der Schnee rot färbte. Als man sie zum ersten Mal unters Eis drückte, hörten alle gurgelnde Laute aus der Tiefe des Sees. Die Spatzen tschilpten wie wild, und das Eis ächzte. Sie zogen sie herauf mit dem Seil, auf das sie sich geeinigt hatten, das dickste von allen, und forderten sie auf, zu gestehen. Als Rebecca nichts sagte, stieß man sie erneut ins Wasser. Vielleicht waren ihre Lippen zugefroren, vielleicht hatte ihr in der Kälte die Stimme versagt. Sie drückten sie noch zweimal unter Wasser, doch dann war das Seil, das sie hochzogen, zu leicht. Nur ein Bündel Algen hing daran.

Charles Hathaway verschloss die Glocke, den Stern und den schwarzen Zopf in der Schublade seines Schreibtischs, doch er hörte sie Nacht für Nacht. Auch wenn er in seinem Bett lag, sprachen diese Dinge zu ihm. Bald konnte er keine anderen Stimmen mehr hören, nur die von Rebecca. Er merkte nicht, wenn seine Frau ihn rief, oder wenn es donnerte, und er wanderte oft ruhelos durch die Stadt. Vor Wasser hatte er sich so zu fürchten begonnen, dass er sich nicht mehr waschen wollte. Er stank und war so verdreckt, dass sein Pferd vor ihm scheute; seine Frau, und seine Schwiegertochter und sein Enkel wollten nicht mehr mit ihm an einem Tisch sitzen.

Sarah Sparrow wurde von den Hathaways aufgezogen, doch als sie dreizehn wurde, öffnete sie die Schublade, in der die Dinge ihrer Mutter verwahrt wurden. Sie hörte Rebecca nach ihr rufen, ebenso deutlich, wie ihr Großvater sie gehört hatte. Sie blickte sich im Haus der Hathaways um und entsann sich, dass dies nicht ihr Heim war. Hathaway verfolgte sie, als sie davonlief, denn sie war seine leibliche Enkelin, doch als er sich dem See näherte, hörte er wieder Rebeccas Stimme. Er hatte sie immer gehört, doch für eine Weile war sie leiser geblieben. Jetzt donnerte sie über den See. Vielleicht erschrak sich das Pferd vor der Stimme, denn es ging an der Stelle durch, an der Stella nun saß, an der nichts mehr wuchs, an der um diese Tageszeit noch immer Wolken von Stechmücken schwärmten, an der in blauen Wellen der Himmel niedersank. Stella steckte Matts Arbeit in ihren Rucksack; es war zu dunkel geworden zum Lesen, und sie war ohnehin fast am Ende. Nun, da sie wusste, was sich ereignet hatte, spürte sie den Wunsch, die Arbeit nicht mehr herzugeben. Warum sollte sie der Stadt zuteil werden, die dies begangen hatte? Stella erhob sich und ging zur Dead Horse Lane zurück. Sie hörte, wie sich die Kätzchen an den Weiden im Wind regten, und das hohle Schilfrohr tönte wie Glocken. Tiefblaue Schatten lagen über dem Weg, und obwohl Stella wusste, dass ihre Mutter und ihre Großmutter kaum fünfhundert Meter entfernt in dem großen alten Haus waren, fühlte sie sich hier draußen einsam. Sie dachte an Rebecca, an ihre blutigen Stiefel. Sie dachte an Sarah, großgezogen von einer Frau, die das Kind verabscheute. Sie dachte an das Pferd, das durchging und übers Wasser lief, bis es versank, irgendwo in der Mitte des Sees, von dem es hieß, er sei bodenlos.

Stella war froh, als sie den festen Boden der Lockhart Avenue unter den Füßen spürte. Hinter ihr näherte sich ein Auto, ein Lieferwagen, der die Straße in grelles Licht tauchte. Stella sprang auf den Seitenstreifen und entging nur knapp hohen Brennnesseln, die sie durch ihre schwarz gefärbten Jeans hindurch gebrannt hätten, wenn sie nicht ausgewichen wäre. Ihr Herz pochte laut, als der Wagen neben ihr anhielt.

»Hey, du. Willst du mitfahren?«

Stella blieb stehen und blinzelte. Sie konnte nur den dunklen Umriss eines Mannes am Steuer erkennen. Sie dachte an die Frau in dem Restaurant in Boston und an ihren Tod, und ihre Brust schmerzte plötzlich. Man musste achtsam sein in dieser Welt. Man musste sich vorsehen.

»Ich beiße nicht«, versicherte ihr der Fahrer.

Stella erkannte jetzt den Wagen: der Pizzaservice. Jetzt kam ihr auch der Fahrer bekannt vor.

»Sie haben mich fast überfahren«, sagte Stella.

Dann sah sie sein Schicksal: ein Verkehrsunfall irgendwo in Maine an einem dunstigen Sommertag. Unter keinen Umständen würde sie zu dem ins Auto steigen. Nicht einmal, wenn ihr Leben davon abhing.

»Ich muss die Pizza ausliefern, solange sie noch warm ist. Willst du nun mit oder nicht?«

»Nein, danke. Ich gehe gerne zu Fuß.«

Sie rang um Atem, als er davonfuhr, obwohl es nur der Pizzalieferant gewesen war.

»Fahren Sie langsamer«, rief sie ihm nach.

Der Mond stand am Himmel, eine weiße Sichel. Die Holzapfelbäume standen in voller Blüte, und Stella zählte die unterschiedlichen Arten, als sie weiterging: cremeweiße Blüten gab es, rosa geränderte und tiefrote in der Farbe des menschlichen Herzens. An diesem Abend schien sie den Atem der Welt zu spüren; alles war lebendig. Die Stechmücken in der Luft, die Zirpfrösche in den Gräben, die Blätter der Pappeln und Eschen, die raschelten im Rhythmus des Atems.

Stella fragte sich, ob man an dem Tag, als Rebeccas Blut auf das Eis tropfte, diesen Weg genommen hatte. War sie deshalb so unruhig? Hatte sie deshalb den Drang loszurennen? In der Dunkelheit legte sie ein Gelöbnis ab: Wenn sie unversehrt bei Liza Hull ankam, würde sie in Rebeccas Namen ein Opfer bringen. Sie brauchte nur noch ein Zeichen. Wieder kam ein Auto vorüber und fuhr langsamer neben ihr, doch Stella blickte stur geradeaus. Cynthia Elliot hatte ihr erzählt, dass vor vier Jahren ein Mädchen auf der Lockhart Avenue totgefahren worden war; den Fahrer hatte man nie erwischt. Das Mädchen hatte unter einer Decke an der Lockhart Ecke East Main gelegen, als schliefe es im Straßengraben.

Stella zählte ihre Schritte bis zur alten Eiche, dann rannte sie los. Juliet Aronson hatte ihr einmal gesagt, wenn man im Mondlicht seine Schritte zählte, würde man zu Hause den ersten Brief von seiner großen Liebe finden. Doch Stella hatte zurzeit kein Zuhause, und sie wusste, wen sie liebte, ihrem Verstand zum Trotz; deshalb zählte sie nur, um sich zu beschäftigen. Als sie die Teestube erreichte, flitzte sie schnurstracks nach oben. Liza trat in den Vorraum, sah jedoch nur noch eine Art Blitz, der ins Obergeschoss sauste.

»Ich soll dir drei Mahlzeiten am Tag geben. Willst du nichts zu Abend essen? Es gibt Rinderschmortopf. Dein Vater kommt auch.«

Jeden Tag erwies sich aufs Neue, dass Juliet Aronson Recht behalten hatte. Will Avery belagerte die Teestube ebenso hartnäckig wie die Spatzen, die draußen auf Krumen hofften.

»Hab keinen Hunger«, rief Stella von oben. »Aber danke. Ich bin nur so müde. Ich gehe gleich ins Bett.«

»Das ist vielleicht die Grippe, die gerade umgeht«, erwiderte Liza.

Als Stella schließlich geborgen in ihrem schmalen Bett lag, zwischen frischen weißen Laken, sann sie noch immer darüber nach, wie schnell Menschen verschwinden können. Sie dachte an Spatzen und Rosen und unsichtbare Tinte und Mädchen, die im Straßengraben lagen. Sie hatte Matt Averys Arbeit unter ihr Kopfkissen gelegt, und die Seiten raschelten die ganze Nacht wie die Blätter an den Bäumen. Manche Dinge bekommt man, manche werden einem genommen; manche bleiben für immer bei einem. Stella träumte von Seen und Steinen, von Mädchen mit schwarzem Haar; sie träumte denselben Traum wie ihre Mutter und ihre Großmutter und alle Frauen aus ihrer Familie zuvor. Als sie am Morgen erwachte, wusste sie, wie ihr Opfer aussehen würde.

Lange bevor Liza in die Küche hinunterging, um mit dem Backen zu beginnen, bevor Jenny zur Arbeit kam, bevor Elinor sich in ihren Garten begab, ging Stella ins Badezimmer und schloss die Tür ab. Sie schüttelte ihr Haar und betrachtete sich im Spiegel. Hell wie ein Stern, sichtbar nur vor dunklem Hintergrund. Zum Glück hatte Juliet die Tüte mit den Sachen nicht mitgenommen, die sie in Unity gestohlen hatte, und sie enthielt unter anderem mehrere Packungen Haarfarbe. Während Stella sich über das Waschbecken beugte, dachte sie unentwegt an jenen Tag, als der See mit einer Eisschicht bedeckt und das Wasser darunter so kalt war, dass es eine Frau zu Stein verwandeln konnte, als die Felder schwarz aussahen, weil so viele Krähen auf ihnen landeten, und Tausende von Spatzen sich an den Ufern des Sees niederließen und nicht weichen wollten, auch wenn man mit Stöcken nach ihnen schlug.

Stella brauchte nur knapp eine Stunde, um das Beste an ihr, ihr langes blondes Haar, das sie nach Juliets Meinung offen tragen sollte, damit es wie Sternschnuppen über ihren Rücken fiel, schwarz zu färben. Mit einer Nagelschere schnitt sie es über den Ohren ab, wie man es auch mit Rebecca gemacht hatte an jenem Morgen, als sie ertränkt wurde und nur der Zopf von ihr blieb, den Charles Hathaway mit dem Kompass, dem Stern, der Glocke und den zehn Pfeilspitzen, befleckt mit Rebeccas Blut, die er in der Hinterlassenschaft seines Sohnes gefunden hatte, in seiner Schublade aufbewahrte. Dort lagen die Dinge, bis Rebeccas Tochter sie dahin zurückbrachte, wo sie hingehörten. Als Sarah Sparrow den Hathaways entkommen war, baute sie als Erstes den Kasten, in dem die Erinnerungsstücke noch immer lagen. Sie wollte das Andenken bewahren. Die Glasscheiben wurden später erst hinzugefügt, doch den Kasten fertigte sie selbst sorgfältig aus Eiche, Hagedorn und Esche an. Sarah brauchte keinen Schlaf, und sie arbeitete die ganze Nacht hindurch, bis sie ihn vollendet hatte. Erst dann gab sie den Spatzen, die so geduldig gewartet hatten, ein paar Haarsträhnen ihrer Mutter. Rasch flochten die Vögel diese Strähnen in ihre Nester im Schilf, wo sie an windigen Tagen zu rufen begannen und Pferden und Jungen aus dem Dorf Angst einjagten, und dieses leise Rufen war für jeden hörbar, der den Mut aufbrachte, den Pfad zu beschreiten, an dem nichts mehr wachsen wollte, auf dem aber einst Schneeglöckchen weit vor der Zeit blühten, als das Eis noch hart wie Stein war, eine Gabe des Trauerengels.

Der Talisman

I.

Es begann die Zeit des Jahres, in der die Einwohner von Unity ihre Pflanzen setzten, die im Winter umgestürzten Ahornbäume einsammelten und sie zu Kleinholz für den Kamin zerhackten; jene Zeit, in der die Pfirsichbäume aufblühten und das Frühlingsfieber sich heftiger denn je bemerkbar machte. Um diese Zeit war Matt Avery gewöhnlich besonders lange im Einsatz, doch in diesem Jahr ging er nicht einmal ans Telefon. Sogar die alte Eiche stand noch, obwohl sie alle Blätter verloren hatte und die Leute behaupteten, sie jammere und ächze, wenn der Wind hindurchpfiff. Matt scherte sich nicht um den Baum; er war immer um halb sechs aufgestanden, ohne sich den Wecker zu stellen, und nun rührte er sich nicht aus dem Bett. Er hörte, wie sein Bruder in der Küche rumorte, Kaffee kochte, am Telefon mit Liza plauderte, und Matt zog sich die Decke über den Kopf, weil ihm schon die Vorstellung, sich anzuziehen und die Zähne zu putzen, zu anstrengend war.

Matt hatte Grippe, eine gemeine Frühjahrsgrippe, die im Blut brodelte und Schwindel erzeugte, eine Krankheit, bei der die Knochen schmerzten und man einen rasselnden Husten bekam. Vielleicht hatte es Matt so schlimm erwischt, weil er keine Abwehrkräfte mehr besaß: Seit er sein Manuskript verloren hatte, kam es ihm vor, als habe er alles verloren. Er interessierte sich für nichts mehr. Alles, was er je im Leben angepackt hatte, war schief gelaufen. Nun war Will derjenige, der früh aufstand; er, der für gewöhnlich um die Mittagszeit aufgewacht war, rührte sich jetzt im Morgengrauen Fitnessdrinks. Er, der nicht ausgekommen war ohne Scotch und Gin, trank jetzt flaschenweise Mineralwasser. So unwahrscheinlich es auch schien: Will Avery hatte begonnen zu joggen. Um sechs Uhr morgens lief er los und kehrte erst gegen acht Uhr zurück. Dann pfiff er unter der Dusche wie ein Irrer irgendein Präludium von Chopin, das einem durch Mark und Bein ging, wenn man sich nichts mehr wünschte als Ruhe und Frieden.

Will gab nun auf dem alten Steinway Klavierunterricht, auf dem sie beide früher gespielt hatten, obwohl Matt keinen Ton erkannte und Will ein Naturtalent war. Der Lehrer hatte ihrer Mutter mitgeteilt, Will sei äußerst begabt, Matt dagegen… nun ja, Matt sei ein hoffnungsloser Fall. Was der Wahrheit entsprach. Und nun hatte er seinen vielen Fehlschlägen einen weiteren hinzugefügt, indem er sein Manuskript verlor. Das Projekt, an dem er so viele Jahre gearbeitet hatte, das er am Ende der Woche abgeben sollte, war verschwunden. Er hatte noch seine Notizen und Entwürfe für die ersten sechs der zehn Kapitel. Und er hatte die letzte Seite, an der er gearbeitet hatte, als das verdammte Ding verschwand. Aber wie vertrottelt musste man sein, um keine Kopie zu haben? So vertrottelt wie er offenbar, der zwanzig Jahre brauchte, um seine Ausbildung abzuschließen, und dem es nicht einmal dann gelang.

Was immer sich Matt Avery gewünscht hatte, war ihm zwischen den Fingern zerronnen. Wenn er schon die Liebe nicht gefunden hatte und keinerlei Hoffnung besaß, so konnte er doch zumindest noch unterrichten, hatte er sich gedacht. Brian Lewis, der den Lehrstuhl für Geschichte am State College innehatte, bot Matt im Herbstsemester einen Abendkurs an, was er bestimmt rückgängig machen würde, wenn er erfuhr, dass Matts Arbeit verschollen war. Als Matt über sein Schicksal nachgrübelte, musste er unwillkürlich an Charles Hathaways letzte Lebenstage denken. Hathaway wurde bettlägerig, nachdem seine Enkelin die Familie verlassen hatte, um wieder in dem Haus am See zu leben, und er hatte Fieber und Wahnvorstellungen, obwohl seine Frau ihm Kamillentee brachte und heiße Umschläge mit einem Sud aus Pappelblättern machte. Charles Hathaway hatte in seinem Tagebuch notiert, er träume so oft von Rebecca Sparrow, dass sie ihm nun sogar tagsüber erschien, am Fußende seines Bettes saß, durchnässt von grünem Seewasser, und immer wieder verschwand, wenn er nach ihr zu greifen versuchte.Wenn es Matt gelang aufzustehen, um sich ein Glas Wasser oder ein Aspirin zu holen, hörte er den Anrufbeantworter nicht ab. Er hatte einfach jegliche Hoffnung aufgegeben. Sicher, Mrs. Gibson hatte in der Bibliothek Zettel ausgehängt, doch ein Manuskript war kein entlaufener Hund, es kam nicht zu einem, wenn man rief; es wurde nicht von wohlmeinenden Nachbarn aufgenommen und gefüttert, und es wartete gewiss nicht schwanzwedelnd in einem Käfig im Tierheim auf ihn. Außerdem waren alle Anrufe ohnehin nur für Will, der offenbar im Haus das Regiment übernommen hatte. Matt fragte sich, was die Mütter von Wills Schülern wohl denken würden, wenn sie wüssten, dass Will sein bisheriges Leben als Lügner und Trinker zugebracht hatte. Doch Will hatte das Trinken tatsächlich vollständig aufgegeben. Und das galt auch für das Lügen, soweit Matt im Bilde war.

»Frischauf und munter, Bruder«, rief Will durchs Haus,

bevor er laufen ging, und warum sollte der gute alte Will auch nicht vergnügt sein? Die Anklage gegen ihn wurde fallen gelassen, nachdem die Freundin der ermordeten Frau ausgesagt hatte, das Opfer habe gegen einen Ex-Freund, der sie belästigte, Anzeige erstatten wollen. Der Mann war nicht auffindbar, und Will hatte ihn anhand eines Fotos als den Burschen identifiziert, der sich bei ihm als Reporter ausgegeben und das Modell von Cake House gestohlen hatte. *Inside Edition* hatte bereits einen Reporter geschickt, der Will im Stadtpark interviewt hatte, und es ging das Gerücht um, dass die *Today Show* am Memorial Day ein Team schicken würde, um Will dabei zu filmen, wie er die Parade anführte. Will Avery, der seine sterbende Mutter kaum besucht hatte, der Lügen als Sport betrachtet und seine Frau betrogen hatte, der seine Talente vergeudet hatte und als Vater nur zu Geburtstagen und besonderen Gelegenheiten verfügbar gewesen war, würde am Memorial Day neben dem weißen offenen Cadillac des Bürgermeisters herlaufen, gefolgt von seinen Musikschülern, die Bonbons und Lutscher in die Menge werfen würden.

Will hatte niemandem außer Liza, mit der er nun alles besprach, den wahren Grund dafür gesagt, warum er mit dem Laufen begonnen hatte. Es war seine Reaktion auf die Angst, die ihn erfasst hatte, als er im Polizeirevier das Foto des Mannes gesehen hatte, der mit dem Modellhaus verschwunden war. Als Will nach Unity zurückkam, war er so beunruhigt, dass er mit dem Polizeichef sprach, Robby Hendrix, der in der Schule drei Klassen unter ihm gewesen war. Robby hatte Will versichert, Stella schwebe gewiss nicht in Gefahr, doch soweit Will wusste, hatte die Polizei von Unity, bevor sie auf einen vermutlich kaltblütigen Mörder angesetzt wurde, keinen schwierigeren Fall zu lösen gehabt, als ein paar bösartige Waschbären zu beseitigen, die sich auf dem Dachboden der Elliots häuslich niedergelassen hatten.

Will hatte jedenfalls wenig Vertrauen in die Fähigkeiten der Polizei von Unity. Deshalb hatte er zu laufen begonnen. Er war Augen und Ohren der Stadt und kannte inzwischen die Gewohnheiten der meisten Einwohner. Henry Elliot brach zum Beispiel jeden Morgen um Viertel nach sechs nach Boston auf. Eli Hathaway pflegte der erste Kunde an der Tankstelle an der Main Street zu sein. Enid Frost schloss jeden Morgen pünktlich um halb sieben die Türen des Bahnhofs auf. An schönen Tagen kehrte sie den Bahnsteig, wenn es regnete, wischte sie mit einem Mopp die Pfützen auf.

Will hatte festgestellt, dass er in zwei Stunden durch die ganze Stadt joggen konnte; er begann mit einer Runde um den Park, lief dann die Lockhart entlang, an der Bibliothek, der Grundschule und den Läden an der Main Street vorüber, wobei er sich schon auf den Moment freute, wenn er an der Veranda der Teestube vorbeikam, wo Liza Hull oft wartete, um ihn anzufeuern. In letzter Zeit fühlte sich Will, als habe ihn jemand entgiftet; ohne Alkohol und ohne die Last seiner Lügen war er flink und beschwingt, schneller, als er es je für möglich gehalten hätte. Solange Gibson, die Tochter der Bibliothekarin, die auch joggte, hatte ihm ein paar Dehnungsübungen gezeigt, mit denen er Krämpfen in den Beinen vorbeugen konnte. Manchmal begegnete er unterwegs seinen Schülern und deren Eltern, die alle so erfreut waren, wenn sie ihn sahen, dass Will zunächst glaubte, sie hielten ihn für seinen Bruder, für jemand ganz anderen, einen geachteten Mann, der sich nicht nur dafür interessierte, ob ihm alles in den Schoß fiel und ob er auch keinen Finger rühren musste, um alles zu bekommen, was er wollte.

Als er hörte, dass die Frühjahrsgrippe auch Jenny erwischt hatte, war Will so reumütig, dass er wahrhaftig im Garten seiner Mutter, in dem schon im Mai ein Meer weißer Blüten aufging, obwohl rundum noch alles grün war, einen Strauß Flammenblumen pflückte. Eines Morgens lief er zum Cake House, während Matt zu Hause im Bett lag und trübsinnig über seine Zukunft und seine Vergangenheit nachgrübelte. Die Glyzinien blühten, und ihr süßer Duft wehte durch die Stadt. Sogar der trübe See, bei dem jedermann an Ertrunkene dachte, verströmte einen würzigen Geruch, der mehr an Zimt erinnerte als an Schlamm.

»Ich weiß, du hasst mich«, sagte Will, als Elinor ihm die Tür öffnete. Elinor blinzelte überrascht, als sie Will auf ihrer Veranda stehen sah. »Ich bin nur hier, um Jenny zu besuchen. Ich stehle nichts.«

»Du hast doch wohl nicht die Absicht, dich wieder mit Jenny zusammenzutun, wie?«, erkundigte sich Elinor, bevor sie den Weg ins Haus freigab. Sie warf einen Blick auf den Strauß in seinen Händen, armselige, noch halb geschlossene Flammenblumen. Catherine hätte sich geschämt angesichts eines solch kläglichen Bouquets aus ihrem Garten.

»Oh, nein«, versicherte ihr Will. »Die Sache ist abgeschlossen.«

Elinors Gabe, Lügner zu erkennen, schien nicht zu funktionieren, oder Will sagte tatsächlich die Wahrheit.

»Liza hat mir gesagt, dass Jenny Grippe hat. Ich dachte, ich statte ihr mal einen Besuch ab.«

»Also ist Liza jetzt dran.« Elinor trat beiseite. Ein Segen, dass er endlich bei einer anderen gelandet war. »Das hättest du auch gleich sagen können.«

Will lief, zwei Stufen auf einmal nehmend, die Treppe hinauf und den Flur entlang zu Jennys Zimmer. Früher war Jenny nachts an der knorrigen Glyzinie hinuntergeklettert, um sich mit ihm zu treffen, und hatte dann so nach Blüten geduftet, dass er niesen musste. Er war so allergisch, dass Liza ihn überredet hatte, nur noch mit einem Antiallergikum in der Tasche laufen zu gehen, für den Fall, dass er von einer Biene gestochen wurde. Wenn er an der alten Eiche an der Lockhart vorbeikam, lief er immer am schnellsten, denn in ihr hausten mehrere Bienenvölker. Will hörte sie summen, wenn er vorüberlief, und rannte so schnell er konnte. Manche Leute, die nach Boston oder North Arthur zur Arbeit fuhren, erkannten ihn nicht einmal, weil er so schnell war wie ein Blitz. Ein Mann, der alles hinter sich ließ, was er einmal gewesen war.

»Du siehst ja furchtbar aus«, sagte er zu Jenny, die in ihrem Bett lag. Sie hatte heiße Wangen vom Fieber und eine rote Nase und trug einen Flanellpyjama, obwohl draußen die Sonne schien.

»Danke fürs Kompliment.« Jenny strich sich durch die zerzausten Haare. Sie arbeitete an einem Aquarell, das sie an ihre Knie gelehnt hatte. Vor einiger Zeit hatte sie wieder zu malen begonnen.

»Schöne Landschaft«, sagte Will.

Jenny lachte und putzte sich die Nase. »An dem Hang da ist ein Tiger. Wenn du genau hinschaust.«

»›Tiger! Tiger! Brand, entfacht.‹ Aber nicht in Unity, nehme ich mal an. Ich wusste gar nicht, dass du malen kannst.«

»Was wusstest du überhaupt von mir?« Diesen Seitenhieb konnte sich Jenny nicht verkneifen, obwohl Will die Blumen, die er ihr mitgebracht hatte, in ihr Wasserglas stellte.

»Nicht viel. Und ich wusste auch nicht viel über meine Mutter. Ich hatte keine Ahnung, dass sie leidenschaftlich gern gärtnerte, aber so war es wohl. Dieses Zeug hier wächst im ganzen Garten.«

»Flammenblumen«, teilte Jenny ihm mit. Sie hatte unfreiwillig dann und wann etwas über Pflanzen von ihrer Mutter aufgeschnappt, obwohl sie selbst noch nicht einmal einen Avocadosetzling aus einem Stein gezogen hatte. »Die passen sich hervorragend an. Sie gedeihen sogar besser, wenn sie nicht gepflegt werden.«

Jenny verengte die Augen, als Will anfing, ihren Nachttisch aufzuräumen. Er griff nach der Glocke, die Elinor ihr hingestellt hatte, falls sie etwas brauchte. Was eine unsinnige Geste war, denn Elinor ging es selbst nicht gut, sie war außerstande, für jemanden zu sorgen, und wann hatte sie schon jemals für jemanden gesorgt? Nicht, als Jenny ein Kind war, nicht an dem Tag, als Jenny selbst Dr. Stewart anrief, weil sie vierzig Fieber hatte und ihr Hals sich anfühlte wie ein Reibeisen und ihre Mutter draußen im Garten war, nur interessiert an dem, was sich jenseits des Gartentors befand.

»Ist die aus dem Glaskasten?«, fragte Will, der die Glocke in der Hand hielt. Sie gab ein liebliches Klingeln von sich, als er sie schüttelte. »Gehörte die nicht mal Rebecca?«

Jenny nahm ihm die Glocke aus der Hand und stellte sie neben das Wasserglas mit den Flammenblumen. Es machte sie nervös, dass er hier herumräumte. »Warum bist du hergekommen? Was willst du? Offen gestanden wundert es mich, dass meine Mutter dich überhaupt ins Haus gelassen hat. Vor allem, nachdem sich rausgestellt hat, dass du die Pfeilspitze gestohlen hast.«

»Das war schrecklich«, sagte Will betrübt.

»Ja. War es. Und was willst du nun, da du an den Tatort zurückgekehrt bist?«

»Vergebung.«

Jenny lachte, obwohl ihr Hals dabei wehtat. Dann sah sie Will prüfend an. Er meinte es ernst. »Und warum sollte ich mich wohl darauf einlassen?«

»Weil wir bessere Eltern sind, wenn wir zusammenarbeiten.«

Jenny starrte ihn erschüttert an. »Und wann bist du zu dieser Erkenntnis gekommen?«

»Ehrlich gesagt, bin ich nicht von alleine draufgekommen«, gab Will zu. »Jemand hat mir auf die Sprünge geholfen.«

»Eine Frau«, mutmaßte Jenny. »Marian Quimby?«

Marian war immer schon auf Jenny eifersüchtig gewesen; in der ganzen Highschool-Zeit hatte sie zu Jenny gesagt, sie sei das Mädchen mit dem toten Pferd und die Hure von Cake House. Sie hatte sich ständig an Wills Fersen geheftet, doch ohne Erfolg; zu guter Letzt studierte sie Jura und hatte nun eine Kanzlei in North Arthur.

»Marian?« Tatsächlich hatte Will mit dieser Marian sein erstes Sex-Erlebnis gehabt, auf einer Couch im Keller ihrer Eltern. Im Sommer vor der neunten Klasse. »Lieber Himmel, nein.« Will kam ein schrecklicher Gedanke. »Stella macht doch nicht etwa mit dem Enkel von Dr. Stewart rum, oder? Meinst du, sie schläft mit ihm?«

»Natürlich nicht. Und wir reden gerade über dich, versuche also nicht auszuweichen. Wer ist die Frau?«

»Liza.«

»Liza Hull? Meine Liza?«

Jenny schob ihre Aquarellfarben beiseite. Will starrte ihr direkt in die Augen, obwohl er normalerweise dem Blick jedes Menschen auswich. Er sah schlank und rank aus; er hatte offensichtlich abgenommen und hatte eine gesunde Gesichtsfarbe, bemerkte Jenny. Er trank Wasser aus einer Flasche und trug Joggingschuhe, was gar nicht seine Art war. Wann hatte er zum letzten Mal Scotch getrunken, eine Lüge erfunden, ein Leben zerstört? Wie konnte es ihr entgehen, dass er sich so verändert hatte?

»Ja, Liza«, sagte Will.

Das unscheinbarste Mädchen aus ihrer Klasse, ihre Chefin, eine Frau, die mehr Wert auf die richtigen Zutaten eines Kuchens legte als auf ihr Äußeres. Bis vor kurzem. In letzter Zeit hatte Liza Jenny öfter gefragt, was sie von diesem oder jenem Kleidungsstück hielt, einem altmodischen Hosenanzug oder einem langweiligen Kleid, und erst letzte Woche hatte Jenny bemerkt, wie Liza in dem Spiegel über dem Buffet blickte, ihr Gesicht betrachtete und dabei die Lippen schürzte, als sei ihr Aussehen ihr plötzlich wichtig geworden.

»Und diese…«, Jenny suchte nach dem richtigen Ausdruck, »Gefühle beruhen auf Gegenseitigkeit?«

»Liza ist eine bemerkenswerte Frau. Sie wusste, lange bevor man die Anklage gegen mich fallen ließ, dass ich unschuldig war. Hast du sie in *Inside Edition* gesehen? Sie stand neben mir.«

»Toll. Und nun willst du, dass ich dir vergebe?«

»Ich wünsche es mir sehr. Wir haben so viel zusammen erlebt, Jen. Wir waren so lange zusammen. Es ist mir sehr wichtig.«

Was hatte Liza Hull mit Will angestellt? Ihn verzaubert? Ihm geholfen, sein wahres Selbst zu finden? Oder hatte sie einfach nur an ihn geglaubt?

»Dann sag mir eines. Als du damals an meinem Geburtstag mit deinem Bruder herkamst, hast du behauptet, der Traum, den ich geschildert habe, sei deiner gewesen.«

Will nickte. »Der schwarze Engel, die Biene, die nicht stach, die furchtlose Frau.«

»Ja, genau.«

»Ich hätte mir gewünscht, dass es mein Traum war, aber ich hatte in dieser Nacht zu viel Angst, ich konnte gar nicht schlafen. Du kennst mich ja, ich träume schon selten, wenn ich wirklich gut schlafe, aber damals hab ich mich vor dem toten Pferd gefürchtet. Ich hab Fingernägel gekaut statt zu schlafen. Mein Bruder hatte mir erzählt, dass es das Pferd von Charles Hathaway gewesen war, das durchging, als er den Pfad entlangreiten wollte, auf dem Rebecca Sparrow gegangen war. Matt hat sich schon damals mit der Stadtgeschichte beschäftigt, aber wer hätte gedacht, dass er zu so einem Traum imstande ist.«

Menschen machten ständig Fehler, und manchmal war es wirklich sinnvoll, jemandem zu vergeben, auch wenn besagter Mensch Will Avery war. Auch wenn die ersten Worte, die er zu ihr gesagt hatte, gelogen waren.

»Hast du dir nicht gedacht, dass es Matts Traum war? Ihr beide habt sogar gleichzeitig die Grippe«, sagte Will, als er aufbrach. »Da sollte man sich sein Teil denken.«

War die Liebe so ansteckend wie eine gewöhnliche Erkältung? Oder eher wie ein Virus, der einen Menschen nach und nach mürbe machte, bis er krank war vor Liebe, bis sie an ihm zehrte, ihn schwächte bis ins Mark? Als Will gegangen war, merkte Jenny Sparrow, dass ihr Blut förmlich brodelte und sich wie brennender Sirup in ihren Adern anfühlte. Konnte es sein, dass nicht nur das Fieber sie schwindlig machte, sondern auch ihre Gedanken an Matt? Warum fiel es ihr so schwer, die Wünsche ihres Herzens zu erkennen, als müsse sie Perlen auf einem Rauchfaden aufreihen, mit nassem Holz ein Feuer machen oder sich im Dunkeln ohne Laterne, Taschenlampe oder auch nur den schwachen Schein der Mondsichel zurechtfinden?

Es klopfte an der Tür. Elinor kam herein, auf ihren Stock gestützt, aber dennoch mit einem Tablett in der Hand. Sie hatte die Glocke gehört und brachte ihrer Tochter nun den Tee, den sie dreißig Jahre zuvor nicht bekommen hatte, den Tee, der niemals aufgebrüht wurde und Anlass für so viel Bitterkeit war.

»Was ist denn das?«, fragte Jenny überrascht.

»Elisabeth Sparrows Tee gegen Fieber. Pfefferminze, Zitrone und Lavendelhonig. Ich hab auch was von diesem grässlichen Zeug, das ich gekocht habe. Vogelnestpudding. Soll gesund sein.«

In einer Schale lag tatsächlich ein Bratapfel, der mit einer unidentifizierbaren puddingartigen Masse gefüllt war. Jenny war ganz und gar nicht nach Essen zumute, doch sie zwang sich dazu, den Pudding wenigstens zu probieren. Ihrer Mutter zuliebe, merkte sie. Wie sonderbar, dachte sie. Wir versuchen, einander froh zu machen. Wie verdreht. Wie untypisch für uns.

»Der ist ja richtig cremig«, sagte Jenny. »Hast du den gemacht?«

Liebe war niemals ein Fehler, auch wenn sie nicht erwidert wurde. Sie glich den Flammenblumen in Catherine Averys Garten, die keiner beachtete und keiner umsorgte und die dennoch gediehen.

»Er schmeckt sicher grässlich«, sagte Elinor. »Du musst mir nicht schmeicheln.«

»Ich dachte, du merkst, wenn jemand die Wahrheit sagt. Zumindest hatte es immer den Anschein.«

»Ich kann eine Lüge erkennen. Aber nicht die Wahrheit. Ist das nicht merkwürdig; soweit ich es beurteilen kann, hat Will aufgehört zu lügen.«

»Er ist in Liza Hull verliebt.«

»Sollen wir uns für Liza freuen, oder ihr unser Mitgefühl aussprechen?«

»Freuen.« Jenny nickte. »Auf jeden Fall.«

Elinor griff nach dem kleinen Aquarell von dem Tiger am Berg. »Wie hübsch. Dieses Bild habe ich letzte Nacht geträumt. Das ist die Anhöhe hinter dem See.«

»Aber es gibt keine Tiger in Unity.«

»Ich weiß. Ich habe von Tigerlilien geträumt.«

Sie lachten beide über Jennys Irrtum; sie hatte eine große Katze gesehen statt einer Blume, einen Lügner statt eines Mannes, der die Wahrheit sprach.

»Ich habe mal wieder was verwechselt«, sagte Jenny.

Elinor zog Rebeccas Kompass aus der Tasche. »Vielleicht kannst du den hier brauchen.«

»Ist der nicht aus dem Glaskasten im Salon? Wie die Glocke?«

»Was nützt ein Kompass unter Glas? Ich dachte, du kannst ihn irgendwann zum Einsatz bringen.«

Jenny dachte daran, was ihre Mutter an dem Tag gesagt hatte, als ihr Fieber immer höher stieg. Sie dachte an Tigerlilien und Tee und die sonderlichen Wendungen der Liebe. Abends brachte Elinor ihr eine Gemüsebrühe und einen kalten Umschlag für die Stirn, und bald darauf sank Jennys Fieber ganz plötzlich. Im einen Augenblick war sie noch glühend heiß, im nächsten kühl und erfrischt, was vermutlich Elisabeths Tee bewirkt hatte. Man konnte Fieber senken, man konnte Herzen brechen, man konnte Regeln übersehen, wenn es richtig war.

Jenny zog ihren Flanellpyjama aus und kleidete sich rasch an; sie sehnte sich nach frischer Luft und auch nach etwas anderem. Als sie aus dem Haus trat, stand der Schütze am westlichen Himmel, der Pegasus weit im Osten. Im Dunkeln glich das Haus tatsächlich einer Hochzeitstorte, mit seinen aufgetürmten sahneweißen Schichten. Sie ging an der Lorbeerhecke und den Fliedersträuchern vorbei; sie hielt nicht mehr inne, bis sie zu der alten Eiche abbog, die ihre Blätter verloren hatte und spröde war wie Anmachspäne. Jenny wusste nicht genau, wo sie eigentlich hinlief, bis sie fast dort war. Sie spürte den Kompass in ihrer Tasche, und kurz darauf sah sie die weißen Flammenblumen im Dunkeln leuchten wie kleine Sterne.

Sie klopfte an die Hintertür der Averys, und als niemand öffnete, nahm sie den Schlüssel unter der Fußmatte hervor, wo er schon immer gelegen hatte. Die Küche war dunkel – Will war wohl bei Liza –, aber es war jemand im Haus, das spürte sie. Sie empfing einen Traum, in dem ein Mann eine endlose Straße entlangging. Wenn der Träumer glaubte, das Ende erreicht zu haben, fing sie wieder von vorne an. Es wurde dunkel über dieser Straße, doch die Zeit raste, und die Sterne bewegten sich so schnell am Himmel, dass man die Bilder nicht erkennen konnte. Sogar der Polarstern, der immer am selben Ort zu finden war, hatte seine Position geändert.

Der Mann hatte sich verirrt, das spürte Jenny. Sie hatte die Tür zu dem Zimmer gefunden, in dem er schlief, hinter zugezogenen Vorhängen. Er schlief so fest, dass er erst die Augen aufschlug, als sie sich zu ihm legte. Jenny dachte an das erste Mal, als er ihnen gefolgt war, beiläufig, immer im Hintergrund, als sei er nicht wichtig, doch am Morgen ihres dreizehnten Geburtstags, als sie zu jung war, um zu begreifen, hatte er sie angesehen wie vom Donner gerührt.

Als er erwachte, legte sie ihm den Kompass in die Hand. Sie spürte die Hitze seines Körpers, das Fieber, an dem er seit dreißig Jahren litt. Jenny Sparrow zog sich aus; nichts sollte sie trennen. Sie fühlte sich kühl an, wie ein Stein, den man aus dem See geholt hat. Sie war so nah, wie eine Welle, die ihn mitriss. Er hatte sich eingeredet, dass er mit seinem Leben zufrieden sei; er hatte aufgehört, darüber nachzugrübeln, was er hätte haben oder sein können. Doch jetzt, da Jenny neben ihm im Bett lag, begann er schon zu ertrinken. So konnte das Verlangen wirken. So wirkte es auf ihn.

»Träume ich?«, sagte Matt Avery. »Habe ich wirklich mein Manuskript verloren? Bist du wirklich da?«

Vor langer Zeit gab es Frauen in Unity, die ein Jahr lang einen Pfirsichstein vom letzten Sommer um den Hals trugen und auf die Liebe hofften. Einige Leute glaubten immer noch, dass dieser Brauch und nicht die angeschwemmten Setzlinge, die für Boston bestimmt waren, dazu geführt hatte, dass überall in den Gärten und Wäldern wilde Pfirsichbäume wuchsen. Beim Bau eines jeden Hauses fand man einen Eimer voll Pfirsichsteine, und sogar die Schulkinder wussten, dass es Glück brachte, wenn man einen fand, wie es auch ausgehen mochte: vergessene Liebe, verfehlte Liebe, mutige Liebe, ewige Liebe, Liebe nach endlos langer Zeit.

II.

Am Samstagnachmittag arbeitete Jenny in der Teestube. Wer sie jetzt sah, hätte nicht geglaubt, dass sie einmal ein trotziges Mädchen gewesen war, das es kaum erwarten konnte, von zu Hause wegzulaufen, das lange unglücklich gewesen war und immer mit dem Schlimmsten gerechnet hatte. Nun schnitt sie einen Pflaumenkuchen auf und dachte an Matts Küsse. Sie summte ein Lied über die Liebe und hatte den Kuchen halb aufgeschnitten, als ein merkwürdig aussehendes Mädchen hereingeschlendert kam, gefolgt von Hap Stewart, der irgendwie verwundert aussah. Jenny konnte tatsächlich nicht mehr aufhören, an Matt zu denken. In den beiden letzten Nächten hatte sie das Haus verlassen, wenn Elinor schlief, und sich vor Matts Tür wiedergefunden. Sie klopfte leise, damit Will nicht aufwachte, und schlich dann auf Zehenspitzen durchs Wohnzimmer wie ein Teenager, irgendwie zurückversetzt in die Zeit, in der ein Kuss noch wichtig war und einem dabei die Sinne schwanden.

Seit Jenny sich in Matt verliebt hatte, benahm sie sich so verantwortungslos wie ein junges Mädchen, kam zu spät zur Arbeit und kümmerte sich nicht um ihre Tochter. Jenny war so gedankenverloren, dass sie das Mädchen, das an die Theke trat, gar nicht beachtete und Hap nur kurz zunickte, bevor sie zu den Speisekarten griff. Liza kam mit einem Blech voller Himbeerküchlein heraus, als Jenny die Speisekarten auf der Theke aufstellte.

»Hey, Jen. Willst du deiner Tochter nicht Hallo sagen?«

Liza hätte Jenny ebenso gut mit einem Vorschlaghammer auf den Kopf hauen oder eine Hand voll Hornissen auf den Pflaumenkuchen werfen können, den sie gerade geschnitten hatte. Konnte dieses sonderbare Mädchen wahrhaftig ihr wundervolles Kind sein, ihre Kleine, zur Tagundnachtgleiche geboren, ihr Baby, ihr Ein und Alles? Welche von den vielen Veränderungen an ihrer Tochter fand sie am entsetzlichsten? Die kurz geschorenen schwarzen Haare? Der verwischte schwarze Kajalstift, mit dem sie sich in letzter Zeit die Augen schminkte? Oder ihre Größe? Über einssiebzig war sie, so groß wie eine ausgewachsene Frau. Oder ihre Blässe, die im Kontrast zu dem rabenschwarzen Haar noch extremer wirkte? Oder war es nur der Blick, mit dem sie Jenny ansah, als sei ihre Mutter eine wildfremde Frau, die nicht das Mindeste von ihr wusste? Mit genau diesem Ausdruck in den Augen hatte Jenny ihre Mutter angestarrt, bevor sie damals die Auffahrt hinunterrannte und in Wills Auto sprang, versessen auf Cambridge und den Rest ihres Lebens.

Will kam jetzt oft am Nachmittag in die Teestube, und während er auf Liza wartete, trank er meist eine Tasse Kaffee mit Jenny, und sie unterhielten sich über ihre Tochter, ihre gemeinsame Sorge, das einzige Thema, bei dem sie sich einig waren. Hatte sie immer noch diese Visionen? Hatte sie Sex mit Hap? (Will hielt es für möglich, Jenny für ausgeschlossen.) Verbrachte sie zu viel Zeit mit Dr. Stewart und den vielen Menschen, die krank waren und alle Hoffnung aufgegeben hatten? Was für eine Freizeitbeschäftigung war das überhaupt für ein junges Mädchen? Wann hatte einer von ihnen Stella zum letzten Mal lachen gehört? War es nicht gefährlich für sie, wenn sie ihrer Großmutter im Garten half, wo sie sich doch eher verborgen halten sollte?

»Geht das wieder raus?«, fragte Jenny.

Das Mädchen mit den schwarzen Haaren, das Ähnlichkeit mit ihrer Tochter hatte, ließ sich am Tresen nieder, mürrisch und übellaunig und kampflustig. Tinte, daran musste man denken bei Stellas Haarfarbe. Tinte, die alles andere als unsichtbar war. Stella verzog verächtlich das Gesicht und gab keine Antwort.

»Hey, Mrs. Avery, dieser Kuchen sieht fantastisch aus«, sagte Hap nervös lächelnd. Die Luft zwischen Mutter und Tochter hätte man mit dem pflaumenverschmierten Messer schneiden können, das Jenny beiseite gelegt hatte. Hap trommelte mit den Fingern auf den Tresen. Bei einem seiner nächtlichen Telefongespräche mit Juliet Aronson hatte sie ihm gesagt, dass die meisten Menschen nur ein bestes Merkmal vorweisen konnten, wohingegen das Beste an ihm aus zwei Dingen bestand: seine Größe und seine Aufrichtigkeit. »Ich glaube, da muss ich mal ein Stück probieren.«

»Sparrow, nicht Avery«, berichtigte ihn Jenny. »Ich bin geschieden.«

»Schläfst du deshalb mit meinem Onkel?« Stella griff sich ein Stück Kuchen und stopfte es sich in den Mund. Pflaumensaft tropfte auf den Tresen. Der Fleck sah wie ein Tintenklecks aus, wie der Flügel eines Schmetterlings, wie eine doppelte Lüge. Jimmy Elliot hatte Stella berichtet, dass er auf dem Heimweg von der Teestube ihre Mutter um zwei Uhr nachts aus dem Haus der Averys kommen sah, wo sie bestimmt nicht Will besucht hatte.

»Wovon redest du?« Jenny stieg die Röte ins Gesicht.

Da war die Lüge.

»Ich schlafe mit niemandem.«

Da war sie doppelt.

»So, so.« Stella wischte den Pflaumensaft mit dem Finger auf und leckte ihn ab. »Ich auch nicht.«

Jenny starrte ihre Tochter an und hatte nur einen einzigen grauenvollen Gedanken im Kopf: *Jimmy Elliot.*

Stella erwiderte den Blick und zeichnete ein X auf ihre Brust. »Hand aufs Herz«, sagte sie.

Manche Menschen logen, weil es in ihrer Natur lag, andere taten es aus einer Situation heraus oder weil sie unter Druck standen. Andere dagegen stolperten einfach in eine Lüge hinein, ehrliche Menschen, die plötzlich stürzten, ohne zu wissen, wie ihnen geschah, und dann in ihren eigenen Worten ertranken. So war es Stella widerfahren, doch vielleicht würde jeder zu lügen beginnen, der den Tod voraussagen konnte. Gestern erst hatte Stella ihrem Naturkundelehrer, Mr. Grillo, gesagt, dass sie die überfälligen Hausaufgaben am Montag abgeben würde, obwohl sie ihm eigentlich mitteilen wollte: *Hören Sie auf zu trinken, Sie zerstören Ihre Leber, Sie werden an Leberzirrhose sterben, wenn Sie nicht aufpassen.*

Sie konnte nicht einfach zu den Leuten hingehen und sie über ihre Zukunft unterrichten. Ehrliche Worte waren wie Steine, die zum Grund sanken und nicht mehr hochgeholt werden konnten, wenn man sie einmal ausgesprochen hatte. Doch eine Lüge blieb nie am selben Ort, sie breitete sich aus wie eine Pfütze, glitschig und trügerisch. Es gab klare Lügen und schiefe Lügen und unausgesprochene Lügen. Die Lüge, dass sie Matts Arbeit gestohlen hatte, blieb unausgesprochen, und was Stella mit Jimmy Elliot verband, war eine verschleierte Lüge, denn Jimmy Elliot warf zwar fast jeden Abend Steinchen an ihr Fenster und kam zu ihr ins Bett, doch sie schlief nicht wirklich mit ihm.

Als Jimmy ihr erzählt hatte, dass Jenny mitten in der Nacht unterwegs war, hatte Stella ihn gefragt, ob sie glücklich oder wütend gewirkt hatte.

»Ich weiß nicht.« Sie lagen unter der Decke, und Jimmy glühte förmlich. Er hatte nicht das mindeste Interesse, sich über Stellas Mutter zu unterhalten, aber er hatte das Thema schließlich selbst aufgebracht. »Verwirrt, würde ich sagen.«

Verwirrt, genau wie er selbst aussah, wenn er draußen im Dunkeln stand und darauf wartete, dass Stella ihm den Schlüssel zuwarf. Verwirrt, wenn sie ihn küsste, wenn sie ihm sagte, dass er jetzt gehen müsse, dass sie ihn nie wieder sehen wolle, dass er zurückkommen solle. Stella wusste, wie das war, und deshalb ging sie, ohne sich von ihrer Mutter zu verabschieden. Ein liebeskrankes Familienmitglied reichte ihr.

»Hast du ihre Haare gesehen?«, fragte Jenny als Erstes, als Will später in die Teestube kam. »Mir ist ganz übel.« Liza räumte in der Küche auf, und alle anderen waren schon gegangen.

»Wo hast du denn gesteckt? Jeder hier hat ihre Haare gesehen.« Will nahm sich eine Flasche Wasser. »Und außerdem scheint auch schon jeder zu wissen, dass du mit meinem Bruder schläfst.«

»Das ist ungerecht. Er steckt in einer Krise.«

»Das verlorene Manuskript, ja. Halb so wild. Ich habe ihn noch nie glücklicher gesehen, Jen, also war diese Arbeit vielleicht nur ein Ersatz fürs richtige Leben. Jetzt hat er, was er schon als Junge wollte. Dich.«

»Was er schon als Junge wollte?« Jenny lehnte sich auf den Tresen, äußerst angetan. Einen glückseligen Moment lang vergaß sie die Regeln des Anstands, verlorene Abschlussarbeiten, die Tochter mit den gefärbten Haaren.

»Er war es, der damals am See übernachten wollte. Das wusstest du, oder? Er war damals schon völlig verrückt nach dir. Und ich hatte damals schon diese verfluchte Bienenallergie – ich hasste es, in der Natur zu sein, aber ich konnte ihn nicht gewinnen lassen. Nicht bei dir.«

Matt jedenfalls hatte die Hoffnung aufgegeben, dass seine Arbeit jemals wieder auftauchen würde, und sich darangemacht, endlich den alten Baum zu fällen. Sein Studium würde er vielleicht nie zu Ende bringen, aber sein Leben hatte eine so überraschende Wendung genommen, dass er nicht mehr wusste, was er denken sollte. Alles, was ihm vorher wichtig gewesen war, spielte nun keine Rolle mehr. Er verstand jetzt, warum manche Menschen sich selbst kneifen mussten, um zu merken, dass sie nicht träumten. Das wahre Leben war viel sonderbarer als seine Träume, da stimmte ihm auch Jenny Sparrow zu. Wenn sie neben ihm schlief, erlebte sie seine Träume von Unity, die Einzelheiten des Alltags vor zweihundert oder dreihundert Jahren. Er träumte auch von seiner Arbeit, von Fliedersträuchern und Lilien, von den Ranken des Baumwürgers, die sich so schnell ausbreiteten, dass bei manchen seiner Kunden viele Hektar Land darunter verschwanden und immergrüne Sträucher und Buchen aussahen wie mit grünen Laken verhüllte Kamele. Niemand wusste mehr, was sich unter den Blättern des Baumwürgers verbarg. Und niemand wusste, wie man ihn loswerden konnte.

An dem Tag, an dem Matt wieder an der alten Eiche zu arbeiten begann, pfiff er fröhlich vor sich hin, grundlos oder weil er allen Grund dazu hatte, das wusste er selbst nicht genau. Der Bienenstock im abgestorbenen Teil der Eiche war riesig; die Bienen würden unruhig werden, aber Matt hoffte, dass er sie in den Wald bringen konnte oder zur Molkerei nach North Arthur, wo der Besitzer ihm vielleicht erlauben würde, sie im Austausch gegen ein paar Honigwaben aufzustellen. Es gab Felder mit rotem Klee in North Arthur und mehrere Erdbeerfarmen. Erdbeer-Klee-

Honig war eine Köstlichkeit, und er hoffte, dass die Bienen den Umzug gut überstehen würden.

Die beiden unteren toten Äste hatte Matt schon abgesägt, und er zerlegte sie nun in kleinere Stücke, um sie zu transportieren. Eigentlich hätte er an diesem Tag einen Helfer zur Seite haben sollen: Jimmy Elliot, den man zu Gemeindearbeiten verdonnert hatte. Doch Stunde um Stunde verging, und Jimmy Elliot schien anderes im Sinn zu haben. Als Jimmy eines Abends wieder Steinchen ans Fenster der Teestube warf, war Robbie Hendrix, der Polizeichef, zufällig bei seiner Streife vorbeigefahren. Hendrix, der sich nicht mehr erinnerte, in welche Schlamassel er selbst als Junge geraten war, hatte angehalten und Jimmy eine Strafe wegen Erregung öffentlichen Ärgernisses aufgebrummt.

»Was ist los mit dir?«, fragte der Polizeichef, während er den Strafzettel ausschrieb, die Geldstrafe in Höhe von 25 Dollar durchstrich und stattdessen *Gemeindearbeit – zehn Stunden. Bei Matt Avery melden* eintrug. »Hast du den Verstand verloren? Weißt du nicht, dass Glas zerbrechlich ist?«

Das wusste Jimmy natürlich. Doch im Grunde hätte er gar nicht erklären können, was er da tat. Er war der Liebe anheim gefallen, obwohl das bei ihm keiner vermutet hätte. Jedenfalls ließ Jimmy sich nie bei seinem Termin blicken, und die Arbeit an dem alten Baum ging nur langsam voran. Jimmy wäre vielleicht vom monotonen Summen der Bienen schwindlig geworden, oder er hätte Angst gehabt, gestochen zu werden, aber Matt hatte nur Augen für das Holz. Er fand Eichenholz wunderschön, doch er schätzte auch das duftende Holz von Obstbäumen. Pfirsichbaumholz verströmte ein intensives Aroma, das an den Händen des Holzfällers haftete und auch nach dem Waschen nicht verschwand. Apfelbaumholz schimmerte im Inneren rosafarben. Das Holz von Pflaumenbäumen hatte ein Herz; wenn man es nur einmal traf, hatte man den Baum schon gefällt.

Mehrere Leute hatten Interesse an dem Holz der alten Eiche angemeldet – Mrs. Gibson wollte ein Bücherregal daraus bauen, Enid Frost brauchte Holz für den Ofen im Bahnhof, und der alte Eli Hathaway kam mit seinem Taxi vorbei und nahm sich einen winzigen Holzsplitter mit, den er als Talisman immer in der Tasche tragen wollte. Cynthia Elliot, die mit dem Fahrrad unterwegs zur Arbeit in der Teestube war, hielt an, und ihr stiegen Tränen in die Augen, als sie sah, wie Matt das Holz zerhackte. Sie war vor kurzem sechzehn geworden, aber sie sah aus wie ein kleines Mädchen mit ihren vielen Zöpfchen, und nun stand sie da mit ihrem Fahrrad und trauerte um einen Baum. Sie war schon im Kindergartenalter an diesem Baum vorbeigegangen. Einmal hatte sich ihr Drachen in der Krone verfangen, und sie hatte verängstigt zugesehen, wie ihr Bruder so hoch hinaufkletterte, um den Drachen zu retten, dass sie glaubte, Jimmy werde im Himmel verschwinden. Als sie zum ersten Mal von zu Hause weglief, war sie auf diesen Baum geklettert und hatte die Nacht dort oben verbracht, wild entschlossen, nie wieder ein Wort mit ihrer Mutter zu sprechen. Doch am Morgen fühlte sie sich getröstet; statt nach New York oder Boston zu trampen, ging sie nach Hause.

»Dein Bruder sollte mir hierbei eigentlich helfen, aber ich lasse vielleicht einen Teil des Stamms einfach stehen. Kann sein, dass er noch mal ausschlägt«, sagte Matt zu Cynthia, als er die Säge ausschaltete, die Schutzbrille und die Ohrenschützer abnahm und sah, dass das Mädchen weinte. »Die eine Seite jedenfalls.«

Tatsächlich hatte die eine Hälfte des Baums begonnen, Blätter zu treiben, einige Wochen später als gewöhnlich, doch offenbar steckte noch Leben in ihm. Mehrere Grundschulklassen hatten Exkursionen zum ältesten Baum des County gemacht. Sie übten ihre Schreibschrift, indem sie Briefe an den Bürgermeister verfassten, in denen sie gegen das Fällen der Eiche protestierten. Letzten Freitag hatte die dritte Klasse einen Kreis um den Baum gebildet, während Matt daran arbeitete. Die Jungen und Mädchen hatten sich an den Händen gefasst und gesungen: *Eins, zwei, drei, ich will kein Kaminholz sein! Vier, fünf, sechs, ich bin kein Haufen Dreck!*

Ein anderer Mann hätte all diesen Bitten zum Trotz den Baum dennoch gefällt, es wäre gewiss einfacher gewesen, doch Matt wollte versuchen, die gesunde Hälfte der Eiche zu bewahren. Er arbeitete bis spät in die Nacht und am Wochenende. Die Leute gewöhnten sich an das Heulen der Säge und wunderten sich nicht mehr, dass überall in den Gärten und auf den Straßen Bienen umherschwirrten. Sie schwärmten wie gelbe Wolken durch die Luft, als Matt eine bekannte Gestalt erblickte. Er nahm seine Schutzbrille ab, um besser zu sehen, aber er hatte sich nicht geirrt. Dort, an der Straßenecke, stand Rebecca Sparrow in Jeans und Workerstiefeln, einen Rucksack über der Schulter.

»Du glotzt«, rief sie ihm zu, und das tat er wirklich, auch wenn er jetzt merkte, dass es sich bei dem Mädchen dort unten um seine Nichte Stella handelte.

»Du siehst aus wie sie.« Matt stieg von der Leiter, die am Stamm der Eiche lehnte. »Hast du das Bild im Leseraum der Bibliothek gesehen? Es gab auch ein kleines Porträt, das Samuel Hathaway gemalt hatte. Er hat es Rebecca geschenkt, aber es ist irgendwie verloren gegangen.«

»Nee, kenne ich nicht. Ich war noch nie in der Bibliothek.« Diese Lüge brannte in Stellas Mund, und so nahm sie dankbar einen Drop aus der Rolle, die Matt ihr hinhielt, obwohl sie den Mann zurzeit aufrichtig hasste. Was würde er für sie sein, wenn er sich langfristig mit seiner Mutter einließ? Ihr Onkel? Ihr Stiefvater? Gar nichts? Vielleicht sollte sie seine Arbeit verbrennen, die sie in ihrem Rucksack bei sich trug. Das hatte er vielleicht verdient. Sie starrten beide in den alten Baum hinauf. Die Luft war gelb von Bienen und Blütenstaub.

»Das ist ja ein hässlicher Baum«, sagte Stella. »Ein echter Schandfleck.«

»Deine Freundin Cynthia weint immer, wenn sie daran vorbeifährt.«

»Sie weint sowieso ständig. Cynthia ist so sensibel, dass sie einen Ausschlag kriegt, wenn sie irgendwo was über einen entlaufenen Hund liest. Dass Cynthia zu empfindlich ist, weiß jeder hier.«

»Das genaue Gegenstück zu ihrem Bruder?«

Matt blickte weiter in den Baum, aber er spürte, wie wütend ihn Stella anstarrte. Er hatte gesehen, wie Jimmy sie anschwärmte. Als der Junge das letzte Mal Ärger bekommen hatte, war er dazu verdonnert worden, im Park Schnee zu räumen. Er war ein schweigsamer und mürrischer Helfer gewesen. Vielleicht war es tatsächlich besser, dass Jimmy diesmal gar nicht erst erschienen war; damals, erinnerte sich Matt, hatte er in drei Tagen lediglich die Worte *Bin ich fertig?* hervorgebracht.

»Glaub bloß nicht, dass du irgendwas über Jimmy weißt. Das stimmt nämlich nicht«, teilte ihm Stella mit.

»Aber du offenbar.«

»Wollen wir jetzt unser Liebesleben erörtern?«

Inzwischen glühte sie förmlich vor Wut.

»Willst du über deine Mutter und mich sprechen?«

»Auf keinen Fall.« Stella trat einen Schritt zurück. »Lieber Gott, bloß das nicht.« Als sie darüber nachsann, sah sie ausgesprochen mürrisch aus. Ihre Mutter verliebt? Allein beim Gedanken daran bekam sie Kopfschmerzen. Sie schaute zu dem untersten Bienenstock auf. »Hier sind unheimlich viele Bienen. Hast du keine Angst, dass du gestochen wirst?«

»Schau her.« Matt fing mit der Hand eine Biene, die schläfrig auf einem der abgesägten Äste hockte. Als er die Hand wieder öffnete, blieb die Biene noch einen Moment verdattert sitzen und flog dann gelassen davon.

Stella lachte laut. »Du spinnst.«

»Du bist diejenige, die sich die Haare schwarz gefärbt hat.«

»Ihr zu Ehren«, sagte Stella. Aus irgendeinem Grund war ihr nach Weinen zumute. »Ich wollte, dass man sich an Rebecca erinnert.«

»Das wollte ich auch.«

Stella befand sich an einem Ort, der ihr vertraut war, und fühlte sich dennoch völlig verloren. War es möglich, dass Matt und sie denselben Wunsch hatten?

»Ich glaube, der hier ist richtig bei dir.«

Matt zog den Kompass, den er von Jenny bekommen hatte, aus der Tasche. Stella wusste sofort, dass es der Kompass war, der Rebecca gehört hatte.

»Deine Mutter hat ihn mir geschenkt. Ich nehme an, sie hat ihn von deiner Großmutter bekommen. Aber ich meine, dass er dir gehören sollte.«

»Willst du meine Freundschaft erkaufen oder so?«

»Nee.«

»Was dann?«

»Einen Schandfleck entfernen.«

Matt machte sich wieder an die Arbeit, und Stella sah ihm eine Weile zu. Das Heulen der Säge und das Summen der Bienen hallten durch die ganze Stadt. Die Leute mussten schreien, um sich verständlich zu machen, und manche hatten plötzlich Appetit auf Honig, obwohl sie sonst keinen Wert auf Süßes legten.

Nach einer Weile beschloss Stella, Rebeccas Kompass auszuprobieren. Er wies nach Norden und fühlte sich auch kalt und frisch an in ihrer Hand. Stella ging eine knappe Meile, und als sie aufblickte, stand sie vor der Bibliothek. Der Kompass hatte sie dorthin geführt.

Mrs. Gibson stand schon vor der Tür und schloss ab, aber sie erlaubte Stella, noch kurz ins Archiv zu laufen und das Armband zu suchen, das sie dort verloren hatte, wie sie sagte. Mrs. Gibson hatte Verständnis für solches Verhalten. Sie war nicht streng; ihre eigene Tochter, Solange, hatte sich als Teenager die Haare blau gefärbt und war nach New York ausgerissen, um Schauspielerin zu werden.

Nur zu, sagte Mrs. Gibson und schloss die Eingangstür wieder auf, die man auch aus dem Holz eines Baumes aus Unity angefertigt hatte, einer gewaltigen Eiche, die gefällt wurde, als noch keiner der heutigen Einwohner geboren war.

Stella hatte eine letzte Lüge ausgesprochen, die jedoch niemandem Schaden zufügte. Das Armband, das sie von ihrem Vater bekommen hatte, trug sie am Handgelenk, wie immer. Diese Lüge fühlte sich mild an in Stellas Mund, denn sie war nicht weit entfernt von der Wahrheit.

Zwei Minuten, rief Mrs. Gibson, und Stella brauchte auch nicht länger, um ins Archiv zu laufen und die Arbeit ihres

Onkels dort auf den Tisch zu legen. In einer Vitrine neben dem Tisch waren wichtige Gegenstände aus der Stadtgeschichte ausgestellt: das Stadtwappen von Unity, die Urkunden über die Landschenkungen des Königs, ein Brief von Lincoln an die Eltern von Anton Hathaway, in dem er den Mut und die Opferbereitschaft des Jungen lobte.

»Ich sehe, du hast gefunden, wonach du gesucht hast«, sagte Mrs. Gibson, als Stella herauskam. Stella hob die Hand und schüttelte sie, und die kleine Glocke klirrte silbrig.

»Immer wenn jemand in der Stadt gestorben war, wurde die Glocke oben im Turm des alten Gemeindehauses geläutet. Aber nicht für Rebecca. Darüber hat Matt auch geschrieben.«

»Ach ja?«

»Das Gemeindehaus ist bei dem großen Feuer komplett abgebrannt, und die Glocke ist geschmolzen. Matt hat mir alles darüber erzählt.«

Stella erinnerte sich an eine Stelle über die Glocke, die nicht geläutet wurde, im letzten Kapitel der Arbeit. Unwillkürlich begleitete sie Mrs. Gibson zu ihrem Wagen, weil sie mehr über Matt erfahren wollte.

»Er ist ein guter Mensch, und er wird ein guter Lehrer sein. Ich bin froh, dass er seinen Abschluss machen wird.«

»Warum denn auch nicht?«, sagte Stella.

»Ganz meine Meinung«, pflichtete die Bibliothekarin bei. »Seine Arbeit wird bestimmt wieder auftauchen.«

Nachdem Mrs. Gibson in ihr Auto gestiegen war und davonfuhr, blieb Stella noch eine Weile stehen und sah zu, wie die Auspuffgase aus dem Wagen erst schwarz, dann blau und schließlich grau wurden. Als sie schließlich aufbrach, ging sie den langen Weg zur Teestube. Sie kam an der Feuerwache vorbei, die niemals gebaut worden wäre ohne Leonie Sparrow, und an der Grundschule, die Sarah Sparrow begründet hatte, und am Rathaus, das nur wenige Jahre nach Rosemary Sparrows schnellem Lauf durch die Wälder entstanden war, mit dem sie all den jungen Männern das Leben rettete. Um diese Tageszeit wurde alles blau in der Stadt, die weißen Häuser, die Kirche mit dem Turm, das Rathaus, der Bahnhof, an dem die Uhr schlug. Blau wie die Schatten der Platanen, die Fliedersträucher, die Straßen, alles wurde tiefblau, bevor die Dunkelheit hereinbrach, so finster und schwarz, dass die meisten Einwohner der Stadt in tiefen Schlaf sanken, und die anderen – die Schuldigen, die Liebeskranken, die Alternden, die Kummervollen – sich dem stellen mussten, was die Nacht ihnen bringen würde.

III.

Der alte Eli Hathaway lag krank darnieder; das Ende, das zeigte sich nun für jedermann, würde so aussehen, wie er immer vermutet hatte: Sein Herz würde den Dienst versagen. Zuerst brachte man ihn ins Krankenhaus nach Hamilton, dann zu den Spezialisten nach Boston, und als er sich langsam wie ein unzustellbares Paket fühlte, verlegte man ihn ins Pflegeheim von North Arthur am Ende der Hopewell Street. Trotz seines hohen Alters war Eli noch kräftig; er hatte diverse Herzattacken überlebt, an denen andere Männer gestorben wären. Viele seiner Vorfahren hatte es wegen ihrer Herzprobleme früh dahingerafft, und Eli hatte sich nach Kräften von allen Herzensdingen fern gehalten. Er hatte nie geheiratet, war kinderlos und hatte keinen Cent vom Vermögen seiner Familie ausgegeben, das über die Jahre aufgelaufen war, als das Land, das einst den Hathaways gehört hatte, Hektar um Hektar verkauft wurde. Eli musste nicht arbeiten, er hatte sich freiwillig dafür entschieden, Taxi zu fahren; er genoss es, dass ihn jeder in der Stadt kannte. Als er älter wurde, begannen die Einwohner von Unity ihn eher für liebenswert als für unausstehlich zu halten. Seine Nachbarn brachten ihm Mahlzeiten und Weihnachtskuchen; Enid Frost, die den Fahrkartenschalter im Bahnhof betrieb, hatte Eli Hathaway seit zweiundzwanzig Jahren jeden Morgen eine Tasse Kaffee eingeschenkt, ohne jemals eine Spende für die Kaffeekasse zu verlangen.

Jetzt im Pflegeheim war Eli grantig, und wer konnte ihm das schon verdenken? Die Schwestern wollten ihn ständig mit ihren Nadeln pieken, um seinen Blutzucker zu testen, oder ihm Blut abzapfen, um seine weißen Blutkörperchen zu zählen. Er lag im Sterben, man brauchte keine Tests mehr, um das zu sehen, und er war alles andere als froh darüber. Ein neuer Fahrer, ein Bursche aus Monroe, hatte Eli für eine lächerliche Summe sein Taxi abgekauft und knöpfte den Leuten, die nach Hause wollten, wahrscheinlich jetzt schon zu viel Geld ab. Eli hatte von keinem Fahrgast je mehr als fünf Dollar verlangt, und keiner wäre auf die Idee gekommen, dass er so viel Geld auf der Bank liegen hatte, dass der Bankdirektor, Henry Elliots Bruder Nathan, Eli jedes Jahr an Thanksgiving zum Essen einlud. Die Bank erledigte alle Finanzgeschäfte für Eli, weil er fand, dass sie das Herz zu sehr in Anspruch nahmen. All die Jahre war er ein reicher Mann gewesen, der Taxi fuhr und der Meinung war, dass ein Paar Schuhe nichts taugte, wenn es nicht wenigstens zehn Jahre hielt. Doch selbst wenn er von seinem Vermögen Gebrauch gemacht hätte, was hätte ihm das genützt? Er wäre trotzdem im Pflegeheim gelandet, mit seinen wichtigsten Besitztümern im Schlepptau: einer Tasche mit Kleidern, einem Rasierbecher, einer Brille, die nicht viel ausrichtete, einem scharfen Rasiermesser, das die Schwestern ihn nicht mehr benutzen ließen, und dem silbernen Stern, den er an einer Kette um den Hals trug.

Als Dr. Stewart zu ihm kam, erkannte ihn Eli zunächst nicht, obwohl er seit vierzig Jahren sein Hausarzt war. Eli hielt den Arzt für einen alten Knaben aus dem Pflegeheim, der durch die Zimmer wanderte und aus Spaß die Leute anstarrte. Eli zog sich die Decke bis ans Kinn und sagte dem Arzt, er solle verschwinden, doch als er das Mädchen sah, erstarrte er förmlich. Er erkannte sie sofort. Dr. Stewart beugte sich über ihn und fragte, ob er wisse, wo er sei, doch Eli winkte ungeduldig ab.

»Rebecca ist hier«, sagte er. Sein Herz pochte, und er hatte einen süßlichen Geschmack im Mund. »Wenn du hier bist, dann sterbe ich wohl.«

Eli Hathaway schloss die Augen und wartete auf den Himmel oder auch auf die Hölle, falls er sich dorthin begeben musste. Als nichts geschah, schlug er die Augen wieder auf. Vor ihm standen Dr. Stewart und das Mädchen mit den schwarzen Haaren, die Eli beide anstarrten, als wäre er ein tanzendes Huhn oder ein Marsmensch.

An diesem Samstagmorgen, zu einer Zeit, in der andere Mädchen ihres Alters noch im Bett lagen, sah Stella, dass Eli Hathaway in diesem Raum an einem schweren Herzinfarkt sterben würde; innerhalb der nächsten vierundzwanzig Stunden würden seine Augenlider flattern, und er würde einen letzten heftigen Atemzug tun. Andere Mädchen hätten sich vor Eli gegraust, vor dem Geruch des Todes, den er verströmte, vor seiner faltigen blau geäderten Haut, doch nicht Stella. Hier im Pflegeheim war der Tod allgegenwärtig; sie sah ihn in jedem Flur, in jedem Zimmer. Manche Tode kamen so schnell wie ein Wimpernschlag. Andere zogen sich so lange hin, dass man sie niemandem wünschen würde, nicht einmal seinem schlimmsten Feind. Im Essraum des Heims hatte Stella so viele Tode gesehen, dass sie eines Morgens am liebsten auf den Linoleumboden gesunken wäre, überwältigt nicht von der Trauer, sondern von der menschlichen Würde, der beinahe übermenschlichen Fähigkeit, sich angesichts des Abgrundes noch Rühreier und Toast zum Frühstück zu bestellen.

In Elis Zimmer sah Stella Dr. Stewart an und war sicher, dass auch er genau wusste, was geschehen würde. Ihre Großmutter hatte gesagt, Brock Stewart sei der ehrlichste Mann weit und breit, doch Stella fand, dass er ebenso schamlos log wie sie selbst. Er hatte beispielsweise bei ihrem letzten Besuch im Pflegeheim gelogen. Stella hatte seinen Gesichtsausdruck gesehen, als eine alte Frau, die schwer atmete und Blut spuckte, ihn fragte, ob sie bald sterben würde. Dr. Stewart hatte die Frage nicht beantwortet, sondern stattdessen über die Enkel der Patientin gesprochen und über den Frühling, der wegen der heftigen Regenfälle im April in diesem Jahr besonders üppig geriet. *Der Flieder wächst sogar durchs Fenster herein,* hatte die Frau heiter gesagt und ihre Frage vergessen. *Wenn ich die Augen schließe, sehe ich violett. Ich höre die Bienen summen.*

Sie haben ihr nicht die Wahrheit gesagt, hielt Stella dem Arzt vor, als sie nach Hause fuhren.

Die Wahrheit gibt es nicht. Ich dachte, das wüsstest du inzwischen.

Jetzt zog sich Dr. Stewart einen Stuhl heran und setzte sich neben Elis Bett. »Das ist Stella Sparrow, die auf Besuch gekommen ist«, sagte der Arzt zu Eli. »Rebecca ist seit über dreihundert Jahren tot. Wenn Sie Rebecca sehen, mein Freund, dann sehen Sie die Engel.«

Dr. Stewart fühlte Eli den Puls. Stella zählte mit; langsam wie eine Schnecke. Er lag im Sterben. Doch Eli, so schwach er auch war, achtete nicht auf den Arzt. Er war überzeugt davon, dass er dieses Mädchen erkannte. »Ich wusste, dass ich dich noch sehen würde, bevor ich sterbe. Ich wusste, du würdest mir vergeben.«

Der Arzt und Stella wechselten einen Blick. Am nächsten Morgen würde Eli tot sein; das spürten sie beide. Eli winkte Stella näher zu sich heran, und Brock Stewart bewunderte die Gelassenheit des Mädchens. Sogar Medizinstudenten scheuten oft zurück vor einem alten Mann mit Schläuchen in Nase und Venen, einem Mann wie Eli, der nach Bettpfanne stank und schrecklich fror, obwohl es in allen Zimmern fast siebenundzwanzig Grad hatte.

»Ich habe etwas für dich«, sagte Eli.

Er mühte sich ab, den obersten Knopf seines gestreiften Pyjamas zu öffnen. Er hatte Pyjamas immer schon lästig gefunden, und nun machten sie ihm auch noch an seinem letzten Tag auf dieser Welt zu schaffen. Stella half ihm, den Knopf zu öffnen. Da war er, der silberne Stern, den Eli jeden Tag seines Lebens getragen hatte, seit er ihn von seinem sterbenden Vater bekommen hatte, wie jeder Hathaway. Man hatte den Stern in Charles Hathaways Hinterlassenschaft gefunden, damals, als sein Pferd in den unergründlichen Tiefen des Hourglass Lake versank.

Als Eli sich mit dem Verschluss der Kette abmühte, war ihm Stella behilflich, ihn zu öffnen.

»Deiner.« Eli wollte noch viel mehr sagen, aber seine Lippen waren trocken und sein Hals rau; die Worte entflohen ihm, und er musste jedes einzelne sorgsam bewahren, wenn er seine letzte Bitte noch vortragen wollte.

Dennoch war Stella gerührt von dem Geschenk. Sie hätte am liebsten geweint, riss sich aber zusammen. Stattdessen legte sie die Kette um. Eli beobachtete sie aufmerksam; er lächelte, obwohl ihm schwindlig war. Er blickte Stella an und sah ein Becken voller Sterne und endloses geheimnisvolles Blau. Natürlich würde er in den Himmel kommen, daran glaubte er nun, überall würden Sterne sein und Licht und Vergebung.

»Ich hinterlasse mein gesamtes Vermögen der Stadt, aber ich möchte, dass du entscheidest, was damit geschieht«, sagte er zu dem dunkelhaarigen Mädchen, auf das er sein ganzes Leben gewartet hatte. »Geben Sie mir ein Papier«, sagte Eli zu dem Arzt. »Sie sind mein Zeuge.«

»Sind Sie sicher, dass Sie das tun wollen?«, sagte Dr. Stewart. »Sie ist noch nicht mündig.«

»Was spielt das für eine Rolle? Wie alt warst du, als man dich ertränkt hat?«, fragte Eli Stella, die er weiterhin für Rebecca hielt.

Da sie Matts Arbeit gelesen hatte, die sich nun endlich im Besitz des Fachbereichs Geschichte am State College befand, wusste Stella die Antwort auf diese Frage. »Siebzehneinhalb. Es war am 16. November.«

»Sie war auch nicht mündig, als sie ihr das angetan haben, oder?«, sagte Eli.

»Ist er auch wirklich bei sich?«, raunte Stella Dr. Stewart zu.

»In welchem Bundesstaat leben wir, alter Freund?«, fragte Dr. Stewart Eli.

»Sie wissen nicht, dass Massachusetts zu den Neuengland-Staaten gehört und schimpfen sich Doktor? Sie sollten sich was schämen.«

»Er ist vollständig bei Sinnen«, sagte der Arzt. »Er kann eigenständige Entscheidungen treffen.«

Stella ging zum Schwesternzimmer und holte ein Blatt Papier und einen Stift, dann ging sie zurück und schrieb alles auf, was Eli Hathaway ihr diktierte. Seine Bankkonten, seine Investitionen, seine Immobilien, alles, was er besaß auf der Welt, vermachte er der Stadt, und Stella Sparrow Avery würde es verwalten.

»Bist du sicher, dass du nicht Rebecca genannt werden willst?«, fragte Eli.

»Stella ist in Ordnung.«

Hathaway unterzeichnete das Dokument, obwohl er so schwach war, dass der Arzt ihm helfen musste, den Stift zu halten, dann unterschrieb auch Dr. Stewart.

»Jetzt bin ich frei«, sagte Eli. »Ich brauche nicht mehr in der Stadt rumzufahren. Das macht jetzt ein anderer, und mir ist zu Ohren gekommen, dass er seinen Arsch nicht von einem Erdloch unterscheiden kann.«

»Das stimmt«, sagte Dr. Stewart. »Sissy Elliot wollte zum Supermarkt, und der neue Fahrer hat sie am Waschsalon abgesetzt. Sie saß stundenlang dort fest.«

»Aber Rebecca weiß genau, was sie tut.«

Stella hatte sich aufs Fensterbrett gesetzt. Für Eli, dessen Blick verschwommen war, schien sie ein Vogel zu sein, der dort hockte. Sie schien Licht zu sein in einem Meer von Dunkelheit. Stella gefiel der kühle Schimmer des silbernen Sterns auf ihrer Haut. Als Rebecca aus den Wäldern kam, trug sie dieses Amulett; nun war es dahin zurückgekehrt, wohin es gehörte. Um sich für die Rückgabe zu bedanken, nahm sich Stella des Letzten der Hathaways an. Sie war froh, dass sie ihren Rucksack bei sich hatte, denn sie musste noch jede Menge Mathehausaufgaben machen und für amerikanische Geschichte einen Aufsatz über Paul Revere schreiben. Sie würden wohl noch eine ganze Weile hier sein, doch Stella war entschlossen, bis zum Ende zu bleiben. Das war ihr Geschenk für Eli: Sie würde an seiner Seite sein. Sie würde ihn hinüberbegleiten.

Sie wandte sich ihren Aufgaben zu, während Dr. Stewart döste und Eli Hathaways Puls sich so verlangsamte, dass er rückläufig schien, wie eine Uhr, an der man den Zeiger zurückdreht. Als es draußen dunkel wurde, borgte sich Stella von den Schwestern eine Lampe, damit sie mit Dr. Stewart Karten spielen konnte. Der Arzt war stolz für Elinor, dass sie so eine Enkelin hatte. Er wünschte, Elinor könnte jetzt bei ihnen sein, doch er wusste, dass sie Ruhe brauchte. Brock fragte sich, ob er so viele Menschen verlieren musste, um darauf vorbereitet zu sein, Elinor Sparrow zu verlieren. Er rief sie immer noch jeden Abend an, pünktlich um acht. Auf diese Stunde hatte er sich immer gefreut, wenn sie ihren Tag besprachen, auch die kleinen und unbedeutenden Dinge. Inzwischen fürchtete er sich vor dieser Zeit, denn wenn er jetzt zum Hörer griff, fragte er sich: *Und wenn sie diesmal nicht drangeht? Wenn es jetzt so weit ist?*

»Es kann noch die ganze Nacht dauern«, sagte der Arzt zu Stella, nachdem sie eine Runde Karten gespielt hatten und er es sich mit einer Decke um die Schultern in einem Sessel bequem machte. »Ich könnte dir ein Taxi rufen.«

»Ich würde doch nur irgendwo landen, wo ich nicht hin will. Sie haben gehört, was Eli über den neuen Fahrer gesagt hat. Nein, ich bleibe hier.«

Dreihundert Jahre waren vergangen, bis es zu diesem Tag kam, was waren da schon ein paar Stunden? Als sie mit den beiden schlafenden Männern in dem dunklen Raum saß, kam es Stella vor, als drifte sie durchs All. Die beiden atmeten ein, atmeten aus, und dann war da ein anderer Laut. Nach zwei Uhr kam es zu einem Herzinfarkt. Eli Hathaway hatte Zuckungen, und sein Atem wurde unregelmäßig; seine Gesichtsfarbe veränderte sich, und seine Augen waren so getrübt, dass er diese Welt nicht mehr sah. Man rief die Sanitäter vom Hamilton Hospital, und während die Ambulanz auf Unity zuraste, saß Stella an Elis Bett.

»Er geht«, sagte Dr. Stewart.

In diesem Augenblick kam der Tod zu ihnen ins Zimmer. Wenn es Stella zu viel wurde, würde sie jetzt flüchten. Sie würde sich eine Ausrede einfallen lassen, ihr würde übel werden, oder sie bräuchte frische Luft. Doch stattdessen hielt Stella Elis Hand, und Eli hielt die ihre mit aller Kraft, die noch in ihm war. Er war ein guter Mann, und er hatte eine schwere Last getragen; er hatte dieses Taxi länger gefahren als die meisten Einwohner der Stadt am Leben waren. Jetzt hielt er Stellas Hand so fest, als wolle er sie nie wieder loslassen, bis sie sich zu ihm hinunterbeugte und flüsterte, alles sei gut, er könne jetzt loslassen: Ihm wurde vergeben. Nach so langer Zeit. Er war frei.

Eines Morgens ging Hap Stewart in die Küche, um sich ein Glas Wasser zu holen, und hielt unvermittelt inne. Es gab keinen Grund dafür, er hatte einfach das Gefühl, dass sich etwas verändert hatte; vielleicht war an diesem Tag, der ganz gewöhnlich begonnen hatte, plötzlich der Luftdruck gesunken. Es war früh am Morgen, und Hap war noch verschlafen. Er blickte auf die Wiese hinaus und entdeckte etwas, das wie ein großer Haufen Heu und Blätter aussah. Neugierig zog er seine Stiefel an und ging hinaus. Da saß sein Großvater weinend neben dem Pferd, das in der Nacht gestorben war. Es fühlte sich schon kalt an, wenn man es berührte.

»Hattest du nicht auch das Gefühl, dass er das einzige Wesen war, das immer da sein würde?« Dr. Stewart hatte zahllose Todesfälle erlebt und beglaubigt; er hatte den Hinterbliebenen die schlechte Nachricht überbracht, hatte den Witwen und Verlassenen die Hand gehalten, und nun saß er hier und weinte um ein Pferd, das viel zu lange gelebt hatte. Ein Pferd, auf das er zuerst gar keinen Wert gelegt hatte.

»Stella wird erleichtert sein. Sie hat immer befürchtet, dass ich auf ihm reiten und mir den Hals brechen würde.« Hap setzte sich zu seinem Großvater. Die Wiese war nass vom Morgentau, doch Hap achtete nicht darauf. Sein Großvater, der kraftvollste Mann, den er kannte, weinte. »Wir müssen Matt Avery beauftragen, damit er mit seiner Planierraupe kommt und Früher hier begräbt. Ich denke, es sollte nicht früher oder später sein, sondern für immer.«

Dr. Stewart nickte. Sein Enkel war ein kluger, guter Junge; wenigstens um ihn brauchte er sich keine Sorgen zu machen. Tatsächlich fühlte er sich Hap so verbunden, wie es ihm bei seinem eigenen Sohn, David, nie gelungen war. Vielleicht musste er die Schuld dafür bei sich selbst suchen; er war jung, sehr beschäftigt und von sich selbst eingenommen gewesen. Der Arzt tätschelte den kalten Körper des Pferdes und entsann sich, als Junge irgendwo gelesen zu haben, dass die Cowboys früher im Wilden Westen ihre Pferde töteten, wenn sie zu sehr froren, und in die Leichen hineinkrochen, um sich zu wärmen. Obwohl der Arzt seit vier Stunden neben Früher saß, hatte er nicht gemerkt, wann das Pferd tatsächlich gestorben war. Jetzt fragte er sich, ob ein Pferd sein Leben aushauchte wie ein Mensch, mit einem letzten heftigen Atemzug, bei dem sich die Seele aus dem Körper löste. War Früher noch hier, irgendwo zwischen den Gräsern und den Heuballen? War er in der Luft, die sie einatmeten, begab sich in ihre Körper und gehörte von nun an ebenso zu ihnen wie ihre Lunge, ihre Leber, ihr Herz?

Später fuhr Dr. Stewart mit seinem Enkel ins Rathaus. Man hatte ein Treffen anberaumt, bei dem Eli Hathaways Geschenk an die Stadt erörtert werden sollte, und den Arzt hinzugebeten, weil er Zeuge gewesen war, als der Verstorbene im Pflegeheim sein Testament verfasst hatte. Als sie ins Rathaus kamen, ließ Hap sich in der Eingangshalle nieder und las die *Unity Tribune,* während sein Großvater und Stella mit den Stadträten in den Konferenzraum gingen. Mrs. Gibson nahm auch an dem Treffen teil, sowie Harry Strong, der Supermarktbesitzer, und Nathan Elliot, der Bankdirektor. Hap machte es nichts aus, zu warten. Er las besonders gerne den Polizeibericht, den er immer als Erstes aufschlug. In der Hawthorne Street war ein Auto aufgebrochen worden. Ein Hund, ein Spaniel namens Mitzi, hatte den Postboten und diverse Nachbarn gebissen. Jimmy Elliot war dabei erwischt worden, wie er Steine an die Fenster der Teestube warf, worauf man seinen Gemeindedienst auf zehn Stunden erhöht hatte.

»Jimmy Elliot arbeitet wohl wieder für dich«, sagte Hap zu Matt, der sich ungeladen im Rathaus einfand, weil er für Stella sprechen wollte.

»So war es vorgesehen. Er ist bloß nie aufgetaucht. Wofür haben sie ihn diesmal verdonnert?«

»Er hat Steine auf die Fenster der Teestube geschmissen.«

»Das ist doch völlig idiotisch.«

»Ich glaube, er ist verliebt.«

»Ah.« Matt nickte mitfühlend. Nicht einmal Jimmy Elliot

war immun gegen die Liebe. »Ich bin bei deinem Großvater vorbeigefahren, habe einen Teil vom Zaun abgebaut und die Planierraupe auf die Wiese gestellt«, sagte er. »Morgen früh solltest du mit deinem Großvater irgendwo hinfahren, geh mit ihm frühstücken. Ich finde, er sollte es nicht mitkriegen, wenn ich dieses Loch für Früher grabe.«

»Er ist ziemlich untröstlich.«

»Tja, er hat fünfundzwanzig Jahre so getan, als könne er dieses Pferd nicht ausstehen.«

Als Matt im Konferenzraum verschwunden war, blieb es still in der Eingangshalle, und Hap studierte weiter den Polizeibericht. Im Konferenzraum herrschte auch Stille, weil die Anwesenden schockiert zur Kenntnis nahmen, dass Eli Hathaway die Verwaltung seines Erbes in Stellas Hände gelegt hatte. Einige Stadträte fragten sich, ob Eli Hathaway ihnen einfach einen üblen Streich spielen wollte, indem er eine Minderjährige zur Vermögensverwalterin ernannt hatte; dieses Kind hatte nun die Macht, über gewaltige Beträge zu entscheiden, von denen niemand eine Ahnung gehabt hatte. Wie groß Elis Vermögen tatsächlich war, begriffen alle erst, als Nathan Elliot eine Liste aller Immobilien, Versicherungen, Konten und Kapitalanlagen verlas.

Doch, nein, es zeigte sich, dass es kein alberner Einfall gewesen war; Stella hatte bereits Pläne gemacht. Auf einem großen Teil der Grundstücke aus dem Besitz der Hathaways sollte eine Klinik gebaut und mit fest angestellten Ärzten und Schwestern ausgestattet werden; wer krank war, sollte künftig nicht mehr nach North Arthur oder Hamilton fahren müssen. Gegenüber der Bibliothek sollte das Hathaway-Freizeitzentrum erbaut werden, wo Kinder nach der Schule Nachhilfestunden nehmen und betreut werden konnten. Im Sommer sollte dort Schwimmunterricht und

Ferienbetreuung angeboten werden. Das waren tatsächlich exzellente Vorschläge. Die Stadträte begannen sich zu entspannen, doch dann stand Matt Avery auf und legte los. Was alle verblüffte, da Matt nicht gerade für seine Redekünste bekannt war. Doch nachdem er so viele Jahre alleine Schnee geräumt und Bäume gefällt hatte und die meiste Zeit einsam gewesen war, konnte er plötzlich nicht mehr aufhören zu reden. Als er im Herbst schließlich sein erstes Seminar hielt, redete er fast zwei Stunden, fast ohne Punkt und Komma und ohne auch nur einen Schluck Wasser zu trinken.

Matt brauchte über eine Stunde, um Rebeccas Geschichte zu erzählen, und jene Ratsmitglieder, die nicht bereits im Stillen Eli Hathaway mitsamt seinem Erbe verwünscht hatten, taten es jetzt. Doch als Stella sich erhob und Matt dafür dankte, dass er den Hintergrund für ihre wichtigste Entscheidung dargestellt hatte, verstummten auch die Kritiker. Jetzt würde der andere Stiefel fallen, der blutige, mit Steinen gefüllte. Stella trug den silbernen Stern, den Eli ihr geschenkt hatte, den Stern, den Rebecca getragen hatte, als sie in den Wäldern umherirrte.

Stella setzte die Anwesenden davon in Kenntnis, dass der Bürgermeister und der Rat einen Teil des Geldes dafür einsetzen würden, in der Stadtmitte ein Denkmal zum Andenken von Rebecca zu errichten. Man hatte bereits eine Firma beauftragt, die mit einer annähernd zwei Meter großen Granitplatte aus New Hampshire nach Unity unterwegs war; ferner hatte man Kontakt zu einem Schmied in Lowell aufgenommen. Falls jemand ein solches Denkmal für ein Sakrileg hielt, meldete er sich an diesem Tag nicht zu Wort – das Krankenhaus für die Stadt wurde dringend benötigt. Und auch das Freizeitzentrum, in dem die Kinder schwimmen lernen konnten; deshalb machten sich lieber alle rasch an die Arbeit.

Falls jemand Protestbriefe erwartete, erlebte er eine bittere Enttäuschung. Für die meisten Einwohner der Stadt war Rebecca Sparrow nur ein Gemälde in der Bibliothek, eine der ersten Siedlerinnen von Unity, ein junges Mädchen mit langem schwarzen Haar. Die Leute gewöhnten sich rasch an die Vorstellung, dass im Park ein Denkmal stehen würde, ebenso, wie sie sich daran gewöhnten, Stella dort bei gutem wie bei schlechtem Wetter auf dem Rasen liegen zu sehen. Was so lange nicht möglich gewesen war, entstand nun im Handumdrehen, direkt in der Mitte des Parks, umgeben von Platanen und Linden. Auf der schlichten Granitplatte war eine bronzene Glocke angebracht, deren Läuten man im Umkreis von Meilen hörte. Stille würde es nicht mehr geben, jedenfalls nicht in dieser Stadt.

Elinor und Jenny gingen an jenem Abend in den Park, als die Glocke aufgehängt wurde. Es war ein windiger Tag im Mai, und die beiden hatten sich elegant angezogen. Es war schließlich ein ganz besonderer Anlass. Stella hatte sich gegen eine offizielle Einweihungsfeier ausgesprochen; kein Feuerwerk, keine Musikeinlagen, um auf die Vollendung des Denkmals aufmerksam zu machen. Es war eine Familienangelegenheit. Jenny übernahm jetzt das Fahren, und sie führte ihre Mutter den Weg entlang. Stella hatte einen Veilchenstrauß gepflückt, den sie in einer kleinen Glasvase auf die Stufen vor dem Denkmal stellte.

»Ist es gut geworden?«

Elinor atmete schwer und fröstelte, doch der Anblick des Denkmals entschädigte sie für den weiten Weg. Sie nickte zufrieden; es war tatsächlich wunderschön. Sie dachte an all das, was unsichtbar blieb: Mut, Ehre, Schmerz, Liebe. Sie verengte die Augen, und einen Moment lang verschwand das Denkmal; dann war es wieder da, direkt vor ihnen.

»Es ist großartig«, sagte Jenny.

Es war die Zeit des Tages, in der das Licht rasch schwand, in der es verwehte und alles in einen blauen Schleier hüllte, Häuser und Stallungen, Zäune und Straßen. Als Rebecca Sparrow in dieser Stadt lebte, glaubten die Menschen, dass die Farbe Blau sie vor allem Bösen schützen könne, und sie trugen oft ein Stück indigoblaues Tuch an ihrer Unterwäsche oder am Saum ihrer Röcke. Sie glaubten, was mit rotem Garn genäht wurde, helfe gegen alles, was sie plagte, gegen Fieber, Albträume oder Husten; sie glaubten, Lorbeerblätter könnten einen Mann vorm Blitzschlag bewahren, und sie glaubten, wenn man einem Blinden helfe, bringe das Glück. Sie glaubten auch, dass die Erinnerung an einen verstorbenen Menschen ihn zurückbringen konnte, wenn man nur stark genug an ihn dachte, wenn man in einer klaren Nacht versuchte, all die Sterne zu zählen, die am Firmament verstreut waren wie Reis auf einem Tisch oder Steine in einem See, wie Knochen in einem Körper oder Schneeglöckchen im grünen Gras.

Wer als Reisender in diesem Teil von Massachusetts ohne Karte unterwegs war, konnte leicht die Orientierung verlieren. Die einzelnen Orte verschmolzen für das unkundige Auge des Fremden, vor allem, wenn man sie aus dem Zug betrachtete. Immer wieder sah man die gleichen Motive: weiße Kirchtürme, Rathäuser, Häuser mit schwarzen Fensterläden. Am Stadtrand Einkaufszentren und riesige Parkplätze, und vor der Stadt schließlich grüne Wälder, Flüsse, Felder, auf denen Schwarzäugige Susanne und Gerste wuchs. Die Landschaft glich einer kunterbunt gemusterten

Decke – hier violette, dort grüne Tupfen, das Ganze eingefasst von Felsformationen und Wolken, von Ziegeln und Eisenbahngleisen. Eine Station nach der anderen: Concord, Lincoln, Hamilton, Monroe, North Arthur, Unity. Die letzten Orte waren 1930 entstanden; Männer von auswärts, aus Boston oder New Haven, hatten sie aus braunem Granit erbaut, Männer, die so verzweifelt Arbeit brauchten, dass sie auch bereit waren, auf Feldbetten zu schlafen, die man im Rathaus für sie aufstellte. Dort träumten sie von zu Hause, von Zügen und von dem braunen Granitstaub, der überall dort niedersank, wo der Stein geschlagen wurde, der ihre Gesichter bedeckte und in ihre Lunge drang.

Elisabeth Sparrow brachte diesen Männern Neun-Frösche-Eintopf und über hundert Laibe Brot. Elisabeth hörte diese Männer im Schlaf weinen, sie hörte sie flehen um ein vertrautes Gesicht, ein gütiges Wort, ein mit Liebe zubereitetes Mahl. Ein ganzes Jahr lang war sie für die Männer dieses Gesicht, dieses Wort, dieses Mahl. Der Bahnhof wurde mit Gedanken an Elisabeth erbaut; an zahllosen Stellen fand man ihren Namen in den Granitplatten, obwohl man wissen musste, wonach man Ausschau hielt, wenn man die Inschriften erkennen wollte. Die meisten Leute in der Stadt wussten nichts davon; sie bemerkten die Inschriften nicht, erachteten sie bestenfalls als Unebenheiten im Stein, wie Spuren von Hühnerkrallen am Boden, Muster, die man nicht entziffern konnte, wenn man sie nicht ganz genau betrachtete.

Eli Hathaway hatte man häufig am Bahnhof gesehen, wo er entweder mit der Fahrkartenverkäuferin Enid Frost plauderte oder draußen auf dem Parkplatz in seinem Taxi saß. Eli hatte sich gerne damit beschäftigt, nach den Inschriften im Stein zu suchen, und als er zum letzten Mal zählte, hatte er Elisabeths Namen eintausenddreihundertdreiundfünfzigmal gefunden. Doch die Zeiten, als Eli Hathaway die Inschriften im Granit zählte, waren vorüber. Nun wartete der neue Taxifahrer, Sam Dewey aus Monroe, am Bahnhof. Sam war ein übereifriger Zeitgenosse, der jedem Fahrgast als Erstes erzählte, dass er nach seiner Scheidung in Unity ein neues Leben anfangen wolle. Er hatte tatsächlich noch eine Menge zu lernen. Seit dem Vorfall mit Sissy Elliot und dem Waschsalon hatte Sam die Karten der Gegend eingehend studiert. Er musste jetzt die Fahrgäste nicht mehr nach dem Weg fragen: *Wie kommt man denn zur Lockhart Avenue? Welches ist die kürzeste Strecke zur Mall in North Arthur?*

Am zehnten Tag des Mai stieg nur ein Fahrgast aus dem frühen Zug. Sam Dewey hatte bereits zu zweifeln begonnen, ob er mit Taxifahren in dieser Stadt seinen Lebensunterhalt verdienen konnte, und deshalb ging er an diesem Tag eine Wette mit sich ein, obwohl er beileibe kein Spieler war, nicht nachdem seine Frau ihn verlassen hatte, weil er angeblich mehr Zeit im Spielcasino verbrachte als mit ihr. Dennoch, wenn der Mann am Bahnsteig in sein Taxi steigen würde, dann würde Sam bleiben. Wenn er hingegen zu Fuß losgehen oder von jemandem abgeholt würde, dann würde Sam nach Florida ziehen. Allein der Gedanke an Boynton Beach, wo er einmal im Urlaub gewesen war, und das sonnige Leben, das vielleicht vor ihm lag, verbesserte Sams Laune. Doch nachdem der Mann zum Telefon gegangen und in den Gelben Seiten geblättert hatte, kam er auf Sams Wagen zu. Er war dunkelhaarig, Mitte Dreißig, gut gekleidet und hatte kein schweres Gepäck bei sich, nur einen Rucksack, den er über der Schulter trug.

Geh vorbei, dachte Sam, denn schon nach wenigen Wochen schien er in der Kuhle im Fahrersitz zu versinken, die Eli in so vielen Jahren hinterlassen hatte. Doch es schien nichts zu werden aus Boynton Beach. Sam würde in Unity bleiben, zumindest fürs Erste. Er schien einen Fahrgast zu haben.

»Gut, dass Sie hier sind«, sagte der Fahrgast. Er war etwas außer Atem und doch nicht so gut gekleidet, wie Sam zunächst geglaubt hatte. Er trug einen alten Anzug, aber Sam hatte wenig Grund, das zu bemängeln. Er selbst hatte ein ausgefranstes Sweatshirt und Chinos mit Kaffeeflecken an. »Ich dachte, man könnte hier einen Wagen mieten«, sagte der Fremde.

»In Unity? Da sind Sie hier verkehrt. Warten Sie mal, vielleicht sind Sie tatsächlich falsch ausgestiegen«, scherzte Sam, damit vielleicht später ein Trinkgeld für ihn heraussprang. »Zu wem wollten Sie gleich?«

Als der Fahrgast sagte, er sei nur auf der Durchreise und wolle sich ein Motelzimmer nehmen, teilte ihm Sam Dewey noch einmal mit, dass er die falsche Stadt erwischt habe. Das nächste Motel war das Night Owl in North Arthur, und übernachten konnte man hier nur im Gästehaus von Laurie Frost. Laurie war die Tochter der Kartenverkäuferin Enid, und recht attraktiv; Sam hätte nichts dagegen gehabt, wenn sie im Ausgleich für die Empfehlung mit ihm ausgehen würde. Lauries Gästehaus war eine umgestaltete Garage, aber die meisten Gäste waren damit zufrieden, und Sam wartete, als sein Fahrgast den mit Schieferplatten ausgelegten Weg entlangging, der von Funkien gesäumt war. Sam stieg aus, lehnte sich an sein Taxi und rauchte eine Zigarette, als ein Mann vorbeiflitzte.

»Nicht so schnell«, rief Sam dem Läufer nach, und fühlte

sich schon ganz heimisch, als er Will Avery nachsah. Will machte es nichts aus, dass Lauries Haus ganz oben auf einer Anhöhe lag, aber er wollte keine Energie vergeuden, indem er sprach. »Sparen Sie Kraft! Nehmen Sie ein Taxi!«, rief Sam, doch Will winkte nur und lief weiter, wie er es jeden Morgen tat, wenn er seine Runde durch Unity machte.

Als Sams Fahrgast zurückkehrte, äußerte er den Wunsch, eine Tour durch die Stadt zu machen. Er nieste mehrmals. »Verflucht«, sagte er, als sie die Anhöhe hinunterfuhren.

»Das sind die Pollen.« Sam spielte den Ortskundigen. »Der Flieder, die Gräser, die Blumen auf den Wiesen. Pollen, wo man hinschaut. Ich schätze mal, Sie sind ein waschechter Städter.«

Der Fahrgast beschrieb ein altes Haus, von dem er gehört hatte, das so ähnlich aussehe wie eine Hochzeitstorte, und Sam Dewey versicherte ihm, es sei kein Problem, dorthin zu fahren und es sich anzusehen. Ohne Adresse hatte Sam, der sich noch nicht wirklich auskannte in der Stadt, natürlich keine Ahnung, wo das Haus zu finden war, und so kurvte er eine Weile durch die Stadt und fragte sich dabei, wie viel er am Ende für die Tour berechnen konnte. Er hielt kurz vor dem Rathaus, rannte hinein und suchte hastig auf der Karte mit den Sehenswürdigkeiten in der Vorhalle. Cake House. Das älteste Gebäude der Stadt. Das musste es sein.

Sie fuhren an der alten Eiche vorbei, die jetzt von orangen Leuchtkegeln umgeben war, da die Äste an einer Seite gefährlich brüchig waren, die Lockhart entlang, bis man auf den Weg abbiegen musste, den manche Leute Dead Horse Lane nannten.

»Weiter geht's nicht«, sagte Sam Dewey. Von hier aus sah

man wenigstens schon die drei Schornsteine und einen Teil des Dachs. »Mein Wagen schafft solche Schlaglöcher nicht mehr. Schauen Sie sich das an!« Er wies auf ein Loch im Weg, in dem sich eine Pfütze gebildet hatte. In der Mitte lag etwas, das wie ein großer Stein aussah, in Wirklichkeit jedoch eine Schnappschildkröte war. »Ich würde mir die Achse brechen.«

Der Fahrgast zahlte und stieg aus. Er sagte Sam, dass er diesmal nicht zu warten brauche. Er ließ Sam Dewey in dem Glauben, er hätte sich im Gästehaus angemeldet, obwohl er dort nur die aktuelle Ausgabe der *Unity Tribune* von der Schwelle aufgehoben und in seinen Rucksack gesteckt hatte. Er wollte nicht wie ein Herumtreiber wirken, obwohl er dieser Tage nichts anderes war. Er ging gerne zu Fuß, sagte er dem neugierigen Taxifahrer, und das genügte, um den Mann zu verscheuchen. Der Fahrgast ging den Weg entlang, an der Pfütze vorbei. Dort war das weiße Haus, und es hatte viel Ähnlichkeit mit dem Modell, das er von dem Tisch im Flur der Wohnung unweit der Marlborough Street gestohlen hatte. Er erkannte die Veranda wieder, die Fenster mit den sonderbaren knubbligen Scheiben, die Lorbeerhecken, die einen so süßen Duft verströmten, dass die Bienen, die an den Blüten tranken, wie berauscht waren, lebendige Bienen, nicht ihre Abbilder aus Filz, die auf der künstlichen Lorbeerhecke klebten und ihre Flügel nicht bewegen konnten.

Eine Aussage entsprach der Wahrheit: Er war tatsächlich auf der Durchreise. Doch er brauchte einen Ort zum Ausruhen, und so verließ er den Weg und betrat den Wald. Er war keineswegs ein Städter, wie dieser dämliche Taxifahrer geglaubt hatte. Er war oben im Norden aufgewachsen, in New Hampshire, und dort hatte er auch gelebt, bis seine

Freundin ihm das Herz gebrochen hatte und nach Boston gezogen war. Nach einer Weile war er ihr gefolgt; er hatte sie zurückgewonnen, doch dann hatte sie ihn wieder abserviert. Zweimal, das war einmal zu viel für ihn.

Als er jetzt in den Wald trat, fühlte er sich wie zu Hause. Er ging weiter, bis er zu der Felsformation »Tisch und Stühle« kam; die vielfältigen Formen, von der Natur geschaffen, faszinierten ihn, und er holte die Zeitung aus dem Rucksack, die er Laurie Frost gestohlen hatte, und sein Mittagessen, ein Schinkensandwich, das ihm das Zimmermädchen in dem Motel in Medford gemacht hatte, wo er zuletzt übernachtete. Im Ausgleich für das Sandwich und kostenlose Unterkunft hatte er ihr das Modell von Cake House überlassen; er hatte es der vierjährigen Tochter des Zimmermädchens geschenkt, die sie immer mit zur Arbeit nehmen musste, weil sie sich keine Kinderbetreuung leisten konnte. Warum sollte er das auch nicht tun? Er brauchte das Modell nicht mehr; er hatte es sich genau eingeprägt, jeden Ziegel, jeden Stein, jedes Stück Glas.

Als er sein Mittagessen verspeist hatte, beseitigte er sorgfältig die Reste, um keine Spuren zu hinterlassen. Er hinterließ in den Wäldern immer alles so, wie er es vorgefunden hatte; er wollte, dass sie unberührt aussahen, als gäbe es keine Menschen. Er hielt sich gerne vom Treiben der Menschen fern. Das Glück war ihm hold, und er stieß auf den alten Waschschuppen, den Will vor so langer Zeit zerstört hatte. Doch der riesige Kamin stand noch, und in ihm konnte er sich verstecken. Er trat hinein und fühlte sich sofort geborgen. Er bemerkte, dass in der Wand ein Ziegelstein fehlte, steckte die Hand in die Lücke und zog ein kleines Bild heraus. Im Flur der Wohnung in Boston war ihm ein Foto aufgefallen. Das Haar des Mädchens war blond gewesen, doch dieses Mädchen hier war die Person, derer er sich entledigen wollte, da war er ganz sicher. Wenn er diese lästige Mitwisserin beseitigt hatte, die seine Tat sehen konnte, bevor er sie begangen hatte, gab es niemanden mehr, der ihn mit dem Verbrechen in Verbindung bringen konnte, obwohl seine Ex-Freundin ihr Ende verdient hatte, obwohl alle das bekamen, was ihnen zustand, obwohl er weiterhin seelenruhig schlief nach ihren letzten Worten: *Wie kannst du das tun? Wie konnte deine Liebe so enden?*

Der Knoten

I.

Es war ein wunderbarer Samstagmorgen, als es geschah, so hell, dass Will schon beim ersten Sonnenstrahl erwachte. Er drehte seine Runde früher als sonst, kurz nach fünf bereits, als die ganze Stadt noch schlief und nur die Vögel ihm Gesellschaft leisteten. Um halb sechs rumpelten die Müllwagen durch die Straßen und machten zuerst bei der Teestube halt, wo der neue Mitarbeiter die Abfalltonnen am Abend zuvor ordentlich aufgereiht hatte. Auch Liza war natürlich wach, buk Blaubeermuffins und schaute immer wieder aus dem Fenster, um Will nicht zu verpassen, der jeden Morgen hier vorbeilief und manchmal eine Zeitung auf der Treppe hinterließ, manchmal einen Strauß Veilchen in einem Pappbecher, manchmal einen Zettel, auf dem nur ein einziges Wort stand: *Du.*

Elinor Sparrow war um diese Uhrzeit immer schon wach. Sie wollte keine Zeit verschwenden, und sie hatte nur noch kurze unruhige Schlafphasen. Wenn es ihr gelang, ein paar Stunden zu schlafen, dann träumte sie von Schnee. Jenny, förmlich überflutet von den Träumen ihrer Mutter, hatte eine ganze Reihe von Schneebildern auf ihrem Frisiertisch und der Fensterbank aufgestellt. In den letzten Tagen hatte sie so viele Tuben Deckweiß verbraucht, dass Mavis Strickland von der Drogerie, in der es einen kleinen Bereich mit Künstlerbedarf gab, Jenny anriet, ihre Farben doch direkt beim Großhändler zu bestellen.

Doch Jenny brauchte nicht nur Weiß. Schnee konnte blau sein, war ihr aufgefallen, oder violett oder zartrosa. Er konnte ein unauslöschlicher Teil des eigenen Lebens sein: Ihre Liebe für Matt war wie ein Schneesturm, heftig, unvermittelt, atemberaubend. Stellas Haare waren gewiss wie Schnee auf den Boden von Lizas Badezimmer gesunken, als sie abgeschnitten wurden, in einem wilden Wirbel. Schnee war das Mehl in der Küche der Teestube, wenn es in eine Schüssel gesiebt wurde, oder das Waschpulver, wenn Jenny die Laken ihrer Mutter wusch; Schnee war auch der Milchreis, den Jenny auf einem Tablett nach oben trug, eines der wenigen Nahrungsmittel, das ihre Mutter noch bei sich behielt. Sterne hingen wie Schneeflocken am Nachthimmel. Schnee in den Stäubchen, die durch die Luft tanzten, wenn ein Sonnenstrahl durchs Fenster der Bibliothek fiel. Schnee im Knarzen des letzten toten Astes der alten Eiche an der Lockhart Ecke Main, ein gewaltiger, verrotteter Ast, an dem die hauchdünnen Blätter zitterten wie die Luft vor einem Sturm, vor der plötzlichen Stille, vor dem, was kommen musste. Schnee in den Blütenblättern der Pfirsichbäume, die plötzlich überall in der Stadt erblühten, weißrosa Blüteneis, dessen Duft den nahenden Sommer verhieß. Kein Wunder, dass es in manchen Sprachen so viele Wörter für Schnee gab, wie es auch endlos viele Ausdrücke für Liebe gab oder für Trauer oder für die unterschiedlichen Arten von Regen, wie Elinor sie erfunden hatte.

Es gab auch endlos viele Lügen, und Stella Sparrow Avery nahm erneut zu einer von ihnen Zuflucht. Eine letzte kleine Lüge, die keinem schaden würde. Die arme

Liza hatte tatsächlich Haferkekse und ein Glas Milch dabei, als sie in Stellas Zimmer kam, um mit ihr unter vier Augen zu sprechen. Als Stella Schritte auf der Treppe hörte, zog sie die Decke bis ans Kinn und hoffte, dass man sie in Ruhe lassen würde, aber Liza ließ sich nicht verscheuchen, und so lag Stella in ihrem Bett wie in einer Falle, als Liza sie nach ihren Gefühlen befragte. Hatte Stella etwas dagegen, dass Liza mit ihrem Vater zusammen war? Sollten sie lieber noch warten? Oder sollten sie gemeinsam zu einem Therapeuten nach North Arthur fahren und über ihre neuen Beziehungen sprechen?

»Ich habe kein Problem damit«, sagte Stella schnell. Es war keine Notlüge, eher eine liebevolle Flunkerei, die Liza schützen sollte. Nein, Stella war alles andere als glücklich darüber, dass ihre Eltern sich neue Partner gesucht hatten. Sollten die beiden nicht alt und vernünftig sein und das Wildsein ihr überlassen? Doch selbst wenn Stella Liza etwas übel nehmen wollte, wäre es ihr schwer gefallen; Liza war ein Mensch, dem man einfach nicht böse sein konnte. Aber man konnte sie belügen, und deshalb lächelte Stella und sagte Gute Nacht, bedankte sich für die Kekse und sah Liza nach, als sie hinausging und die Tür hinter sich zuzog.

Unterlassungslüge, Lüge eines jungen Mädchens, Gute-Nacht-Lüge, bevor ich aus dem Fenster klettere, ich werde euch alles erklären, falls ihr merkt, dass ich nicht in meinem Bett geschlafen habe, aber wenn ihr es nicht rauskriegt, braucht ihr es auch nicht zu wissen. Harmlose Lügen, weiß und rosafarben, dunkle Lügen, blau und schwarz. Stella traf sich nicht mit Jimmy, sondern mit Hap, und das keineswegs zum Vergnügen. Hap war sauer auf sie, ärgerlich; sie waren spät dran mit ihrem Naturkundeprojekt, weil Stella so viel Zeit mit Jimmy verbracht hatte. Tatsächlich hatten Jimmy und sie begonnen, sich nach dem Abendessen bei den Felsen »Tisch und Stühle« im Wald zu treffen, wo sie sich stundenlang küssten, obwohl Stella Wichtigeres zu tun gehabt hätte. Sie rief Jimmy spätabends zu einer verabredeten Zeit an, nur um seine Stimme zu hören. Er war wirklich schlecht in der Schule, er musste den Naturkundekurs zum dritten Mal wiederholen, doch jedes Mal wenn Stella ihn draußen auf der Straße stehen sah, mit Steinchen in der Hand, die er an ihr Fenster werfen wollte, und diesem verwirrten Ausdruck im Gesicht, als sei ihm selbst nicht begreiflich, was ihn hierher zog, da dachte Stella immer wieder, dass sie zufrieden wäre, wenn Jimmy Elliot der einzige Mensch auf der Welt wäre und sie tagein, tagaus nur sein Gesicht sehen würde.

Um Hap zu versöhnen, der durch ihre Nachlässigkeit den Naturkundekurs nun womöglich auch nicht bestand, hatte Stella sich einen Plan zurechtgelegt. Sie brauchten noch eine Gewässerprobe, etwas Besonderes, das die anderen nicht hatten, um ihre Verspätung zu begründen. Hap hatte den Hourglass Lake vorgeschlagen, dann hatte Stella gesagt, sie könnten doch am See übernachten und gleich am frühen Morgen ihre Probe nehmen. Mit ihrem Rucksack über der beschädigten und einem Schlafsack über der gesunden Schulter kletterte sie aus dem Fenster und hangelte sich an dem Spalier nach unten, an dem im Juni die Waldrebe blühen würde. Sie hatte auch sechs Erdnussbutter-Sandwiches dabei, mehrere Glaskolben und eine Taschenlampe. Hap, der an der Ecke bei der alten Eiche auf sie wartete, brachte ein Zelt mit, das nach dem feuchten Keller roch, in dem es fünfzehn Jahre gelegen hatte. Die Nachtluft war feucht und warm, und überall schlüpften die Stechmücken.

»Diese Geschichte von dem alten Pferd ist so ein Schwachsinn«, sagte Hap, als sie auf den Weg einbogen, auf dem das Pferd angeblich durchgegangen war und so Charles Hathaways Ende herbeiführte. »Aber ich habe gehört, wie ein paar Kinder auf dem Spielplatz hinter der Schule geschworen haben, es sei wahr.«

»Es ist totaler Schwachsinn«, pflichtete Stella ihm bei.

Sie lachten beide, als sie an ihr erstes Gespräch dachten, bei dem sie übereingekommen waren, was alles Schwachsinn sei.

»Keine Angst haben«, sagte Hap.

»Hab ich nicht vor«, erwiderte Stella.

Eines Abends beim Essen hatte Will seiner Tochter und Liza von jener Nacht erzählt, als er und sein Bruder als Jungen am See übernachteten, um zu sehen, ob das tote Pferd aus dem See auftauchen würde. Matt hatte geschlafen wie ein Murmeltier, hatte Will berichtet, wohingegen er kein Auge zutat und auf das dunkle Wasser starrte. *Charles Hathaway,* hatte er dem düsteren Gewässer mitgeteilt. *Ich fürchte mich nicht vor dir oder deinem Pferd.*

»Das haben die Leute erfunden«, sagte Stella, »weil sie sich früher vor allem und jedem gefürchtet haben.«

»So seh ich das auch.« Hap dachte an Früher, wie er tot auf der Wiese gelegen hatte, und an den Gesichtsausdruck seines Großvaters. Wenn Hap jetzt an der Wiese vorbeikam, auf der Früher so lange gestanden hatte, rannte er, weil ihm der Wind unheimlich war oder die Wolken oder die raschelnden Blätter. Er war in den letzten Monaten ein ganzes Stück gewachsen und überragte Stella um einiges. Er hatte gedacht, dass sie ihm mit ihren kurzen gefärbten Haaren fremd sein würde, doch sie war immer noch die Gleiche wie zuvor.

»Manchmal, wenn man sich seines besten Merkmals entledigt, stellt man fest, dass es gar nicht so toll war. Manchmal merkt man, dass das Beste an einem eigentlich ganz was anderes ist.«

Stella starrte ihn verdutzt an. »Hast du mit Juliet geredet?«

»Juliet?«, sagte Hap. Tatsächlich redete er fast täglich mit ihr, spätabends, wenn alle anderen schon schliefen und die Welt nur noch aus zweierlei bestand: der Dunkelheit und Juliets Stimme. Sie hatten nicht beabsichtigt, ihre Gespräche vor Stella geheim zu halten, doch genau das war passiert. Jetzt war Hap verlegen, obwohl er nicht genau wusste, weshalb. Er war froh, dass er nicht gleich antworten konnte, denn sie mussten jetzt aufpassen, dass sie auf dem Weg nicht stolperten.

Die Luft roch nach feuchtem Waldboden und Schlamm und Veilchen. Der Mond nahm ab, es war die Zeit des Milchmonds, in der man früher die Pflanzen setzte. Sie hatten ihr Lager am anderen Ufer des Hourglass Lake aufgeschlagen. Von dort aus sah man, weshalb der See nach einer Sanduhr benannt worden war: In der Mitte, an der tiefsten Stelle wurden beide Ufer so schmal, dass bestenfalls zwei solche Ruderboote dort Platz fanden, wie sie im hohen Schilfgras verborgen lagen. Hap war über eines der Boote gestolpert und hatte es daraufhin in Augenschein genommen. Seit Jahrzehnten war niemand mehr mit diesen Booten unterwegs gewesen, nicht mehr, seit Jenny mit ihrem Vater zum Angeln auf den See fuhr, er sie »kleine Perle« nannte und ihr beibrachte, dass es wichtiger war, ganz still zu sitzen, als viele Fische zu angeln.

»Wir fahren raus zum tiefsten Punkt«, sagte Stella. »Wir holen unsere Probe von einer Stelle, an der noch keiner vor uns war. Das wird Mr. Grillo so beeindrucken, dass er uns die Verspätung nachsieht.«

»Wir sind schon zwei Wochen zu spät dran, Stella. Ich dachte, wir wollten das morgen früh machen.« Hap hielt zwei Paddel in der Hand, die er gefunden hatte. Sie waren ein wenig angefault und von Mäusen angeknabbert, aber noch benutzbar. Dennoch hatte er nicht die Absicht, eine Nachtangeltour zu unternehmen. Es war finster, trotz des Milchmonds. Und man sollte schließlich auch das tote Pferd nicht außer Acht lassen, das, vor dem er sich nicht fürchtete.

Stella zerrte eines der Boote aus dem Schilf hervor. »Kleine Perle« stand an der Seite. »Ich frage mich, wer wohl ›Kleine Perle‹ war.«

Stella konnte natürlich nicht ahnen, dass ihre Mutter als Mädchen gerne mit ihrem Vater zum Angeln auf den See gefahren war und dass sie einmal zweiundneunzig Seerosen gezählt hatte. Die Ochsenfrösche quakten, und das Wasser gluckerte leise, als Stella das Boot ans Ufer zog und hineinkletterte.

»Komm doch«, forderte sie Hap auf, der nun unbeholfen ins Boot stieg und die Glaskolben an sich drückte; *Kleine Perle* geriet ins Schwanken durch die Bewegung, und Stella lachte über ihren Freund.

Das Schilfrohr war hoch und sah aus wie Federn in der Nacht, wie Rebecca Sparrows Haare, als man sie ihr abschnitt. Sie ließen das Boot treiben und entdeckten das Tortenhaus, als sie zur Mitte des Sees kamen. In der Küche brannte Licht. Jemand konnte nicht schlafen; wahrscheinlich ging es Elinor nicht gut, und jemand kochte ihr Tee. Dennoch waren Stella und Hap sicher, dass man sie nicht bemerken würde. Sie hatten beide das Gefühl, dass ihre

Freundschaft dabei war, sich zu verändern; sie würde sich nicht auflösen, aber eine andere Form annehmen. Das war schon durch Jimmy Elliot geschehen, und nun schien Juliet hinzugekommen zu sein. Stella war nicht dumm; sie spürte, dass ihre beiden besten Freunde sich näher kamen und dabei ein Stück von ihr entfernten. Es gab nun andere Menschen zwischen Stella und Hap, die ihnen vielleicht nicht mehr bedeuteten, ihnen aber auf eine andere Art sehr wichtig waren.

Vielleicht saßen sie deshalb zusammen in diesem Boot und steuerten auf die Mitte des Sees zu, wo viele Seerosen von ihren Paddeln untergepflügt wurden. Bald würden sich die gelben Blüten öffnen, doch jetzt, im Dunkeln, sahen sie mit ihren grünschwarzen ledrigen Blättern aus wie Frösche.

Sie hörten ein Platschen, und Stella erstarrte. Durch das Geräusch wurde ihr plötzlich bewusst, dass sie um diese Uhrzeit hier draußen nichts zu suchen hatten.

»Ochsenfrosch«, raunte Hap.

Stella lehnte sich erleichtert zurück und blickte zu den zahllosen Sternen am Himmel. »Blinke, blinke, kleiner Stern«, flüsterte sie. Sie musste unversehens an Jimmy Elliot denken.

Ein Ochsenfrosch sprang von einem Blatt zum anderen und schreckte sie auf.

»Herrje«, sagte Hap.

Das Boot schaukelte, und sie hielten sich an beiden Seiten fest und lachten.

»Jeremiah.« Stella musste an ein altes Lied denken, das ihr Vater gerne gespielt hatte. Die Vorstellung, dass ein Ochsenfrosch Jeremiah heißen konnte, brachte sie erneut zum Lachen, aber sie versuchten, es zu unterdrücken, damit keiner sie hörte. Sie konzentrierten sich vollständig darauf, keine Laute zu erzeugen, und hörten nur das erstickte Glucksen des anderen. Sie nahmen keine anderen Geräusche wahr, bis das zweite Boot, das *Seepferdchen*, das am Ufer gelegen hatte, mit ihnen zusammenstieß. Stella packte der Zorn, weil sie dachte, Jimmy sei ihr gefolgt, doch Jimmy hatte Steinchen an ihr Fenster geworfen und war gerade enttäuscht auf dem Weg nach Hause.

Stella dachte noch einmal *Seepferdchen*, und dann verwandelte sich ihr Zorn in etwas anderes. Sie teilte das Wort in zwei und hatte plötzlich nur noch eine einzige entsetzliche Silbe im Kopf.

Als das andere Boot mit ihnen zusammenstieß, fegte ein Paddel durch die Dunkelheit. Hap stürzte schneller ins Wasser, als ein Frosch springen konnte. Gerade eben hatte er sich noch aus dem Boot hinausgebeugt, um einen Glaskolben zu füllen, und dabei versucht, nicht über den Ochsenfrosch zu lachen, und im nächsten Augenblick war er spurlos in der Dunkelheit verschwunden.

Stella wurde von dem Paddel getroffen, als sie sich umdrehte, um nach Hap Ausschau zu halten. Es traf sie genau zwischen den Schulterblättern, dem empfindlichsten Teil ihres Körpers, wo bei der Geburt Knochen gebrochen waren. Als der Schmerz sie durchfuhr, duckte sie sich instinktiv weg von dem Ding, das sie getroffen hatte. Sie wäre vielleicht auch ins Wasser gefallen, wenn sich nicht das Armband, das Geschenk ihres Vaters, an einer Schraube vom Sitz der *Kleinen Perle* verfangen hätte. Stella riss daran, bis ihre Hand frei war; das Armband sank lautlos ins Wasser, als sei es am Stück verschlungen worden.

Stella konnte nicht klar denken; sie kam jedenfalls nicht auf die Idee, dass jemand sie zu verletzen versuchte. Sie mussten von einem Ast getroffen worden sein, irgendeinem Hindernis, das sie in der Dunkelheit übersehen hatten. Stella konnte nur an Hap denken. Sie stand auf, worauf das Boot ins Schwanken geriet, und schrie in die Nacht hinaus. Ihr Schrei flog über den See und den Rasen, durchs Fenster der Küche, in der ihre Mutter eine Kanne Kamillentee aufbrühte, zur Lockhart Avenue hinüber, wo Jimmy einen Haufen trockener Eichenblätter mit dem Fuß zusammengeschoben hatte und ihn nun anzündete, um seine Wut über sich selbst und seine blinden sinnlosen Aktionen loszuwerden.

Jenny Sparrow war den größten Teil der Nacht auf den Beinen gewesen, denn ihre Mutter hatte Fieber. Zuerst hatte Jenny geglaubt, sie habe die Frühjahrsgrippe, doch Dr. Stewart hatte ihr versichert, dass dem nicht so war. Es war der Beginn ihres Niedergangs, nur so konnte er ihren Zustand umschreiben, und man sollte es ihr mit Decken und heißem Tee so erträglich wie möglich machen. Man bekam von diesem Fieber entsetzlichen Schüttelfrost, doch Dr. Stewart ließ unerwähnt, dass Tee und Decken an dem Zustand nichts ändern würden. Die Kälte kam von innen: Elinors Blut war so dünn, dass es schien, als würden sich Eiskristalle darin bilden. Brock Stewart verschwieg Jenny Sparrow, dass er schon Patienten betreut hatte, deren letzte Atemzüge aus Eis bestanden hatten, sodass ihre Lippen im Augenblick des Todes blau waren und die Kristalle, die ihre Seele in sich trugen, in der warmen Luft schmolzen.

Jenny stellte gerade die Teekanne und Tassen auf ein Tablett, als sie den Schrei hörte. Sie trug ein T-Shirt und eine Jogginghose und war barfuß, doch sie rannte sofort los. Jede Mutter erkennt den Schrei ihres Kindes, und Jenny war keine Ausnahme. Sie hörte, wie die Fliegengittertür hinter ihr zufiel, konnte sich aber nicht erinnern, sie geöffnet zu haben. Sie hörte die Ochsenfrösche im See, spürte aber das Gras unter den Füßen nicht. In Elinors Schlafzimmer begann Argus zu bellen, und seine Herrin nahm seine Laute in ihren Träumen wahr. Inzwischen war Jenny über den Rasen gerannt, wo Will und Matt gestanden und zu ihrem Fenster aufgeblickt hatten; sie war schon auf der Zufahrt, die so tiefe Schlaglöcher hatte, dass jeder stolpern musste, der sie nicht kannte. Jenny sah die beiden Boote wie schwimmende Särge auf dem dunklen See treiben. Sie sah Stellas Silhouette, die sich aus dem Boot beugte und dann verschwand, als Stella sich ins Wasser gleiten ließ, um nach Hap zu suchen. Gleichzeitig hörte Jenny den Ruf eines Jungen auf dem Weg – Jimmy Elliot, der wie ein Besessener in dieselbe Richtung wie Jenny rannte und Stellas Namen schrie, über hohes Unkraut hinwegflitzte, über Brennnesseln und Zehrwurz, über Waldveilchen und Pfeilkraut, das mit spitzen Blättern nach seinen Beinen griff.

Der Mann in einem der beiden Boote stand aufrecht. Er sah Jimmy heranrasen und war sofort überzeugt davon, dass es sich um einen Dämon handelte. Der Mann war Stella und Hap im *Seepferdchen* gefolgt, dem Boot, von dem Jennys Vater immer gesagt hatte, es sei das unberechenbare von den beiden, es sei schwerer zu steuern und würde leichter kentern. Der Mann, der kein gewöhnlicher Reisender war, sprang über Bord und war dankbar für das dunkle Wasser. Er musste flüchten, bevor ihn der Dämon erwischte, auch wenn es ihm nicht gelungen war, das Mädchen zu beseitigen. Ziel nicht erreicht. Er verfluchte sich und den Dämon, der durchs hohe Gras rannte, und jeden Menschen, den er jemals gekannt hatte. Wenn er ein besserer

Schwimmer gewesen wäre, hätte er noch versucht, das Mädchen zu erwischen, doch so konnte er froh sein, wenn es ihm gelang zu fliehen, bevor Jimmy Elliot das Ufer erreichte.

Im Haus hatte Elinor nach dem Telefon gegriffen. Wenn sie die Eins drückte, wurde sie automatisch mit Brock Stewart verbunden. Der Arzt war es gewöhnt, dass Elinor zu den unmöglichsten Zeiten anrief, und er behauptete ohnehin immer, dass er mit dem Telefon auf dem Kopfkissen schlief. Was offenbar auch so war, denn er nahm nach dem ersten Klingeln ab und versicherte Elinor, dass er gleich die Polizei und einen Krankenwagen verständigen werde. Elinor wollte selbst sehen, was da geschah. Als es ihr gelungen war, aufzustehen, hatte Jenny schon die schmale Stelle des Sees erreicht, und sprang kopfüber ins Wasser. Stella war schwer zu erkennen; sie trat Wasser und zitterte heftig, während sie nach Hap tastete. Sie weinte und schlug verzweifelt mit den Händen aufs Wasser. Jenny zog sie zum Boot hinüber.

»Bleib hier«, sagte sie zu ihrer Tochter, und ausnahmsweise tat Stella, wie ihr geheißen. »Ich hole ihn.«

Am Ufer zog Jimmy Elliot seine Stiefel und sein Hemd aus. Er sah Stella nicht, die weinend an der anderen Seite der *Kleinen Perle* hing, aber er sprang dennoch ins Wasser. Er war ein schlechter Schwimmer, aber er erreichte das Boot. Er half Stella, ins Boot zu klettern, dann hielt er Ausschau nach Jenny und spuckte Wasser aus, das nach Fröschen schmeckte.

Jenny war unter Wasser, und als sie keuchend auftauchte, hatte sie Sand und Schlamm im Mund.

»Bleib bei Stella und dem Boot«, befahl sie Jimmy. In diesem Augenblick hatte sie keine Ahnung, wer er war. Ein dunkelhaariger Junge, der ängstlich aussah, als er sie erblickte. Doch er blieb hier und gab auf Stella Acht, und Jenny tauchte wieder nach unten. Das Mondlicht sank mit ihr ins Wasser; es schimmerte in silbrigen Wellen, dann verschwand es, und sie war umgeben von pechschwarzem Wasser. Jenny spürte etwas Dürres, ein Bein vielleicht oder die Knochen des alten Pferds oder die Überreste von Rebecca Sparrow. Doch es waren nur Wurzeln von Seerosen, ineinander verschlungen. Jenny bekam etwas Schweres zu fassen; sie glaubte, Hap gefunden zu haben, doch als sie es zur Oberfläche brachte, war es nur ein Stiefel, den sie rasch wegwarf, bevor sie ein drittes Mal abtauchte.

Stella beugte sich über den Rand von *Kleine Perle,* und Jimmy, der sich am Boot festhielt, umfasste ihre kalte Hand. Er fühlte sich sonderbar erhitzt, obwohl das Wasser eiskalt war. Er fühlte sich lebendig. »Sie wird ihn finden«, sagte Jimmy. »Deine Mutter ist eine gute Schwimmerin.«

Stella vollendete im Stillen den Wunsch, den sie begonnen hatte, als sie auf den See hinausfuhren. Als Rebecca Sparrow ertränkt wurde, war alles weiß gewesen, blendend weiß. Weißes Sonnenlicht, weiße Eisflächen, Schnee, der vom Himmel fiel wie Sterne. Nur das Wasser war so dunkel gewesen wie jetzt; es zog Rebecca in die Tiefe, umschlang sie wie ein Laken, Algen griffen nach ihr, und die seidenglatten Ranken der Seerosen umschlangen ihre Beine, ihre Handgelenke, ihre Hüften.

Elinor stand in ihrem Zimmer am Fenster. Ein heftiger Wind erhob sich aus dem Nichts und schüttelte Blätter von den Bäumen. Elinor sah ihre Enkelin in dem Boot auf dem See, doch sie konnte Jenny nirgendwo entdecken. Unvermittelt fragte sie sich, was in aller Welt sie all diese Jahre getan hatte, warum sie eine Rose gebraucht hatte, die niemals blühen würde, warum sie die Jahre ins Land gehen ließ, ohne Jenny zu sehen, warum sie sich gegenüber allen und jedem verschlossen hatte. Die Liebe konnte das manchen Menschen antun, und sie wussten nicht einmal, was sie alles versäumten; sie verharrten einfach an jenem Ort, an dem die Liebe sie sitzen gelassen hatte, während die Welt sich weiterdrehte.

Im Wasser wurde Jenny von etwas in die Tiefe gezogen; von ihrem eigenen Gewicht vielleicht oder der Geschwindigkeit, mit der sie hinabtauchte. Zuerst hielt sie es für ein Stück Holz, weil sie im Dunkeln nichts erkennen konnte, doch sie hielt ihren Fund fest umklammert. Sie zweifelte jetzt daran, ob sie jemals wieder nach oben kommen würde. Sie hatte keine Luft mehr in der Lunge, doch sie sah das Mondlicht und die Wasseroberfläche und die Silhouette von Jimmy Elliot, der nach ihr griff, als sie Hap Stewart hinter sich herzerrte, diesen Jungen fest umklammert hielt, der am Leben bleiben sollte, auch wenn er einen schlimmen Schlag abbekommen hatte und ein Teil seines Rückgrats zertrümmert war. Sie hievten Hap ins Boot, wo Stella ihn wiederbelebte; sie hielt erst inne, als er die Augen aufschlug, als er die Sterne am Himmel nicht mehr durch das schwarze Wasser erblickte, sondern aus einem Boot, das hin und her schaukelte, während Krankenwagen und Feuerwehr so schnell die Lockhart Avenue entlangrasten, dass man die Reifenspuren noch bis in den Oktober erkennen konnte. Auch später schienen sich auf beiden Seiten der Lockhart Avenue weiße Streifen abzuzeichnen, und manche Leute traten auf die Bremse, wenn sie von der East Main Street abbogen, und fuhren langsamer, um sich vor Augen zu halten, wie gut es ihnen doch ging.

Was war eine Sirene schon außer einer Nachricht für die

Nachbarn, ein Hinweis darauf, dass irgendwo die Trauer nahte, wie sie es jeden Tag, jeden Abend irgendwo tat. Irgendjemanden traf es immer, und an diesem Abend war es Hap; an diesem Abend, an dem der Wind so schneidend wurde, als hätte es den strahlenden Tag nie gegeben. Nass und schlammverklebt rannte jener Mann die Straße entlang, der seine Ex-Freundin in Brighton ermordet hatte, der Hap den Schlag mit dem Paddel versetzt hatte, obwohl er Stella treffen wollte. Stella, die schlauer gewesen war, als ihr gut tat, wie seine Ex-Freundin. Wenn Stella und ihr Vater nicht diesen Wirbel verursacht hätten, hätte keiner die junge Frau vermisst. Sie hatte keine Verwandten und nur wenige Freunde; sie wäre längst vergessen. Doch stattdessen bewahrten die Leute ihr Andenken. An der Straßenecke, an der sie gewohnt hatte, legten Nachbarn nun Kränze aus Lilien und Efeu ab, als sei sie eine bedeutende Persönlichkeit gewesen. Man hatte einen Fonds eingerichtet und Geld für ein Grab und einen Grabstein gesammelt. Erst letzte Woche hatte die University of Massachusetts, an der sie Seminare besucht hatte, um einen Abschluss zu machen, ein Stipendium nach ihr benannt. Alles, weil sie diesem verdammten Mädchen in dem Restaurant aufgefallen war. Alles, weil die Leute meinten, da sie ermordet worden war, gäbe ihr Leben eine Geschichte ab, eine bedeutungslose Geschichte, fand der Mann, eine Frauengeschichte, die keinen Anfang hatte, nur ein Ende. Sie war nicht wichtiger gewesen als die Biene, die jetzt neben ihm herschwirrte und die der Mann mit einem Schlag verscheuchen wollte, als er die Lockhart Avenue entlanglief.

»Fahr zur Hölle«, sagte er zu der Biene und zu Stella und zu der Frau, die er zu lieben glaubte und die für dieses ganze Chaos verantwortlich war, weil sie ihn abgewiesen hatte. Sie alle waren daran schuld, vor allem diese Biene, denn das verdammte Vieh ließ ihn nicht in Frieden. Wenn er sich nicht vorsah, würde er nur noch dieses Summen hören, und dann wäre er übel dran, dann würde er blindlings drauflos laufen.

Notarztwagen aus North Arthur fuhren an ihm vorüber, aber er rannte weiter, noch schneller, denn hinter ihm sammelten sich immer mehr Bienen. Sie rochen süß, Blütenstaub von Lorbeer und roten Klee haftete an ihnen, doch sie klangen Furcht erregend. Binnen kurzem schwirrten hundert, dann zweihundert Bienen und schließlich ein ganzer Schwarm hinter ihm her, so schnell wie er. Er konnte ihnen nicht entkommen, doch er bildete es sich ein, ebenso wie er geglaubt hatte, dass die Frau, die er in Brighton getötet hatte, keine Erinnerung wert sei. Er wusste nicht, dass Bienen sich in abgestorbenen Bäumen am wohlsten fühlen; wenn sie trockenes Kernholz entdeckten, kehrten sie stets dorthin zurück, denn diese alten Äste waren innen so weich wie Knochenmark.

Der rennende Mann kannte sich in der Stadt nicht aus; er hatte keine Ahnung, auf was er zulief. Will Avery dagegen machte immer einen Bogen um die alte Eiche, da ihn ein einziger Stich umbringen konnte. Und Matt Avery wusste so viel über Bienen, dass er sich wohl fühlte in ihrer Nähe, wenn sie ausschwärmten. Matt wusste, dass Bienen Wert legen auf Ordnung und dass sprunghaftes oder ungehobeltes Benehmen sie in Erregung versetzte. Das wünschte sich wahrlich niemand, von einem Schwarm wütender Bienen verfolgt zu werden, doch genau das widerfuhr nun dem Mann, der nicht schnell genug rennen konnte.

Jimmy Elliot hatte geholfen, das Boot ans Ufer zu ziehen. Er war der Gestalt nachgerast, die er wahrgenommen hatte, musste aber auf halber Strecke anhalten. Keuchend stand er an der Dead Horse Lane und versuchte wieder zu Atem zu kommen. Er schwor sich, das Rauchen aufzugeben. Er gelobte sich überhaupt so einiges, als er tropfnass und ganz krank vor Sorge und Liebe das Ufer erreichte. Er war der Einzige, der die Gestalt weglaufen sah. Der Mann war nur ein Schatten gewesen, ein flüchtiger Eindruck, aber Jimmy wusste, wie leicht man in der Dunkelheit verschwinden konnte; er war in mehrere Häuser eingebrochen, und obwohl er das nicht mehr machte, seit man ihn erwischt und zu Gemeindedienst verdonnert hatte, erinnerte er sich noch an das Gefühl. Nur weil die Leute die Schatten nicht sahen, hieß das noch lange nicht, dass sie nicht da waren.

Es war ein Schatten, den die Bienen verfolgten und der sich zwischen Brennnesseln gehechtet hatte, als Dr. Stewarts alter Wagen vorbeiratterte. Dieser Schattenmann, übersät mit Pusteln von den Nesseln, rannte aus Leibeskräften, doch ohne ein bestimmtes Ziel; den Gleisen nach Boston wollte er folgen, dann würde er nachdenken und sich neue Pläne zurechtlegen. Plötzlich glaubte er, an der Ecke einen Elefanten zu sehen, der graubraun vor ihm aufragte und drohend brüllte. Der Mann, der vor Mord nicht zurückscheute, der auch ein zweites Mal getötet hätte, blieb wie angewurzelt stehen. Sein Atem fühlte sich glühend heiß an in seinem kalten schlammbedeckten Körper. Es musste sich um eine Sinnestäuschung handeln. Der Rüssel des Elefanten schlug aus. Als der letzte leblose Teil der Eiche abbrach, tropfte Honig herab; die Bienen kreisten um ihn wie eine Wolke, als jeder Knochen im Leib des Mannes splitterte, als alles, was er einmal gewesen war, sich auflöste in der warmen dunklen Nacht.

Sie brachten Hap Stewart ins Krankenhaus nach Hamilton, und von dort aus wurde er mit dem Helikopter zur Notoperation nach Boston geflogen. Stella und Dr. Stewart fuhren mit dem Wagen nach Boston. Sie sprachen unterwegs kein Wort, aber das war auch nicht nötig. Dr. Stewart raste mit 130 über den I95, und Stella wünschte, er könnte noch schneller fahren. Sie nahmen sich kein Motelzimmer; sie brauchten keines. Stella trug noch immer ihre nassen Sachen und darüber Jimmy Elliots schief zugeknöpftes Hemd. Sie hatte Wasser und Algen und Frösche in den Stiefeln, und ihre Haare standen hoch wie Federn. Das alles war ihr einerlei, auch das quietschende Geräusch, das sie beim Gehen verursachte, und die dunklen Wasserflecken, die sie überall in der Eingangshalle des Krankenhauses hinterließ. Sie beschlossen, sich im Warteraum niederzulassen, wo Dr. Stewart einschlief, als es zu dämmern begann. Stella dagegen musste etwas von Sarah Sparrow geerbt haben, denn wie Sarah gelang es ihr, die ganze Nacht wach zu bleiben. Niemand hätte vermutet, dass sie kein bisschen geschlafen hatte. Niemand hätte vermutet, wie inständig sie sich etwas wünschen konnte.

Die Operation dauerte elf Stunden, und Stella dachte die ganze Zeit an Haps Gesicht, an seine funkelnden Augen, sein Lachen, bevor das Ruder ihn traf. Als Stella den Chirurgen auf sie zukommen sah, weckte sie Dr. Stewart, der blinzelte in dem grellen Neonlicht, während der Arzt ihnen die gute Nachricht mitteilte. Manch einer hätte ein halbes bis ganzes Jahr Reha nicht als gute Nachricht empfunden, doch Stella und Dr. Stewart waren zutiefst erleichtert. Eines von Haps Beinen würde kürzer sein als das andere, und er würde vermutlich den Rest seines Lebens hinken, doch auch das war eine gute Nachricht für die beiden.

Dr. Stewart hatte sich die ganze Zeit auf das Schlimmste vorbereitet, und als der Chirurg sich verabschiedete, sank Brock geschwächt auf einen der Plastikstühle und weinte, wie es auch manchmal bei seinen Hausbesuchen vorkam. Dr. Stewarts Sohn David war geschäftlich unterwegs gewesen und kam jetzt direkt vom Flughafen, zutiefst verstört, denn seit dem Tod seiner Frau hatte er das Reich der Trauer gemieden. Jetzt sank er seinem Vater in die Arme.

»Er ist immer noch unser Hap. Sechs Monate Reha im Hamilton Hospital. Und mach dich auf was gefasst, wenn du ihn siehst – er hat eine Metallhalterung am Kopf.«

»Großer Gott«, sagte David. »Ich war in Baltimore.« Das Mädchen mit den dunklen Haar, das bei ihnen saß, kam ihm entfernt bekannt vor. »Ist das Jenny Sparrow?«, fragte Haps Vater erstaunt, denn er war mit Jenny zur Schule gegangen und wusste, dass sie so alt sein musste wie er. Uralt, wie er sich im Augenblick fühlte. Ausgebrannt und nutzlos und gute hundert Jahre älter als das Mädchen auf der Bank.

»Ihre Tochter«, sagte der Arzt. »Elinors Enkelin.«

»Hat er das Genick gebrochen?«

»Zum Glück nicht. Aber fast so schlimm. Eine Rückgratverletzung.« Der Arzt ließ unerwähnt, dass Hap gelähmt gewesen wäre, wenn ihn das Ruder einen halben Zentimeter weiter links oder weiter rechts getroffen hätte. »Das Metallding wird ihn wahnsinnig machen.«

Stella hatte bereits beschlossen, dass es keine Rolle spielte, wenn Hap nicht mehr so groß war; es war einerlei, ob er schief ging oder hinkte, das Beste an ihm war immer noch da. Sie entschuldigte sich bei den beiden und rief von einem öffentlichen Telefon Juliet Aronson an. Juliet hatte seit dem Tod ihres Vaters kein Krankenhaus mehr betreten, sie konnte es nicht ertragen, doch als Stella ihr die Lage schilderte, stieg sie in ein Taxi und war in knapp zwanzig Minuten da. Als Juliet im Flur auf sie zurannte, erkannte Stella ihre Freundin kaum. Sie war ungeschminkt, trug ein Nachthemd unter dem Regenmantel und hatte Gummisandalen an den Füßen. So erschien die Liebe, barfuß, verstört, angstvoll, benommen und völlig desinteressiert an der Meinung anderer.

»Gott, du siehst ja schlimm aus«, sagte Stella, als sie mit Juliet den Flur entlangging.

»Du noch schlimmer.« Juliet gab ein gequältes Lachen von sich.

Stella nahm ihre Freundin in die Arme; sie hielten sich einen Moment fest, dann löste sich Juliet.

»Du bist ja klatschnass.«

»An seinem Kopf ist so ein Ding befestigt. Eine Metallhalterung, die direkt in den Schädel geschraubt wurde. Er hat eine Rückgratverletzung.«

Juliets Gesicht war angespannt, doch sie sah ungeschminkt sehr hübsch aus; ohne ihre Aufmachung schien sie kaum älter als Stella. »Ist mir egal, was er hat, Hauptsache, er hat noch seine Aufrichtigkeit«, sagte sie. »Das ist sowieso das Beste an ihm.«

Im Aufwachraum ging Hap Stewarts Atem langsam, er war noch umfangen vom Halbschlaf der Narkose, die erst ganz langsam nachließ. Es kam ihm vor, als treibe er in einem Boot auf schwarzem Wasser. Es kam ihm vor, als sei er von Stechmücken umgeben und höre das stetige Summen von Bienen. Es kam ihm vor, als beuge sich ein schönes Mädchen zu ihm herab und flüstere *Ich werde immer da sein.* Zu ihr gehörte die Stimme vom Telefon, die Stimme der Person, die ihn kannte wie niemand anderer, Juliet

Aronson. Er lächelte, weil sie da war. Ein Tag beginnt ganz gewöhnlich und endet, wie niemand es ahnen konnte, mit Metallhalterungen am Kopf, mit wahrer Liebe, mit Bienen, mit wirbelnden Sternen unter weißem Licht, mit Glück, das man sich niemals zu erhoffen gewagt hat. Einen klaren Augenblick lang wusste Hap Stewart genau, wer er war, und das ist mehr, als die meisten Menschen von sich behaupten können. Bevor er wieder in den tiefen Schlaf des Morphiums sank, sagte er laut *Glück*, als sei dies eine Wort sein Gebet und seine Schutzformel, die er jeden einzelnen Tag seines Lebens wiederholen wollte.

II.

»Sie hat aufgehört, von Schnee zu träumen.«

Matt arbeitete in den Sümpfen, und Jenny brachte ihm sein Mittagessen. Sie musste nun nicht mehr tubenweise Deckweiß kaufen, seit sich die Träume ihrer Mutter verändert hatten.

»Wovon träumt sie jetzt?«, fragte Matt.

»Ich glaube, von ihrem Leben. Mir bleibt nichts anderes übrig, als sie kennen zu lernen.«

Sie waren nur wenige Meter von der Stelle entfernt, an der Constance Sparrow auf ihren Mann wartete, wenn er auf See war. Constance konnte fast zwanzig Minuten unter Wasser bleiben; man holte sie häufig, um nach ertrunkenen Seeleuten zu suchen, und sie hoffte jedes Mal, dass sie nicht nach ihrem eigenen Mann Ausschau halten musste. Sie stellte eine Laterne als Leuchtfeuer auf für die Männer auf See; später errichtete man auf diesen schwarzen Klippen den Leuchtturm von Unity. Unweit von hier war auch die *Good Duck* auf Grund gelaufen, viele Jahre zuvor, als die Sümpfe noch ein Hafen waren, und vielleicht wuchsen deshalb nun Hunderte von Pfirsichbäumen im Schilf. Vielleicht hatten das aber auch liebende Frauen bewirkt, die Pfirsichsteine an einer Kette um den Hals trugen und hierher kamen, um eine letzte Bitte auszusprechen.

Matt jedenfalls hatte von der Stadtverwaltung den Auftrag bekommen, die Schösslinge zu fällen, die Jahr für Jahr im Frühling am Bootshaus sprossen und den Leuten den Zugang zu ihren Booten erschwerten. Matt hatte seine Magisterprüfung gemacht und die Stelle an der Uni angenommen. Im Herbst würde ein anderer die abgebrochenen Äste bei den Elliots wegräumen und die Blätter im Stadtpark in Säcke stopfen müssen. Ein anderer würde im kommenden Winter den Schneepflug fahren und im April den Blütenstaub der Kiefern von den Gehwegen am Rathaus und der Bibliothek wegspritzen müssen. Doch um diese Zeit des Jahres gab es immer Arbeit für zwei; im nächsten Mai, während der Semesterferien, würde Matt wieder am Bootshaus die Pfirsichbaumschösslinge fällen und so angestrengt schuften, dass er nur seinen eigenen Atem hörte, in einem stetigen Rhythmus.

Jenny nahm ihre letzten Bilder aus dem Picknickkorb und legte sie ins Gras. Ein Mädchen mit schwarzem Haar. Ein Garten, in dem alles grün war bis auf eine einzige azurblaue Blüte, blau wie Hortensien, wie der Himmel, wie das Wasser, als die Sümpfe noch ein Flussarm gewesen waren, in dem Pfirsichschösslinge für Boston dahintrieben. In der Nacht zuvor hatte Jenny einen Traum gehabt, der aus einem eigenartigen Muster aus roten und blauen Linien bestand, einem Spinnennetz nicht unähnlich. Erst als sie den Traum malte, sah sie, dass es sich um ein menschliches

Herz handelte. Das Leben ihrer Mutter in Farbe, in scharlachrot und indigoblau. Jetzt, in den Sümpfen, legte sich Jenny neben Matt ins Gras. Ihr eigenes Herz schlug lächerlich heftig, wenn sie sich in seiner Nähe aufhielt. So war die Liebe, wie ein Traum, den man nicht ganz verstand, ein Traum, dessen Bilder man sich nicht deuten konnte, bis man sie dicht vor Augen hatte.

Die Liebe kam aus dem Hinterhalt, wo sie Tage oder Jahre gewartet hat. Sie war der rote Faden, der Pfirsichstein, der Kuss, die Vergebung. Sie nahm die Verfolgung auf, und sie flüchtete, sie war unsichtbar, sie war alles, auch für einen Menschen, dessen Leben zu Ende ging, wie Elinor Sparrow. Je mehr Elinor schlief, desto mehr träumte sie, doch sie stand noch in Verbindung mit dieser Welt. Es war zu spät für Medikamente, für Eingriffe, für Hoffnung, doch es war nicht zu spät, ein paar Dinge weiterzugeben. Ihrer Tochter schenkte sie die Träume ihrer Jugend. Ihrer Enkelin schenkte sie Rebeccas Glocke, damit sie niemals verstummen musste.

Manchmal saß Stella am Bett ihrer Großmutter und hielt ihre Hand, und das war Elinor Sparrows einzige Bindung an diese Welt: der Faden, der sie zurückzog. Manchmal brachte Jenny ihr Wasser oder Tee, und das war die einzige Bindung: die Nadel, durch die der Faden lief. Manchmal trug Brock Stewart sie in den Garten, damit sie die Sonne fühlen konnte, und das war die einzige Bindung, die sie an diese Welt hatte, das Tuch, das sie umfing und aufrecht hielt, damit sie bei ihnen blieb wie ein Blatt, das sich zwischen Ästen verfing, raschelnd, hauchdünn, so durchscheinend, dass man in die nächste Welt blicken konnte.

Doch auch jene, die kaum mehr an die Welt gebunden sind, haben ihre Sorgen. Elinor machte sich Gedanken darüber, was mit Argus geschehen würde, wenn sie nicht mehr war. Wenn niemand mehr in Cake House lebte, was sollte dann aus ihm werden?

»Sie müssen ihn nehmen, wenn ich sterbe«, sagte sie eines Tages zu Brock, als sie im Garten saßen. Sie hatte von Argus geträumt. Er war ein kleines Hündchen, das sich nicht von ihr trennen wollte. Sie band ihn an einem Tisch fest und befahl ihm, sich nicht von der Stelle zu rühren, aber bei dem Versuch, ihr zu folgen, zerrte er lediglich die Möbel hinter sich her.

»Noch ein Tier, das sich weigert zu sterben? Elly, das können Sie mir nicht antun. Ich bin grade erst Früher losgeworden.«

»Tut mir Leid. Schon geschehen. Sie haben ihn geerbt.«

»Ah, Argus.« Der Arzt beugte sich vor und tätschelte dem treuen Hund den Kopf. »Lebe gut, aber nicht mehr lange.«

Elinor lachte. »Was sind Sie doch für ein böser Mensch.«

»Ich bin grausam«, pflichtete der Arzt ihr bei. »Bei meinen Kochkünsten würde der arme Bursche ohnehin in Kürze das Zeitliche segnen, wo er doch von Ihnen immer Huhn mit Reis gekriegt hat.«

So lange hatte Elinor nichts empfunden, dass sie sich noch immer über ihre starken Gefühle wunderte. Man würde annehmen, dass ein Mensch sich leicht fühlen musste, wenn er innerlich leer war, doch tatsächlich war da eine schreckliche Schwere in ihr gewesen. All die Jahre war es ihr vorgekommen, als seien ihre Knochen aus Eisen, ihre Schuhe aus Blei. Erst jetzt, als sie mit Brock im Garten saß und Argus zu ihren Füßen döste, konnte Elinor aus diesen Schuhen schlüpfen. Ihre Zehen spürten das Gras, und es war warm. Beinahe Sommer. Träumte sie, oder war das die Wirklichkeit? Sie blinzelte im Sonnenlicht.

»Was meinen Sie, wo ist Früher jetzt?«, fragte Elinor.

»Immer noch auf meiner Wiese. In der Erde. In den Gräsern.«

Der Arzt wandte sich ihr zu und wischte sich die Augen.

»Wer hätte gedacht, dass Sie wegen dieser alten Schindmähre weinen würden.«

Doch er weinte nicht wegen des Pferds, das sah sie ihm an, als er sich zu ihr wandte. Die Bindung war es, die Art, wie er an ihr festhielt.

Von der Veranda hörten sie Stimmen und Lachen, dann klappte eine Tür. Stella und Jimmy Elliot waren gekommen.

»Mit acht Monaten hatte er Hirnhautentzündung«, erzählte der Arzt von Jimmy. »Ich habe nicht geglaubt, dass er durchkommt. Ich habe Henry Elliot beiseite genommen und ihm gesagt, er soll sich auf das Schlimmste gefasst machen, aber da ist er nun, auf Ihrer Veranda.«

»Und stiftet Unruhe«, sagte Elinor, denn Jimmy Elliot schien sich unentwegt in Cake House aufzuhalten. Er hatte Elinor sogar neulich abends ein Tablett aufs Zimmer gebracht und nicht einmal an die Tür geklopft. Er hatte Granny zu ihr gesagt, und eine Vase mit Blumen auf ihre Kommode gestellt.

»Lebt sein Leben«, sagte der Arzt. »Das ist gut für Jimmy Elliot. Warum sollte er langsam gehen, wenn er flitzen kann? Vielleicht weiß er noch, wie knapp es war. Er wird sich gewiss nichts entgehen lassen, solange er lebt.«

Der Arzt hatte sich mit seiner Prognose bei Jimmy ebenso geirrt wie Stella bei Hap. Sie hatte geglaubt, er würde von einem Pferd fallen und sich das Genick brechen, und nun war er zu Hause mit einem Krankengymnasten aus Monroe und schaute fern. Er telefonierte dauernd mit seiner

Freundin in Boston, was Dr. Stewart als Genesungszeichen deutete.

»Das ist das Alter.« Elinor entsann sich, dass Jenny auch ständig mit Will telefoniert hatte, als ob sie sich nicht von seiner Stimme lösen könne. Sie entsann sich auch, wie Dr. Stewart und sie das Telefon auf das Kopfkissen legten, um sich den Eindruck zu geben, als seien sie zusammen, auch wenn das eine Illusion war. »Sie haben sich viel zu sagen. Vorerst jedenfalls.«

»So wie wir.«

Brock Stewart dachte daran, wie er mit Hap, als der Junge zu ihnen kam, immer am Hang hinter Cake House Veilchen pflücken ging, weil Haps Mutter das gerne getan hatte. Jedes Frühjahr wanderten sie dorthin, bis Hap ihm sagte, das sei nicht nötig. *Es ist schon in Ordnung, Großvater. Du musst mich nicht hierher bringen. Ich vergesse den Ort nicht. Ich vergesse sie nicht.*

»Dein Pferd ist auf der Wiese.« Sie hatte einmal oder zweimal von diesem Pferd geträumt. Sie hatte es galoppieren sehen, in dieser oder der nächsten Welt. »Sagst du. Aber wo kommen wir hin?«

»Ich habe einmal geglaubt, es gäbe einen Plan, keinen sehr genauen Plan, aber dennoch einen Plan«, gestand der Arzt. »Inzwischen glaube ich, dass es Tausende von Plänen gibt. Jeder Atemzug, jede Entscheidung hat Einfluss auf den Plan, erweitert ihn, schränkt ihn ein, verändert ihn ganz. Er ist in ständiger Wandlung begriffen. Diejenigen, die das Glück haben, nicht von all den Krankheiten und Gefahren betroffen zu sein, werden alt. Wir werden müde. Wir machen die Augen zu.«

»Und dann? Wo sind wir dann?«

Es war dumm von ihr, diese Fragen zu stellen, als könnte

er es wissen, doch der Arzt zögerte nicht. Er nahm Elinors Hand und legte sie auf seine Brust, an die Stelle, wo sein Herz schlug.

»Hier.«

Elinor lächelte. *Endlich.* Endlich hatte ihr jemand die Wahrheit gesagt. Sie sah sie und fühlte sie, während die Tage ineinander verschwammen, bis sie Träume wurden. So verging die Zeit nun für sie, gestern war wie heute, obwohl eine Woche vorüber war. Sie saßen noch immer im Garten, obwohl sieben Tage vergangen waren. In den Rabatten wucherte Unkraut, und in der Mauer fehlten Steine. Die Dunkelheit senkte sich auf sie.

»Er ist wunderschön«, sagte Brock Stewart über den Garten, der vor langer Zeit von Rebecca begonnen worden war. Wenn ein Mann sich einmal das Weinen angewöhnt hatte, konnte er nicht mehr davon lassen. Der Arzt hatte an jenem Morgen damit angefangen, als Liza ihr Baby verloren hatte, und nun fiel es ihm selbst nicht mehr auf. Manchmal stand er in einem Krankenhausflur, blickte auf seine Notizen und verstand erst, was geschah, als die Buchstaben verschwammen und die Tinte vom Blatt rann. Oder er saß in einem Garten und glaubte, es regne, bis er merkte, dass nicht ein Tropfen vom Himmel fiel.

»Er wird bald verwildert sein«, versicherte ihm Elinor. »Hab ein Auge darauf.«

»Auch dann wird er noch wunderschön sein.«

Elinor saß auf der Bank, die Brock ihr geschenkt hatte, doch sie konnte sich nur mit Mühe aufrecht halten. Sie neigte sich zu Brock hinüber und lehnte sich an ihn. Sie hörte den stetigen Rhythmus seines Herzens.

»Du hattest Recht«, sagte sie. »Ich bin müde.«

Dreizehn Spatzen saßen auf der Feldsteinmauer; in dreizehn Beeten wuchsen die Rosen. Die Zeit hier war so schnell vergangen. Elinor hatte sich nur zweimal umgesehen, und schon war alles vorbei. Doch wenigstens war es ihr gelungen, die bleiernen Schuhe loszuwerden, und das Eisen in ihren Knochen war verschwunden. Sie verging, sie spürte es, und sie bemühte sich nicht, es zu verhindern. Sehr leicht fühlte sie sich, als habe sie Luft in den Adern statt ihres kalten gefrorenen Blutes. Sie war erschöpft, doch die Luft roch berauschend. Die frische grüne Luft des Mai.

Stella hatte behauptet, ihre Großmutter werde bis zum Winter leben, doch Brock Stewart wusste, dass es keine Garantie dafür gab. Er hatte es mit eigenen Augen gesehen: Menschen, von denen er glaubte, dass sie noch lange leben würden, vergingen binnen Tagen. Andere, denen er keinen Tag mehr gegeben hatte, lebten noch jahrelang. Er wusste, dass Elinor schwächer wurde, daran gab es keinen Zweifel, sie war zu schwach, um den Winter noch zu erreichen. An manchen Tagen döste sie im Garten, bis es fast schon dunkel war, und sie waren umhüllt vom milchigweißen Perlmuttlicht des Mai.

Manchmal musste der Arzt sie abends ins Haus zurücktragen; bald trug er sie beide Wege, in den Garten hinaus und wieder zurück, und sie musste in eine Decke gehüllt werden, auch wenn es warm und sonnig war. Dr. Stewart dachte an sein altes Pferd auf der Wiese, dass er mehr vermisste, als er es je für möglich gehalten hätte. Er dachte an Liza Hull, wie sie ihr Baby zum Abschied küsste, und an seinen Enkel in dem Bett im Krankenhaus und an all die Menschen, die er in diese Welt kommen sah, und all jene, denen er dabei geholfen hatte, sie zu verlassen. Es war sein Glück, dass er in diesen letzten grünen Maitagen neben Elinor im Garten sitzen konnte. Er liebte sie schon seit so vielen Jahren, er würde sie einfach weiter lieben, ob sie nun da war oder nicht.

Er wusste, dass Bindungen für die Lebenden bestimmt waren, und so betrug er sich ehrenhaft. Er ließ sie gehen. Er beugte sich dicht zu ihr, damit sie ihn hören konnte, als er sagte, es sei in Ordnung, wenn sie ihn verlassen wolle. Sie wussten, dass die Zeit gekommen war; sie spürten, dass sich etwas verschob, wie es dann immer geschah. Selbst Argus, der gewinselt hatte, war ganz plötzlich still. Es war kein Traum, es war mehr als ein Traum. Sie atmete aus, und dieser Atemzug umfasste jedes Wort, das sie gesprochen hatte, jeden Schritt, den sie getan hatte, jeden Menschen, den sie geliebt hatte.

Oberhalb der Feldsteinmauer stand einer jener wilden Pfirsichbäume, wohl ein Nachkomme von einem jener Schösslinge, die vor langer Zeit am Ufer angeschwemmt wurden. Oder vielleicht war dieser Baum auch aus einem Liebespfand entstanden, das ein Mädchen nicht mehr brauchte und fortwarf. Die Luft duftete nach Pfirsichen, hier und in ganz Unity; als der Wind aufkam, wehten die Blütenblätter vom Baum wie Schneeflocken. Wenn eine Gestalt sich nicht bewegte, wenn sie ganz still lag, sanken die Blütenblätter auf sie herab, weiß, lautlos und leicht wie Schneeflocken, verfingen sich in ihrem Rocksaum und in ihrem Haar, deckten sie zu und geleiteten sie nach Hause.

III.

Die Trauerfeier für Elinor Sparrow fand im alten Gemeindehaus an der Chestnut Street statt, in der zweiten Woche des Mai, jener Zeit, in der man den Gärtnern empfiehlt,

Tomaten und Mais zu setzen, in der Kinder betteln, länger aufbleiben zu dürfen, weil der Himmel so hell ist, in der man am westlichen Nachthimmel den Löwen entdecken kann, das Lamm dagegen nirgendwo. Die Familie wollte Argus nicht zur Trauerfeier mitnehmen, doch er folgte ihnen bis zur Lockhart Avenue, in einem für sein Alter erstaunlichen Tempo. Es blieb keine andere Wahl, sie mussten an der Ecke anhalten; Matt und Will stiegen aus dem Jeep und hievten den Wolfshund hinein. Den Treuen stand etwas zu, da waren sich alle einig: Güte zumindest und natürlich Zuwendung; vor allem aber hatten sie ein Anrecht auf ihre Trauer.

Eine große Menschenmenge erwartete sie am Gemeindehaus, sicher an die zweihundert Leute, und viele von ihnen kamen danach zum Mittagessen ins Cake House, beschritten zum ersten Mal in ihrem Leben den holprigen Weg. Menschen, die sich vor Ertränkten und Schnappschildkröten gegraust hatten, hängten ihre Jacken in den Schrank in der Eingangshalle und streiften durch den Salon, in dem Liza Hull den langen Tapeziertisch mit dem guten Silber gedeckt und etliche riesige Platten mit Sandwiches und Kuchen aufgetragen hatte.

Zuerst flüsterten alle, dann wurden sie mutiger. Sissy Elliot, die von ihren Töchtern hereingeführt wurde, thronte auf einem der Sofas im Salon und verlangte nach Obstsalat und Tee. Ein paar Kinder stellten ihre Saftgläser auf dem Glaskasten mit den Pfeilspitzen ab und spielten am Couchtisch Fangen, bis ihre Mütter sie ermahnten, sich anständig zu benehmen. Hap Stewart, der mit seiner Physiotherapie gute Fortschritte machte, war außerhalb des Hauses immer noch im Rollstuhl unterwegs; heute konnte er sich vor guten Wünschen kaum retten. Juliet Aronson war mit dem

Zug angereist und bei Liza untergekommen; während des Essens wich sie kaum von Haps Seite. Sie hatte Recht gehabt, was das Beste an Hap betraf. Er hatte ihr gesagt, er würde es ihr nicht übel nehmen, wenn sie sich lieber jemand anderen suchen würde, der zum Beispiel größer war und gehen konnte, ohne zu hinken. Aufrichtigkeit, genau wie Juliet gesagt hatte. Die Körpergröße spielte keine Rolle. Wie sie erwartet hatte: Alles Bedeutende lag in seinem Inneren.

Cynthia Elliot hatte sich angeboten, Tee einzuschenken und leere Teller einzusammeln, und wegen des großen Andrangs wurde sie auch in der Küche eingesetzt, um weitere Gurken- und Lachssandwiches zuzubereiten. Auf dem Esszimmertisch lag ein Gästebuch aus, in das sich alle eintrugen: Eddie Baldwin, der Klempner, war mit seiner gesamten Familie gekommen. Die Fosters waren da, und die Quimbys, auch Marian, die Will immer noch anschmachtete, obwohl sie inzwischen eine eigene Anwaltskanzlei und drei Kinder hatte. Sie versuchte mit ihm zu flirten, aber er konnte nur über Liza reden, wie es schien. So viele Nachbarn waren gekommen, dass Leute, die sich fünf oder sechs Jahre lang nicht gesehen hatten, nun an einem Tisch zusammensaßen und von ihrem Leben erzählten. Wenn jemand aufstand und ging, ließ sich sogleich ein anderer nieder. Cynthia war geistesgegenwärtig genug, ihren Bruder einzuspannen, und Jimmy, der noch nie in seinem Leben ein Sandwich zubereitet hatte, sah sich unversehens damit beschäftigt, Frischkäse auf runde Toastbrotscheiben zu streichen.

Jimmy Elliot wurde nun als eine Art Held betrachtet und dafür gepriesen, dass er sich um seinen Gemeindedienst gedrückt hatte, weshalb der letzte Ast an der alten Eiche nicht gefällt worden war. Man hatte ihn zu einem Treffen mit den Jungen und Mädchen der dritten Klasse eingeladen, die gegen das Fällen der Eiche protestiert hatten.

Manchmal sollte man Befehle lieber nicht ausführen, sagte Jimmy zu den begeisterten Schülern, als er bei ihnen im Klassenzimmer saß, sehr zum Missfallen von Mrs. Cole, die Jimmy unterrichtet hatte, als er in der dritten Klasse war, und die sich noch genau daran erinnerte, wie er auf den Kleiderschrank kletterte und sich weigerte, wieder herunterzukommen.

Können die Leute hier denn alle nicht richtig sehen? Die haben überhaupt keine Menschenkenntnis, sagte Jimmy danach zu Stella. *Bald werden sie wahrscheinlich dahinterkommen, wer ich bin. So lange kann ich auch noch meinen Spaß dran haben.*

Sie wissen sehr wohl, wer du bist, erwiderte Stella. *Und ich auch.*

Auch Will Avery wurde an diesem Nachmittag nach der Trauerfeier für Elinor eingesetzt. Er half Liza beim Tragen der großen Kaffeekannen und wurde später mit einer Platte kleiner Brioches zu den älteren Leuten geschickt, die, wenn sie denn einmal auf einer Couch oder einem Zweisitzer Platz genommen hatten, sich nur noch erhoben, um wieder zu gehen. Jenny war diejenige, die nicht wusste, was sie mit sich anfangen sollte: Sie stand in der Eingangshalle herum, als wolle sie aufbrechen. Doch wohin sollte sie gehen? Sie konnte sich nicht von dem Schrank im Vorraum lösen, in dem sich das Metallgefäß mit Elinors Asche befand. Sie versuchte, sich Richtung Küche zu bewegen, um Liza zu helfen, und merkte, dass sie außerstande war, auch nur einen Fuß vor den anderen zu setzen.

»Wie kommst du klar?« Matt Avery brachte ihr eine Tasse starken schwarzen Tee.

»Bestens.« Doch tatsächlich fühlte sich Jenny, als seien ihre Füße im Boden verwurzelt. Sie, der es einst so leicht gefallen war, fortzulaufen, spürte nun, dass sie sich nicht von der Stelle rühren konnte. »Miserabel«, fügte sie hinzu.

»Er auch.«

Dr. Stewart stand an einem der Fenster neben der Haustür und starrte hinaus. Er sah den Garten, doch er war verschwommen und grüner als sonst. Was sah er? Elinors letzten Atemzug, in tausend Moleküle zerfallen? Atmete er sie nun ein? Ihre Essenz, ihr Wesen, der Mensch, den er tagtäglich vermissen würde, seine schwierigste Patientin, seine unausstehlichste Nachbarin, seine wichtigste Freundin.

»Stella ist da draußen«, sagte er, als Jenny zu ihm trat. Als sie hinausblickte, meinte Jenny, ihre Mutter im Garten zu sehen. Sie glaubte, es sei Elinor, die neben einem Beet hockte, wie in all den Jahren, in denen sie um das trauerte, was sie verloren hatte. Doch es war Stella dort draußen, in der feuchten süß duftenden Luft. Stella, die Schnee gesehen hatte, wo doch nur Blütenblätter von den Pfirsichbäumen wehten, die Zeit gesehen hatte, obwohl sie längst abgelaufen war.

Da merkte Jenny, dass sie nun zur Tür gehen konnte. Im einen Moment stand sie da wie gelähmt, im nächsten trat sie auf die Veranda. Die Glyzinien blühten, verschlungene Ranken mit betörend duftenden Dolden. Bienen summten träge, berauscht vom purpurroten Nektar. Argus lag auf der Treppe und blickte den Weg entlang, als erwarte er jeden Moment die Ankunft seiner Herrin. Jenny tätschelte dem alten Hund den Kopf, dann ging sie über den Rasen. Sie hörte, wie Argus hinter ihr hertappte. Sie hörte die Stimmen der Nachbarn durch die geöffneten Fenster und den Ruf eines Kardinalvogels in den Wäldern. Die

Bienen waren von den Glyzinien zur Lorbeerhecke gezogen.

Früher glaubte man, ein Kind werde ein süßes Leben haben, wenn man ihm ein wenig Zucker in den Mund steckte, doch manche Kinder wollen sich nicht füttern lassen; sie müssen ihr Glück alleine suchen. Das waren die Kinder, die Eicheln und Lilienwurzeln statt Naschwerk essen mussten, die von wilden Vögeln gefüttert wurden und sich zufrieden gaben mit Freiheitstee aus Pfennigkraut oder Hyperiontee aus Himbeerblättern. Sie mussten mit dem auskommen, was sie vorfanden.

Stella ging sofort zu ihrer Mutter, als sie das Metallgefäß sah, das Jenny trug. Das Gartentor fiel hinter Stella zu, und sie hörte, wie das Schloss einrastete. Sie hatte ihr Haar zurückgekämmt, und man sah einen Hauch ihrer natürlichen Haarfarbe. Wie die Sterne so hell. Sie hatte die ganze Nacht so heftig geweint, dass ihre Augen schmerzten. Jimmy Elliot hatte bei ihr gesessen, an Rebeccas Denkmal. *So geht es einem, wenn man liebt,* hatte Stella zu ihm gesagt. *Lauf davon,* riet sie ihm. Doch über ihnen stand der Milchmond, der alles gedeihen ließ, ob man wollte oder nicht, und Jimmy Elliot hatte sich nicht von der Stelle gerührt.

Später, als er Stella nach Hause brachte, hatte sie einen Pfirsichstein gefunden, den eine Amsel auf die Straße fallen ließ. Stella hob ihn auf, und sobald sie ihn in ihrer Tasche spürte, fühlte sie sich getröstet. Man fand nicht jeden Tag etwas Wertvolles, ein Pfand, das einen daran erinnern konnte, was man besaß, was man verloren hatte und was man noch bekommen konnte. Der Pfirsichstein lag unter Stellas Kopfkissen, als sie schlief. Sie träumte, dass er von einem Baum gefallen war, der damals angeschwemmt wurde, als die *Good Duck* im Hafen sank, an dem Tag, als die ganze Stadt nach Pfirsichen duftete. Sie träumte, ein liebendes Mädchen habe ihn auf die Straße geworfen, als all ihre Wünsche in Erfüllung gegangen waren, und aus diesem einen Stein waren hundert Pfirsichbäume entstanden. Sie träumte, wie ihre Großmutter aufblickte und Pfirsichschnee fallen sah, der sachte herabschwebte, ganz ohne Sturm und Böen, so süß duftend, dass erwachsenen Männern die Tränen in die Augen stiegen.

Elinor hatte Stella ihr gesamtes Vermögen vermacht, mit dem sie ihr Medizinstudium finanzieren konnte, wenn sie das wünschte. Doch das Haus, das hatte sie ihrer Tochter hinterlassen. Jenny. Henry Elliot hatte Jenny am Sterbetag ihrer Mutter die Übertragungsurkunde gegeben, die in jenem Jahr ausgeschrieben und unterzeichnet worden war, als Jenny weglief. Das Haus hatte all die Jahre schon ihr gehört. Es war ein Haus, das sie nicht wollte, das sie verabscheute, dessen Modell nun von einem kleinen Mädchen in Medford in Massachusetts als Puppenhaus benutzt und für das schönste Haus der Welt gehalten wurde. Hochzeitstortenhaus mit vielen Fenstern, Haus des vergrabenen Schmerzes und der schlaflosen Nächte, des Vogelnestpuddings, der unsichtbaren Tinte, der Pfeilspitzen, des Lorbeer, der hier höher wuchs als irgendwo sonst in Neuengland, der Bienen, die niemals stachen.

Jenny hatte gedacht, dass sie Elinors Asche im Rosengarten verstreuen würden, doch im letzten Augenblick kam es ihr nicht richtig vor. Argus folgte ihnen, als sie sich auf den Weg machten zu den Felsen »Tisch und Stühle«, vorbei an den Lilien und dem Waschschuppen, in dem Rebeccas Bild in der Nische verborgen war. Um diese Zeit des Jahres kehrten die Goldgelben Waldsänger zurück, die Baltimorevögel ließen sich wieder blicken, die Tiere kamen zurück nach Massachusetts, so dunkel die Wälder auch scheinen mochten. Die Bläulinge, die Wasserjungfern und Schlankjungfern, die Walddrosseln, die Kolibris, die, so winzig sie waren, erbittert kämpften, um ihr Revier vor Eindringlingen zu schützen. Matt hatte dafür gesorgt, dass an diesem Nachmittag zum ersten Mal die Glocke auf Rebeccas Denkmal geläutet wurde, und ihr Klang wehte über das Dorf hinweg wie der Wind, über Häuser und Stallungen, über Farmen und Einkaufszentren. Man hörte das Läuten noch in großer Entfernung, in North Arthur und Monroe, in Essex und Peabody. Manche Leute auf der Beacon Street in Boston hätten schwören können, dass sie an diesem Tag eine Glocke läuten hörten. Im Park griffen die Kinder in ihren Schwanenbooten in die Luft, als wollten sie Leuchtkäfer fangen, wo sie doch nur ein Echo vernahmen.

Jenny und Stella traten vorsichtig über den Frauenschuh hinweg, die zarten Orchideen, die zwischen Kiefernrinden und Mulch aufragten. Sie gingen an Kannenpflanzen und Hundszahnveilchen vorbei, bis sie an jene Stelle des Waldes kamen, wo, so schworen die Leute in diesem Teil von Neuengland, wilde Rosen gediehen, die sofort vergingen, wenn der Blick eines Menschen auf sie fiel. Sie folgten dem Hund, der einen bestimmten Weg im Sinn zu haben schien. Es war nicht einfach, ihm nachzugehen, doch es war auch nicht unmöglich. Hier, wo Stechapfel und Wasserschierling wuchsen, unterhalb der Felsformation »Tisch und Stühle«, sei Rebecca Sparrow einst erschienen, hieß es. Noch in ferner Zukunft erzählten die Einheimischen jedem, der ihnen Gehör schenkte, dass an dieser Stelle das ganze Jahr hindurch blaue Blumen blühten. Sie behaupteten, man könne dort Bienen summen hören, auch an eiskalten Tagen mitten im Winter. Mach die Augen zu, und hör genau hin, rieten diese Leute, und geh zwanzig Schritte weiter, als du wolltest. Wenn du meinst, du hast dich verirrt, bist du angekommen. Und nun öffne die Augen.

Danksagung

Endlose Dankbarkeit gilt meiner Lektorin Stacy Creamer, meinem Verleger Stephen Rubin und meinen geliebten Agenten, Elaine Markson und Ron Bernstein.

Ganz herzlichen Dank meinen ersten Lesern für ihre Freundschaft, ihre Unterstützung und ihre Kenntnisse in juristischen, medizinischen und musikalischen Dingen und im Menschsein: Elizabeth Hodges, Carol DeKnight, Maggie Stern Terris, Sue Standing, Daniel Kumin, Perri Klass und Tom Martin.

Vielen Dank den Grafikerinnen Marysarah Quinn und Jean Traina, Isolde Ohlbaum und der Fotografin Debi Milligan. Besten Dank auch an meine Verleger Vintage UK und Chatto & Windus, vor allem an Alison Samuel.